决战
山西

王树森

著

上海人民出版社

目　录

第一章 兵临城下

● 大捷之后

1948 年，中国人民解放战争进入了战略决战阶段。华北局势同全国一样，朝着光明的前景，以雷霆万钧之势，迅猛发展。中共中央、中央军委决定将晋察冀和晋冀鲁豫两个解放区合并，组成华北局、华北军区和华北联合行政委员会。同时，组成人民解放军华北野战军第一和第二兵团。在华北军区第一副司令员兼华北野战军第一兵团司令员兼政治委员徐向前指挥下，第一兵团主力，及太岳军区和吕梁军区部队，在攻克阎锡山军队坚固设防的晋南重镇临汾之后，又在晋中平原的太原以南到灵石地区，连续作战一个多月，消灭了阎军"精锐"之师——野战军主力，以及晋中守军 10 万余众，其中俘虏了敌野战军总司令赵承绶以下 8 万余人。晋中全部县城和乡村地区，均获解放。

阎锡山收拾残兵败将，龟缩于太原城内及城郊。解放军乘胜前进，直逼城下，形成对太原的全面包围。

太原，古称晋阳。晋阳古城为晋国公卿赵简子的家臣董安予所建。据史家考评，董安予创建晋阳古城的时间，大约在公元前 497 年以前，因城池建在晋水之阳而得名晋阳。

当此之际，阎锡山何去何从？人民解放军如何行事？这成为敌我双方必须决断的当务之急。

金秋八月，天高云淡。晋中平原玉米、高粱等大秋作物长势喜人，即将收割的大田里，到处洋溢着丰收的馨香。战火暂时平息，给这块饱经风霜的米粮宝地，带来了无限生机。到处可见喜气洋洋的农民，到处可闻喜庆的欢歌。谁家姑娘亮着银铃儿似的歌喉唱道："解放区的天是明朗的天，解放区的人民好喜欢……"这歌声，随着微微暖风，轻飘漫荡，传遍广阔田野。整个平原都沉浸在美好的景象中。

晋中战役胜利结束后，华北野战军第一兵团司令部就驻在榆次县东南丘陵山区相立村。村子西临涂河，道路畅通。自然景观虽然没有多少独特之处，但作为兵团司令部驻地，却殊为适宜。

8月4日，第一兵团团以上干部会议在相立村召开。会场设在平坦整洁的打麦场上，会场四周有英武的解放军战士守卫。主席台是用木杆和草席临时搭建的。主席台上，几面红旗随风猎猎翻卷。台口横幅上书写着"晋中战役祝捷大会"。两边的竖联，一边写着"打进太原去，活捉阎锡山"；另一边写着"消灭蒋阎军，解放全中国"。

参会的团以上干部均已到齐。大家席地而坐，在会议开始前，正在你拉我应地唱歌。八纵队和七纵队的首长王新亭和彭绍辉，指挥大家刚刚唱完《解放军进行曲》，"向前，向前，向前——"的歌声还未落定，十三纵的韦杰和十五纵的刘忠两位首长，又指挥大家唱起了《大刀进行曲》。这首歌虽然流行于抗战初年，但它那雄壮铿锵的节奏，排山倒海战胜敌人的气势，至今唱来雄风不减，格外有力。

晋中军区首长罗贵波按捺不住激动的心情，正要领唱一首什么别的"进行曲儿"的时候，兵团司令员兼政治委员徐向前、副司令员兼副政委周士第、参谋长陈漫远，和到任不久的政治部主任胡耀邦等，相携步入了会场。

徐向前司令员健步登上主席台，亲切地和大家打着招呼。

歌声停息下来了。周士第副司令员大声宣布："祝捷大会现在开始！"

陈漫远参谋长站起来说："同志们，晋中战役，经过我兵团全体将士浴血奋战，大获全胜。我们的胜利，党中央高兴，毛主席高兴，全山西和全中国人民都很高兴！现在，我来宣读党中央的贺电。"

聂荣臻、薄一波、徐向前、滕代远、萧克、贺龙、李井泉、周士第诸同志及华北和晋绥人民解放军全体同志：

　　庆祝你们继临汾大捷之后，在晋中地区歼灭阎敌一个总部、五个军部、九个师、两个总队及解放十一座县城的伟大胜利。晋中战役，在向前、士第两同志直接指挥下，由于全军奋战，人民拥护，后方努力生产支前，及各战场胜利配合，仅仅一个月中，获得如此辉煌战绩，对于整个战局帮助极大。现在我军已临太原城下，最后地结束阎锡山反动统治的时机业已到来。尚望你们继续努力，再接再厉，为夺取太原，解放太原人民而战。

中共中央委员会
一九四八年七月十九日

　　参谋长声音洪亮，但还是被雷鸣般的掌声淹没了。一时间，"打进太原去，活捉阎锡山，解放全山西"的口号声，如同风暴般卷来，直震得地动山摇。近百名旅和团的干部们，争相跃上主席台，向兵团首长递交了一份份的《请战书》。同志们众口一词的口号是："请兵团首长下命令吧！"

　　徐向前司令员庄重地端坐在主席台正中。由于较长时间疾病折磨，他看起来面色清癯，略显消瘦。但那深沉睿智的目光，和嘴角常常挂着的谦和刚毅微笑，却给人以无穷力量和钢铁意志的直感。同志们高昂的战斗激情，使徐向前深深感动。他挺挺腰身，捋捋乌发，经过深思熟虑，简明扼要向大家讲话：

　　"同志们，我第一兵团连夺临汾、晋中两战役全胜，中央接连电贺，这当然是大喜事。我们兵团首长们，也和大家一样高兴。太原之敌，已成瓮中之鳖，我们非捉不可。这个是肯定的。不过，运兵之道，贵在知己知彼。为了确定进军太原方略，我们需要先对目前敌我力量的对比，作一个认真的分析。现在，就请陈参谋长给大家讲讲太原的敌情吧！"

　　身材魁梧的陈漫远用喇叭筒似的大嗓门讲道："丢了晋中，阎锡山为了固守太原孤城，拚命扩军备战。不仅把暂编第8、第9、第10总队残部，和保安团、民卫团等整编为正规军，还强抓市民、学生，组编了什么'铁血师''神勇师''坚贞师'等，拼凑了第10、第15两个兵团，6个军，16个步

003

兵师，3个特种兵师。阎锡山现在的兵力，总共将近8万人。据有关情报，阎锡山为了垂死挣扎，正连连电乞蒋介石再派援军。如果蒋军第10师第83旅，调来山西；以及现在尚在西安的蒋军第30师黄樵松部再开进山西的话，估计太原守敌将在10多万人。从工事设施来看，阎锡山在山西经营38年，他胡吹什么太原城是'碉堡城''火海防线''固若金汤'。他把太原外围划分为北、西、南、东北和东南五个防区，用5个军14个步兵师、一个迫击炮师和机枪总队分别防守。在太原城南、城北，都有飞机场，城南机场可以起降重型轰炸机。城周围筑有大量永久性工事。特别是我军围歼晋中之敌后，阎锡山又以东山牛驼寨、小窑头、淖马和山头四大要点为核心阵地，在原有防御工事基础上，突击构筑了大批钢筋水泥工事。在险要的东山高地，有成群子母碉、梅花碉、地碉和暗道，还有十字交叉的交通壕，真可以说是星罗棋布，密如蛛网，四通八达，连绵不断。这就构成了阎锡山吹嘘的所谓'百里火海防线'。除此以外，在太原城内还囤积了大量弹药，集中了600门各式各样的大炮……"

徐向前司令员插话道："从以上情况看，阎锡山的防御设施和兵力部署，就在全国各战场当中，也算得上是颇有名气的。但是，同志们，我们对这个武装到牙齿的山西虎，是绝对不畏惧的。不过，我们也要清醒地看到我们要啃的，倒的的确确是一块硬骨头哩！"

陈漫远接着说："同志们，我们客观地作一个比较，就会发现，敌人的武器装备显然远远超过了我们。就以兵力情况来看，我军8万，阎军10多万，敌人也是暂居优势地位的。"

一位团长发问："这么说，太原是不打了？"

另一个附和："眼看阎锡山就要被活捉，难道让他白白跑掉！"

又一个说："不能再听凭阎锡山作威作福，压迫乡亲们了！"听口音，是一位太原籍干部。

等大家稍稍平静下来，徐向前起立说道："同志们，太原城，我们非打不可。胡子白了，也要打下来。说胡子白了，是表示我们有决心打它，并不是要真正打到胡子白了。这里的关键，是我们要作很好的准备。同志们看，这样说对吗？"

徐司令员几句诙谐的话，把大家都逗乐了。一阵酣畅的说笑后，会场恢复了安静，徐司令员接着说：

"阎锡山在晋中吃了败仗之后，他也变得聪明一点儿了。他为了死守太原，工事做得很多。这样，我们就不太好打了。要用相当长的时间，要付出相当大的代价，这是可以预见到的。从我军情况来看，由于半年多来连续行军作战，部队十分疲劳，急需补充休整。所以，我和士第商议，认为太原战役的作战指导思想应当是：当我在兵力、弹药、器材、民力、思想、战术、技术等各方面充分准备之后，在战役战术上予敌突然攻击，迫敌混乱，使敌无喘息之机，来不及应付；我们即在既定的突击方向，进行有计划、有把握的连续攻击。按照这样的思路，我们已经拟订了一份《进攻太原的战役指示》。其要点有四：第一，以围困、瓦解、攻击，逐步削弱敌人，然后一举攻下太原。第二，我军的进攻分为三个步骤。第一步，突破敌之第一道防线，以火力控制南、北飞机场，断敌外援；第二步，攻占必要的外围据点；第三步，攻城。第三，我军的攻击方向，选定在东南、东北两处，而以东南为主攻方向。第四，对于攻城妨害不太大的阎军据点，尽量不打。战术上力求连续攻击，分割包围。结合政治攻势，瓦解歼灭敌人。"

讲到这里，徐司令员加重语气说："这个方案的主要精神，归结起来，就是一直打下去，直到夺取城垣为止。不过，这个方案还需报请中央军委批准。在中央批示下达之前，请同志们八仙过海，各显神通，提出更好的意见。"

午饭时间已到。会议宣布：下午研究战役前的部队整训。

饭后，一位不速之客求见徐司令员。徐司令员让人把他带进来，原来是在晋中战役中被俘的阎锡山第六集团军中将副总司令官兼晋南地方武装总指挥梁培璜。

梁培璜过去是阎锡山的得力干将，曾狂妄扬言，要"誓与临汾共存亡"。为苟延时日，在解放军攻城之际，他曾命令部下施放毒气，给我军攻城造成极大困难。当时，我军将士对他切齿痛恨，战士们专门编了一段顺口溜，记其形貌，以便在城破后擒拿。那顺口溜唱道：

战犯梁培璜，年纪五十五。又高又瘦黑皮肤，外强中干纸老虎。高鼻梁，日本胡，河南口音要记住……

梁培璜被带进司令部，警卫排长一见他，憋在肚里的怒火就喷发了。他咬牙切齿地说："报告司令员，把这个任务交给我！"

徐向前正用毛巾擦拭茶杯，准备接待梁培璜。警卫排长这句话，把他弄了个丈二和尚——摸不着头脑。他侧脸问警卫排长："小鬼，什么任务？"

警卫排长再来个立正，天真地答道："杀梁培璜呀！"说着，把腰间的盒子炮拍了一巴掌。

"是谁下达的这项任务呢？"

"是您呀！"

"噢，我什么时候让你杀掉梁培璜？"

警卫排长着急起来，红着脸膛争辩："报告司令员，您怎么给忘了？打临汾那阵子，您不是天天讲，只要拿住梁培璜，非杀不可吗？八纵队24旅王墉旅长打临汾时，就牺牲在这个梁培璜手下。那时候，您和八纵队王新亭司令员还都流了眼泪。可这才过了没多久，仇敌抓到了，您却——"

警卫排长越说越着急，竟"唔唔"哭起来。

● 春风化雨

对警卫排长的辩解，徐司令员有强烈共鸣。要知道，临汾战役从1947年3月7日打响，到5月17日结束，整整打了72天。其战斗残酷，争夺激烈，真是前所未有。许多阵地形成拉锯战，死伤狼藉，血尸横陈。

就是这个梁培璜，时任守卫临汾的阎锡山军最高指挥官。当时，他不仅违反国际公法，施放毒气，而且丧心病狂地用被俘的解放军战士去"祭奠"他们的所谓"烈士"。在临汾战役中，解放军八纵队24旅旅长王墉壮烈牺牲。徐向前司令员当时确曾沉痛掉泪。他号召八纵队同志化悲痛为力量，用攻克临汾城、活捉梁培璜的战绩，为驰骋于山西战场，曾经使日、阎军闻风丧胆的王墉等烈士报仇。那时候，在徐总的号召下，部队群情激愤，将士们都把活捉梁培璜，化成了一股无形的力量，纷纷要求把梁培璜的人头悬挂在城门楼上示众……

现在，战犯就在面前，作为王墉等烈士的军事首长，作为山西战场人民解放军最高指挥员，徐向前又何尝不是怒火中烧？可正因为身居要职，才更加高瞻远瞩。战略家的胸怀，统帅的远大目光，使徐向前十分冷静地思索着面前的问题。

这位慈祥的长者，轻轻走到警卫排长身边，把一杯热茶水递给他，款款替他整整军帽，语重心长地问："小鬼，是共产党员吗？"

"是！"

"这就对了。我们共产党员的入党誓词是怎么讲的？我们是为了实现共产主义理想，为了解放全人类。当然，也包括拯救那些走上反动道路的人唠。梁培璜的确是个战犯。他杀了我们那么多人，罪大恶极。在那些被杀害的人当中，有我心爱的将士，也有你的战友亲朋。我们大家都对梁培璜有深仇大恨。可是，我们是为人民打仗，为解放全中国人民打仗，而不是为了报私仇打仗！杀一个梁培璜当然容易。但我们经过工作，把他改造过来，利用起来，那就不知要产生多大的力量呢！小鬼，好好想一想，是不是这个理儿哟？"

警卫排长边擦眼泪边嘟囔："道理，当然是司令员您讲得对。可我总觉得……"

徐总开朗地笑道："可你总觉得感情上下不来，是不是？小鬼，咱们是共产党员嘛，要站得高，看得远。梁培璜在临汾时是敌人，我们当然要杀他。可如今他当了俘虏，已经放下了武器。我们就不再杀他了。宽大俘虏的政策，你知道吗？"

"知道。"

"这就好。去吧，梁培璜既然求见，必然有什么事情。你这就去把他带到我这里来。还有，不要随便找他谈话，以免谈话不慎，增加他的思想负担。记住了吗？"

"记住了。"

"好，去请梁培璜吧！"

梁培璜在警卫排长带领下，进入相立村这所普通的农家院落。当他跨进院中一间房舍时，迎面坐着一位谦和中透着刚毅，平静中焕发英武的人民解放军高级指挥员。梁培璜从未见过徐向前。他从对方简朴的装束看，满以为接见他的不过是一位中下级的干部而已。因此，他虽然心情紧张，深为前途和命运忧虑，连走路的脚步，也显得过分僵直。但他还是高昂着头，满不在乎。

梁培璜的神态，徐司令员全都看在眼里。可他含而不露，隐忍不发，客气地对他说："唔，是梁培璜呀，坐下谈嘛，可以随便些。"

从对方浓重的五台口音，又带某些川鄂方言的问话中，梁培璜意识到：面前这位庄重英武的解放军首长，很可能就是战胜他的对方总指挥徐向前！梁培璜不寒而栗，下意识地站起来，两手沁汗，无所适从，结巴地说："是，是，我叫梁培璜。"

他的尴尬窘态，把站在旁边的参谋和警卫人员憋得直想笑。梁培璜也许并未注意到这个细节，但徐总却用严肃的目光扫了一眼，要战士们保持对来访者的尊重。

同志们明白了：徐司令员一向注意对俘虏的严肃态度。他总是细致地关切对方作为战俘的特殊心理。当大家意识到徐总不愿使对方有受辱之感时，便立刻收敛笑意，肃静下来。

徐司令员有意打破这种僵持气氛，舒缓地说："梁培璜，你在临汾打得那么凶，是以为孤城真能确保吗？"

梁培璜低着头，有些局促不安地回答："是的。临汾自古有卧牛城之称，易守难攻。我当时是想，从古至今，还没有任何人攻破此城的记载和传说。所以，贵军一定也——"

徐向前爽朗地笑了笑，客气地说："未见得吧！1936年我工农红军东征时，可以说就已经占领过临汾。当时，只是为了顾全抗日大局，争取国民党停止内战，一致抗日，我们才主动放弃了占领临汾，而回师陕北的。这一点，梁先生大约不会忘记吧？"

梁培璜自知失言，但还是狡辩道："那时候，我军城防薄弱，才至一失。而这次我以为贵军没有重武器，必然落空。想不到你们的土飞机是那样的厉害！"

徐向前见他心存余悸，不免好笑。遂道："你梁培璜不是也挖了许多坑道，制造过土飞机。你不是破坏过我们坑道作业吗？坑道，双方都在挖；土飞机，彼此都在用。但是，胜利为什么最终属于解放军？这就是说，真正厉害的，并不是坑道，也不是土飞机，而是人民，是人心向背！国民党和阎锡山要打内战，脱离了人民。我看，这才是问题的本质！"

徐司令员真诚精辟的剖析，使梁培璜无言以对。他深思了片刻，面露反悔之态，不由地恭立起来，连声称"是"。

徐司令员扬扬手，示意梁培璜坐下讲话，并让警卫排长倒杯茶水给他喝。然后心平气和地继续和他谈话："随便些，你也不要过分紧张。是啊，要懂得这些道理，还得一个长过程呢。这不是那么简单的事。"

看着梁培璜重新坐下，徐向前接着说："关于放毒的事，我想听你谈谈。毒气是怎样制造的？阎锡山给你下过放毒的命令吗？"

梁培璜立刻紧张起来，他的双腿在颤抖。不过，对此却矢口否认："没，没有，没有的事儿！"

徐向前突然严肃起来。只见他剑眉横立，威严地站在桌案前，极其严厉地说："梁先生，你这么说，是很不诚实的！我不希望你这样做。你顽抗守城，你作为敌军将领，我们可以理解。但你放毒是事实，而且是你亲自召见临汾师范的化学教员以后，制造出毒气和硫磺弹的。这是事实，是不容否认的事实！你知道吗，你已经违背了战争中不得使用毒气的国际公约！尽管你可以不承认，这是你的事。但我们可以根据确凿证据，惩办战争中制造和施放毒气的罪犯！"

徐向前的话，斩钉截铁，一句句猛烈震撼着梁培璜虚伪脆弱的灵魂。

原来，临汾被困时，守城阎军在城内修飞机场挖出侵华日军埋藏的

"三八式"山炮毒气弹140枚。经检修，只是雷管发霉，尚可使用。梁培璜电请阎锡山空投雷管140个，修理废弹。解放军进击临汾东关，梁培璜命令发射了10发毒气弹；电灯公司失守，他又命炮兵发射20发。之后，他还指使在手榴弹内装填辣椒面；又指使临汾师范一个化学教师，成立所谓"防毒"小组，拨给法币500万元，制造毒液近30斤，并投放战场使用。

在确凿的证据面前，在徐向前义正辞严的指责下，梁培璜的精神堤防彻底崩溃。他嘴巴颤抖，结结巴巴哆嗦了半天，才吞吞吐吐承认："长官，因为这件事太严重了。我怕……说真的，阎锡山是同意过在临汾使用毒气的。"

徐向前敏锐地抓住对方心理转折，鼓励他："好哇，有这个认识就好！"随着，他把话锋一转："你在临汾失守后，越过汾河，打算往哪里逃哇？"

梁培璜垂头丧气地说："我估计，太原的路都被贵军堵死了，就打算往西安跑。"

徐向前啧啧嘴巴，恳切开导他说："路那么远，沿路又都是解放区，到处是天罗地网，你去西安，谈何容易呀！"

勤务员报告晚饭准备好了。徐向前提议和梁培璜共进晚餐。梁培璜受到深深震撼，不由地想起了过去虐待、杀害被俘解放军官兵的罪行，便羞愧地再三推诿。

徐向前执意要和他共进晚餐，梁培璜只好随了去。

徐向前的生活是这样简朴，米饭素菜，别无其他。端起碗时，他略示歉意地说："伙食不太好，还吃得惯吗？"

"好好好。事实上，我现在的伙食，比看管我的解放军战士还好。共产党的宽大政策，真使我感激无拟！"

"先不必说这么多感激的话。你应该先把情绪稳定下来，休息几天，我们再找时间谈。好吗？"

晚饭后，徐向前带梁培璜信步于村外的田埂上。

凉风习习，秋蝉啾啾。金黄的玉米秆叶，随风摆动，带走了一声声河蛙的聒噪。徐向前见梁培璜心事重重，便向身边的参谋处长说："梁先生的家属找到了没有？"

"已经安顿好了。"

徐总特别关照参谋处长："派人把梁先生的家属送来，叫他们住在一起吧。过些天，再送到后方去。"

梁培璜感激万分，不知说什么为好。

两人步行到一株大槐树下，一同向北方望去。那里就是太原城，彼此心里都想着同一件事。

良久，徐向前意味深长地说："过些时日，我们将把梁先生和你的亲属送到后方学习。希望你在后方能够好好学习，改造世界观，满载收获归来。当然喽，思想改造是一个痛苦的过程。要否定自己旧的东西，接受新鲜事物，并不是那么容易的。既要有迫切感，争分夺秒，又不要急于求成。要允许思想上有反复。希望你在去老解放区的路上，考察一下当地的民情，听听农民斗争地主时的诉苦会，看看支前参战的民工们的精神面貌。我相信，你一定会大开眼界，大有收益的。"

梁培璜热泪盈眶，肃然起敬的感觉油然而生。他颤声说："徐将军教诲，培璜三生不忘！"

徐向前大度地说："我们欢迎一切弃旧图新，向往正义的人。我们面前道路还长，事情很多，有许多工作正等着梁先生和我们一起去做呢！"

梁培璜振奋起来，激动地说："打太原，捣老阎，我梁培璜愿意戴罪立功！"

"好哇。我们不仅要捣老阎，还要打老蒋，解放全中国。梁先生既有脱胎换骨、将功补过的心愿，人民一定会欢迎你的！"

送走梁培璜后，徐向前司令员毫无倦意。他又和周士第、陈漫远进一步研究了太原战役的战略和各个战术细节，并就部队政治思想工作和瓦解敌军等，与政治部主任胡耀邦交换了意见。

夜深了，徐向前仍不想去睡。警卫排长只好把棉大衣披在首长肩上。

于是，捻亮马灯，徐向前又伏在案桌上，开始给中央军委写信。他在信中提出了自己对太原战役的决策性意见，请示军委批复……

● 绥署朝会

虽是初秋，太原依然热得难耐。倒是太原绥靖公署大院的冷酷和肃杀气氛，给人一种毛骨悚然、如临严冬的感觉。

在考究的东花园卧室里，绥靖公署主任阎锡山一大早儿就从被窝里钻了出来。按照多年来生活习惯，阎锡山总是四时半至五时起床，由侍者替他穿衣系带，踏鞋扎裤。洗漱完毕后，略进早点。稍事休息后，开始批阅由绥署秘书长呈送的电报或重要公文。而后，在六时至七时半，接待参加"朝会"的绥署高干们。阎锡山每天的工作日程，是在前一天晚上，就由检点参事拟好，经他亲自同意并批"可"字后，才能在次日按照计划进行的。这一套不成文的规矩，高干们已照办了二三十个年头。年年月月，天天如此，谁也不敢违背，谁也不敢怠慢。

可近些时来，这种死板程式化的运转方式，每每被打乱，甚至连跟随几十年的高干们，也有些捉摸不透了。人们偷偷嘀咕：

"莫非老头子改脾性了？！"

今儿一大早起床，阎锡山不是照例击掌代呼叫，而是破嗓大吼："都死光啦？给我穿紧身子！"

侍从长慌忙进来替他穿上"紧身子"，也就是棉背心，把被子叠好，但还是被他不分青红皂白地又臭骂了几句。

挨了骂，侍从长赶紧退立在门口，等待着新的指令。

自如夫人徐兰森去世，和阎锡山朝夕相处的就唯有五堂妹阎慧卿。阎慧卿本是阎锡山叔父阎书典之四儿阎锡垲的五闺女，人称"五姑娘"。她先嫁曲佩环，离婚后改嫁梁綖武。此公原是晚清遗老山西谘议局长梁善济之孙，在省府颇具影响。五姑娘与阎锡山多年"相好"，梁家一概明了。但出于某种欲念需求，梁綖武以允纳妾为条件，娶阎慧卿为正室。阎锡山为长期与五姑娘"往还"，也全部应允梁家条件。就这样，在阎锡山、阎慧卿和梁绖武之间，便形成了一种心照不宣的特殊暧昧关系。有人说，五妹子之对于阎锡山，是一种纯政治性的关系。此言其实枉断。说真的，阎慧卿对于阎锡山，其实只是个非正式的"内室"而已。说直率点，五姑娘不过是个家庭主妇型的浪漫妇道。

基于如上原因，当侍从们都无所适从的时候，眼见阎锡山心绪不佳，阎慧卿便试图施展她那宠妇特有的温馨手腕，去安抚一下怪癖的阎锡山。可是，当阎慧卿娇滴滴替他捏揉肩头时，阎锡山却反常地横着脸，把她也斥到一边去了。

总算用过了早点。阎锡山不准任何人进入他的卧室。独自一人蜷缩在一张太师椅上，一手按着他那光秃的脑门心，一手抚着椅扶手，陷入了对往事的回忆中：

是啊，自1911年太原起义登上都督宝座，他阎锡山执掌山西政权，已经三十大几个年头了。其中，几番风雨，几度周折，他可真是竭思尽虑，惨淡经营，耗尽心血，才终于维持到这1948年的秋天。可是，中国的时局，山西的危殆，国民政府的风雨飘摇，共产党和解放军的如日中天，却委实叫他食不甘味，寝难得安哪！临汾丢了，已够叫他痛心。曾几何时，晋中平原也成了共产党的天下。一个梁培璜，一个赵承绶，原来都是他阎锡山多年栽培的心腹爱将，掌上明珠。可如今，居然全都成了解放军的俘虏！

从前，阎锡山只听说徐向前多年有病，彼此虽是同乡，相交却也极为有限。想不到，临汾、晋中两次交锋，他阎锡山居然都败在了这个患病中的共产党同乡的手下！

"唉！莫非我阎伯川大限已至了？莫非老蒋的宝座坐不稳固了？莫非中国的天下，真要改朝换代，变成共产党的了？"

阎锡山心里自语着。他不敢相信，也绝对不愿承认，这些竟会变成事实。他宁可把局势想得乐观上再乐观，开心处再开心。因为，他怎么能心甘情愿失去他三十多年来既得的一切呢？他怎么能心甘情愿接受从根本上改变他在山西地盘上"存在"，这一严酷现实呢？不，他要挣扎，要厮拼，要奋争，要不惜一切地继续存在下去。

但是，一想到层层围困着太原城的徐向前指挥的解放军时，阎锡山就情不自禁地心颤，血涌，肝火上冒。所以，连日来，阎锡山眼睛血红，嗓音嘶哑，面皮黑黄，眼窝深陷。他逢人就骂，遇事即怒。侍从们总是无端被打骂，连平时拿着公文，专事谗言献媚的检点参事和侍从参谋之流人物，也都不知该如何是好了。

现在，阎锡山还是独自蜷缩在太师椅上。过了好一阵子，大约总是耐不住孤寂了吧，他突然用鞋后跟把地板踩得"笃笃"乱响，大声吼喊着："来人，老子要出去！"

守候在门口的几名侍从参谋闻风而动，手忙脚乱地把阎锡山扶起来。只见他一脸苦相，双腿乏力，如同卸了气的皮球一般。

他一言不发，侍从们只好根据他的眼神，判断他的意向。扶着他在内北厅、外北厅、中和斋这几个办公室和会议室，以及作战组等房间，茫无头绪地奔来跑去。奔波中，遇到了代理省政府主席梁化之。

梁化之好像有什么事情要向阎锡山报告，阎锡山却只说了一句："你给我走开！"便又朝前面去了。

阎锡山来到作战组，这里一片慌乱。电报机响个不停，电话铃此起彼伏，参谋们穿梭奔忙，手里不知拿着些什么纸张。阎锡山突然在地当间"蹭"地站定，手里拄着那根檀香木手杖，阴森森地扫视了室内一眼，冷不丁喝问："梁化之他们呢？怎么一个也不见来朝会？杨爱源呢？连他也不在！都死光啦！啊？"

侍从长赶紧回道："回阎主任的话，梁代主席刚才要见阎主任，是阎主任叫他走开的。杨副主任是阎主任打发他到南京向委座求援去了，尚未回来。至于王主任、孙主任他们，都还在外头恭听您的传见呢！"

阎锡山察觉自己失态了。多年的政治经验提醒他："不能这样六神无主，乱了方寸。要叫他们看出我心慌，那还不酿出大乱子来？对，要稳住，要装出个样子来！"

于是，阎锡山使出一贯的虚伪做作，马上换一副威严镇定面孔，显示出一种泰然自若，巍巍不可动摇的派头，把手杖在地上使劲捅了两下，喊道：

"谁说我叫梁化之走开的？还不叫他快来！我连杨爱源到南京也不知道？用你咸嘴淡舌！你看你，当了这么些年侍从长，连个规矩也不懂，还发什么痴，我要传见他们，叫他们快来见我！"

侍从长平白无故吃了剋，有苦肚里咽，哪敢怠慢。二话没说，赶紧出去传话去了。一会儿，梁化之、王靖国、孙楚等山西军政要员，都已来到。阎锡山高坐在作战组办公桌的首席，破例地在这里接受了高干们的朝会。

阎锡山扫视了他的部属们一眼，劈口问道："作战组嘛，就乱成个这样子？天还没有塌下来咧，就脚后跟也稳不住了？"

王靖国忙说："是有些乱。不过，都是在忙催援的事呢。"

阎锡山管他自己唠叨着："不要看徐向前夺了临汾和晋中，他是长不了的！形势还对我阎锡山有利。你们看，太原是有名的军工基地，枪炮子弹样样能造。这就叫打不完用不尽的聚宝盆。我的工事，是全中国第一流水平，他南京也未必比得上！除了正规军，还有保安团和民卫队。在国外，美国朋友一直支持我们。告诉大家一个好兆头，第三次世界大战就要打起来了！到时候，美军就要大举进入中国大陆。你们看，我说太原固若金汤，共军绝对攻占不了。这不是空口说白话吧？啊！"

说到这里，阎锡山故意停顿，专门向高干们提了个并不需要他们回答的设问。他见部属神情有所振作，进一步自我吹嘘说：

"所以说，我们守住太原，就要以城复省，以省复国。徐向前的共军，我是摸透了。他们的战术，不外是那一套能打则打，不能打则跑的老套子。总之是避免让对方吃掉。对不对，啊？共军从江西到陕北，直走了两万五千里，保存实力，找寻机会同国军作战，因此连连得手，地盘越来越大，兵马越来越多。叫我看，共产党能这么干，我阎锡山也能这么干！我主张，万事俱备，只欠东风。一跑万有，一跑万胜。这就叫运动战的打法。你们听懂了没？啊，也就是说，战机好，就从太原出去打；看见形势不好，就跑回太原来打。寻找机会，再出城消灭共军。你们都是精明人，看我说得对呀不对？"

阎锡山这一顿鼓吹，把个以"跑"为核心的所谓"新战术"，吹得神乎其神，玄而又玄。在场的部属们多数受到鼓舞，如同吸了鸦片一般，先前枯蔫蔫的劲头，突然间又鼓涨了几分。

在侯马战役中被解放军俘虏后逃回来的高倬之一拍胸脯鼓噪道："有阎主任这个十六字诀，倬之一定要雪侯马之恨。我情愿打头阵。阎主任万岁！"

王靖国不甘落后，马上来个立正回答："阎主任英明高见，十六字诀就是决胜之本。"

孙楚却有所保留。他面露不悦，嗫嚅了这么一句："万一，万一这'跑'，变成'逃'呢……"

孙楚话音未了，王靖国早在嗤之以鼻了。

梁化之翻了一个白眼，高倬之吐了口浓痰。

其余高干也都表示了不同程度的反感。

阎锡山讨嫌地说了句："真是杞人忧天！"孙楚便不敢吱声了。

随即，阎锡山转向梁化之，关切地问："杨主任去南京求援，有消息吗？"

梁化之回道："爱源到南京，通过美国大使司徒雷登，和'飞虎队'的陈纳德将军搭上了线。陈纳德答应派最新式最先进的B-25型'空中堡垒'战斗机，来咱山西助战。昨天，陈将军的一架飞机模型，已经转来太原了。"

阎锡山挺挺腰板说："美国人够朋友。有了飞机模型，还怕那'空中堡垒'不来？好，你再说，再说！"

梁化之继续讲道："彭士弘到青岛，恳请美军第七舰队司令白吉尔将军出兵救援。苏体仁和山岗顾问赴日本策划'东亚同盟志愿军'的事，也有了一些眉目。有消息说，一个以经济考察为名义的美军军事小组，已经在青岛和烟台组成，不日即可飞来太原。至于南京政府，正策划把黄樵松的第30师，派援我省。"

梁化之说的这些空中楼阁式的信息，使每个高干都很陶醉。阎锡山不免想入非非了，他立即接过梁化之的话头说：

"好哇，我阎锡山四处求援，八方有应。这就叫满则益，盈则缺，否极泰来。记住了吧？哦，幸生不死，怕死必死；置之死地而后生。只要上下抱定必胜的信念，学一学忻县赌棍赵贵根，输光了钱时，剁一个手指头放在赌桌上来押宝，就没有打不胜的仗！我再说一遍，我的要求就是：要以城复省，以省复国！记住了吗？"

"记住了！"

"主任万岁！"高干们齐声应答着。

"好，就这么散吧！"

阎锡山宣布朝会结束。高干们分别散去后，他又突然把梁化之叫住，叮咛道："你马上用我的名义，再草拟一份电报，恳请委员长拨冗于近日莅临太原视察。"

"主任英明！"梁化之虔诚地恭维着。等阎锡山走出去好一截子路以后，他才小心翼翼地挪动了自己的脚步。

● **委座驾到**

南京黄浦路有一处特别的住宅。内有华贵别墅，典雅花圃，成行树木，连片草坪。住宅的主人就是国民政府委员长蒋介石。这天，蒋介石照例在办公室里处理公文。这位委员长身着长袍，外披黑色大氅。他身材修长，瘦脸清癯，锐利的目光藏着诡诈，倦态的面庞表情木然。在蒋介石面前宽大考究的写字台上，放着一封刚刚翻译出来的电文。那是山西的阎锡山从太原紧急拍发来，请他务必立即到山西去视察，借以鼓舞晋军士气。

面对电报，蒋介石又恼，又气，又为难。之所以恼，是因为在阎锡山前后，几乎各战区都告急求援，请他亲临视察督战。他蒋介石纵有三头六臂七十二变，也绝难一手遮住几十个窟窿呀！

他之所以气，是因为他并非不愿到前线去，而是去了必定又横生枝节。

不是吗，他已经得到准确报告：有人说他蒋介石是个"灾星"，飞到哪里，哪里准丢！而共产党的毛泽东主席稳坐陕北，却是连连得胜！这话虽怪刺耳，却也毕竟是实。你看，蒋介石去过东北，那里已经丢了大片地盘。他去过华北，那里的几个重镇，也均被解放军攻克。而这一次去太原，难道又要把太原也丢掉吗？

"娘希匹，我就不信！"蒋介石执拗地骂着，他是绝不会承认自己的失败的。

蒋介石之所以为难，是太原虽险，却非去不可。因为中国北部平、津难保，太原就是蒋政权的最后政治支撑点。要想将来反攻，保住太原至关重要。而且，在美国政府频频表露"换马"意向，各省军阀相继通电促他"下野"的此时此刻，蒋介石知道，唯有阎锡山立意硬挺，支持他继续执掌大政。阎锡山多年来虽然与他蒋介石打打杀杀，但在关节眼儿上，却毕竟靠得住。所以，阎锡山既然有邀，那就该去。给老阎加油打气鼓鼓劲，值得。再说啦，山西有那么些规模可观的兵工厂，一旦落在共军手中，岂不等于为虎增翼？想到这些，蒋介石最终拿定主意，要去山西走一趟。

"机场来电话，说飞机已经准备好了。"宋美龄悄然提醒丈夫该启程了。

蒋介石看一眼大挂钟，起身欲走。刚迈步，又迟疑，转身对宋美龄说："我要换军服。"

宋美龄没言声，看了丈夫一眼。

"我是到前线去，穿军服更合适。"蒋介石补充说。

宋美龄吩咐下人为蒋介石穿起一套崭新呢制军服，上佩两枚勋章。一枚是他自己颁给自己的最高勋章，另一枚是美国总统杜鲁门赠送的。当他迈步走出办公楼，来到开往机场的雪铁龙高级轿车前时，宋美龄和蒋经国等分别向他道别。

雪铁龙轿车平稳地驶进了机场。

已经启动的"美龄号"专机，早已作好了起飞准备。

"美龄号"朝着北方飞去。

阎锡山已经得到了蒋介石定于 8 月 16 日到达太原的确信。他真是喜出望外。为了安全和保密，阎锡山把蒋介石"美龄号"座机的着陆点，安排在北门外的新城飞机场。至于参与迎接的人，只限制在王靖国、孙楚等几个省府高级官员。当然，对于美国记者，阎锡山是给予特别关照的。

　　天下着大雨，机场上渍水漫漫。候机室里，阎锡山正接受美国记者采访。

　　"请问阎先生，听说您的堡垒十分坚固。请介绍一下情况吧！"美国记者问。

　　阎锡山随意把玩着手里的拐杖，振振有词地答道："在我的'百里火海防线'中，各式碉堡五千余座。它们互为犄角，互相策应，可谓易守难攻。再加上大小口径的 600 门火炮，可抵 150 万军队！"

　　"哦，天哪！"美国记者惊叹着，继续问道，"请谈谈碉堡的坚固程度好吗？"

　　阎锡山得意地晃着脑袋说："这个嘛，你可以去问客嘉先生。他也是贵美利坚合众国的记者。我曾经用最大威力的野炮，去轰炸我的碉堡。结果呢，炮弹落下，碉堡上除了留下几个小白点儿外，完好无损。这一点，客嘉先生亲眼目睹。"

　　"唔，这真是神话般的史诗！我的上帝。我想起来了，那个记者曾经这样描述过阎先生的杰作：'任何人到了太原，都会为数不清的碉堡而吃惊。高的，低的，方的，圆的，三角形的，甚至藏在地下，构成了不可思议的密集火网。'阎先生，是这样吗？"

　　美国记者忽眨着蓝色的眼睛，用蹩脚的中国话，陈述着他的感慨。

　　阎锡山喜形于色。他使劲用手杖朝候机室地面敲击着说："我们的工事，要随着地球转动而加强！地球转动一天，我们的工事就要加强一天！要把每个主阵地，都修成能经得起一万发炮弹的永久性工事！"

　　对于阎锡山夸夸其谈的自我吹嘘，美国记者似有怀疑。因此问道："如果和南京方面的防御力量相比较，阎先生以为，您的防御手段——"

　　"哼，南京？他们只是武装了人，却没有武装了地！"阎锡山不屑一顾地回道。

"那么——"美国记者还要问些什么，警卫报告说飞机快要到了。

阎锡山当即收住话题，命令赶紧把欢迎队伍整理好。

在一片"嘟嘟哇哇"的鼓乐声中，"美龄号"座机停稳了。蒋介石在南京政府军令部部长徐永昌、国防部新闻局局长邓文仪等簇拥下，一步一滑地走下了舷梯。雨越下越大，越下越急。一向避风怕寒的阎锡山，此刻仿佛忘掉了这一切。他急忙趋上前，殷勤地伸手扶蒋介石跨进小轿车。

轿车顶雨急驰，很快驶入山西绥靖公署院内，在省府大堂前停下。这时，雨已停止。蒋介石跨出车门，高昂着头，挺直着腰板，俨然一副太上皇目空一切的架势。他身穿军服，外披黑色斗篷，戴一副阔边茶镜，雪白的手套与他的年龄极不相称。但这一切，则更显出他的出人头地，与众不同。

阎锡山紧跟在蒋介石的左后侧。当委员长迈步踏上绥靖公署大堂台阶的时候，他急忙紧走两步，抢上前去扶着蒋介石的右臂，显出一种令人眼生的极谦恭的下属的媚态。细心的人，是绝对不会忽略了阎氏的这个小小动作的。须知，这阎锡山和蒋介石，是中国政坛几十年的老对手，老敌家。

30年代时的蒋、冯、阎大战，阎锡山联冯讨蒋，以及后来蒋介石逼阎就范的陈年老账姑且不提；就是近十几年来，他们彼此间也无时不在明争暗斗，互相暗算。蒋介石对这个"既不能令，又不受命"的阎锡山，真是讨嫌至极，却又无法对付。阎锡山对于蒋介石，则是时时提防，若即若离。阎锡山只是一个劲儿地向老蒋要钱要粮，却是连一滴"血"也不给他出。平时，阎锡山命部下只挂他自己的像，喊什么"阎万岁"；但却不准挂蒋的像，不准喊"蒋万岁"。这一切，蒋介石虽然一一知情，但也无可奈何。不过，事到如今，大势已去，为了共同的"反共"利益，他们沆瀣一气。对付人民解放军和"反共"目标的一致，使蒋、阎成了难分难舍的患难兄弟。因此，阎锡山刚才扶蒋上台阶的那一手，说白了，其实是政客们别有用心的虚伪作态罢了。

当阎、蒋在省府大堂单独会见业已结束时，被通知来紧急集合的阎系党、政、军各界要员，均已到齐。这些人分为两列，从楼下直排到二楼会议室门口。蒋介石偕阎锡山穿过官员们夹道欢迎的长廊，向会议室走去。他一边走，一边不停地挥舞手中的白手套。令人费解地嘟哝着："好的，好的，好的！"

人们全都进入会议室，蒋介石落座首席。在他旁边的阎锡山，今天居然也破例地穿起了他一向不用的元帅大礼服。这套大礼服，高帽长衣全都镶嵌着耀眼的金线和金圈，肩头上的金星和佩章金光闪闪。他腰挎佩刀，端然而坐，俨然就是蒋介石的铁杆保镖。这举止，分明收到了精心设计的政治效应。因为，它给每一个与会者，都造成了一种虎狼为朋的虚幻朦胧的假象。

蒋介石看了一眼桌上那份名单。阎锡山反应敏捷，赶紧说："所列尽是到会部属，请委员长训示。"

蒋介石愚民有方，不厌其烦地逐一点名。点到谁，还特别要那人站起来，问其籍贯之类事儿。这一着，确实出手不凡。蒋介石凭空捞了个礼贤下士的美名。下面的人，被感动得掉了眼泪……

蒋介石演说道："伯川兄并各位先生：自日本投降后，国家所以不能及时从事建设，恢复战争创伤，其原因，都因为共产党的捣乱破坏。所以，中央才不得不忍痛先行'剿共'。在'剿共'军事上，中央有既定方针，也有雄厚兵力。共军虽然一时猖狂，但中央是有把握戡平叛乱的。现在，东北虽失，但国军正拚力收复。至于太原目前的紧张形势，我们是满不在乎的，满不在乎的！满不在乎的！"

蒋介石对东北战事的诓言，尤其是这一连三个"满不在乎"，说得叮当有声，步步声高，唾星飞溅，尾音近于狂呼。因此，这梦呓般的自吹自擂，居然也赢得了一些零星的掌声。

蒋介石十分得意，装腔作势地摆着双手，含混地说着："好的，好的！"

会场逐渐平静下来后，蒋介石清了清喉咙，接着说："方才，我和你们阎主任谈过了，给山西增派援军。这个事由我担保！不久，即有坚强部队调来增援山西。希望大家在阎先生领导下，共体时艰，一心一德，协助阎主任消灭共匪，保卫太原，保卫华北！"

会场里又挤出一阵掌声。

"诸位，委座不辞辛劳，千里迢迢，冒雨莅临，实是我等楷模。不过，委座此来，机会难得。诸位既然有此机缘，各自有何欲诉之言，不妨也对委座作个陈述嘛！"

阎锡山这一手，蒋介石并未料到。一时间，山西要员们你一言，我一语，提出了不少请求。有请示增兵的，有请求增运粮弹军火的，弄得蒋介石左右为难，异常尴尬。不过，蒋氏总算是政坛老手，经见此种场面也非首次，闹中求静，遇事不惊，自有一套应急手段。他略一思忖，也觉欲保太原，增援是必不可少的。于是，当下向众人允诺：

"请诸位放心，目下，中央的30师已经整编为军，不日即可开进山西。此外，诸位及晋军将领，守土有功，凡团以上干部，均可由中央发给金圆券5000元犒赏。希望大家为党国尽忠，不成功，则成仁。"

蒋介石太原之行，仅停留三四个小时。他在阎军中掀起一股小小的风波，便匆匆要返回南京了。不过，蒋氏此行，阎锡山确也在军事、人心、经济上，都得到一些实惠。

阎锡山不愿怠慢蒋介石，亲自送到新城飞机场。直到"美龄号"升空，遥遥消失在南方天际之后，阎锡山才返回绥靖公署。

● **忠烈千秋**

蒋介石走马观花到太原转了一圈儿，匆匆飞返南京。阎锡山得到了南京支持，在太原硬撑下去的劲头再度鼓了起来。不过，在和蒋介石此行的私下交谈中，蒋氏一再提到什么"内贼难防"之类的话，倒使阎锡山颇觉踌躇。这个"内"，究竟指的是什么？据阎锡山猜想，应当是指太原城内，或者是他所固守的太原防区之内。也就是那些隐蔽潜伏的共产党地下组织，以及阎军内部的反叛者和不力战者。

在蒋介石登上"美龄号"，彼此握别那一刻，阎锡山拍着胸脯保证，要把山西的"隐患"断然根除。侦缉共产党地下组织的任务，阎锡山依然交给专事特务暗杀活动的人间魔窟——特种警宪指挥处办理。他相信梁化之和徐端，一定不会叫他失望。这不，面前这份刚刚收到的《阵中日报》，就证明了梁、徐等人的尽职尽责。

　　[民报讯]警备司令部昨枪决通匪犯八名，犯罪事实为李某将我方军事秘密供给匪探；刘某、卫某等为匪搜集情报，测绘我城防工事地图及攻城要图，供给匪军；韩某、梁某则为其转送情报。另有为匪打通交通路线，煽惑军心者数人，经查扣，分别严讯，各供认不讳。依战斗城纪律第一条第一、四、五、七各款，均判处死刑，于昨午十二时绑赴刑场枪决……

　　这篇杀气腾腾的报道，确使阎锡山开心。他似乎看到血泊中倒下的一个个共产党员，他却借此扎稳了脚跟。他由衷地对梁化之的"专干"，表示极大赞赏。

　　现在，省政府代主席兼特种警宪指挥处处长梁化之，就站在阎锡山的旁边。阎锡山面带笑容地望着这个忠实而阴毒的打手，开心地说："敦厚，干得不错嗳！"

　　梁化之垂首应道："全凭姨叔您的栽培！"

　　梁化之别名敦厚，山西定襄师家湾村人。其父梁世爵是阎锡山的姨兄，所以梁化之称阎为姨叔。梁化之之所以走出大学校门，便从太原绥靖公署主任办公室秘书做起，直上升到现今的中将处长，并代理山西省政府主席要职，说实在的，完全是仰仗阎锡山的一手拉引提拔。因此，梁化之方才说的话，并不是一般的客套，而是发自内心的真言。

　　阎锡山却并不在乎，他对梁化之说："以后，客套话就少说哇。还是多给我端些真材实料出来！"

　　梁化之心领神会，当下如数家珍地回道："上校侍从参谋解兆义，以盗卖武器罪名枪毙了；被共军俘虏后又跑回来，居然斗胆临阵煽动部属投敌的步重炮团长肖利锋，还有放弃聂家山阵地的中校守碉司令郝志中，也枪决了；还有……"

梁化之咬牙切齿，凶神恶煞。阎锡山闭目听着，表情木然。听到后来大约有些腻了，挥挥手不耐烦地说："算了，这些东西，杀一个不多，杀十个也嫌少。杀一儆百，宰鸡给猴看，手段非用辣的不可。敦厚，你记住，往后，你就这么放手地干！不过，我可要警告你，特警处的主要使命，是在防共、铲共、灭共！"

梁化之向前躬着腰说："这个，姨侄铭记着姨叔您的一贯教诲！"

"铭记？我看你是纯粹没记！"阎锡山突然睁开眼睛，用一双布满血丝的猩红眼球盯着梁化之逼问，"我问你，太原城内究竟有多少共产党？"

梁化之脱口而出："不下三五万！"

对于这个随意出口的无据之数，阎锡山深表满意。因为这正符合他新近发表的所谓"政治革新和转变干部意识"的讲话意图。阎锡山微微抽动了几下嘴角，变了一种缓和的语调说："不错，我敢断定，太原城内的共产党，工厂里藏着七成，学校里藏着两成，机关里藏着一成。共产党培养的省委书记，也必定在工厂里头。敦厚，你说该怎么办？"

梁化之正好借机显露一手，当下献策道："姨叔高明，工厂确实是共产党活动的中心，学校也很危险。为此，我们必须建立专门机构，否则太平难保。"

阎锡山兴头陡增，他把虚胖的躯体从太师椅背上挺起来说：

"言之在理。所以，还是我那些主意对。要三自传训，自白转生。自己打自己耳刮子，互相打耳刮子，互相唾脸蛋子，这些都是转生的表现。只要发现了共产党嫌疑分子，砖头砸脑袋，乱棍轮打，用钉鞋锥子扎肚皮，都不要手软。宁可错杀一千，绝不漏掉一个。三五万共产党，得下些狠劲儿才能肃了哩！"

梁化之猛地想起了什么紧要事情，忙凑到阎锡山耳朵边悄声说："我最近侦察到一个可靠情报，山西大学教授徐惠云，是个不折不扣的共产党！"

阎锡山简直像一个弹子似地蹦了起来。他神经质地追问："抓住没有？"

梁化之阴森森地回道："此人神通广大，只宜智擒，不能力缚。我打算这么办——"

阎、梁二人耳语一番,一个密捕共产党员徐惠云的阴谋计划,便形成了。

1948 年秋末的一天,以山西大学教授身份作掩护的中共地下党员徐惠云刚刚起床,一个穿灰军装的陌生青年人突然闯进来,十分客气地对徐惠云说:"徐先生早!小人是吴公馆的勤务兵。吴秘书长有要事,请您打早儿去一趟!"

徐惠云边擦眼镜,边说:"吴秘书长既然有请,当然应该去的。今后工作还得多靠他呢。"

省政府秘书长吴绍之是阎锡山的心腹。徐惠云和他有些亲戚关系,以往利用他作掩护,为中共地下活动赢得不少便利。由于以往来去自由,相安无事,所以对于吴绍之今天的邀请,徐惠云并未产生疑虑。他二话没说,戴上眼镜,整好衣服,便随着那青年出了家门。

门口已有勤务兵备好一辆洋车,徐惠云坐了进去。奇怪的是,当徐惠云刚一落座时,那洋车夫拾起辕杆,拔腿就拼命跑了起来。车到南肖墙东口,按理该向吴公馆拐去,而车夫却照直朝北飞奔。

徐惠云觉得不对头,忙喊:"站住,去吴公馆是朝西拐!"

车夫似乎根本没有听到,依旧狂奔。

徐惠云回头喊跟在后面的勤务兵:"快叫车夫停住!"

可赶上前来的不是那勤务兵,却是一个满脸横肉的家伙。这人把眼一瞪说:"请你先到梁处长梁公馆去!吴秘书长在那里等你!"

不知从哪里上来几个骑自行车的凶神恶煞的家伙,一齐围上来,把徐惠云夹在中间。徐惠云明白:自己已经落入了敌人的骗局!当此之际,他泰然镇定,毫不慌张,冷静地考虑着:是否由于突然被捕,给敌人留下什么重要文件。他尽量搜索着记忆,从宿舍到学校确实一无所遗。于是,他完全坦然了。他愤怒地责问旁边的家伙:"你们凭什么抓人?还有没有国法!"

"对不起,先生。小子奉命来请,别的一概不知!"

徐惠云再不理他。过了一会儿，他突然急中生智，腾空一跃，从洋车上跳下了地，撒腿就朝来路上奔跑。边跑边回头对那些追上来的特务说："既然如此，就让吴绍之自己来请我吧！"

特务们被吓坏了，一个个慌忙拔出手枪，紧追上前，把徐惠云围在中间。一个特警队长恶狠狠地喊叫着："放明白点，这是梁处长的命令！你不去，就甭怪老子们不客气啦！"

徐惠云依然试图脱身。他没有理会特务们的威逼，继续朝来路方向跑着。那特警队长见势不妙，凶相毕露地一挥手，特务们一拥而上，不由分说地把徐惠云挟持到了特种警宪指挥处。

半个月后，梁化之传见徐惠云。梁化之摆出一副正人君子相，道貌岸然地指指专门摆在桌上的高级香烟和糖果食品，像恭迎贵客似地虚伪客套道：

"哎呀呀，文其兄，小弟百事缠身，脱开不得，这么长时间冷落了你，真对不起！对不起呀！来来来，快请坐，快请坐。小弟这里真诚向文其兄赔不是唠！"

徐惠云鄙夷地瞥了梁化之一眼，落落大方地拣一张椅子坐下，管自己点一支香烟抽起来。梁化之对徐惠云的故意冷淡佯装不见。涎着脸皮边削苹果边说："文其兄，你的问题是明摆着的。早谈早了，谈了大家都好。要不然，小弟也不好向上头交待哪！"说着，把削好的苹果攥到徐惠云的嘴边。

徐惠云恶心地朝地上吐了口浓痰，把身子向旁边一扭道："你既然了解，还有什么谈的必要！"

梁化之七窍生烟，急欲发作。但他强忍着，咽了口唾沫，一言未发地坐回到自己的位子上。他是不甘心的，他以为是自己的出言不够技巧，便改了个话题说："文其兄，对你的职业和身份，小弟自然了解。可现在需要了解的，是其他有关的'内情'呀！"

徐惠云内心进行着激烈的翻腾。不错，作为党的地下工作者，他确实知道不少党的内部情况。早在"一二·九"运动前，他就加入了中国共产党。1937年武汉大学毕业后，他专门从事革命活动，曾担任过新四军五师鄂豫皖边区党校教务主任等职。1946年3月，国共两党和谈期间，党派他来到太原，以山西大学教授身份，在高级知识分子中开展和平民主运动工作。无论自己的"内情"，还是党的"内情"，徐惠云当然知之甚多。但那是党的机密，党的纪律是不允许将这些"内情"，向敌人吐露一丁点儿的。作为一种斗争方式，他决定和敌人兜圈子，打马虎眼儿。于是说：

"像我这样的人，会有什么'内情'呢？我不明白，真是谈不出什么来的。"

梁化之岂肯罢休，继续他自以为是的诱供："那么，咱就先交谈一下政治问题好吗？"

徐惠云装作惊诧的样子，瞪圆眼睛反问："什么政治问题？国内的，还是国外的？我是个教书匠，怕是谈不好。"

梁化之本想绕弯儿套徐惠云上钩，反上了徐惠云的当。可他虽然气愤，仍存幻想。于是，索性图穷匕见地"漏底"道："行啦，徐先生。我看咱们用不着扯那么远了。就先谈谈你个人的问题吧。比方说，有关你的政治立场问题。"

徐惠云镇定自若地说："说起来，咱们都是定襄县人氏。既是老乡，又是同窗学友。我如今以教书为生，别无他图。至于我做的事，想来你是没有不清楚的，这有什么立场问题呢？"

梁化之左碰钉子右撞墙，终于忍耐不住了。他气得脸色由青变紫，由紫变黑，一口口地喘着粗气。最后终于忍耐不住，发作起来："徐惠云，你不要装疯卖傻！我再给你点明白了：你对时局有何认识？你对共产党有何看法？"

徐惠云大义凛然，反而瞅准了这个机会，巧妙地作了一番共产主义的宣传。他说："我本不愿谈这些。可梁代主席既然要我讲，我就不妨说上几句。依我看，国民党要亡，共产党要胜。这是大势所趋，人心所向。如果你认为共产党不会成功，你就把我放了。咱们走着瞧。如果你害怕共产党胜利，你就扣着我。扣与放，生与杀，随你好了！"

梁化之真没想到，这个文质彬彬戴着眼镜的秀才，居然会这么厉害。徐惠云讲了不少话，可梁化之却从中连一根毫毛的线索都抓不到。他恼了，怒了，暴跳起来了。一时间，梁化之的伪善面具和强装的礼遇，全都抛在了九霄云外。他恶狠狠地逼进一步，责问徐惠云："我再问你一句，你承认不承认你是共产党？"

徐惠云淡然笑道："哈哈，只说了两句同情共产党的话，我就成了共产党！那这共产党也就太多，太能耐了吧！哈哈哈！"

徐惠云的笑声充满生命力，充满希望，充满自信，充满一个坚强共产党员对自己信仰的事业的尊崇、向往和信念。

梁化之忍受不住了。他用拳头疯狂地擂着桌子，歇斯底里地咆哮起来："用不着耍花招啦！徐惠云，你说，到底交待不交待？"

徐惠云见这恶狗兽性大发，只觉得好笑。索性闭起眼睛，不再理会他。

梁化之的目的，并不是抓住一个徐惠云，而是要从他嘴里挖出更多共产党。于是，这个阴险的家伙变换手法，结束了对徐惠云的"优待生活"，把他改押到只能容纳10个人的狭窄木笼中。

一天，在特警处审讯室，一个熟悉的面孔向徐惠云靠近。这人做出万般无奈的嘴脸，用推心置腹的语气，对徐惠云说："惠云兄，咱们的问题，这里全知道了。关于你的组织关系，还是谈了吧。免得皮肉受苦。再说，纵然这样死去，共产党也不会给咱们塑纪念碑，开追悼会的啊！"

在一旁盯着的特警处长徐端趁机煽动道："是啊，文其兄，你瞧，还是识时务者为俊杰嘛！胡先生是你的同党，人家不像你这么固执，如今已经当上本处的少将设计委员了。你如果悔悟，我保你会有更大的前程！"

徐惠云这才明白，自己被捕，正是由于叛徒的出卖。于是，一股怒火从胸中一喷即发。他把一口浓痰狠狠啐在那叛徒脸上，疾声骂道："呸！无耻的东西，你有什么资格和我谈话？滚开！"

那叛徒像狗一样缩了回去。徐端凶神恶煞地扑上前去，挥臂打了徐惠云几个耳光，叫道："反了你啦！"

鲜血从壮士的嘴角淌下来，滴在衣襟上，洇湿了洁白的衣料。徐惠云从容地用袖口揩去血渍，斩钉截铁地庄严宣布："造反？是的。我们是要造反的。总有一天，我们要彻底消灭你们这群吃人的野兽！埋葬你们这个罪恶的制度！睁开你的狗眼看看，你们的灭顶之灾，就要到了！"

徐端气得脸色发紫，浑身颤抖。他气急败坏地跺着脚，声嘶力竭地干嚎着："既然承认你是要造反的共产党，那就快供出你的同党还有谁？"

"哼！"徐惠云轻蔑地说，"瞎了你的狗眼。要我出卖同志，一万年也办不到！"

徐端如同发狂的疯狗一般，咆哮起来："动刑！"

优秀的共产党员徐惠云，当着太原解放在即，人民共和国诞生前夕之际，被特务们用一条绳索绑着手臂，用另一条绳索套住脖颈，牺牲在了阎锡山特务们的绞刑架上。

和徐惠云同志一起被害的，还有另七位同志。这八位烈士的遗体，后来被阎军特务们秘密推进了太原城郊赛马场附近的"乱人坑"。为了保护党的机密，为了迎接太原解放，徐惠云等同志献出了他们的生命。他们的事迹和英名，永留人间，光昭日月。

● 推心置腹

在阎锡山残余势力惶惶不可终日、丧心病狂地进行末日到来前的倒行逆施之际，人民解放军正进行着如火如荼的攻城准备和战前整训。诉苦运动不仅激发了新入伍农民战士的革命热情，而且使许多起义投诚过来的新战士，对人民军队为人民的宗旨，有了明确的认识。热气腾腾的攻城准备工作，把前后方军民，全都动员起来了。

兵团司令部警卫部队正在严格操练。什么"火力掩护，单兵爆破，小组突击"；什么"土工作业"，又称作"土行孙"的打法；还有"坚持最后五分钟，胜利属于我们"的战斗口号；以及"政治工作到基层，到第一线去"的政治攻势原则，等等，等等。这些由徐向前司令员等兵团首长们反复讲过的指示，指战员们全都铭记在心，力行苦练。

又一次突进训练结束了。警卫排的战士们个个浑身泥巴，满头满脸的汗泥。排长命令大家稍许休息一会儿。

这时候，从司令员住的平房里，传来一曲"咿咿唔唔"的二胡琴声。而且，这位拉琴人，是全身心地投入进去，十分自信地在演奏着他的曲牌。

警卫排的战士们知道，这是徐向前司令员又在摆弄他那把心爱的二胡琴了。战士们听得十分开心。与其说他们是在欣赏这晋剧曲牌，倒不如说是在分享徐总此刻那异常兴奋的心境。因为，每一个司令部的同志都知道，徐总爱拉二胡，但只有在他的心情愉快，或即将迎接某种重要事件时，才会触发他的拉琴兴致。

从今天的琴声中，警卫战士们私下推测："今天，司令员可能又要迎接某位重要人物了！"

的确，上午有个"争取阎军工作小组"从石家庄来到了司令部。警卫战士在这些来人中，认出有晋中战役时投诚过来的阎军山西保安司令赵承绶，还有在临汾前线被我军俘虏的梁培璜等。这一次，赵承绶等是在石家庄参加学习后，以全新的姿态，返回山西，要为解放太原作一番贡献，出一分力量，争取在战争中立功赎罪的。

赵承绶来到徐司令员房间门口，徐向前热情地把他让进屋里。亲切地称呼着赵承绶的字说："印甫啊，这一次学习，听说你提高不小。现在重返山西，可要为人民立新功哪！"

赵承绶穿一身解放军便装，看起来和他的举止一样，还是不太自然。他有些拘谨地说："印甫愿意效劳！"

徐向前爽朗地笑道："不不不。不是效劳，是服务。印甫啊，你现在的身份，是人民解放军'争取阎军工作小组'的组长，是自己人，是主人了。可不要再这么说了。你还记得吧，咱们初次见面的时候，我就对你说过，'要学些为人民做好事的本领，还有许多事等着你去做呢！'现在，你看，我兑现自己的话了吧？"

徐总的风采谈吐，使赵承绶想起了不久前，他在晋中战败时，初次被押解到这里，会见徐向前司令员时的情景：

那是一个难忘的日子。

赵承绶在解放军战士引领下，忐忑不安地跨进一所农舍。他不知道自己将受到怎样的发落，将有怎样的灾难结局等待着自己。他心灰意冷，六神无主，连有人将一把圈椅放在他面前，请他就座，竟也没有察觉。直到对方以老友的挚情，随和地提醒他："印甫呀，你还认识我吗？请坐呀！"他才从这十分耳熟的浓重五台县乡音中，恍然醒悟，抬眼看了看对方。

这一看，真使赵承绶吃惊不小。原来，站在他面前这位身材高大，腰板笔挺，并给他搬椅让座的解放军官长，竟是大名鼎鼎的徐向前将军！

赵承绶不安地低着头说："怎么会不认识呢？是子敬吧！"

徐向前在赵承绶对面的椅子上坐下，谦和地说："老同学嘛。时隔十几年啦，你的眼力还是蛮好的。回想起来，同窗一别，就是这么多年过去了。唔，看起来，你的身体还是蛮壮实的呢！"

徐向前那深沉而充满追忆口吻的话语，把赵承绶带回了难忘的学生时代。那时候，正当风雨飘摇的晚清末叶，徐向前和赵承绶一起就读于五台县一所乡村中学堂。他们既是邻村乡亲，又是同窗学友，常常在一起探讨学业，纵论时政，无不为朝廷的无道和国家的前途而痛心疾首。当然，佛教圣地五台山的佳境，表里山河的古迹，也同样使他们为祖国的壮美而踌躇满志。尽管孩提时代的相处是短暂的；但那个时代的友谊，却是纯真而令人难以忘怀的。

想到这些，赵承绶不免有些沮丧地叹息道："唉，说来惭愧哪！身体再壮实，又有何用？"

徐向前从赵承绶话中敏锐地意识到：他之所以"惭愧"，无非是说英雄一世，戎马半生，却徒有一身壮体魄，落得个阶下囚的可悲下场。

"这是一种怀旧的颓丧情调，必须使他振作起来！"徐向前这么想着，以挽救者的善意，故意激他道："哈哈，印甫，你还是蛮有点英雄气概的嘛！如果你到现在还准备替蒋、阎成仁自杀的话，我可以成全你！"

赵承绶万分痛悔地抱着脸盘，连连摇头说："不，我不是这个意思。我是感到对不起子敬你哟！"

"哈哈哈……"徐向前宽厚地笑着，边踱步边说："你胡扯什么？晋中一战，双方死伤几万人。这难道仅是你、我老同学之间谁对谁错的问题？"

这振聋发聩的话语，使赵承绶如梦惊醒。多少年来，他和共产党为敌，助阎锡山为虐，一直把共产党视为不共戴天的敌人。此次被俘，他本来抱定必死打算。可令他万万没有想到的是：作为你死我活的敌手，今日战胜者的中共高级军事指挥员徐向前将军，却如此宽宏博大，不计前嫌。还把他这个戴罪之人，开脱在了制造战端的祸首之外！这一切，使赵承绶打心底里震撼，感动。他看到面前显现出一片朦胧曙光。

赵承绶复杂的内心活动，徐向前一览无遗。为使他尽快和过去决裂，回到人民一边来，徐向前开诚布公地耐心启发说：

"印甫，你为阎锡山卖命，打了这么多年仗，到现在还认不清蒋、阎这些人的本来面目吗？你难道还要替他们作殉葬品吗？现在，你已经过来了，我们真诚欢迎你！什么惭愧啊，恐惧啊，懊悔啊，这全都是不必要的心理状态。你应该赶快抛掉！老同学，学习为人民做好事的新本领吧，有许多事还等着你来做呢！"

赵承绶将信将疑地问："我能吗？"

"怎么不能呢？"徐向前推心置腹地说，"第一，你先到后方学习，改造思想。只要你进步了，就会影响到部下跟着你学。第二，你在太原有一定社会基础。熟人多，朋友也不少。协助我们做他们的工作，帮助他们认清形势，选择应走的道路。史泽波和李佩膺，我们都放回去了。梁培璜和刘光斗最近到后方学习，都很不错，很有成绩。最近，他们还发表了《致晋绥军官兵的通电》。写得蛮不错的。唔，你看到这个通电了吧？"

"看到了。"

"谈谈你的感想吧！"徐向前鼓励他说。

赵承绶扭动一下身体，内疚地说："我的罪过，比他们都大啊！"

徐向前走前一步，抚着这位少年同窗的肩头说："要说罪恶大，是怕我们杀你。对吧？那么好，我可以放你回去。不过，你应该考虑到：你把阎锡山的精锐部队都丢光了，他正在等着借你的头，来惩办败军，借以推卸他自己指挥无能的罪责呢！是去是留，由你自己决定。愿意用你的头，去试试阎万喜的刀，我可以马上成全你！"

赵承绶不免有些慌乱了。他的额头上沁出晶莹的汗珠，恳切地乞求着："不不不，我要求不要把我送回去！"

他说这话时，情不自禁地想起了一件事：那是1937年"七七事变"后，因为阎锡山部署失当，日本侵略军突破天镇防线，长趋直进，忻口告急，威胁太原；而阎锡山却枪决了军长李服膺，借以开脱他自己的罪责……

徐向前长吁了一口气道："嘿，你这个糊涂虫啊！真是聪明一世，枉活半生唠。现在，是该清醒了！"

从徐向前恳切平易的谈话中，赵承绶第一次感知了真正的人间温暖。此刻，涌塞在他胸间的，是数十年间为阎锡山充当马前卒，却日夕提心吊胆、如履薄冰的可悲处境。他痛悔至极。在这中国社会即将发生根本转折，旧制度末日分明已经到来的时刻，他在光明磊落的徐向前开导下，思想终于豁然开朗。他说："我将认真考虑您的忠告！"

徐向前见他回心转意，进而道："老同学啦，给我提些意见吧！就谈谈指挥上的缺点和疏漏也好。好在你我是刚刚过去的那场战争的对手，彼此相知。常言说得好，旁观者清嘛！"

赵承绶窘迫地涨红着脸，连连摆手："败军之将，谈何意见？如果能够看出你在指挥上的失误的话，我又何至走到今天这步境地？"

徐向前点点头道："这话也有道理。不过，你这一步是走得好哇。用不着再惭愧了，应当高兴。早过来，总比晚过来好。如果你现在还在那边打仗，我的战士的子弹，可就认不出你是我徐向前的老同学唠！是这样吗？哈哈哈！"

徐向前的幽默谈吐，完全打消了赵承绶紧张沮丧的心理。当徐向前送他踏上前往后方的汽车时，赵承绶清楚记得，徐向前严肃地叮嘱他："印甫啊，学习一段时间，我再请你回前线来，聘请你给我当参谋。咱们一起打太原，好不好啊？"

自古道：男儿有泪不轻弹。但此刻，赵承绶却几十年来第一次掉下了
热泪……

往事如烟而过。现在，几个月已经过去，赵承绶已经从后方学习归来。
此番，他就是应徐向前之约，前来报到的。徐向前以上宾的身份，来接待
这位站到人民一边来的原阎军起义将领。赵承绶品尝着老同学专门准备的
丰盛菜肴，感激地说："数月学习，印甫茅塞顿开。向前，这次是向你交学
费来的。"

徐向前和身边的周士第、胡耀邦等交换了一下眼神，笑着说："学费是
人民给的，只要你为人民做好事就行了。"

赵承绶知道，部队近来正在进行打太原的战前准备，急需阎军城防情
报。于是，他主动向徐向前等介绍说：

"我可以把所知道的太原城防情况，全都讲出来，供指挥部参考。阎锡
山曾经不止一次把太原比作一个人。他说，东山是头，城池是腹，南、北两
机场是肩膀，西山矿区是腿和脚。自古以来，历次攻打太原，不管是闯王
李自成，还是三七年的日本人侵晋，都是从东山，也就是'人头'上开始打
的。可以说，这就是从头顶上攻身子的战术。如今，阎锡山的头长得太长。
你看，他的防区往东伸出了 30 多华里呢！而且，那一带都是坚固设防的
要塞，还有集团工事群。所以说，如果解放军再按照旧的方法，从头顶上
往肚子里头攻的话，势必费时费力，增加伤亡！"

说到这里，赵承绶迟疑了一下。他留心着徐向前等的反应。徐向前听
得格外认真，见他打住话头，给他倒了一杯热茶水，用十分信赖的口吻，鼓
励赵承绶道："讲得很有见地。那么，印甫，以你的看法，我军攻打太原的
方略，应当是……"

赵承绶饮下一口茶水，和徐向前一起走到屋子中间的太原战区沙盘
前，边指点边说："以我看，不如采取割头战术。这就是说，可以掐住脖子，
从小窑头、淖马、牛驼寨、山头这四个大要塞下手。先拿下四大要塞南北

一线，而置四要塞以东地区于不顾。这是因为，以东地区是由所谓'雪耻奋斗团'的史泽波、李佩膺驻防的。他们被俘后又被放归，受过共产党宽大政策的教育感召。我以切身体会估计：史、李二人对形势肯定有所认识。因此，这一带势必防而不坚。如此，只要四大要塞一到手，太原孤城便成为我军的囊中之物了！"

赵承绶不愧是沙场老将，他那具有战略眼光的剖析，深得徐向前赞赏。他的话刚一落音，徐向前就兴高采烈地一拍手掌说："好哇，这真是英雄所见略同嘛！印甫，我们可真是想到一块儿去了！"

赵承绶谨慎地补充说："不过，如果照此计划夺取四大要塞，伤亡必定很大。所以，就怕我的这个建议，是个歪主意呢！"

徐向前拉着他的手，真诚地说："怎么会是个歪主意呢？这说明你在真心实意地为了打太原，替人民军队动脑筋，耗心血嘛！"

赵承绶顿觉一股热流在全身奔涌，振奋异常。略思片刻，他主动请求道：

"我原是阎锡山手下的所谓'十三高干'里头三个上将中的一个高干，也算一个上将。我在他那方面，确实是有一定影响的。这样吧，只要需要，印甫愿作微薄贡献！请徐司令员指示！"

徐向前握着他的手说："好，印甫，我们一定会给你提供立功的机会的！"

● 30 军抵晋

蒋介石抵晋，答应增派援军。事过数天，这位不惜血本维护岌岌可危统治地位的委员长，果然守信地决定：把蒋军第 30 师整编为第 30 军，开进山西。他还许诺，其他两个军，也随后抵晋。

只说这第 30 军，1946 年在运城和解放军较量，被打得一败涂地，损兵折将，不得不调往陕西华阴整补。这次，蒋介石又命他们再进山西，却是主帅难定。原来，该部原任军长鲁崇义是个"一朝被蛇咬，十年怕井绳"的胆小鬼，当此之际，硬是装死卖活不上套。这样，身为鲁崇义部师长的黄樵松，便以"人在矮檐下，不得不低头"的处境，被迫做了替罪羊。不过，陕西军阀胡宗南倒是颇有些笼络人心的邪门道。这次出战，该部虽然是师建制，胡宗南却给了个军的名号。于是，黄樵松便从师长变成了军长。

有人看了眼馋，可黄樵松心里却是烦透了。

明天就要到太原去了，黄樵松将军内心充满矛盾。本来，一接到进军山西命令，他就装病住进了渭南医院，企图逃脱开拔。孰料蒋介石既颁成命，就非行不可。胡宗南指挥不动，他又央求孙连仲和李宗仁出面周旋，弄得黄樵松哭也不是，笑也不是。只好违心行事，硬着头皮接受差遣。

今天是 1948 年 8 月 19 日。西安城内的昏暗夜景，使人倍感窒息压抑。

妻室儿女已经打发回开封老家了。黄樵松孤守军营，百无聊赖，招来几个部属，寻到大雁塔下一处"怀春楼酒家"，搂了四名歌妓，要了一桌酒菜，及时寻乐吃喝起来。

黄樵松一向是不贪烟酒的。但今天心情不好，也居然开戒饮了几杯。他也压根儿不贪女色，但今天也破例招来四名歌妓。同席的，有他一手提拔扶持起来的师长戴炳南，旅长仟德厚，军参谋长全镇，还有卫士长王震中等。

酒过几巡，歌妓们的小曲儿也唱过了几弦。不知是饮酒过度，还是什么原因，黄樵松突然涕泪交流，悲凄地对身边人说："唉唉，我黄樵松戎马半生，如今还要去打内战！长此下去，国家何日平定？人民何时安生哪？"

他这几句极为伤感的话，把欢快的宴席气氛，一下子搞得怪凄清的。

戴炳南提着酒壶，谄媚地从饭桌这边专门转到黄樵松身后，涎着笑脸讨好道："军座，兄弟们难得有此一聚，您有话就痛痛快快说吧！说出来，心里会舒服的。来，您慢慢说，小弟再给您斟上一杯！"

卫士长王震中劝道："军座已经过量了，戴师长，这杯就免了吧！"

黄樵松执拗地把手一挥说："不，今日有酒今日醉，我要一醉方休！

哦，喝醉了酒，也就什么都无所谓了！哼，妈的，这个病了，那个伤了，全都是装孙子嘛！拿我黄樵松做冤大头，是不是？什么军长，去他娘的蛋，老子是个二百五，炮筒子。唉，年年打仗，年年不得安生。这仗要打到何年何月，是个尽头哇！"

戴炳南道："军座，委员长既然有此安排，也是对您的重用。请军座好自为之，保重才是。"

黄樵松愤愤地把手中的酒杯向地上一摔，破口骂道："屁！你懂什么叫重用？弟兄们提着脑袋去打仗，他们背着元宝去当大官。作为一个军人，去打这种昧心的仗，有谁知苦？我不甘心哪！"

戴炳南吃了一个软钉子，再也不吱声了。

那四名歌妓被怒火冲天的黄樵松吓得退缩在一边，一个个如同受惊的小鬼，连大气也不敢出。黄樵松见状，招呼她们坐回餐桌边来。他拉起一个小姑娘的纤手，不无怜惜地说：

"哎，小妹妹，你们不要拘束，也不要误会。今儿个请你们来，并无恶意，也不是要寻欢作乐。我今儿是诚心诚意想请你们来陪客的。我黄樵松不善饮酒，今日和一班弟兄聚聚，是请你们来陪酒的。咳，明儿一开拔，谁知生死如何啊？也许，这便是今生今世最后一顿聚宴呐。临分别时，不能让大家痛快痛快，只怕要留下终生的大憾呢！对不对，你们说！"

"军座——"人们不安地想劝阻军长的失态。

"不不不，我没有酒量，不行的。你们是会喝酒的，来来来，好好地劝酒，不要客气。什么军长，师长，扯淡！大家全是一样的兄弟姐妹嘛！"

四名歌妓遵照黄樵松吩咐，每人擎着一只酒杯，给几位军人逐一敬酒。

黄樵松又饮了三杯，已经支持不住，一下子跌坐在凳上，使劲眨着猩红酸涩的眼皮，口齿含混地说：

"记得，有个大诗人写过两句诗，叫什么'同是天涯沦落人，相逢何必曾相识'！我们其实全是不幸的人。姐妹们，你们的肉体被人作贱，我们的灵魂被人奸污；你们对嫖客强颜欢笑，我们对上司唯命是从。咱们是同等命运的人哇！自己想做的事不能做，自己不想做的事又不能不做……唉，人生在世，这算什么滋味儿呀！"

卫士长王震中担心军长酒后失言，忙上前扶他道："军座，时间不早了，明天还要飞往太原呢。您就早些歇着吧！"

黄樵松不依，挣脱卫士长的手，指令他马上把笔墨拿来。

原来，这黄樵松虽是行伍出身，却是个善诗能书的儒将。他一向有读诗写诗的爱好，今日乘着这酒兴，文思涌动，又想借机吟诗抒怀了。卫士长知道将军的脾气，忙将随带的文房四宝备好。四名歌妓有的研墨，有的展纸。

少顷，一首名为《诗人节》的短诗，已经跃然纸端。诗中写道：

榴花红，红似血，热情沸，赤胆裂，

誓为祖国抛头颅，为民洒热血！

红似血，不是血，忠奸不易识，是非难辨别！

笑耶？哭耶？这诗人节！

守在旁边的戴炳南抢先赞道："好诗，好诗！军座真是高手！"

黄樵松潇洒地把笔一扔道："好诗歪诗，诌过了事。作为一名军人，随时都在等待死神召唤。死在沙场也好，死在刑场也好，我看均无所谓。不过，以诗明志，以诗抒怀，人纵然完了，那诗句总不会灭绝的！"

黄樵松此时的心境，任谁也捉摸不透。他言不及义，东拉西扯，分明已经大醉了。卫士长再也不顾他的执拗，硬是连搀带拖，把他扶出"怀春楼"，塞进了等候在门外的洋车里。

转眼，第30军从西安空运到太原城郊，已有半个月左右时间了。到达太原以后，第30军的军部，就设在北门外的新城村。戴炳南的师部，驻在与之相距约三四华里的新店村。为了便于联系，除专门派遣了负责联络接待的官员外，阎锡山还特准在城内的新道街口，也就是从前的商震公馆，设立了一个第30军办事处。黄樵松派他的军参谋长常驻这里，专事联络接待。

其间，第30军既来山西助战，当然少不了出战。风格梁一仗，30军有所进展，小有收获。这在整个太原战局一蹶不振的阎军方面，被看作一次了不起的大事件。阎锡山为了这件事，专门派梁化之出面，以阎锡山的名义，在豪华的正大饭店备下酒宴，为第30军贺功祝捷。

这天，正大饭店张灯结彩，笙管齐鸣。除阎锡山为显身份高贵未到席外，省府代主席梁化之以下文武官员全部到齐。黄樵松带着他部下的戴炳南等，应时赴会。此外，还有同样受蒋介石派遣，前来山西助战的西北空军第三队副司令易国瑞，中央独立第83旅旅长谌湛等，也均到场。

宴会开始，身材修长，一脸阴云，说话咬文嚼字，出言喜好摇头晃脑的梁化之首先举杯起立，傲慢地向席间横扫了一圈说道：

"诸位先生，诸位贵宾，诸位女士们，鄙代主席奉阎主任之命，特以阎主任的名义，全权主持今天的贺功祝捷喜宴！首先，让我们向功勋卓著的黄樵松黄军座，向亲驾战鹰飞临风格梁助战的易国瑞易副司令，向在座的戴师座、仝参座、谌旅座等等，向所有一切有功将领，祝酒致敬！请！"

"请！"

"请！"在一片杯觥交错中，人们纷纷把谦恭的、巴结的、嫉妒的、漠然的，以及幸灾乐祸的不同眼神，投向黄樵松。

这些，作为受祝贺的主角黄樵松，全都看在眼里。个中酸甜苦辣，他虽尚未全都尝到，但那难耐的味儿，确也大抵感受到了。因此，众人将杯中液体一饮而尽，他反而将满杯的酒，原封未动地放回了桌上。

梁化之留意到了这个微妙细节，不免反感。但只皱皱眉头，照旧发表祝辞："风格梁一战，我军自晋中失利以来首次大捷。其重大影响，将以历史见证。此次大捷，必将成为我军反败为胜、反守为攻之良好开端，成为阎主任一向倡导的以城复省，以省复国英明预见的绝好转机！对于此次大捷，阎主任十分满意，十分赞赏。特地拨给每人四大块烟土，以示犒赏。请注意，这烟土可是每块50两的大块的！至于黄军座，指挥有方，作战有功，阎主任特拨一辆小轿车，专供黄军座调用。就在这正大饭店，有为黄军座等专订的包房，并有女招待随时侍奉，随叫随到，听任使用。另外，还有咱山西的中路梆子剧团，阎主任已经特令各路名伶坤角，不计薪俸，不辞艰辛，坚持义演。内中技艺出众者，只要黄军座中意，还可随时任意调其专场献演……"

梁化之夸夸其谈后面的肮脏用心，在座者一听便知。这对于那些利欲熏心、贪色如命之徒来说，自然求之不得，喜不胜收。然而，此时的黄樵松，却是阴沉着脸，满肚子的不高兴。

梁化之并不介意，继续说："当然，对主任厚意如何回报，诸位心中有数。日前，主任一再吩咐，要大家精诚团结，打好太原大保卫战，也可以叫作太原总体战吧！只要守住太原，打得好，反共大计便可成就。眼下，阎主任除向蒋委座求援，还向友好盟国，尊敬的美国朋友求援！诸位，美国朋友是不会忘记我们的。陈纳德将军的'飞虎队'不久将来山西助战。所以，只要大家如黄军座般硬战血战，胜利就是弹指之事！请举杯，为迎接可预见的胜利，干杯！"

该轮到黄樵松发言了。他本来毫无兴致，但在梁化之一再鼓动起来的掌声中，不得不应付一下。于是，他立起道：

"诸位，梁代主席的盛情，阎主任的厚意，我黄樵松委实受之有愧！阎先生之待遇我们，掏良心说，不错！我黄樵松不是草木人，受人之恩，自然感激，理当拼死效命。不过，以我之见，目前共军声势壮大，连连告捷，其势是断不可小量的。至于国军，后续无望，损失日增，困守孤城，其势实如垒卵。当然，30军受命助战，理当拼死。但是，仅我一军主力，纵然每战必胜，而伤亡也每战必增呀！死一个，少一个。时日一久，加上投降的，开小差的，这兵力如何能够保证呢？作为军人，我黄某当然以执行命令为天职。但作为长官，我不能不为战局后果，和弟兄们的生命，而深深地忧虑哪！"

黄樵松颇动真情地说着，在座的所有正直军人，无不默默点头。

但这些话，分明与梁化之意图很不协调。梁化之越听越不顺耳，牙齿咬得死紧，几次想发作，但总算克制住了。

不知是看出梁化之不满，还是有意显示自己"忠勇"，坐在下席的戴炳南不待别人提名，抢先表示："如果阎主任能再敦请委座派二百架飞机来，对徐向前的共军实行密集轰炸，我看太原之围，一定可解！"

这话深得梁化之赏识。他用赞赏的目光盯着这个一脸横肉的中年军官，看了好一阵子。其他人莫名其妙地发出一阵"唏嘘"。

黄樵松以长官和长辈双重身份，冷冷地制止戴炳南："你胡扯什么！飞机是那么容易调来的？密集轰炸，密集轰炸，你懂得那是个什么滋味？你敢保证炮弹落不到你姓戴的头上，落不到庶民百姓家里？"

这一顿抢白，把个戴炳南说得脸色一阵红，一阵白，再也出不得声了。面对一手提拔栽培过他的长官，戴炳南不敢对黄樵松当面说半个不字。但野心十足的他，却在内心早就暗暗恨着黄樵松了。他认为：黄樵松总是给他小鞋穿，使他当众下不了台……

眼看就要闹僵，欢宴就要转调，梁化之眼珠一转，忙打圆场道："今日喜宴，旨在贺功祝捷。大家尽兴喝酒，不谈别的，不谈别的！来来来，喝，干杯！"

又喝了几杯酒，大家的兴致重又振作起来。

梁化之估计剧团已经准备停当了，便拿着一张戏单子，请黄樵松点戏。黄樵松大略看了一眼戏单，随便点了一出《秦琼卖马》。

有知情者，晓得这正是黄樵松最爱看的一出戏，也便趁机参谋。于是，演出剧目，就这样确定下来了。

梁化之出去小解的时候，卫士长王震中边替黄军长准备衣物，边和他聊道："军座，您干么又点《秦琼卖马》呢？不会点个别的。今儿个，可是有山西梆子须生名角果子红来了。"

"唉，孤城一座，四旁无援，难守哪！若再无援军到来，只怕这出'卖马'，咱也难得再有机会看到了！"黄樵松边系纽扣，边叹息道。

王震中见他过分伤感，劝道："军座，事情不尽如此。难道今日之事，会是死鬼作乐？"

"小鬼，许多事你还不懂。目前，沈阳已失，平津告急，北方大体成了共产党的天下。这形势，不能不叫人三思啊！说死鬼作乐不尽然，但我们的进退和前程，都要受阎锡山的制约，实在难以忍受哇！"

王震中看得出，军长的这些话，说得特别认真，断然不像随口而出。这些话，在王震中的记忆中，军长过去是从没有说过的。那么，军长今天这么说，到底意味着什么呢？王震中虽然一时难以悟出其中的用意，但作为多年随侍左右的亲信侍卫来说，他总觉得军长是话中有话的。

军长心绪不佳，王震中不便细问。不过，在他的心里，从此画上了一个大问号。

● 将错就错

第30军增援太原，对于太原绥靖公署主任阎锡山来说，可以说是雪中送炭。但随之而来的烦恼事，却也使阎锡山倍感棘手。这便是增援部队和全城的粮食供给，已处在捉襟见肘的境地了。

连日来，阎锡山绞尽脑汁，费尽心机，为筹粮而设想了好多办法。比方说，紧缩军粮，囤积城内商号储粮，停供市民口粮等非常措施，不仅想到了，而且也采用了。但是，杯水车薪，何济于10余万众之困？阎锡山也谋向外求援。可共军把个太原城团团围住，铁路、公路均已中断，城南的武宿飞机场已被共军的火力死死封住。纵有空中支援，着陆投放也大有困难。

情况是如此严重，后果真难以逆料。阎锡山急得如同热锅上的蚂蚁，不得不召集高干会议，进行紧急磋商。在绥靖公署的会议室里，高干们围坐在阎锡山四周，争论得异常激烈。

王靖国首先表态："靖国以为，阎主任所提困难，实是太原能否永固关键所在。目前城内藏粮所剩不多，空运屡受阻碍。唯一办法，就是出城抢收。眼下晋中各县粮农秋收入库，正好趁机捞他一把。这是千载难逢的良机，非有应急手段和凌厉措施不可！"

梁化之反问："依照尊意，莫非要强行派兵出城去抢粮吗？"

王靖国本来就没把梁化之放在眼里，这时鄙夷地斜睨一眼，装出一副成竹在胸的样子说："养兵千日，用兵一时。但今日之一时用兵，也是为着千日之养兵。据我所知，共军虽然陈兵晋阳，但其之所以久困而不攻，说明其兵力尚不充足。又且经过临汾、晋中两大战役，他们毕竟也是强弩之末、疲惫之师了。我军以逸待劳，养精蓄锐，已非一日。如今反戈一击，正当其时。"

说到这里，王靖国好像担心阎锡山没有留意他所阐述的观点，专门转向阎锡山说："机不可失，时不再来。请主任速决！"

阎锡山眯缝着眼，不置可否地把脑袋转着圆圈。是肯定，还是否定，谁也捉摸不透。他总是这样坐山观虎斗，待他眼里的这些"娃娃们"争论到一定份儿上，才最终一锤子定音。

梁化之见阎锡山没吱声，便不顾王靖国，只管说道："常言道，知己知彼，百战不殆。王兄所言，其实对共军并无深知。共军围而不攻，非为力弱，而是别有他图。率言之，不外乎以武力胁迫手段，妄图达其和平解决目的。故若我方贸然出兵，必然自食恶果！"

作为军方核心人物的孙楚，此时插话道："那么，以梁代主席之见，我军就只好坐以待毙，束手就擒了？"

这话引发了若干高干的唏嘘之声。

梁化之却是不为所动，他转向阎锡山，说："以化之之见，共军既有和谈之意，我军何妨来个将计就计呢？我们可以公开给徐向前传话过去，申明我方和平解决太原问题的意图，借以麻痹对方，松懈其防御。而后，我军再采取突然出击的果断行动——"

阎锡山按捺不住心中的激动，把军帽朝桌子上一扔，站起来，喜气地说：

"好，你们说得都不赖！看起来，你们都没白跟我吃了这么些年的干饭。我看，把化之和靖国俩人的主张揉成一个团子，就是一个万全之策了。我们借共产党的和谈愿望，以夷治夷，以假乱真。真真假假，虚虚实实，搞乱徐向前的阵脚。等他乱了方寸，我就出其不意，攻其不备，用五个？六个？不，就用它八九个师的兵力，集中突击。这样子，一可以夺粮食，解决城内粮荒，以便坚守待援。二可以武力夺取武宿飞机场的控制权，以便接待空运飞机，打通与外界的联络。第三呢，这次行动，不打则已，要打，就要把共军的前哨部队赶到榆次小河以南，借以解脱太原的危机。"

这时候，下首倏地站起一个精瘦的年轻军官。他高昂着头，挺直着胸脯，向阎锡山慷慨请命："请主任下命令：我高倬之甘打头阵，不雪晋中之耻，誓不为人！"

人们见是号称"闪电将军"的第34军军长高倬之，有的擤鼻涕，有的打喷嚏。因为谁都知道，他的确是个惯吹牛皮的"空炮将军"。他在晋中战场上被解放军打得丢盔弃甲，乔装改扮，才光杆儿一条，逃跑出来。

对于众人的鄙夷，高倬之并不在乎，继续厚着脸皮说："万事俱备，只欠东风。一跑万有，一跑万胜。这是阎主任最英明正确的十六字战略。叫我看，这次出击，正是实践阎主任十六字战略的绝好机会。"

高倬之的几句巧言媚语，不仅封住了众高干的嘴，且博得了阎锡山的欢心。阎锡山表示："倬之说得有理。晋中失利，不能说十六字战略不对，只能说执行得不好。对不对？啊！我看，有倬之这点儿勇气，再加上我的十六字战略，我拨给他八九个师兵力，还怕不出师大捷？你们说，是不是这个道理？"

王靖国和梁化之争了半天，却见阎锡山把出兵大任交给了高倬之。二人虽有醋意，但也不能当面违拗，便全敛声息气了。

高倬之自觉得到阎锡山信任，仿佛早将那"逃跑将军"的骂名忘个干净。他神气活现地向阎锡山行军礼道："谢主任栽培！倬之不雪此仇，誓不为人！"

阎锡山做出宽厚的姿态，摆了摆手说：

"嘿，年轻轻的，也不要这么把话说绝嘛！是不是？我看，你这次出兵，可以兵分三路。一路进击小店、南畔、巩家堡；一路进击狄村、南北王铭和西温庄；第三路集结在小店以北，红寺一带。你可以集中兵力，突然出击。打乱徐向前的攻城计划，消耗他的攻城兵力，拖延他的攻城时间。有两个重要事情，你必须记住：第一是必须控制住武宿飞机场，第二是要多多地抓丁、抓粮。事成之后，我要重赏！"

高倬之如同吸足了鸦片的烟鬼，又一次抖擞精神，立正敬礼道："主任英明，主任万岁！高倬之纵然粉身碎骨，一定完成使命！"

1948年10月初，困守太原的阎军以7个师的兵力，兵分三路出城，企图破坏人民解放军攻城准备，实施抢粮。阎军第44师、第45师，由于连续几日采取边进犯，边筑碉堡；抢占一村，守一村的战法，还算顺利。因此，此次出犯，他们全都陶醉在所谓"旗开得胜"的幻梦之中。

入夜以后，阎军全都沉入死死的梦乡。

武宿飞机场地处太原东南郊10多公里的武宿村，和马连营、辛营、高辛村之间。是阎锡山与美国"飞虎队"队长陈纳德航空公司合作营建的机场。当时，号称中国五大机场之一。武宿机场的四周，有环场铁路和水泥公路，直达太原城内。机场内的三条跑道，直径四公里多，可供巨型运输机"空中堡垒"号起降。阎锡山出巨资经营这个机场的用意，在平时，其运输业务，是以运出山西的钢铁、水泥和布匹等本省工业产品，去换取美国人和蒋介石的粮食及军火援助。

自从晋中失利以来，阎锡山很为他的空中通道受阻而头疼。武宿机场被解放军的火力严密控制以后，外援几乎断绝，他的退路也被切断。阎锡山大有虎落松山之感。因此，这一次向外窜犯，阎锡山曾把夺回武宿机场的控制权作为战役的重点目标，作过布置。可是，阎锡山的如意算盘尚未拨动几个珠子，随着他的第44师和第45师相继被歼，人民解放军太原前线兵团，已经迅速逼近，并形成了对武宿机场的全面包围态势。

武宿机场四周修筑着数十个梅花形的集团碉堡。阎军凭着坚固工事，困兽犹斗，以密集火力，疯狂扫射。解放军的围攻部队被压制在机场外围。

一场激战过后，战地异常寂静，甚至连附近村庄偶尔传来的狗叫声也清晰可辨。

从铁皮卷的喇叭筒发出的洪亮喊话声，由解放军阵地前沿掩体传出，朝着不远处的阎军阵地传送过去：

"喂，阎军官兵弟兄们，请你们注意唠！现在我们向你们讲一讲当前形势。晋中各县，土地平分。阎军官兵，家中照分。男女老少，每人一份。"

"喂，李排长，我是王有财呀。原来就在你手下当兵，我现在已经参加解放军啦！你快些带上弟兄们，也过来吧！阎锡山是兔子的尾巴，长不了啦。解放军一律优待俘虏。对啦，我身上还装着你婆姨捎给你的信咧！"

这个喊话的王有财，是个起义战士。如今是排里的重机枪手。他的喊话虽然简短，却是很快就收到了效果。喊话声开始后，对面碉堡里的射击果然停止了。喊话结束后不多一阵子，从那边碉堡的瞭望孔里，忽然扔出一个信封来。王有财匍匐着向前爬去，把那信封捡回来，交给排长。

只见上面写着："有财老弟，共军同志，我们排全部投降，请不要打枪！"

我军立即停止射击，李排长带着他的 16 个弟兄，当下便反正过来了。

李排长一见到王有财，就把头上的阎军军帽一扔说："咳，老弟，如果不是你的开导，我还保准要替阎锡山当替死鬼呢！"

王有财把自己那顶解放军帽给他戴在头上，问他道："李排长，张连长一向和你挺相好的，怎么不把他也领过来呢？"

"嘿，他那人，怕挨枪子儿呗！他是自己躲在后头，叫我们先过来试一试再说。"

王有财追问道："那据你看来，张连长反正，到底是有心，还是无心？"

"这还用说，生死关头，哪个愿意白送一条性命？他不是傻瓜，我看他反正过来，是有门道的。"

"那好，你这就喊话。招呼他过来吧！"

李排长有些迟疑，但见王有财态度甚是诚恳，当下接过喇叭筒，放大嗓门喊道："喂，张连长，我们已经过来了，一切很好。你也赶快反正过来吧。碉堡是守不住了，丢了碉堡，营长还要追究你哩。到时候，你可就连脑袋也保不住啦！"

这话果然灵验。不一会儿，那位张连长，当真带着几个弟兄，溜出碉堡，跑了过来。就这样，在短短几十分钟的时间里，几个碉堡里的阎军，先后向人民解放军投诚。

此时，位于机场制高点的核心工事，阎军仍在疯狂射击。重机枪手王有财被激怒了。他把牙根一咬，提起机枪，朝着敌人的射击孔，就是一阵猛射。这一排子枪弹过去，敌工事的射击孔碎石乱飞，硝烟弥漫。只在几分钟后，阎军的这个机枪阵地，便哑然无声了。

趁着这个机会，人民解放军的喊话组又展开了政治攻势。这次的喊话词，是一段题为《十不得》的快板书，入情入理，很是动人。

阎军弟兄听仔细，　　知心话儿告诉你：

阎锡山的鬼话听不得，特务的鬼话信不得；

太原工事守不得，　　红皮七九枪用不得；

挨饿挨冻过不得，　　互相监视要不得；

解放军攻城了不得，土造飞机坐不得；

家里盼你等不得，　　逃跑回家迟不得；

十个不得牢记得，　　当机立断慢不得！

有趣的是，自打这段快板书喊过以后，那边碉堡里就再也没有射击过。

刚反正过来的李排长和张连长，急切立功。他们根据以往经验，从对面工事停止射击动向，判断对方正进行激烈思想斗争。于是，一起喊道：

"吴有贵，我们是连长和排长，我们过这边来了，都受到了优待。你不要害怕了，也过来吧！"

没多大会儿，那个叫吴有贵的，也和另外两个弟兄反正过来了。他们还抬来一挺重机枪。吴有贵来到解放军阵地前沿，第一个认出的，就是王有财。原来，他俩是晋中一个村子的乡亲，而且还是一起被抓丁，一起学过机枪的。如今，两人先后反正，在战火中新生重逢，真是喜出望外。

吴有贵憨憨地朝王有财肩膀上擂了一拳头，说："你这家伙，反正过来，咋的就不把我也喊上咧？你要是喊一声，我不就早过来了吗！哪还用受这份惊吓呢？"

王有财亲切地笑着说："你钻在那个乌龟壳儿里头，瞎打一通，我怎能知道你在咧？不过，在咱部队上，革命是不分先后的。你这阵子反正过来，也不算迟！咱俩如今是革命同志了！哈哈哈！"

新老解放军战士们，都为这戏剧性的场面欢呼雀跃。

仅一昼夜战斗，武宿机场攻克了。与此同时，东部石嘴子、孟家井，西南部汾河东岸，西岸小店、晋源，西山聂家山、白家庄，北部要塞石岭关等，也都相继处于解放军控制下。对太原城的包围圈又向内紧缩了。

太原城的瓮中之鳖，受到更大压力。

当此之际，被胜利鼓舞着的人民解放军官兵们，个个摩拳擦掌，人人踊跃请战，要求一鼓作气，进军太原。

"打进太原城，活捉阎锡山！"

"打下太原城，立功为人民！"

请战的呼声响彻云霄，围绕在太原城四周的解放军阵地上，奔涌着战斗的激情。

但是，太原城防守严密，工事异常坚固，应该选择什么有利部位，作为发起攻击的突破点呢？兵团首长都在为此焦心竭虑。

● 九月会议

1948 年 8 月 4 日，在榆次县相立村，太原前线人民解放军举行又一次前委扩大会议。团以上干部全都到会。大家看到徐向前司令员身体消瘦，但精神很好，将士们全都对攻打太原充满信心。会议历时 6 天，有表扬、有批评与自我批评，更多是谈经验，长教训。9 日，徐司令员作关于晋中战役的总结报告，会议根据中央军委指示同意的"围困、瓦解、军事攻击"的作战方针和前委关于攻取太原准备工作的指示，徐司令员号召全军加紧准备，求得在思想上，战术、技术上，政治、后勤工作上，完成攻打太原的准备。

中央军委对徐向前的身体十分关心。8 月 11 日，军委在批复前委扩大会议情况报告和整训具体计划的电报中指出：

向前同志即利用整训期间来后方休息，本月中（旬）后，先来华

048

北局及中央一谈。

徐向前也想借此机会，到石家庄的医院检查一下病情，更想见到华北局和中央领导同志。他决定 16 日启程。就在这一天，太岳军区部队正式升编为华北野战军第一兵团第十五纵队，徐向前提笔书写祝贺：

钢是炼成的，钢铁般的队伍是经过艰苦奋斗的过程锻炼出来的。我们是人民的队伍，我们必须加强学习军事和政治，不怕艰苦，排除困难，才能锻炼成毛泽东式的、钢铁般的队伍。

联想到再过几天，第十五纵队要召开祝捷庆功大会，徐向前觉得自己等不及参加了，便再提笔书写：

争取更大的胜利，消灭更多的敌人，为功上加功，为光荣上加光荣而奋斗不懈。——敬赠给十五纵队的战斗英雄们！

第二天，就是预定启程的日子了，徐向前却一直忙到下午 5 点多钟，又赶到十五纵队成立大会的会场。越战越强的这支地方部队，随着革命形势的发展壮大，今天正式升级为野战军了。这是一件多么光荣可喜的大事，徐向前哪能不挤出时间来祝贺呢！

大家看到徐司令员出现在会场大门口，全都肃然起立，发出雷鸣般的掌声。徐向前在热烈的掌声中发表长篇讲话，他通过党领导武装斗争的历史，深入浅出地说明地方武装、游击队升级为正规军的意义；还以许多生动具体的事例，教育干部要提高军事素养。他说：

"炮弹可以加工制造，人是没法加工制造的，死一个少一个；干部要爱兵，基本上是提高指挥能力；战场上少死人，是爱兵的最实际表现，也是最受战士拥护的指挥员。"

讲到太原战役时，徐向前风趣地说："打太原，不是那样难，又不是那样容易。把阎锡山现有的部队拿到野外，不要三个钟头，就可以完全消灭！但阎锡山不是傻瓜，晋中战役时，他本钱还大，还敢出来；现在本钱少了，吃了亏后，也聪明了。所以，他就要死守太原。工事又筑得多，这就不好打。能不能不打？非打太原不行！胡子白了也要打下来。说胡子白了，是表示我们有决心，并不是真的要打到胡子白了，那还得了！"

徐司令员的讲话，激励着每个到会的干部。会场上不断发出笑声。当纵队文工团开始演出节目的时候，从村西头碧绿的枣树林中透过的夕阳，正照耀着徐向前一行的旅途。

8月下旬，徐向前抵达石家庄，即住进从延安迁来的和平医院。经各科医生的全面检查，发现他不仅旧病有发展，消化和吸收能力均极差，每餐只能吃少许麦片之类软食，体质虚弱。一位日本女医生诊断的结论是，病情到了"极点"。提出意见，至少要静养两三个月，相当长的时期内不能工作。这时，徐向前夫人黄杰也从军区后方赶来，参加护理，劝说丈夫多休息些天。

徐向前说："医生的话不能不听，也不能全信。我还要去中央参加会议呢！"

不几天，中共中央开会的通知果然来了。

9月初，徐向前沿着从故乡——山西五台县流来的滹沱河，逆流而上，抵达中共中央所在地——河北平山西柏坡。中央领导同志都很关心徐向前的身体健康，一再叮嘱他注意休息和调养。徐向前当时的自我感觉很不好，担心支持不了几个月的时间，便有可能倒下来，完不成攻打太原的作战任务。经再三考虑后，他找刘少奇谈了自己的顾虑。

刘少奇说："你的身体状况中央很清楚，但现在实在抽不出人去顶替你。开完会后，你先回石家庄住院，休息一下，争取把太原打下来，再好好养病。"

1948年9月8日至13日，中共中央政治局扩大会议，又称中共中央政治局"九月会议"，在河北省平山县西柏坡村召开。这是中共中央撤离延安后的第一次政治局会议。

中共中央政治局的这次"九月会议"，是自日本投降以来，到会人数最多的一次中央会议。已经中央任命为华北一兵团政治部主任的胡耀邦，也列席了这次会议。由于解放战争战略决战的序幕正在会议期间揭开，国民党蒋介石的崩溃已为期不远；与会代表们情绪都很兴奋热烈，会议的气氛也很轻松愉快。

正式开会前，各地汇报情况。7日，徐向前发言。当讲到华北一兵团进入晋中战役的部队，总共是55950人时，毛主席插话说：

"唉呀！你们还不到6万人，一个月消灭阎锡山10万，单是正规军就搞掉他8个整旅。你说一说，你们那个晋中战役是怎么打的？"

毛泽东主席这番话，包含着深刻的赞扬。徐向前只是随着全场的笑声微微一笑。他从来都是这样：仗打胜了，把功劳记在战士和人民群众的名下；仗若没打好，又总是严于解剖自己。

他向中央汇报打太原的设想，说："敌我炮火大体相等，兵力也相等，我共9万多，敌也9万多，其中民卫军1.5万，因此打起来是有困难的，但打是一定要打下来的。我已给部队说过，我们长出白胡子，还是要我们打下来。"

9月8日至13日正式开会。会议首先听取了毛泽东主席的报告，接着围绕"军队向前进，生产长一寸，加强纪律性，革命无不胜"这一中心内容，进行讨论。为了更快地夺取全国胜利，会议检查了以前的工作，规定了此后的任务。提出此后3年，建设人民解放军500万，每年歼敌正规军100个旅；在从1946年7月算起的大约5年的时间内，从根本上打倒国民党反动统治的总任务。根据敌人重点防御及准备撤出东北的企图，必须攻取敌人坚固设防的大城市，必须同敌人强大的机动兵团作战，必须敢于打前所未有的大歼灭战，必须集中兵力，就地歼灭敌人强大的战略集团。中央要求华北徐向前兵团，在一年内歼灭阎锡山14个旅左右（包括7月已歼的8个旅在内），并攻占太原。

在一次会间休息时，徐向前和毛主席一起在室外散步。谈到假如阎锡山接受谈判的条件、同意和平解决时，毛主席说："你请他们把军队开到汾孝一带，我们的部队开进太原，那样麻烦就少了。"

徐向前说："要能和平解放太原是最好。不过阎锡山生性奸诈，不会轻易让出他那个独立王国。他派人勾结陈纳德，邀请美国记者参观那些数不清的碉堡，是幻想美国发动第三次世界大战，他还可以重新出头。所以解决太原问题，我还是照主席讲的'扫帚不到，灰尘照例不会自己跑掉'去办。"

毛主席笑着点头称是，又关切地问他的身体情况，叮嘱他注意调养。

中央工作会议结束后，徐向前让兵团政治部主任胡耀邦先返回太原前线，自己在石家庄暂留几日，稍作休息再走。其实，徐向前说是休息，可他根本休息不下来，倒不如说在医院完成一些工作。他身在病房，心在前线。兵团召开参谋、政工、后勤三大会议的情况，前委贯彻执行中央《关于健全党委制》，开展反无纪律无政府状态的检讨报告，以及敌我军情等大量文电的研究处理，仍然需要他付出巨大的精力。虽然天气还不冷，可他在屋里戴着一个大口罩工作。健康状况显然很不好。

太原前线的指战员，十分想念徐向前司令员；远在中原地区的刘伯承司令员，关心着老战友徐向前的身体。9月21日，一位干部从中原军区解送被我人民解放军俘虏的蒋军襄樊第十五绥靖区司令长官康泽，来到华北局社会部；这位同志特奉刘伯承司令员委托，专程到医院看望问候徐向前。

徐向前向这位干部说："谢谢。我只是好感冒，并不要紧，回去请转告刘司令员、际春和李达同志，就说我很好，代我向他们问好！"

10月初，军区转来毛主席批示征询意见的太原作战方案。兵团前委在方案中提出的进攻步骤是：第一步突破敌第一防线阵地，以火力控制南北机场，断敌外援，便于瓦解工作；第二步攻占东南、东北攻城必需的据点；第三步攻城。

对此，徐向前复信如下：

聂薄滕赵并请电话转毛主席：

一日信及转来主席指示和一兵团前委电均奉悉。

对攻取太原的计划，我因地形尚不熟悉，没有别的意见。前委九月二十八日电中计划，分三个步骤作战，很好，但主要精神是连续一直打下去，直到夺取城垣为止。假如情况允许的话，这样做是最好的，但假如第一步计划或第一、第二两步计划都完成了，而到实现第三步计划时那就比较好打了，但仍存在一个兵力对比问题。假如第一步计划完成后，实现第二步计划时即遭到较大障碍，不能按预期计划进行，即只有先围困使敌更疲惫后再猛攻之。总之，首先争取一直连续的打下去，在最快时间内全歼敌人是上策，先打再围带打而下之即消耗较大是中策，下策即必须增加力量再攻下之，即影响别线作战，只是最后之一途。

关于兵力分配与使用上，我亦同意前委决定，时间于十八日开始亦可以。因时间已迫近，我亦无时间再休息，拟于七日夜即赴前方，待太原攻下后再抽暇休息。

关于弹药问题，前已谈过，我没别的意见，前方必须照顾后方的生产与财政力，亦属重要。其他一些详情待我到前方再报告。

我仍本着不急（急躁）不缓（紧张的工作着）的精神去工作，一定坚决的完成任务，请放心。

谨复并致

布礼

> 徐向前
>
> 十月三日

当徐向前准备回太原前线时，接到前线来电：阎锡山以7个师的兵力，从10月1日分三路沿汾河以东同蒲路以西，向南出犯，企图乘秋收之际，到太原城南平原地带产粮区抢粮，以缓和城内的粮荒；同时达到破坏人民解放军战役准备、拖延攻城时间的目的。

徐向前考虑到敌人脱离其坚固工事，正有利于解放军野战，即复电提前于10月5日对出犯的敌人发起攻击。

电报发出后，徐向前就抱病返回太原前线。

10月6日，徐向前从石家庄出发，返回山西。于当夜1时到达阳泉以西的坡头。10月7日下午到达榆次以北的五湖镇，因病休息了两天。于10月10到达太原前线司令部。

书接前文，分头叙事。

在徐向前司令员离开司令部期间，太原前线的一系列战前准备工作，主要由副司令员周士第等前委同志及各纵队负责同志组织落实。

在接到阎军出犯的情报后，周士第等前委同志立即召开会议，研究作战计划。前委认为：敌人此次出犯的动机，无非是抢粮、抓丁、破坏我军战役准备。其司马昭之心，路人皆知。不过，阎锡山的蠢动，其实正合我军意图。这是因为，他如果不出来，我们不好打他。他自己跑出来，等于自投罗网，给我军提供了一个在野战中歼灭他的有生力量的良机。我军确定的作战目标，就是力求歼灭出犯之敌全部兵力。即使不能全歼，退一步，歼其一半，也是对其有生力量的重大打击。

在会议上，副司令员周士第说："敌人此次出犯，实是困兽尤斗，垂死挣扎。不过，由于阎军凭借多年的反动统治，也形成了相对巩固的内部合力。我军对此决不可掉以轻心。当然，就全国形势而言，敌人的疯狂，不过是强弩之末罢了。这么讲，当然是就我军的战略指导思想而言。但在战术上，我们还必须采取更为严密而审慎的对策。"

他接着说："阎锡山自作聪明，企图打出和谈烟幕，出奇制胜。这反而使我军可以将错就错，以夷制夷。我们利用其错误估计，一方面和他谈，争取主动；另一方面，作出不准备打或准备不足的姿态，仓促迎战，略作招架后，且战且退，诱其追击上钩。待其误入我军预设的'口袋'后，再行聚歼！"

站在作战地图前的陈漫远参谋长补充道："我军可在小店和南黑窑一带设伏，诱敌至此，予以歼灭。具体部署是：以我第 8 纵队从南面攻击小店，以我第 13 纵队攻击南畔、南黑窑和西温庄，并以一部插入小店以北，控制城西村，断敌退路，歼其第 44 师、第 45 师和亲训师。这是第一步行动。第二步，如敌不撤，我军再行组织，聚歼出犯之敌第 40 师和第 49 师。"

精明干练的政治部主任胡耀邦刚劲地说："根据敌我力量对比，我军确定攻打太原的方针，是不躁不缓，要狠要稳。敌人有 10 万人的守备力量，5 千多个碉堡，急躁是不能解决问题的。但我们也不能慢吞吞地打。打则要狠，要每战务歼敌人或攻占敌重要阵地。打则要稳，每战必须充分准备，要有必胜把握。在整个战役中，对敌开展政治攻势，是我军重要任务之一。对敌人进行政治攻势，这是一种特殊的战斗。我们要很好地发动部队开展喊话斗争！"

周士第副司令员总结道："同志们，我军原计划10月18日开始太原战役。现在看来，由于阎锡山的出犯，向城外扩张，前委决定将战役开始时间提前。"

10月5日，就在出犯的阎军忘乎所以的时候，人民解放军第13纵队突然神兵天降，趁敌酣睡之际，将其第44师包围在了南畔和南黑窑一带。毫无准备的敌人惊恐万状，几次组织突围，均被击退。到10月6日晨7时，这股敌人全部被歼。与此同时，驻扎在小店的敌45师，也被人民解放军第8纵队在5日夜，全部歼灭。

10月5日，徐向前、周士第、陈漫远关于太原战役首战告捷并拟扩大战果致聂荣臻等的电报中报告：

> 我八纵、十三纵已完全攻入小店及南黑窑，敌四十四师、四十五师及四十九师一部正歼灭中。

10月6日，徐向前、周士第等致电中央军委等：

> 经一日夜战斗，敌四十四师、四十五师全部，亲训师一个团、四十九师两个营，于鱼辰全部歼灭。

战报传到党中央，毛泽东主席和中共中央军委10月6日连续来电嘉勉、指示：

> 中央军委关于乘胜扩大战果相机攻占太原致徐、周、陈并华北局电：
> 歼敌两师甚慰！

党中央和毛主席来电，肯定了前委根据敌情变化所作出的新的作战部署。军委在电示中指出：

> 因敌向外扩张，给我以良好歼敌机会……趁机进击，可能于短时间内全部肃清城外之敌。为此，我们要立即通知部队，随时准备出击。捕捉战机，以隐蔽突然之行动，割裂包围敌人，连续攻击，使敌

人来不及应付，争取在太原坚固阵地的外围，迅速勇猛地歼灭敌人。

中央并指示：

你们有良好机会，可以全歼南面及东面之敌。得手后敌必震动。望你们乘胜扩张，逐一全歼外围之敌，占领一切机场。

● 纵论权谋

人民解放军华北野战军第一兵团全体将士，都沉浸在扫清太原外围战斗的胜利喜悦之中。

徐向前司令员于10月10日到达太原前线。这当儿，兵团司令部的作战室里，徐向前司令员又在铺展着的太原城区图前，久久地沉思着。他时而用铅笔比画比画，时而把双臂交抱在胸前。过一阵子，他又从身后的桌子上拿过几页纸来，不知在上面写些什么。

跟随徐司令员多年的警卫排长和战士们，都知道徐总有这样的习惯：每当他沉默不语的时候，总是在专心致志地研究敌情，以及下一步的作战计划。因此，每当这种时候，大家都不愿打乱司令员的思路，每个人都踮着脚尖儿走路，连咳嗽都强忍着不出声音。

"是啊，敌人已经陷入了我军的全面包围之中。那么，下一步该从哪里选择突破口呢？"

徐向前轻轻自语着。他那炯炯有神的眼睛在地图上机智搜索寻觅。他的脑海里印记着太原城区全貌，以及阎军防务的全盘部署。徐向前胸有成竹，他知道：太原城自古就是山西政治、经济、军事和文化中心，在华北占有极重要的战略地位。就整个城区形势来看，它地处晋中盆地北部，濒临汾河东岸。城东10公里有绵延起伏的罕山，地形隐蔽复杂，比城池高出约有500多公尺。登临罕山之顶，即可俯瞰全城及城南、城北的总貌。所以，罕山实际是太原主要屏障。在城南，汾河蜿蜒流过。河西20公里处，有石千峰一线高地，是一处易守难攻的天然要隘。

由于阎锡山多年经营，构筑了以太原为中心的所谓"百里防线"。其间工事重叠，沟壕纵横，五千碉堡，鳞次栉比。愈接近城垣，密度愈大。南、北两机场虽然已被解放军所控制，但东坪、丈子头、剪子湾、牛驼寨、淖马、山头、石嘴子、风格梁等数十处重要据点，仍有三千余座大型钢筋水泥碉为骨干，配以无数作为卫星工事的地堡、火力点作支撑；再加上环绕在四周的外壕、劈坡和多层防御物，形成严密的防御体系。之外，阎锡山还分别把三至九个碉堡联络成一个要塞防区，专门设立要塞司令，进行守备。其中，尤以双塔寺和黄家坟两要塞，最为坚固。仅黄家坟一处，就筑有大小碉堡 160 多座。

难怪，阎锡山多次自我吹嘘说："共产党能攻占了临汾，但他绝对攻不破我的太原城防！"

"敌情复杂，工事坚固。我军该从何处入手呢？"徐向前重复着他的自言自语，站立起来，迈着沉稳的脚步，走向窗口。他感到屋里的空气沉闷，伸手将窗户推开，让外面的清新空气流通进来，置换滤清一下房间里的烟雾。

过了一会儿，徐向前又开始翻阅近期中央的有关电示，进一步深刻领会中央的指示精神。

徐向前转过身，对刚刚进来的参谋长陈漫远说："漫远，你把 10 月 6 日毛主席代表中央军委发来的这份贺电，念给我听听！"

参谋长接过电报念道：

你们原定 10 月 18 日开始太原战役，现已提前 13 天。如果敌人战力不强，你们指挥得当，趁机进击，可能于短时间内全部肃清城外之敌，并可能缩短攻城时间。

"主席的意见完全正确。这是军委对我兵团全体将士的鞭策和激励，要马上传达给全体官兵周知！"徐向前振奋地说。

"是！"陈漫远正要去传达徐司令员的指示，徐向前忽又把他叫住说："你现在先通知周士第副司令员他们到我这里来开会。对，把赵承绶先生也一起请来。"

不一会儿，赵承绶走进作战室，围坐在长方形木桌四周的第一兵团各部首长，一齐站起来鼓掌欢迎他。

徐向前请赵承绶坐到自己旁边的位子上来，关切地问他道："印甫，你的家眷都安置好了吧？"

赵承绶发自内心地感激地说："承蒙将军关照，一切遂愿，一切遂愿！"

徐总摆摆手说："唉，干嘛这么客气？你是自己人了。在我们革命队伍里，互相关心，互相帮助，这是正常的同志关系。你以后慢慢会习以为常的。"

政治部主任胡耀邦插话道："赵先生在最近的策反阎军工作中，出了很大力！"

徐总说："好哇，我们今天请赵先生来，就是想让你在太原战役中，作出更多贡献呢！"

赵承绶诚恳表示："印甫愿尽绵薄之力。"

徐向前端着茶杯，一边喝水，一边从容不迫地说："印甫哇，关于打太原的主攻方向，已经讨论一阵子啦。总括大家的意见，不外这么几条：有的同志说，我军在取得晋中大捷之后，正好从南面乘胜攻城。有的同志主张，我军可分兵绕到城北去，实施南北夹攻态势。还有的同志的意见，是强渡汾河，突破西城门，打进太原城去。"

大家都屏息听取徐总发言。徐向前接着说：

"可是，考虑到城南和城北守敌虽然薄弱，但这一带地势平坦，我军难找依托。而且，两面用兵，力量分散，火力不足，难以奏效。所以，南北夹攻有困难。至于由西向东攻击，虽有较城南、城北守敌更为薄弱的优势，但汾河为天然屏障，强渡和攻击的难度，都将因此增大。故而，攻城也无依托。再者，无论从南、北、西任何一方攻击，即使我军攻进城内，也会受到城东之敌居高临下威胁，致使我军难以站稳脚跟。这样看来，唯一可选的主攻方向，只有城东为好。可是，大家又觉得：城东有罕山之险，四大要塞之固，而且道路崎岖难行，工事复杂坚固，都给运兵带来许多困难。印甫，你是阎锡山的高干，又是保安司令，想必对阎军守备情况，知之甚详。

请你这位诸葛孔明来，就是想听听你的高见呢！"

赵承绶不安地说："这……"

徐向前十分恳切地引导他说："我们人民解放军，是一贯讲究民主作风的。不管是谁，只要他的意见切合实际，大家都会拥护的。我记得，上次见面的时候，你曾经提过从东山发起进攻，突破四大要塞，而后进击太原城的建议。现在，就请你讲得再具体，再详细一些，让大家听听，好吗？"

赵承绶在这位身居人民解放军高级要职的老同学如此坦诚，如此谦虚的启发引导下，原有的一些拘束和不自然，顿时消失。他把自己的坐椅向前挪了挪，喝了一口茶水，边考虑边说：

"据我看来，从攻打东山四大要塞入手，的确可算是上乘之策。阎锡山就曾说过：'东山一失，太原即失。'为防东山失守，他才在罕山的群峰中，依着连绵起伏的山势，构筑了三道防线，并且以牛驼寨、小窑头、淖马和山头，作为四大要塞的。"

徐向前深沉回忆道："不错，东山居高临下，确实异常险要。据我所知，明末崇祯十七年，李自成率领起义军攻打太原的时候，就是从城东下手，以东山为依托，然后打进太原城的。就是1937年10月傅作义固守太原那阵子，日本军队打进太原城，同样也是从城东入手的！"

赵承绶深深地点着头，他对徐向前广博的知识，很是惊羡，敬佩地说："一点不假。我想：历史上的事情，总是可以作为今天的借鉴的。"

周士第纠正说："以古鉴今，当然可取。不过，今天的情况，已和明朝末年，以及'七七事变'时，大不相同了。那时候，没有坚固工事和强大防御火力。而今天，阎锡山却部署了火海防线。所以说，我们必须充分估计到战斗的艰巨性。"

徐向前立即予以肯定："士第同志讲得有道理。只有因势利导，才能稳操胜券。李自成也好，日本鬼子也好，他们组织进攻，都是先攻主峰，再采取'平推'的战法。我军绝不会再走这条老路。根据我军兵力和装备技术情况，我们计划以主力南北插入，把守备东山主峰一线之敌与太原城拦腰切断。这样，该敌不投降，也要被困死！不过，我们还是要请印甫把阎军的东山守备情况，尽可能详细地给大家作个介绍。"

赵承绶原本是阎锡山亲信高干之一，又是阎部野战军总司令。他对阎军布防情况，当然详知内情。被俘几个月来，他所受到的政治教育和多种优待，以及徐向前等首长同志式的真诚相待，更使他痛悔过去，决心重新做人，立功赎罪。因此，经过短暂考虑，他便尽其所知，将阎军的东山守备情况，和盘托出：

"牛驼寨等四大要塞阵地，距离城池 3 至 5 公里远，又高出太原城 300 公尺。一旦夺取，就可取得高屋建瓴之势。这一条防线，北起牛驼寨，南终山头，相隔约 8 公里长。四个要塞，既各自独立，又互相连接。它屏障着城东一面，是敌人外围的主要支撑点。这四个要塞，分别由 3 至 15 个小山包或村落，构成集团阵地。数十个碉堡相互策应，并辅以野战工事、鹿砦、铁丝网、坑道等。防御物少者三层，多者有十三层。阎锡山说，他的这些塞中塞，堡中堡，铁疙瘩，共产党根本不敢打，也没有力量打下来。他还吹嘘说：这东山防线，足抵精兵 10 万……"

"哈哈哈，阎老西可真是个吹牛大王！"参会人员笑道。

徐向前说："我倒要看看，他的要塞能不能经得住人民军队的铁拳！"

与会首长们异口同声地说："不克东山，太原难取。这块硬骨头，我们是啃定啦！"

徐向前斩钉截铁地总结："从太原自然地理和敌人防御重点来看，必须首先攻破东山防御线，坚决占领并控制阎军所谓'第二道坚固要塞防御'，也就是这四大要塞！任务相当艰巨。但只要我们打得妙，就一定可以取胜。现在可以断定，夺取四大要塞，将为后期攻城，开展极好的条件！"

徐向前的话实际是宣布：对太原城的主攻方向，确定在了东山。

一位参谋近前报告："根据最新情报，阎军正紧张调动兵力，有加强南线防御的倾向。"

这一情报，激起了与会各位兵团首长的关注。

徐向前表现出少有的活泼和激动，他豪爽地笑着说："好哇，这真是意外的收获！阎军的调动，等于自报家门。可以肯定，阎锡山已经对我军的主攻方向,作出了错误的判断。他既然运兵于南线,这就造成了东山防线的相对空虚。现在,我兵团也要尽快打下太原,以配合全国的战略反攻。同志们,事不宜迟,我军必须一鼓作气,立即发起向东山要塞的进攻!"

首长们齐声表示:"徐总,下决心吧!"

徐向前成竹在胸地用拳头击了一下桌面说:"我看,咱就采取掏心战法,南北穿插攻击,不顾敌人罕山主峰防线和城内敌人的干扰,以四个纵队,分头攻占四大要塞。这一仗,一定要砸烂阎锡山的东山这四个铁疙瘩!"

司令员的坚定决心,使在场同志深受鼓舞。经过一番磋商,兵团司令部作出如下决定:以彭绍辉的第7纵队攻打牛驼寨,以王新亭的第8纵队攻打小窑头,以刘忠的第15纵队攻打淖马,以韦杰的第13纵队攻打山头。

战斗部署确定后,兵团各部首长一齐围向《攻击四大要塞部署图》前,听取徐司令员对具体作战部署的强调说明:

"同志们,攻占四大要塞的作战任务,是很艰巨的。但必须攻下来,而且要守得住!"

徐向前伸展大手,在部署图上从北向南,又从南向北地围绕四大要塞,画了一个大圆圈。这只大手如同一把利剑,挥出了雷霆万钧之势,仿佛要把顽固的反动堡垒连根拔除一般。随后,他坚定地说:

"这样,我军在控制四大要塞后,就割断了敌人东线守军之退路,掐死了阎锡山所谓'东山好比太原头'的脖子。如果东山一线之敌不投降,就困死他!我军围困攻击之时,城内之敌必然组织反扑,并进行火力支援。在敌我争夺阵地的过程中,务求把敌人的人力、物力,消耗于城外。然后,我军依托已占阵地,就可以去剜阎锡山的心脏了!"

在停歇了片刻后,徐总肯定地说:"经过短暂的动员准备后,我军发起攻击的时间,就定在10月26日!"

首长们默默听着司令员指示,内心无比振奋。

会议结束,大家就要散去时,徐向前对陈漫远参谋长说:"太原形势复杂,为便于大家掌握其地理特点,可以编一些顺口溜或快板诗,对太原作个形象勾画。"

陈参谋长是徐司令员得力的助手,他对此已有准备。当下拿出一份快板诗,请徐司令员过目。

徐向前高兴地说:"漫远同志,你真是宣传的先行官哇!来,念给大家听听!"首长们全都站起来,一齐静听参谋长有声有色的念诵:

太原形势像人样,脑袋长在东山上。

石嘴子,风格梁,好比眼睛高又亮。

两脚伸在汾河西,手是南北飞机场。

城墙外壕如筋骨,太原城内是五脏。

牛驼寨,小窑头,还有淖马和山头。

四大要塞山腰藏,护胸护脑又护脏。

众首长一齐笑道:"我们的战士里头真有人才。这快板诗又顺口,又好记,把太原城的眉眼腿脚,全给勾画出来了。"

徐总下达命令:"同志们,我们要趁敌不备,调动部队,一举拿下四要塞。彭绍辉!"

"有!"

"你的第7纵队迅速绕到城北,发起突然袭击,首先打响。坚决夺取牛驼寨!"

"是!"第7纵队司令员彭绍辉信心百倍地接受任务。

● 智勇夺寨

彭绍辉在接受了首先进击牛驼寨的命令后,立即返部,进行部署。部队时时都在备战,彭司令员紧急部署,队伍当即出发,在极短的时间内,开进了上、下阳寨地区。

部队隐蔽休息待命,彭绍辉连水也顾不得喝一口,便和纵队政委孙志远等爬上一处高地,对牛驼寨进行观察。

已是 10 月中旬了，太原地区气候转寒。傍晚的西北风更是刺人肌肤。由于距离太远，又加日落黄昏，尽管有望远镜，但对方阵地的地形地物，仍然难以看清。

纵队司令员彭绍辉十分焦急。他皱皱眉头，对身边的同志说："走，到前面去看看！"

侦察参谋老王急忙拦住他说："司令员，不行，前面已经是敌人的碉堡群了！"

彭绍辉固执地说："是呀，就是因为那里有敌人的碉堡，我们才要把它看个仔细！"

老王坚持说："首长，我们要为您的安全负责。您不能再往前走了。要搞清敌军部署，我可以带几个同志，趁着夜色，前去侦察。"

彭绍辉无奈，只好说："也好，你去吧！要打好仗，侦察好地形是首要的一着。路上要特别小心，注意隐蔽行动！"

夜幕降临了。冷飕飕的风把干枯的树叶吹得满山乱飞，到处是一片"哗啦哗啦"的声响。

王参谋和侦察员穿着老乡的旧棉袄，摸过山沟，越过山梁，敏捷地在敌碉堡间穿行。大约凌晨三时多，潜伏在牛驼寨对面梁上荒草丛中。山上铺着薄薄的白霜，王参谋等静静地伏在地面上。手掌和脚都冻麻木了，眉梢上挂着白色的冰穗。同志们使劲咬紧不停打咯的牙关，一动不动地潜伏待机。

天亮了。敌据点情况尽在视野。

"一、二、三、四、五、六、……"王参谋逐一点数着阎军据点碉堡，从左边山头数起，一个一个记准位置；别的侦察员在地图上作好标志。

侦察结果表明：这牛驼寨据点是以炮碉为中心的。这座炮碉位居高处，像一顶帽子盖在阵地上。环绕在它周围的，就是第 10 号阵地。它的东南面，有古庙改建的四号庙碉；它的东面，是以五、六、七号碉为骨干的前沿阵地。这三个阵地互为犄角，火力可以直接联系。但因有深沟断崖的隔阻，又形成了彼此独立的作战阵地。在每一个大碉堡周围，都有许多明暗小碉；小碉前面，是 10 余米高的峭壁。再前面，有十多层台阶式的劈坡，上面架着两米多宽的铁丝网。附近还埋设着难以计数的地雷。

一个侦察员啧啧嘴巴说："这个阎锡山，为了保护他的老窝，可真是费尽心机啦！"

王参谋说："听说，这些碉堡修成时，阎锡山曾经特邀美国记者来这里参观。当时，老阎用他最厉害的野炮轰炸，那炮弹落在碉堡上，也才只炸下几个小小的白印儿！"

"尽是吹牛！"

"唔，也不可小瞧呢！"

侦察员们顺利完成任务，回到司令部时，正好东山柳沟村的地下党支部书记也赶来向彭司令员介绍情况。这位地下党的负责同志提供了一条极为重要的线索。

他说："庄子上和柳树岩，是敌人东山守备区和北区的分界线。这是个两不管的地带。我觉得，如果我们部队从这里插进去，肯定能攻上东山，夺取牛驼寨。"

在综合听取了王参谋的侦察报告后，此刻，彭绍辉司令员已经下定了作战的决心。他对司令部同志们说："徐总命令我们迅速突击，出敌不意。现在情况已明，时机成熟。根据徐总的指示，我部现在就发起对牛驼寨的攻击！"

10 月 11 日傍晚，第七纵队顺着隐蔽的山沟，在地下党同志和王参谋等向导下，轻装疾进，将野炮的炮架、炮筒全都拆卸开来，分别扛运。队伍行进敏捷，很快就从地下党支部书记提供的"双不管地带"穿过，登上了王参谋他们曾经潜伏过的山梁。

同志们默默无声地准备着。一个个弹上膛，刀出鞘。拆开的野炮已经装好，瞄准镜已调好了标尺。突击队员们把登上峭壁所必须的云梯和高杆，也都扎捆停当……

1 时 30 分，彭绍辉司令员果断地下达了作战命令："开炮！"

顿时，一道道照明弹腾空而起，将大地照得如同白昼。一串串炮弹倾泻在敌碉堡群中，碎石横飞。随着炮火闪烁，黑暗中的牛驼寨变成通红的不夜城。炮弹轰鸣又将山峦震得直哆嗦。火焰喷射器吐着条条火龙，在敌阵地纵横驰骋。这火的海洋，明亮闪烁的光环，真像涂在油画上的条条绝妙线条。

在炮兵前导下，突击队员如出弦之箭，冒着敌人仓促还击的弹雨，逼近峭壁，架起云梯，攀援而上。在云梯达不到的位置，战士们在木梯上搭起人梯，奋力向上攀爬。

突如其来的打击，来得过分突然，酣睡在梦中的敌人毫无准备。阎军像无头苍蝇瞎碰乱撞，茫无头绪地东挡西堵。但在解放军的强大攻势面前，迅速土崩瓦解。没用多长时间，除了规模最大的四号庙碉外，其余碉堡均已被解放军夺取。

这时候，阵地上又传来一个振奋人心的消息：阎锡山的"雪耻奋斗团"李佩膺部，已经投降。这消息，使第 7 纵队所有指战员沉浸在一片空前的胜利喜悦之中。

可是，也就在这个时候，突然从敌军阵地倾泻过来一阵猛烈的扫射和炮轰。随着，一支敌军不知从哪里冒出，不顾一切地反扑过来。这伙敌人约有数百人，虽然穿着清一色的阎军军服，却是"唔哩哇啦"地喊着外国话。熟悉的人一听，便知道尽是些日本鬼子。

说也奇怪：抗日战争早于 1945 年 8 月已经结束，日本鬼子宣布无条件投降，到现在也有四年多了，为什么突然会在山西太原的阎锡山正规军里，又出现了他们的踪影呢？

此事颇有来历。原来，早在清末，曾经留学日本的阎锡山就和日本人拉上了关系。后来，阎锡山一直和日本人明来暗往，频送秋波。到了抗战胜利，国民党政府受降时，作为第二战区司令长官的阎锡山，就推出了他策划好的一套阴谋计划，美其名为"日本寄存武力于中国"。

那年，日酋澄田涞四郎垂头丧气地向中国军队缴械，万万没有想到，山西的中国受降主官阎锡山居然说出这样的话："我已正式受命为二战区受降长官。希望阁下把驻在山西境内的日本军，一律归我改编，照常驻扎原防地，协助第二战区共同'剿共'！"

战犯绝处逢生，大喜过望，立即匍匐在阎锡山脚下。就在那年12月底，号称万名，实际只有6000人的日本侵略军摇身一变，脱掉日本武士道血腥铠甲，穿起阎军制服，全都变成了山西"护路队"或"保安团"。后来，又变成了什么暂编独立第10总队。这些浑身沾满中国人民鲜血的十恶不赦的魔鬼，在阎锡山庇护下，继续干着与中国人民为敌的罪恶勾当。但是，当着中国人民解放战争的狂飙席卷晋阳大地之际，日酋澄田赉四郎眼见大事不妙，惶惶然返回了日本本土；日酋元泉福在晋中与其随从畏罪自杀；这之后，逃回太原的日军残部，即使加上武装的日本侨民，也不过四五百人罢了。

今天，牛驼寨出现的，是由日酋岩田清一指挥的炮兵群，和原任团长冢本战死后由永富浩喜重新凑集的日军第三团。永富浩喜原出生在日本熊本地方，据说是日莲宗的忠实信徒。他过去曾受命奔波于沪杭等地，为阎锡山专门筹集援助。他是在听说太原告急时，才在最近匆匆飞回太原的。永富浩喜为了稳定厌战动荡的日军士气，一接任第三团团长后，便装出一副临危不惧的架势，凶狠而伪善地首先命令若干日本人携带腰鼓，在接任之前集体击鼓诵经，妄图以《南无妙法莲花经》，祈佛保佑。此后，他又搜罗日本侨眷、随军歌舞伎等，到各阵地巡回演出，借以收买人心。永富浩喜曾在日本国士馆的武术科进修，他以这点儿"资本"，到处耀武扬威，不可一世。时值隆冬，这个战争狂人却依然故意光着身躯，顶着严寒，在室外操练。他声言：为了锻炼筋骨，用木棍狂击自己的皮肉。他自己这么干，还命令他的部下用碗口粗的木棒打他。当此之时，他不仅无动于衷，而且还洋洋自得地狂喊乱叫："看哪！日本人的筋骨，是不可摧毁的！"

正是永富浩喜的这种复活了的武士道精神，居然使日本军的士气为之一振。士兵们把他奉若神明，如同偶像一般恭敬崇拜。这便是这些亡命之徒在牛驼寨赤身呐喊着，进行冲杀的由来。

彭绍辉指挥纵队乘胜前进，正要夺取牛驼寨最后的也是最顽固的庙碉，突然与永富浩喜一伙日本亡命徒遭遇。日本兵如怪兽吼叫，端着闪闪刺刀向我军扑来。一场短兵相接的肉搏战，开始了。

一营长手持驳壳枪向敌纵深冲去，一个日兵端着"三八式"枪刺"呀呀"吼喊着，从侧后刺来。一营长好生机敏，只一闪身，日本兵扑了空。这家伙恼羞成怒，翻转身朝一营长胸部又刺过来。一营长用驳壳枪轻轻一撩，鬼子落了空。这鬼子虽然蠢笨，却是步法不凡。只见他一个侧转身，未等一营长看清，又把刺刀朝一营长喉部刺来。一营长眼疾手快，一个镫里藏身，刺刀便从头顶划了过去。那鬼子用力过猛，几乎自己扑倒在地上。一营长方才那一蹲，引得腿部一阵钻心疼痛。这疼痛，使八年前的事重现眼前：当时，一营长尚在村中种田，日本鬼子进村抢粮。他在逃跑中被鬼子击中大腿，子弹头至今还留在大腿骨里。每当弯曲腿的时候，总是疼得难以忍受。

昔日的侵略者，摇身一变，成了中国反动派的帮凶。新仇旧恨一涌而上，一营长怒火中烧，双目圆瞪，趁那鬼子闪身，迅疾飞出左手，将枪刺死死抓住，不肯放开。刺刀割破了手掌，鲜血泉涌般直淌。可他巨掌如钳，纹丝不动。任凭惊恐的鬼子左拉右拽，前拖后戮，终是不肯松劲。就在这时，那鬼子被脚下石头一绊，身体晃了一下。一营长瞅准机会，挪出一只手来，驳壳枪便朝鬼子头上砸了过去。只听那鬼子"啊"地惨叫一声，顿时脑浆崩流，死猪般倒在地上。

这时候，肉搏战已见分晓。在人民解放军强大的攻势下，日本军土崩瓦解。鬼子兵多数死伤，极少几个溃逃了。只剩下庙碉里的阎军还在顽抗。

我军的喊话小组抓住这一时机，开始向敌人作鼓动宣传。讲明出路，劝其缴械。但这股敌人却是执迷不悟，拒不投降。于是，彭绍辉立即组织了一支精干的爆破队。刚刚包扎了手部伤口的一营长，再次请战，彭司令员批准他担任突击队长。

突击队员每人身背四五十斤炸药，在密集火力掩护下，向庙碉隐蔽逼近。为行动利捷，一营长把棉衣脱掉，只穿内衣衬衫，身背比其他队员多

20斤的炸药包，向前跃进。

就要接近庙碉了。突击队员匍匐前进，每个人的手掌和脸面都被地上的石头磨出了血，可没有一个人去管这些。一营长的膝盖、肚皮和胸部，都被磨破出血。可他咬着牙，一声不吭，默默地前进着。由于敌人庙碉的四周都用水泥抹成了斜坡，放置炸药的坑根本无法挖成。战士们只好把炸药贴着碉堡的外壁堆放。可当引爆后，一百多斤炸药也未能把那碉堡炸开一个裂缝。

六七次爆破，敌碉依然无损。敌人更加有恃无恐。在密集弹雨中，突击队员不是负伤，就是牺牲。战斗毫无进展。

一营长急得两眼血红。他不顾个人安危，带着十几个队员强行摸到碉堡下部，把从队员们身上集中起来的五百斤炸药，全堆在了一起。只听得"轰"的一声巨响，烟尘腾空而起。然而，爆炸过后，那庙碉却也只被炸开四五尺宽的一个豁口。

一营长被激怒了，他大吼一声："妈那个巴子，老子不信就炸不透这个王八盖子！"

随即，突击队员们又把八百斤炸药，堆放在已经炸开的豁口处。可是，由于坡面倾斜度大，炸药包接连向下滑落。身边没有绳索，也没有铁丝，怎么办呢？

一营长回头去看，身边躺着牺牲的战友；遥望后方，等待突进的我军阵地历历在目。他的耳边暮然响起彭绍辉司令员出发前代表纵队党委"祝你成功"的激励。于是，他突然计上心头，横躺在豁口边沿，以这堵"墙"为依托，命令队员把炸药包向里面堆放。

队员们知道这意味着什么，他们怎忍心把敬爱的营长送到死神那边？大家迟疑着，有的要求营长起来，让自己躺着……

一营长瞪着虎眼，厉声喝道："搞什么名堂？我是指挥员，听我的命令！"

同志们没法，只好噙着眼泪，迅速把一包包炸药堆放在营长身体和庙碉的豁口间。一营长细心检查导火索接口，确信万无一失，亲切地向战友们递送了一个热情留恋的微笑，随即把火柴擦着，亲自点燃导火索。

火苗"咝咝"地冒着，每一秒都让人神经崩裂。

一营长坦然地躺在那里，如同嵌在地上的一尊大佛，岿然镇定。直等到引线燃烧到仅剩几分长时，他才放声高呼："祖国万岁！"

"轰隆！"随着一声惊天动地的巨响，一股烟柱冲天而起，一团乱石纷飞起落。敌人在牛驼寨的最后抵抗，终结了。

威武的军旗插上了庙碉废墟的顶部，胜利的欢呼声响彻云霄。

当一营长从昏迷中醒过来的时候，彭绍辉司令员和政委、参谋长等都在他的担架边。一营长身负重伤。吃力地问："首长，其他要塞——"

彭司令员替他掖掖被角，亲切地对他说："兄弟部队正在胜利进击。同志，你出色地完成了任务，安心到后方治疗去吧！"

● 赵瑞起义

牛驼寨和小窑头两要塞被人民解放军相继攻克，阎锡山吹嘘的"铜墙铁壁"——淖马要塞，仍在激烈争夺中。

第15纵队司令员刘忠，坚决执行兵团司令员徐向前"只许胜利，不许失败；只许前进，不许后退"的指示，亲临前沿指挥作战。接连粉碎了阎军11次反扑。在11月9日黄昏时分，牢牢控制了敌人在淖马的最后巢穴——炮碉，把洒满战火硝烟的战旗，插在了淖马要塞的阵地上。

淖马丢失，困守太原的阎锡山如丧考妣，如雷轰顶。原来，这淖马要塞高踞卧虎山之巅，距太原城只有5华里。站在淖马主碉上，用高倍望远镜甚至可以全窥太原城区。这样近的距离，无需远射程炮，只要普通山炮，也可以打到太原城内中心地带。而步兵则可从淖马居高临下，穿过盆地，多路展开，直捣省城。

这种战略地位的丧失，对于阎锡山在太原的存在，确实构成了火烧眉毛般的威胁。而更使阎锡山不能忍受的，是他不惜血本，以至把自己的孙女儿许配给援晋蒋军第30师师长做老婆，居然也不能促使那帮混蛋顶住解放军的锋芒。万般无奈之际，阎锡山只好连夜亲自挂电话给淖马，向尚在那里苟留的八总队司令官赵瑞，亲授机宜。

阎锡山听出接电话的是赵瑞，但还是有意摆摆身价。他用一种分明是做作出来的腔调问："喂，你是赵瑞？"

"是我，主任。"

"保安6团，40师和南京的30师，这些混蛋全垮掉了。只有你还在坚守。好，有功哇！赵瑞，看起来，你没辜负了我的一番苦心！"

可就在这时，接电话的赵瑞身边，正站着一位刚从解放军那边被俘后返回来的少尉副官李某。

赵瑞拿着话筒，依然故作恭谨地对阎锡山说："主任栽培之恩，赵瑞千载不忘，终当补报！"

阎锡山提高声音说："好嘛。你有这份孝心，我是不会亏待你的。现在，我命令你连夜夺回炮碉，收复淖马。凡有功官兵，每人奖大洋10元。主官另有重赏。如果夺不回淖马，你就提上人头来见我！"

未等赵瑞说出"是"字，阎锡山就狠狠地放下了耳机。从那耳机碰撞电话机座的一声很响的"咔"声，可以想到，阎锡山分明是在以此来向赵瑞显示他的威严。

但是，阎锡山哪里料到，赵瑞在和他通话那一刻，也正和解放军频繁地秘密联系。

赵瑞早年就读于太原北方军校，毕业后在商震部见习。抗战初年，投身晋绥军骑兵第一军军长赵承绶部，任中校参谋。由于赵瑞忠诚可靠，精明干练，思维敏捷，擅长判断，深得赵承绶赏识。抗战期间，他们长期共事，形影不离，同甘共苦，关系甚笃。赵瑞不仅打仗有功，且文墨颇佳。赵承绶每天鸡鸣起床对全军作的训示，几乎都是赵瑞在晚上据旨拟就的。后来赵承绶的言论，还由赵瑞汇编成一部厚厚的练兵纪实，名为《加油上新路》。加之当时军中的一些老资格的参谋人员，不是官僚，便是烟鬼，遇事多持明哲保身、得过且过的敷衍态度。所以，赵瑞是赵承绶不可须臾离开的心腹助手。

当时，有人曾这样形容二赵的关系：包文正用的是王朝马汉，杨六郎用的是孟梁焦赞，赵承绶用的是杨诚赵瑞。这段话，除了说明赵瑞在赵承绶军中举足轻重的地位，还牵扯出了杨诚。

杨诚何许人也？由于此君对当时赵瑞的行止干系颇重，故而非得在此作个交待不可。说到杨诚，本是赵瑞早年在太原北方军校时的同学，后来又一起在商震部下当过见习。1938年夏，经赵瑞推荐，杨诚以上尉参谋军衔，调到赵承绶属下，被赵承绶当即授予少校军衔。自那以后，杨、赵二人共事赵承绶，三人煞是投契。后来，杨诚也跻身人民解放军中。

当赵瑞接到阎锡山逼他夺回淖马命令，神思恍惚地放下话机时，站在旁边的那位青年少尉"咔"地行了个规整的军礼说："总座，这里有赵总司令和杨参谋处长从那边捎来的信件，请您过目。"

赵瑞一怔，忙故意掩饰其心慌意乱，言不由衷地说："你——"

"报告总座，卑职早些时候被解放军俘虏去，受到那边的优待，现在是被释放回来的。临行前，是总司令部杨诚杨参谋处长托我捎来这封信的。总座，赵总司令和杨参谋处长在那边都很好。您和他们交往深厚，他们很为您担心。阎锡山是个毫无人道的家伙。总座，卑职以死相谏，您快弃暗投明吧！"

少尉的话完全发自肺腑，赵瑞心里受到强烈震撼。他在地上来回踱着步，心里像十五个吊桶打水，七上八下。

前几天，他收到赵承绶的信。赵承绶以老上司口吻忠告他："阎锡山的苟延残喘持续不了多久，蒋家王朝的末日也已来临。我们弃暗投明，受到了解放军和解放区军民热烈欢迎优待。徐向前等首长不仅平易相待，而且十分相信我们，让我们参加了争取人民解放的工作。共产党光明正大，说一不二。请你悬崖勒马，起义归来。"

那阵子，由于对阎锡山尚存希望，由于对赵承绶将信将疑，赵瑞既未回信，也未行动，专门朝解放军阵地，打了十几发炮弹，以表示他对阎锡山的"忠诚"。可今天，赵瑞不能不面对现实，立即作出抉择。他明白，如果按照阎锡山的规定：凡是被俘归来的军官，是必须押送到后方去搞"交待"和"三自传训"的。在确实证明没有嫌疑之后，再面刺"剿匪"或"反共"等字样，才可赦免。不少人就因为"交待"不清，而被秘密处死了。可是，这位青年少尉，却偏偏在被俘后，冒死返了回来。这使赵瑞更觉得必须对赵承绶的规劝，作出认真的考虑。

他示意少尉把门关上，细心地拆阅那两封来信。赵承绶信中所言，大体与前次相同。倒是杨诚信中的话语，很使赵瑞震惊和为难。杨诚写道：

仲祥弟鉴：

曾记得，1946年你我在东沁线来源战役那一夜吗？当时，你曾劝我说："不管在什么情况下，也要谋求自身的存在。八路军这条路，也不能肯定排除。"事隔三载，弟音容犹在眼前，话语仍在耳中。如今阎锡山穷途末路，太原指日可下。望弟万莫犹豫彷徨，坐失良机。确应当即起义，勿再迟疑了！

1946年说过的话，和杨诚的交往，赵瑞当然不会忘记。但正是这些话，使赵瑞十分为难。因为，如果不起义，就必须把信件交给阎锡山审查。倘若隐匿不报，一旦败露，便绝难逃过阎锡山的惩处。可是，即使把信交给阎锡山，也同样会被阎锡山以"不忠"的无端罪名，处以重罪。

少尉静候桌旁。他从赵瑞的举止，判断他正在进行激烈的内心搏斗。于是借机劝道："总座，赵总司令和杨处长的信，您交与不交，都有罪过。如果继续替阎锡山卖命，后果不堪设想。一旦战败，必遭杀身之祸。总座，您年轻有为，前途无量。放着阳关道不走，难道非要去钻那没指望的死胡同，去过那不保险的独木桥？总座，您当三思而行哪！"

赵瑞苦苦思索着。他从和阎锡山自幼共事的黄国梁、温寿泉、续西峰等革命党人被排挤打击，想到"七七事变"被阎以莫须有罪名杀害的李服膺等军政要员，不能不为阎锡山的残忍阴毒毛骨悚然。他想到赵承绶和杨诚现在的境况，委实令他眼热。回想起抗战初年，国共合作，他随侍赵承绶，曾和八路军120师贺龙将军和谐相处，那情景至今历历在目，记忆犹新。想到这些，赵瑞权衡利弊，终于下定了最后决心。他当下提笔回信：

子诚兄：

弟已决定起义，特派中校王参谋和你联系，务请于 11 日拂晓前命炮兵延伸射程，向淖马阵地各方位置射击，截断后路交通，掩护我率部起义。

回信由少尉带走，很快就传到了解放军太原前线第 15 纵队司令员刘忠手中。刘忠异常兴奋，当即决定依计行事。

11 月 11 日晨 7 时，赵瑞率部起义，淖马要塞解放。之后，赵瑞部受到兵团首长亲切接见，起义部队当即改编为人民解放军华北军区独立第一支队，赵瑞任司令员。

阎锡山众叛亲离，气得咬牙切齿，在绥靖公署痛骂赵瑞和杨诚是什么"蛇杂割"。

赵瑞获得新生后，以全新姿态，投入了策动更多阎军起义的反正行动。

● **巧取山头**

牛驼寨、小窑头和淖马三要塞被先后攻克，担负攻取山头要塞任务的第 13 纵队，却遇到了麻烦。

山头要塞位于太原城东南 5 公里。整个要塞由村东北一块周方约五百米的高地，和村东大脑山阵地构成。要塞两个部分相距六百米。沟壑纵横，陡壁峭崖。凡可攀登的小路，不是被阎军切断，便是埋设了地雷。同时，还依地形，把高地四周铲削成 4 至 8 米高的分层劈坡。主阵地以深宽各 4 米的壕沟，分割成四块，并以暗道连通。整个要塞阵地，以两个 3 层水泥碉为核心，又有 10 个水泥低碉环绕拱卫。阵地间火力交叉，又与双塔寺等据点沟通，可以互相增援补给。阎锡山派其第九总队四个营守备，并有远战炮群支援。不难想见，山头要塞的防守，可谓严密牢固。

华北野战军第 13 纵队在接受攻占山头要塞任务后，纵队司令员韦杰在 10 月 30 日 15 时就下达了攻击命令。战斗目标是夺取大脑山最后守敌阵地。

战斗打响时，三十多门火炮一齐怒吼起来。在惊天动地的炮声中，硝烟遮天盖地，劈坡大块大块被炸塌下来。突击信号发出后，战士们奋勇冲击。但因敌人从侧翼射来的密集弹雨，造成严重伤亡。进攻部队被迫撤出战斗。

第二天下午 5 时，担任主攻任务的 112 团按照昨天的打法进攻，再次失利。11 月 1 日拂晓和 11 月 7 日子夜，该团又发起两次进攻，同样以重大伤亡退却。

四次攻击，四次失利。112 团崔团长急得如同热锅上的蚂蚁。虽是寒冬天气，朔风如刀，冰雪盖地，崔团长却是大汗淋漓。尽管摘下新近才发下来的棉帽使劲地扇，还是无济于事。其他团首长都围在崔团长身边，阵地上的官兵们瞪大着眼睛，等待团长发布新的进攻命令。

那么，让疲惫的战士们再次冒死去冲击吗？崔团长此刻确实有些犹豫了。但是，兄弟部队频频传来的捷报，和本团面对的敌人的猖狂气焰，却使他那沸腾的热血，无法冷却下来。"妈的，就是块硬铁板，老子也要打烂它！"

崔团长狠狠骂着，一股热血涌上胸口。他猛把牙根一咬，指着敌人阵地，正要再次下达冲锋命令，突然发现敌人阵地出现了异常动态。这一新情况，使他在刹那间冷静了下来。"敌人在换防！"

从阎军阵地上腾滚的黄尘，和隐约可见的人影晃动判断，崔团长作出了这样的结论。他把手中的军帽一扔，索性揪起敞开的衣襟，把脸一擦，兴奋地对大家说："妈的，这节骨眼儿上，正好发动！"说着，大步流星奔回指挥部，抓起电话机，就要接通旅部。

接电话的正是旅长。像一个天真的孩子，崔团长对着话筒近乎祈求："好旅长，再发些炮弹吧！越多越好。这回，我保证——"

旅长却不像往常那样痛快。他在话筒里迟疑了好一阵子才说："你不要心血来潮啦！发动，发动，你就知道发动！你给我老老实实待着，原地待命。你马上回旅部来！"

旅长"咔哒"一声放下了耳机。崔团长被闹了个丈二和尚，摸不着头脑。他摸摸下巴颏，嘟囔着："莫名其妙，真是莫名其妙嘛！咳咳，都给我抓紧时间擦枪磨刺刀，说不定下一分钟就发动呢！看什么，看！呢？"

战士们按崔团长的命令分头行动，崔团长跑步向旅部奔去。可是过了几十分钟，不仅团长没回来，旅部也没下达新命令。战士们心急火燎，就连政委、参谋长和副团长，也都有些沉不住气了。

原来，崔团长赶到旅部，才知道发生了重要情况：就在旅长接他电话时，旅部门口停下一辆吉普。从车里走出来的正是兵团司令员徐向前。

谁都知道，这辆吉普，是徐总的老战友邓小平和刘伯承为照顾他的身体，特意从前方调拨来专供徐总使用的。

徐司令员没进指挥所，径直爬上了指挥所前面距敌阵地很近的一个小高地。

繁忙的军务使肋膜炎有所加重。徐向前过分疲惫，登上高地时连连咳嗽，手绢上甚至沾着血丝。同志们劝他休息，又劝他到指挥所去瞭望。可他坚持说："不要管我，不要管我嘛！"

徐向前解开领口纽扣，一手撑腰，一手举着望远镜，专注地向敌山头主阵地瞭望。他那灰色的布军装显得格外肃穆，挂满泥巴的布底鞋让人备感朴实。好一阵子，他才回身问旅长："怎么，112团还要炮弹？"

旅长回答："是。他们准备趁敌换防之机，再次发动进攻！"

"乱弹琴！"徐向前生气地把脸一沉，极其严肃地说，"现在的问题，是要他们认真检查几次失败的原因。打不上去，不是炮弹少，而是太多了！现在，一发也不给他。但一定要他想办法打上去！必须消灭敌人，占领阵地！"

旅长和身边人员都在静听徐总指示，仔细玩味其中的深刻含意。徐向前指着远处山头阵地，那里尽是被炮火炸断的枯树残桩和虚浮尘土，以及敌我双方来不及收拾的尸体。他意味深长地说：

"同志们，战争不是赶羊。战争要消灭敌人，保存自己。我常常讲，一个人从小长大到当兵，是不容易的。人是最宝贵的。有人，就不愁没有别的。中国革命战争是长期的，可也是有限的。人一死是不能复活的。大家要知道，我们部队中常常讲有生力量，基本是指人说的。因此，我们要特别注意关心士兵的生命。在战场就是要注意爱兵。说到爱兵，主要是讲战术爱兵。讲战术，就是要少死人，甚至不死人。我们有些指挥员，只要求上级补充，自己却不讲爱兵，这是不对的。"

说到这里，徐向前的胸部又疼痛起来，接连咳嗽。同志们好容易劝他回到了指挥部，可当咳喘稍许平静时，他又讲了起来：

"一定要告诉那个团的同志们，靠炮轰，靠炮轰之后的人海战术，这是不行的。我们要把战士们看成我们的亲兄弟，当作自己的亲子女一样爱护痛惜。你们想一想，老百姓在艰难之中，把儿女从小养大成人，送到我们部队来，如果蛮干，不讲战术，造成不必要的伤亡，怎么对得起老百姓啊！同志们，我们自己也有子女嘛！"

徐向前讲得是这样动情，所有同志都屏息静听。陪同徐总前来的政治部主任胡耀邦一边把专门带来的《人民子弟兵报》，分送给身边战士，一边说：

"我同意徐总的意见，必须讲究战术。我们要打下太原，一定要依靠四大要素。就是说：军事上必须指挥好，政治工作做得好，后勤工作保证好，政治攻势、瓦解敌军做得好！"

就在徐向前对前沿视察后，正要上车离开旅部时，在送行部属中发现了112团崔团长。徐总认得他，当下叫到身边，用手拍着他的肩头，语重心长但却十分严峻地说："你们每次冲锋，不是黄昏，就是拂晓。炮火延伸，轻重机枪开火，突击队跟上。这老一套的打法，连敌人都掌握到你们的规律了。这还能拿下阵地吗？咳，要赶快改变！"

崔团长吐了吐舌头，红着脸说："报告司令员，我们一定改变战术！"

徐向前把车门关上，又从车窗里伸出头来，一字一句地叮咛道："记住，你进攻失利的原因，就在于依赖炮火的思想！"

马达已经发动起来，徐总还是放心不下，继续说："同志们，一个指挥员，平时要善于管理，善于训练。在战斗发起以后，要善于窥破战机，掌握战机。把战机掌握在自己手里。要记住，做一个好的步兵指挥员，还要有最低限度的炮兵知识。"

当崔团长从旅部返回团指挥所的时候，已经焦急地等候了一个多小时的同志们，一下子全都围了上来。

"团长，怎么样了？"

"团长，旅部有什么新的指示？"

"难道不打山头了？"

"胡扯，怎么不打？不攻上山头，我就不下阵地！"

就在同志们七嘴八舌地议论的时候，已经到了开饭的时间。

炊事班把热米饭抬到前沿，同志们全都无心吃，只等团长讲话。崔团长被同志们的热情深深感动了。要在往常，他这个直性子肯定又要瞪眼骂娘了。可今天，他已经听到了徐司令员"爱兵"的教诲。他忍着满眶的内疚热泪，努力平静地对大家说：

"同志们，几次攻击失利，都是我这个指挥员错误指挥造成的。过去的事我担责任，我作检查。好不好？今天告诉大家，我见到徐司令员了！想听听徐司令员的指示吗？那好哇，现在必须把饭吃下去，我才好讲！"

同志们哪里肯依，一齐哄吵："不行，团长卖关子，我们不干！"

"团长不讲，我们就不吃！"

这样僵持了几分钟，团长见拗不过大家，最后达成"协议"：大家一边吃饭，一边听司令员指示。崔团长郑重地说：

"同志们，我受了徐司令员的批评。徐司令员要我们检查几次失利的原因。他说，现在一发炮弹也不给。因为，我们打的炮弹不是少，而是太多了！可是，不给一发炮弹，山头还一定要拿下来。大家说说看，该怎么办？"

政委心情沉重地说："徐总的批评，给我们这几个燥热的脑袋上泼了凉水。我们的确应该清醒一下唠！现在的问题，是该研究没有炮弹，怎么拿下山头？"

参谋长说："没有炮弹，就不能强攻。强攻不成，那就只有偷袭了。"

偷袭！崔团长其实也想到了。参谋长一提，崔团长立刻来了劲头，当下说："好哇，大家就围绕这个偷袭，研究作战计划吧！"

全团都被发动起来了。大家热烈地讨论着。在团指挥所里，挤满了团、营干部。天黑了，两支蜡烛的光亮，被烟叶燃烧起的雾笼罩着，室内一片昏暗。同志们在激烈地争执和面红耳赤地抬杠中，终于认识到：先炮轰，后突击的死板战术，确实弊病太多。就这样，一个智取山头的作战计划，在群策群力中，产生出来了。

几天过去了。其间，三号阵地经过敌我几度争夺，又回到了我军手中。而二号阵地盘踞着的阎军，依然在顽抗。在三号阵地上，我军战士正严密监视着二号阵地的敌军动向。

没有月光的夜晚，一片黑暗。在夺取三号阵地战斗中曾立过头功的侦察班副班长赵世梧发现，在敌我阵地间二百米宽的壕沟这边，在我军阵地最前沿，有两个人影晃动。赵世梧觉得蹊跷，为了摸清敌情，他带了两个战士隐蔽地向那里摸了过去。可当他们到达目标所在的位置时，那人影却消失得无影无踪了。

"这王八羔子，莫非飞到天上去了？"赵世梧暗暗骂着，细心搜索。前面是壕沟绝壁，左右全是我军阵地，敌人肯定逃不掉。那么，这两个神秘的家伙究竟哪里去了？

"说不定附近有暗道！"这个念头在脑中一闪而过，因为除了这种可能，敌人别无退路。他指挥战士仔细搜索，果然在一堆乱草丛中，找到了一个黑黝黝的暗道口。也许是敌人钻入暗道后的疏忽，那出口竟毫无隐蔽，张着大口，深不可测。

"好狡猾的家伙，难怪我军阵地防守那么严密，总是被他们不知不觉窜了过来。原来，这些家伙在这里捣鬼！"

赵世梧的心"咚咚"地跳着，决定深入洞中，探个究竟。可就在这个时候，暗道里传来一阵"窸窸窣窣"的脚步声。凭着一双练就的夜猫子眼睛，赵世梧在黑暗中，仍然认出那是两个阎军士兵。看样子，他们是慌忙返回来，关闭暗道口的。

三名解放军战士一动不动地伏在原地。当第一个阎军士兵刚一伸出头来时，赵世梧冷不防扑上前去，就把他捉住了。第二个见势不妙，撒腿就跑。另外两个解放军战士只用腿一绊，就把他摔倒在地。

赵世梧就在暗道口审问这两个俘虏，怕死的阎军士兵如实讲出了内情。不出所料，这暗道口，果然是敌人从对面的二号阵地，偷偷挖了隧道，一直通到我军所在的三号阵地来的。敌人正是从这里，一次次地侦悉了我军的行动部署。

赵世梧深感事态严重。于是他顺藤摸瓜，又从俘虏供词中，摸清了敌人兵力、火力，以及当晚的联络暗号。他们立即向连部汇报，情况很快就送到了纵队司令部。

为尽快摸清敌情，纵队司令部决定派赵世梧以代理班长身份，领先沿着暗道，向敌人的二号阵地搜索前进，并派二排紧随其后，配合行动。

夜，伸手不见五指。暗道里更是漆黑一团。为了隐蔽行动，赵世梧带领二班小心搜索，严守着"不准有亮光，不准发出任何声响"的纪律，巧妙地避开暗道中的陷坑和障碍，来到一个较大的鞍形土包前。

前面隐约传来人声。赵世梧指挥战士原地潜伏。从人声判断，是暗道中守敌正在换岗。敌人所用口令，与俘虏交待完全一致。赵世梧心中有了底，便带着一个战士，大摇大摆向刚刚接岗的敌人走去。其他战士悄悄跟进。

敌哨兵发现了他们，厉声喝问："谁？口令！"

"鲨鱼！口令？"

"虾米！"

就在这一问一答中，趁敌哨兵放松警惕的一刹那，赵世梧向身边一个战士做个暗示，那战士机警地俯身绕上前去，偷偷闪到了敌哨兵身后。只见他一步跃起，将敌哨兵脖子搂住，一把尖刀随即刺穿了那人心脏。这家伙连哼也没来得及哼一声，便呜呼哀哉了。

二班战士又前进了几十米，来到暗道的拐弯处。前面隐约透出了灯光，从隐隐听到的敌人鼾声判断，敌人数量，大体有二三十名。

"绝不能让敌人觉察！"机智的赵世梧立即命令全班疏散，自己带两个战士利用暗道地形掩护，隐蔽向敌接近。借着灯光，他们看清了，大约有一个排的敌人，都在熟睡，连两个哨兵，也在打盹。

"必须全部消灭这股敌人！"代理班长赵世梧的果断决定，显示了他成熟的指挥才能。他不失时机地亲自带领两名战士，首先干掉了敌人的值勤机枪手。随着，除留下一名战士作警戒外，其余战士由副班长指挥，准备策应。

机枪边的敌哨兵还在打盹。赵世梧一挥手，一个战士猛举一块大石，狠狠砸下，一个敌兵脑浆四溅，完蛋了。另一个敌兵被"嘭"声惊醒，可还没等他揉眼皮，也被我军战士用枪托打倒。副班长带领其他战士，一阵猛喝狂喊，冲上前去。那些梦中的敌人，一时搞不清发生了什么情况，也不知道对方有多少兵力，糊里糊涂全做了俘虏。随后策应的二排即时赶到，30多个俘虏交由他们押回。赵世梧带领二班战士，继续向敌阵地暗道出口扑去。

前面就是二号阵地的暗道出口。暗道口外，探照灯光刺得人难睁眼睛。敌兵在军官威胁下，正用锹和镐加固工事，对暗道口显然缺乏警戒。二班战士趁敌不备，急速冲出洞口，迅速抢占有利地形，把机枪架在高坎上，对着敌人猛扫起来。这突如其来的打击，把毫无防备的敌人打晕了头。几十个敌人毙命，其余夺路而逃。

赵世梧指挥战士以集群手榴弹扔向敌人，敌机枪被手榴弹爆炸压制住了。地堡里的敌人被惊醒了，他们利用机枪密集射击，试图阻止二班前进。赵世梧指挥战士们把炸药包堆放在地堡旁，一声巨响，敌人的地堡飞上了天。

前面已经接近敌人的主阵地了。那边的二十几个守敌慌乱盲目地放枪，显然是被这不知从何而降的神兵，给吓飞了魂魄。

赵世梧把新近反正的小俞叫到跟前，吩咐几句。小俞立马大嗓门喊话："阎军弟兄们，快过来吧。我叫小俞，原来在亲训师当兵。是在南黑窑打仗投诚的。解放军优待我们，发了新衣服和鞋袜。你们缴枪吧，抵抗下去，只有死路一条！"

政治攻势的威力，再次显示了立竿见影的奇效。只过了几分钟，就有二十几名阎军士兵，从对面的阵地匍匐过来，缴械投诚。这时候，我军后续部队源源不断赶到。

由于刚刚换岗不久，情况不明，立足未稳，面对解放军迅雷不及掩耳的强大攻势，敌人惊慌地争相逃窜。

11月12日上午，艳阳当空，红旗漫卷。整个山头阵地已牢牢控制在解放军第13纵队手中。至此，号称四大要塞的阎军东山据点全部崩溃。太原城内阎军，已完全成为解放军掌中之物。

从10月26日到11月15日，历时二十天的太原外围阵地争夺战，以解放军的全面胜利，宣布告捷。

这一阶段，共歼灭阎军34802人，其中毙伤22058人，生俘11444人，投诚起义1300余人。

阎锡山太原守军的有生力量，被空前地削弱了。

第二章　龙城义举

● **高层动态**

1948年11月，在河北省平山县的西柏坡村，一块块小麦即将收割完毕，一座座农舍喜气盈盈。和许多获得新生的解放区农村一样，这里的气氛，安谧，恬静，振奋，向上。然而，就在这极其平淡而普通的乡村中，在那古老而低矮的农舍里，摧毁旧世界的英明决策，创建人民共和国的宏伟蓝图，正在由未来中国命运的开拓者和设计者们，商定和描绘出来。

自打1947年以来，中国共产党中央委员会就从陕北转进到了这里。自那时起，这个小小的河北农村，实际上已经成了当时决定中国前途和命运的心脏。

这天，在作为中央政治局会议室的一处农舍里，中共中央主席毛泽东、副主席周恩来、总司令朱德正在就毛泽东为新华社写的一篇评论，热情谈话。

毛主席这篇文章的篇名，是《中国军事形势的重大变化》（一九四八年十一月十四日）。

毛主席在评论中写道：

中国的军事形势现已进入一个新的转折点，即战争双方力量对比已经发生了根本的变化。人民解放军不但在质量上早已占有优势，而且在数量上现在也已经占有优势。这是中国革命的成功和中国和平的实现已经迫近的标志。

评论在简要回顾了人民解放战争头两年的胜利进展情况后,即转入解放战争进入第三年,即 1948 年 7 月以来的辉煌进展。评论写道:

最近则起了一个突变。经过战争第三年度的头四个月,即今年七月一日至十一月二日沈阳解放时,国民党军队即丧失了一百万人。四个月内国民党军队的补充情形尚未查明,假定它能补充三十万人,亏短数为七十万人。这样国民党的全部军队包括陆海空军、正规军非正规军、作战部队和后勤机关在内,现在只有二百九十万左右的人数。人民解放军,则由一九四六年六月的一百二十万人,增至一九四八年六月的二百八十万人,现在又增至三百余万人。这种情况,就使国民党军队在数量上长期占有的优势,急速地转入了劣势。这是由于四个月内人民解放军在全国各个战场英勇作战的结果,而特别是南线的睢杞战役、济南战役,北线的锦州、长春、辽西、沈阳诸战役的结果。国民党的正规军,因为它拼命地将非正规军编入正规军内,至今年六月底,尚有二百八十五个师的番号。四个月内,即被人民解放军歼灭了营以上部队合计共八十三个师,其中包括六十三个整师。

毛主席在评论中对敌我力量消长的精确分析表明,人民解放军不但在政治质量上早已占有优势,而且在数量上也由长期的劣势转入优势;不但已经能够攻克有坚固设防的城市,而且能够在一次战役中围歼几十万兵力的国民党精锐部队,歼灭国民党军队的战斗力和速度大大提高。

接着,毛主席以无产阶级战略家的宏大气魄,对解放战争再有一年左右时间,将取得全面胜利作出英明判断;并号召共产党人和全国军民团结一致,为建立统一的民主的人民共和国而奋斗。

毛主席接着写道:

这样,就使我们原来预计的战争进程,大为缩短。原来预计,从一九四六年七月起,大约需要五年左右时间,便可能从根本上打倒国民党反动政府。现在看来,只需从现时起,再有一年左右的时间,就可能将国民党反动政府从根本上打倒了。至于在全国一切地方消灭反动势力，完成人民解放，则尚需较多的时间。

敌人是正在迅速崩溃中，但尚需共产党人、人民解放军和全国各界人民团结一致，加紧努力，才能最后地完全地消灭反动势力，在全国范围内建立统一的民主的人民共和国。

毛主席在1948年11月14日为新华社写的这篇评论，对于人民解放战争全面胜利的时间重新作了估计。他指出，从1948年11月起，再有一年左右的时间，就可以打倒国民党反动政府。人民解放战争的胜利进展，证明毛泽东的这个判断，是完全正确的。

周恩来副主席和朱德总司令完全赞同毛主席的评论和判断。接下来，三位中央领导人的话题转到近期全国战局的进展。

周恩来副主席说："徐州的胜利进展，济南的解放，还有山西临汾、晋中，以及太原外围的捷报，都似乎对主席的判断作出印证。"

朱总司令走到大幅军事地图前，以战略家的宏观思维，边指点边振奋地说：

"自从刘邓、陈粟、陈谢三路野战大军去年夏秋之间渡河南进，以'品'字形阵势，纵横驰骋江淮河之间后，中原就成为全国主战场了。自古谁得中原，谁就得天下。我军在进入决战第三年一开篇，就气势非凡。豫东战役，我军总计歼敌九万余人。打乱了敌人在中原和华东战场的防御体系，有效调动了敌人。继之其后，济南解放。中央和军委抓住决战时机，把气势磅礴的秋季攻势，能动地发展为震惊中外的战略决策，矛头直指东北之敌。辽沈战役从9月12日开始，历时52天，夺锦州，取长春，廖耀湘全军覆没。目前，平津被我军死死围住，傅作义正在动摇之中。淮海战役的胜利，也指日可待了！"

讲到这里，周恩来替总司令和毛主席边添水，边补充道：

"据我军前线司令部报告，济南、北平、太原被我军围攻之际，蒋介石都曾亲临当地督战。可是，连他的济南指挥官王耀武在被俘后，也不得不承认这样一个事实：'蒋介石飞到哪里，我们就在那里打败仗。可毛主席天天坐在陕北,解放军却处处打胜仗!'"

毛主席开心地笑道:

"这倒悬了。我毛泽东也是人嘛,又不是什么神仙!他们不可能理解,敌我的胜负,是由战争的正义和非正义性所决定的。蒋介石发动内战的非正义性和反人民性质,决定了他在风云际会年代,只能扮演一个不旋踵而一败涂地的溃军之帅。他的最大本领,就是使他的军队听我调动,乖乖就范!"

毛泽东健步走到军事挂图前,放眼综览华夏河山,胸中确有千万雄兵。他高瞻远瞩、深思熟虑的讲述,朱德和周恩来都信服地深深点头。

这时,一位参谋递上一份刚刚发来的电报:

> 继晋中战役和太原外围战役胜利后,华北野战军第一兵团发起对太原东山四大要塞的进攻,现已全部夺取。徐向前司令员向军委和毛主席请示下一段的行动部署。

毛泽东看过电报,思考了一下说:"我军在太原前线取得胜利,可以对有功将士给予表彰奖励。向前同志身体一直不太好,要叫他好好注意休息治疗。恩来,派好的医生,专门到山西给向前同志医治。你负责安排一下吧。"

"好!"周恩来应答着。

参谋出去后,毛泽东把经过反复斟酌的想法讲了出来:

"朱老总,恩来,我有一个新的想法,你们看怎么样?为了集中拿下平津,全面夺取淮海战役胜利;为了集中优势兵力,打击和歼灭主要之敌;对于太原之敌,可以围而不打,暂缓进攻。待平津、淮海两战役全部结束后,我们回头再去解决它!"

"完全同意主席的意见!"

朱德和周恩来都对毛泽东的英明心悦诚服,两人不约而同地表示赞同。

和明朗清丽的解放区比较,南京的天空阴云密布。在南京蒋介石总统官邸，不，确切地说，应当是他的秘密私人别墅，又是一番景象。

这是一座泛着青灰色调的建筑，坐落在堆砌着假山的幽静庭院里。高耸的石墙，狭长的窗户，颇具中世纪英式楼房格调。这座楼房，是蒋夫人宋美龄的胞兄宋子文，为祝贺蒋介石的五十大寿，特意捐资营造的。现在，这里是蒋介石处理机密事宜，接见贵宾的要害处所。

11月12日一大早起来，蒋介石就诸事不顺心。虽然脱去军服，换穿红缎衣裤，还是觉得格外拘束；虽然趿拉着软底拖鞋，还是腿脚沉重；虽然身边侍从小心翼翼踮着脚尖，在厚厚的波斯地毯上行走，还是觉得噪声烦人……

这种反常心理表现的生成，应当说，是由于昨天深夜，传来跟随他多年的亲信智囊陈布雷自杀身死的消息。

这真是一个不祥的预兆，令人难以置信的打击。要知道，东北全丢了，淮海危在旦夕，平津被困，太原连传败报，而陈布雷却偏偏在这个节骨眼儿上自杀了！人死了也罢，他还留下一篇令人很是感伤的《绝命书》！

现在，陈布雷的《绝命书》，就摊开在蒋介石的办公桌上。蒋介石简直不愿意回头再看那绝笔一眼，简直不愿意再回忆其中的一字一句。可是，有什么办法呢？陈布雷的身影，那《绝命书》的话语，仿佛幽灵一般，总在他的眼前晃动。陈布雷那苍凉而绝望的哀号，仿佛在冥冥中回荡：

"……我的脑筋已油尽灯枯了……又想到国家已进入非常时期。像我这样，虚生人间何用？由此一念而萌自弃之心。虽曰不谓为临难苟免，何可得乎？"

多么叫人心寒哪！据到湖南路陈布雷私宅告别遗体的人回来说，陈布雷自杀时，特意换上了他平时不常穿的高级服装，用一种崭新的马裤呢长衫，裹着枯瘦如柴的干尸……

"难道，民国的气数，真的到头了吗？……"

蒋介石痛苦地自语着。他不能不看到，在全国范围，国军主力已经被共军分割成了以徐州、沈阳、北平、汉口、西安和太原为中心的六块地盘。其中，迄今已有两块丢失，两块被困，所剩余者，也是岌岌乎殆哉了。军事上的颓势，已经够叫他一筹莫展。而政府内部的四分五裂，更使他如坐针毡。就在陈布雷的遗书中，甚至引用了唐朝韩愈的两句讽喻当时朝政的诗：

"中朝大官老于事，讵知感激徒媕婀！"

蒋介石不得不承认，陈布雷眼光敏锐。他是看得远，看得透的。政局飘摇，军事屡挫，中枢大员们出风头争权利，如蚁附膻；却很少有人为他这个元首真诚分忧分劳。行政院长翁文灏五辞其揆，居然要找一个接替之人。前任行政院长婉拒组阁大命，甚至说了这样刺耳的混话："假使翁文灏有办法，尽可不换；假使无办法，则纵使改组，亦照样无办法；而现在的办法，只在华盛顿。"

"左一个无办法，右一个无办法，娘希匹！这不是成心置之不理，撒手不管吗？"蒋介石愤愤脱口骂道，"娘希匹！全是他娘的混蛋！华盛顿？华盛顿！难道美国人就是包医百病的救世主？"

蒋介石心里愤怒，却又找不到答案。他沮丧地倒在鸭绒坐垫沙发里，无可奈何地抱着脑袋苦思冥想。

或许应验了古老的俗语，"说曹操，曹操到"。

蒋介石正为美国人伤脑筋，驻华大使司徒雷登不期而至。司徒雷登的突然到来，使蒋介石感到窘迫，他不愿让这个熟识的外国人看到他满脸愁云。于是，立即迎上前去，努力排除内心抑郁，作出热情姿态，请这位使华数载的大使先生就座。

作为曾经在故国接受过高等教育的联邦政府官员，司徒雷登谈吐文雅，举止稳健，一派学士风度。他端正地坐在沙发上，等候中国国民政府的最高官长向他发问。

蒋介石心情沮丧地说："大使先生。我要告诉您一个意外的不幸：陈布雷自杀了！我得到的第二个坏消息，是太原外围阵地丢了。难得您在这个时候来看我，老朋友，我很想听听您的看法！"

司徒雷登眨着深陷在眼眶里的蓝色眼睛，令人困惑地说：

"唔，总统阁下，我正是为此而来。先生，这真是一连串的悲剧，一连串的不幸！开门见山地说，我以老朋友的名义，不得不向您发出忠告。坦率地说，我想再次提醒您，哦，您是否可以考虑停止您独自指挥作战的做法，而把指挥作战的事宜，交给一些经过严格挑选的战略家，让他们去做计划呢？当然，您可以在其计划征得您的同意之后，放手地让他们负责指挥作战。"

司徒雷登这一套转弯抹角，但却明白不过的说辞，事实上透露了美国人对蒋介石的最新态度。蒋介石早就嗅出了其中的寓意：当着国民党军队连吃败仗，共产党节节胜利的时候，美国人策划已久的"换马"术，就要付诸实施了。

近期以来，蒋介石对此一直警惕地持审慎态度。他当然不能同意停止自己的指挥权；因为，这无异于让他让权让位。但他又不愿意触怒美国大使司徒雷登；因为，这个人代表着美国政府。而蒋介石的政府和军队，多年来是一直依附于美国，听命于美国的。

于是，蒋介石便答非所问地避开司徒雷登的主旨，说："本人正在组织反击。除了平津、淮海的奋力作战，在太原方面，我的 30 万大军，已经空运过去，正在帮助阎锡山通力血战呢！"

司徒雷登却不以为然。他固执地耸耸肩膀，图穷匕见地说：

"早先，蒋先生不就是不肯退出东北，才不仅丢了满洲，连整个华北也赔掉了？可先生是否看到：八百英里以南地方，更大灾难，可能正在酝酿。邓小平和刘伯承在结束淮海作战后，很可能立即逼向长江！至于平津和太原失落，将意味着中国北方全部为共军所囊括！因此，我们认为，目前最明智的选择，就是蒋先生暂时引退。对那些占据重要职务的人，可以把他们留着挂挂名，实际工作则让年轻而有能力的人去做。这样，或许可以挽救您的政府的困境。"

司徒雷登的话，等于向蒋介石发出了最后通牒。

蒋介石内心一阵寒碜。本能促使他要和这个居高临下的美国人争辩一番，因为他蓦地想起了抗战中的一幕戏剧性情节：

当时，蒋介石就曾经采取极强硬的态度，迫使美国总统罗斯福把与他严重冲突的史迪威撤回。想到这里，许多钢钉似的话涌上喉头。他决计和司徒雷登论个短长。但仅几秒钟后，他的想法就变了。

唉，毕竟时移事易，今非昔比了。蒋介石不得不承认，他如今正走下坡路。当年的勇气资本，都已不复存在。而司徒雷登也绝非史迪威可比。于是，在咄咄逼人的司徒雷登灼人的目光下，蒋介石嗫嚅着说："让我认真考虑考虑。"

不过，他嘴上这么说，心里想的却是另一套：他已经谋好了"拖"的招数，要以此来维持他摇摇欲坠的宝座。实际上，司徒雷登此行的任务，就是给蒋介石施加些新的精神压力。现在，当这一目的达到后，他便匆匆离开了总统府。

司徒雷登前脚出门，蒋介石后脚就狠狠地摁响了手边的传呼电铃。

侍从们急忙赶来，蒋介石却是什么也不要，只命他们把办公室的门窗全都关得严严实实，并把窗幔也全都拉上。善于察言观色的侍从们从蒋介石阴冷的面孔，仿佛看到死神已经附体。他们一个个屏息敛气，一动也不敢动地原地站着。

宋美龄进来了。蒋介石命侍从们退下去，对他的夫人说："美龄，你马上到美国去一趟吧！"

"去美国？"宋美龄困惑地望着她的丈夫问道。

"是的。"

"干什么？"

"向杜鲁门总统和马歇尔国务卿当面陈情。"

"别人不好去吗？"

"一定要你亲自去！"

11月28日，宋美龄飞美。12月3日和10日，这位一向以出色外交才干蜚声华府的中华民国第一夫人，分别访晤了马歇尔和杜鲁门。对于她提出的三项要求，即美国发表支持南京宣言，派遣高级军事代表团来华，核准三年内每年给中国10亿美元军事援华计划等；杜鲁门总统在不耐烦地听过后，只是爱理不理地作了这样的答复：

"美国只能付给已经承诺的援华计划的 4 亿美元。这种援助可以继续下去，直到耗完为止。不过，美国不能保证无限期支持一个无法支持的中国。"

杜鲁门的低调门，简直令人沮丧。宋美龄碰了壁，只好落魄而归，从大洋彼岸空手返华。

● 初议策黄

中共中央暂缓攻取太原的指示下达后，太原战场出现了相对平静状态。

这天，风和日暖，是入冬以来少有的晴和天气。在榆次县峪壁村的兵团司令部，徐向前司令员正在房间里翻阅一本线装书。这本书大约付梓已经多年，连纸张也泛着土黄色。徐向前看得那样专注，那样入神。他时而啧啧赞叹，时而拿起铅笔作些批注，时而又留心地翻阅前面已经阅读过的部分……

看样子，他好像正在核对什么重要的资料。

周士第、陈漫远、胡耀邦等首长相继进来，走到桌前，方知徐司令员正在阅读的，是一部清末举人刘大鹏著述的《晋祠志》。另外，在案头还放着一部《太原县志》。徐司令员招呼大家围桌坐下，一手抚着书本，一手将将几绺散落在鬓角的头发，深有感触地说：

"是啊，这表里山河的三晋大地，真无愧享有人杰地灵的美誉啊！可是，在近三十多年中，却被阎锡山穷兵黩武，搞得满目疮痍，民不聊生了。救民于水火，振兴三晋大地，我们共产党人责任重大啊！"

同志们受到徐总的深深感染。

共事多年的战友对徐总十分了解。作为五台县籍人，徐向前自幼生长在山西，始而入学就读，继而兴学育人，后来进入黄浦，投身革命，转战大江南北。对于养育了他的家乡故土，徐向前有着游子的特殊挚情。不过，对于这样一位杰出的革命战略家来说，他对山西的厚爱，绝非一般乡土之恋。而是一种升华了的，对祖国、对人民的真爱的抒发，是中国共产党和人民军队高级领导人的革命责任感和爱国情、人民心的自然表露。

因此，陈漫远说："在外围作战中，我军已经取得重大胜利。过些日子，太原城攻克后，整个晋阳大地就全部回到人民手中了！"

今天，徐向前精力格外充沛，心情格外开朗。就连那肋膜炎病态，也几乎隐形匿迹了。参谋长的话，激发了他的更高兴致。他继续抚摸着那部《晋祠志》说：

"古代晋阳，其实并不在太原，而是处在城西南的晋祠。这之间相距50多里呢！唔，晋祠，你们去过吗？"

首长们大多是南方籍人，不约而同地摇了摇头。

陈漫远蛮有兴趣地提议："我们都是南方人嘛，都希望多了解一些北方风情，也好为下步攻占太原，有更多的地理见识嘛！"

周士第等齐表赞同。

徐向前肯定地说："这是很需要的。不只现在打仗需要；将来革命成功后，不论南方北方，都是人民的天下。我们要治理全中国，哪里的情况都应当了解。好，我就给你们讲一个'剪桐封弟'的故事吧。说的是公元前12世纪，周人姬发战胜商纣王，建立了强大的周王朝，谥号周武王。灭殷后七年，姬发去世，其子姬诵继位，号称成王。由于成王年幼，便由皇叔姬旦代行天子职位，史称周公。周公旦摄政后，叫成王诵把周室的子弟族属和功臣亲戚，尽封诸侯，划地分治。成王的胞弟名叫姬虞，被封个唐国诸侯。因为这个姬虞既是唐国诸侯，又是成王的幼弟，所以人称他为唐叔虞。今天的晋祠，就是奉祀晋国的第一任诸侯唐叔虞的祠宇。后来由于晋祠紧邻晋水，所以又改唐为晋。所以说，古晋阳城，历史悠久，是在战国时期就建成了的。"

说到这里，徐向前喝了口茶水。他见大家听得入神，就又讲道：

"了解一些历史，对今天和今后，都是很有好处的。根据司马迁在他的《史记·晋世家》里记载，姬虞被封为唐侯的过程，是很有些传奇色彩呢！

周成王在他当了天子以后，唐国叛乱。成王命令周公带兵平乱。有一天，成王和他的弟弟叔虞游戏，成王把一只梧桐叶剪成玉圭的形状，对叔虞说：'把这玉圭给你，封你去做唐国的诸侯吧！'史佚在一边听到这话，就请成王选择吉日立叔虞为唐侯。成王说，他只是和叔虞开了个玩笑。可那史佚却认真地坚持说：'君子无戏言，说了就该兑现！'周成王被将了一军，无可奈何。只得封他的弟弟叔虞去做诸侯。"

"真有意思！"同志们回味着故事的寓意，议论着。

"自战国以来，"徐向前意犹未尽，接着说，"晋阳不仅有赵国建都，而且有隋文帝、唐高祖、唐太宗、武则天、司马迁等帝王和名人相继出现。只是到了宋代，晋阳城才在战乱中被大火烧掉的。我们现在围攻的太原城，就是后来重建的晋阳。同志们，我们将要解放的，是一座具有深厚文化积淀的历史名城哪！"

徐向前司令员的渊博知识和风采谈吐，使同志们无不敬佩。周士第副司令员一边吸着烟卷，一边惋惜地说："这样美好的城市，却被蝼蚁之辈盘踞了几十年。我们一定要尽快打下太原城，活捉阎锡山。使古老的晋阳城重放异彩！"

徐向前稳健地走到窗前，把面前的扇窗扶起撑好。他放眼远望，前面的山岗上，一株株被炮火轰焦的枯树残桩，悲寂地立在萧飒的寒风中；一片片被炮火炸翻的土地，荒凉破碎；一片片坍塌的农舍，残垣断壁……

看着这一切战争的伤痕，徐向前的心情格外沉重。

同志们都怀着同样的心情，周副司令员把棉大衣替徐总披在肩上。

徐向前理解同志们此时此刻的感情。他依然朝那山岗望着，语重心长地说：

"为了消灭内战，为了实现和平，为了打倒反动派，解放全中国，我们必须用革命的战争，去消灭反革命的战争！但是，我们共产党人破坏旧世界的目的，是在于建设一个崭新的新世界。所以，我还要把李自成打太原的事讲一讲。"

同志们都为徐总的健康担忧，怕他在窗前站久了会着凉。齐劝他回到桌边来谈。

徐向前回到桌边，等大家都坐好，接着说：

"那是明朝崇祯十七年二月初，闯王李自成指挥数十万农民起义军，从汾阳向晋祠进军。起义军的先头部队中，沿途都高举着一块大木牌，上面写着：'迎降者无扰，抗御者全屠。'起义军所到之处，官绅民众热烈欢迎，百姓毫无损失。对晋祠的文物古迹，保存完好。当时，人们都传颂闯王李自成带的是仁义之师。美名一直流传到今天。"

徐司令员讲此故事的意图，同志们心领神会。

陈漫远说："李自成尚且如此，我们共产党领导的解放军，是人民的子弟兵，更应该如此。我们的纪律，一定会比闯王起义军好得多！"

周士第说："我们一定要千方百计保护晋阳古城，使它尽可能完整地回到人民手中。"

徐向前感奋地说："这正是我的中心意思。我军攻打锦州，就是利用敌人内部矛盾，进行分化瓦解，才使锦州的破坏，减少到最低程度。目前，根据晋中战役和太原外围战斗经验，我想，只要有一线和平解决的可能，我们就应当用十分努力去争取。赵承绶、梁培璜、李佩膺、赵端，都是识时务者。我看，盘踞在太原城里的阎锡山等人，也绝不会铁板一块！为了把这座古老美丽城池保护好，我们在瓦解敌军和策反方面，还有大量工作要做。"

政治部主任胡耀邦围绕这个中心议题，具体阐述道：

"山东有个吴化文，争取山西出个阎化文，这是我们政治攻势的奋斗目标。我们已经印发了大量《罢战安全证》和《立功优待证》。秘密地，或用炮弹推送进了太原城内。我们的小型传单和喊话，在外围攻击战中大见成效。用我们的胜利和事实，揭露蒋介石的失败和卖国，以及阎锡山所谓'兵农合一''自白转生'的欺骗伎俩，处处打中敌人的要害，是影响很大的。就比如牛荫冠同志吧，阎锡山一直编造谎言，骗人说他已经死了。可是，被俘的敌军在我们这里看到了牛荫冠，这才揭露了阎锡山的骗局。"

周士第插话："对敌政治攻势和武装打击，是同等重要的两件武器。细致地分析一下目前太原守军中敌方官长的动态,对于落实徐总和平解决的意图,是十分必要的。"

胡耀邦向前挪挪座椅接着讲道:"据我方掌握情报,第30军军长黄樵松,是个很有些正义感的职业军人。这里有一份关于黄樵松的履历材料,现在介绍给大家——"

在胡耀邦从公文包里拿材料时,徐向前关切地说:"请耀邦同志把有关情况,向大家作个介绍吧!"

胡耀邦拿出材料念道:"黄樵松,原名黄德全,字道立。河南省尉氏县蔡庄后黄村人。出身贫寒。凭父母节衣缩食,从小读书。1922年秋,冯玉祥在开封、许昌设兵站,招学兵时从戎。后任冯玉祥将军警卫连长、营长等职。1927年北伐战争中,在西北军高树勋部任团长。"

徐向前插话道:"这是个重要线索。高将军已在我军任职,黄樵松是高将军老部下,这对我们十分有利。好,继续介绍。"

胡耀邦主任接着讲道:"'七七事变'后,黄樵松作为国民革命军第26路军27师旅长,奋起抗战。曾经写下'救国寸肠断,先烈血成河;莫忘山河碎,岂能享安乐'的诗句。日军川岸兵团向娘子关侵扰的时候,黄樵松亲率所部英勇反击,击落敌机一架,击毙敌联队长鲁登等200余人,升任第27师师长。台儿庄战役中,曾经亲率敢死队数百人,向敌侧背袭击。又以伏击战,与其他中国军队一起,创造了歼敌两万余人的台儿庄大捷战例。"

周士第补充说:"黄樵松的情况,我地下党还有较多了解。台儿庄战役时,黄樵松曾邀请我地下党工作人员曲茹,帮助他组建战地服务团,目的是鼓舞抗日士气。曲茹同志通过冯文彬、胡乔木同志挑选了20多位共产党员和民先队员,趁机打入。1940年,黄樵松正在物色秘书。当时,和他交往甚笃的臧克家把地下党员单柳溪介绍给他。我党打入内部的同志组成了以曲茹同志为支部书记的地下组织,在敌27师中长期隐蔽,秘密活动,对黄樵松影响很大。"

"是的。"胡耀邦肯定地说,"在1940年军统特务到27师搜捕我地下党组织人员时，黄樵松出于大义，曾私下对曲茹同志说过：'我决不做民族和人民的罪人，逼得我无路可走，我会杀他一个回马枪的！'当时，正是由于他的态度，才大大减少了我党损失。1945年3月南阳抗战，由于敌众我寡，为了激励士气，黄樵松曾在其驻地的防空洞门口，书写了'黄樵松之墓'五个大字，并命令后勤处备了一口白桦木棺材，上书'黄樵松灵柩'，以此来表示他固守阵地的决心。日寇投降后，孙连仲在1946年秋把黄樵松从68军调回30军，任副军长兼27师师长。今年6月，黄樵松奉调在西安附近渭南县驻防，归胡宗南管辖，由胡宗南任命为第30军军长。8月，蒋介石匆匆到太原走了一趟，确定黄樵松增援山西后，他首批来到了太原前线。这就是有关黄樵松的全部简历。"

参谋递上一封刚从太原地下党组织转来的情报，内容讲的正好是有关黄樵松的事。原来，曾经由臧克家同志介绍给黄樵松当过秘书的单柳溪同志，现在北平做地下工作。最近，单柳溪同志收到过黄樵松给他的一封信。黄樵松在信中说：

> 我黄樵松厮杀半生，多是同室操戈。如今还要打内战。唉，国家何日得安宁，人民何日得更生啊！柳溪，我该怎么办？我该怎么办啊！

对黄樵松厌恶内战，渴求和平的愿望，单柳溪早有了解。他在回信中说："我对你所希望办的事情，一定全力以赴。"这一次，单柳溪通过太原地下党组织，转到太原前线司令部来的这封秘密情报，就是向徐向前等兵团首长，专门报告这一重要信息的。

新情报的到来，使兵团首长们全都激动起来。

徐司令员果断地说："黄樵松将军一向有着爱国之心。现在，他的思想正处在复杂的矛盾中。我们一定要不失时机地做好工作，争取黄樵松起义！"

副司令员周士第蓦然想到了什么，眼睛突然一亮，高兴地把双手一拍说：

"嘿，真是凑巧。在太原外围作战中，我们正好俘虏了一个在黄樵松手下当过排长的。据这个人交代，他和黄樵松的私人交往相当密切。我的意思是，我们可以利用这个姓王的排长，去和黄樵松取得联系。"

徐向前在慎重考虑着。他深思熟虑地说：

"我们可以多方面开展工作。黄樵松是高树勋同志的旧部，我们可以利用他们的老交情，请高将军给黄樵松做工作。当然，我们在 30 军中的地下党组织，也要秘密配合。这样里应外合，上下齐促，30 军的起义，太原的和平解放，我看是很有希望的。这件事关系重大，我准备和华北军区王世英副参谋长具体研究一下。等确定以后，就立即着手行动。"

● 投书寄情

直到 1949 年，太原城内这片只有几亩大的开阔地，据说曾经是古代演兵的赛马场。但在兵士如蚁、街垒毗连的今天，这里却成为太原城内一个极其冷僻的死角。

这天，赛马场出现了一匹疾驰狂奔的烈马。那刚劲急促的蹄声，击踏着这孤寂的角落，勾起沉睡大地多少如烟往事。这是一匹身躯高大的雪斑公骡。它四蹄腾空，疾步如飞。雪鬃翻覆如云，身轻敏捷似兔，猛疾豪壮如虎，恰是不可多得的军用良乘。驾驭坐骑的，正是增援阎锡山的原胡宗南部、今挂中央军牌号的国民党第 30 军军长黄樵松。

黄樵松骑着心爱的雪斑公骡，扬鞭勒缰，纵情驰骋。那骡颇通人意，仿佛摸透了主人大海波涛般起伏难平的心境。为了既满足主人欲望，又护卫主人安全，它奔跑得又快又平稳。

说实在话，这匹雪斑骡，对主人黄樵松将军，既有功，又有恩。自从 1944 年以来，这骡就一直随黄樵松东征西战，纵横沙场。部属们清楚地记得，有一次追击溃逃的日寇，为了寻找捷径，雪斑骡载着它的主人，遇到了一道一丈多宽的险壑。这时候，别的战马全都畏惧退缩，唯独雪斑骡长啸一声，四蹄生风，如鹰击长空般，风卷而过。由于它的带头，其他战马顿时胆壮增威，相继越过险壑，将溃军全部歼灭。

自开进山西以来，部队被解放军死死围困在太原城里。可怜一匹沙场铁蹄，纵有日行千里之能，却无行走寸步之机。雪斑骡已有好长时间不曾被主人驾驭着，像今天这样痛快地抖抖威风了。因此，无论主人，还是作为坐骑的雪斑骡，彼此都被一种重温旧情的微妙意识，和配合默契，所深深地驱使着。

黄军长的出色骑术，使赛马场周围的副官、马弁和参谋都看傻了眼。大家连连喝彩，欢呼不绝。可有谁知道，黄樵松此时心境，却是和坐骑的健步一般，久久难平。

要知道，打从进入太原以来，黄樵松确实替阎锡山卖力地做过一番抵抗反扑。可是，短短几十天中，东山风格梁丢了，牛驼寨得而复失，小店守军溃退到城垣之下，现如今却连向阳店也危在旦夕……

黄樵松的第30军，原本兵员虚额甚巨，现又被解放军消灭十之二三；而且，他从收音机广播节目中，也收听到了东北全境崩溃，淮海、平津岌岌可危的严重局势。在这蒋家王朝已如垒卵的危势下，黄樵松的个人进退，全军的未来命运，作为一军之长的他，不能不有所考虑。

所以，近日来，或发密信给北平，或拍急电给上海等处。他多方探询，百般打听，不仅给自己原来的秘书，现在在南开大学的单柳溪去信，询问北平战局，征求单柳溪对如何应付时局的意见；而且，他还给自己的老上司，如今在解放区工作的高树勋将军去过信，了解高将军起义反正后的境况。此外，他还给在南京的好友发电报，了解济南吴化文起义后的时局……

所有这一切，当然既不是一般社交电函，也不是什么无关紧要的例行公事，其中的用心，是不言而喻的。不过，令黄樵松放心不下的是，他虽然发出了不少信函和电报，却至今回音了了。这委实使他寝食难安。

"是函电丢失了，是落入了军统、中统之手？是收件人出了意外，是他们已经全然把我这个姓黄的给忘记了？纵然北平和南京还处在蒋介石的控制之下，难以回音吧；那为什么连高树勋将军，也没有片纸只字的回复呢？"

这些无法回答的问题，折磨着这个一向爽朗豪放的军人。使他那一向落拓不羁的个性，也变得郁郁寡欢了。

今天起床，他又想起了老上司冯玉祥。他那孤寂、沉闷、彷徨、困惑的心，再也无法安定。因此便奋蹄扬鞭，试图借雪斑骡的驰骋，排遣心中痛苦。他的思绪，随着奔驰的坐骑，飞向了过去的年代……

那是冯玉祥受蒋介石迫害，从政坛隐退旅居美国时。黄樵松作为冯将军部下，彼此仍然频传书信。冯对蒋的独裁深恶痛绝，黄樵松十分同情。抗战爆发，出于民族大义，冯玉祥不计前嫌，和蒋握手言和。但冯玉祥对中国共产党严正的抗日爱国主张的拥护，却使蒋介石恼恨异常。当得知冯玉祥就要从美国返华，顺便到莫斯科观光的消息后，蒋介石遂即暗起杀机。就在黄樵松等故旧，在国内热情准备欢迎冯玉祥归国的时候，冯玉祥所乘坐的轮船，却在到达奥得萨港时，遭到了国民党特务的突然袭击。当时，轮船被烧毁，火光直冲云天。冯玉祥将军和他的两个女儿，同时罹难。

那时，当黄樵松从报纸发表的照片上，看到冯玉祥罹难的惨状，真是痛不欲生。

如今，冯将军被害的事又现眼前。黄樵松不忍再想下去。他狠狠勒骑一鞭，愤愤骂道："真卑鄙！真残忍！爱国者遭此毒手，杀人者反而青云直上。这是什么世道！与日军没有战死，军统没有害死，蒋介石没有整死，难道我黄樵松竟然要白白地去陪阎锡山同归于尽吗？"

愤怒的心潮在胸中激荡，向往光明的欲望更加迫切。黄樵松突然放声大喊："老子不干！"

这一喊，使周围部属异常惊愕。刚刚缓蹄的雪斑骡受此一惊，突然加速奔驰。

几只小雀从空中飞过。黄樵松顺势拔枪，"砰砰"几响，几只小雀应声落地，无一幸免。场周围热烈欢呼。黄樵松缓羁行进，敞开衣襟扇凉风。他开心地看着卫士们去拣那几只小雀，轻捷地跃身跳下骡背。

卫士长王震中上前凑在黄樵松耳边悄悄说："王排长被解放军放回来了。他说有急件非亲陈军座不可！"

黄樵松一怔，心里不由自主地"突突"跳了几下。但他立即镇定下来，做出一副漫不经心的样子，把马鞭轻轻一挥说："叫他在正大饭店等着，我随后就去见他。"

一直在旁边等候着的新任第27师师长戴炳南，十分殷勤地迎上前来，把骡子缰绳接在手里说："军座，车子已经备好，就在那边等着您哪！"

黄樵松边系纽扣，边乐呵呵地说："走，一起回吧。家里有一桩美事等着我们！"

戴炳南困惑地眨着眼睛，急切想知道究竟有什么事。

黄樵松已向军吉普车走去，戴炳南赶紧尾随上去。

这是正大饭店一处带客厅的房间。窗明几净，空气清新。几对沙发在地毯上摆放，一盆金菊平添了无穷生气。长沙发上方墙壁正中，悬挂着一幅浓墨酣畅的自吟自书条幅，题名《乡思》。上书：

　　十年戎马久离家，踏遍关山与水涯。

　　待到功成归故里，携儿月下种梅花。

——丘八弄墨怡墅

黄樵松急匆匆回来，王排长正在沙发前仔细端详这张条幅。

黄樵松进来，王排长赶紧立正，行军礼说："军座，兄弟回来看您来啦！"

黄樵松落落大度地指指沙发说："回来了，好哇！说明你还没有忘掉我这个老丘八。好好好，坐下慢慢叙谈。"

王排长说："军座，兄弟有重要事情面呈，请您——"说话时，王排长朝左右看了看。

黄樵松毫不在意地说："都是手下弟兄，自己人，用不着操心的。你说吧！"

王排长面露难色，还是不肯说。黄樵松这才让其他人暂退出去。

王排长见其他人都已退出，这才说："军座，兄弟冒死回来，全为军座您的进退和全军弟兄的将来。兄弟被俘后，在那边受到解放军优待，还见到了高树勋将军和赵承绶将军他们呢！"

一听到高树勋的名字，黄樵松脸上顿时洋溢起肃然起敬的神情。他迫不及待地问："高将军！你见到高将军啦？他现在的情况怎么样？"

"高将军自邯郸起义，一直为主张和平反对内战奔走。他在1946年已加入了共产党。在解放军那边，没人不知道高树勋的大名。部队和地方还开展了学习高树勋将军运动。这回我见到他时，高将军穿一身解放军军装，身体比以前健壮多了。他谈笑风生，举止潇洒，比起当年在这边，说话分量重多了。对啦，高将军还让兄弟捎话，问候军座您哪！"

黄樵松忘情地说："唔，高将军万事顺利，这比什么都好！"

排长见黄樵松动情，当下从衣缝抽出一封信，呈到黄樵松面前说：

"军座，兄弟这条命，是从死人堆里捡回来的，早把生死看轻了。您如果看兄弟出自好意，就请把这封信细细看上一遍。您如果信不过兄弟，兄弟今儿把命交给您，要杀要剐，任由您处置！"

黄樵松好像压根儿没听到王排长的话，接过信，匆匆拆开。原来，这正是一封他日盼夜思的高树勋将军的亲笔。那字里行间的铮铮话语，强烈地震撼着黄樵松的心灵。

怡墅、炳南弟：

锦州解放，范汉杰以下10余万美械化部队无一漏网。长春守军66军军长曾泽生率全军光荣起义。东北总副司令郑洞国率蒋的嫡系美械兵团10余万，继曾泽生之后投诚，长春即告解放。按锦州为交通枢纽，是蒋军重要补给基地，又系沈阳、承德、北平的走廊。按兵力而言，是蒋家嫡系部队10余万美械兵团，且有现代化永久性坚固工事，可谓金城汤池。但在人民解放军攻击时，仅花费31小时，即完全解放……以此足证人民解放军威力之大，可说无坚不摧。全国人民革命胜利，为期不远矣！

今太原孤城果何所恃乎？以言待援，千里之内无兵可援。空中运输，机场已被控制。你们出城反扑数次，损兵折将，防御圈日渐缩小。太原解放，定然为期不远。临汾之役，30旅的覆灭可为殷鉴。弟等何以踏此覆辙，应三思之。在这千钧一发之际，还不早下决心，留待何时？……我西北军历来是革命的。在蒋贼分化、欺骗、收买之下，部分部分地走向崩溃，多数干部流离失所，无法全活者比比皆是。回忆过去，能不痛心？

我在三年间，已深认识到我们应走的路。中国革命战争的前途，只有新民主主义和联合政府，才能把中国搞好。并且，共产党人不论任何人，只要站在人民方面来，就特别欢迎、爱护。如在战场起义归来者，不但论功行赏，且可保持原来番号及其部队。以弟之智勇果敢，必能当机立断，毅然举起义旗，坚决回到革命方面，创造自己的前途。我西北军袍泽乜庭宾将军为弟等老友，他看到蒋家皇朝必亡，于日前在苏北率部光荣起义，受到全国人民之拥护。我对弟等不惮烦劳如此关怀者，只是为了你们的前途，和许多年来的袍泽，做此无意义的牺牲。至诚之言，望勿犹豫，以害大事。临书不胜依依。

专此并祝健康

兄　高树勋（名章）　10月29日

黄樵松看信之际，王排长一直在旁边等候。黄樵松被信中的肺腑之言深深地吸引着，竟把送信人忘在一边，半天未予理睬。

王排长等他看完信，见他心事重重地向身后的沙发仰去，趁他内心正处在激烈矛盾中，真诚地劝他说：

"军座，东山已失，城破在即。阎军覆灭，用不了几天啦。太原古城历史悠久，军座若能和平献出，必将流芳百世。和平解决，城内百姓父老也可免遭烽火灾难。再说啦，军座您年富力强，风华正茂，正当为国为民尽力之时。现有解放军指出光明前途，何必去做那替人殉葬的蠢事，自寻绝路呢？事不宜迟，请军座当机立断！"

黄樵松想说些什么，但只动了动嘴唇，把话又咽了回去。

王排长抬头看了看悬挂在墙上那个条幅，心头蓦地豁然一亮，急中生智说："军座，看到您这幅墨迹，使我不禁想起了它的来历。"

王排长这话，果然使黄樵松见物生情。他的心头，不由自主地涌起千头万绪，条幅上的诗句，把他引回了1946年……

王排长讲述着三年前的情形："前年，军座率师临汾作战，几乎被消灭。军座那时就厌战，不愿替蒋介石卖命，不忍看中国人杀中国人的惨剧愈演愈烈。您曾愤然告假，回老家打算解甲归田。黄夫人也在河南省立三小学当了教员。记得，一次校会上，您这样讲：抗战胜利果实来之不易，大家要珍惜和平。师生们听了这话，不少人掉了眼泪。可这才过去多长时间，您难道就全忘光了？军座，这条幅，这白纸黑字，是您亲笔写下的啊！如今，它依然挂在这里。就是我们这些下人，看见这条幅也都不能不对将军的爱国忧民之心，敬仰有加呢。可您却为何——"

王排长情真意切，话语至诚，以至声泪俱下。

黄樵松被这位下级军官的赤诚深深感动了。

他热泪盈眶，颤抖地抓起王排长的手摆动两下说："老弟，你不用说了。我全明白了。我心里乱得很。你且下去休息休息。让我认真想一想……"

● 夜出晋阳

夜深了。

黄樵松自打下午在正大饭店见到那位被解放军派来的王排长，并看过高树勋将军的信件后，心里就一直平静不下来。他想起好多好多以前的事。

从不忍看列强肆虐，国难当头，军阀混战，民不聊生，毅然投身冯玉祥将军麾下；想到娘子关抗日作战，怀着强烈民族义愤血战大坂山，击毙日酋鲤登的豪壮场景。从国共建立统一战线，和八路军并肩作战抗御侵华日军的难忘时光；想到蒋介石挑动内战，致使百姓徒遭战争劫难的悲惨情状。从高树勋将军来信的恳切言辞，想到相继弃暗投明的赵承绶、李佩膺等旧友故交的光明前程……

当此之际，究竟何去何从？黄樵松心里翻腾了几十个回合。他不得不承认，自从 30 军开进山西，阎锡山款待他和他的部队，确是花了很大力气，用了十二分力量。30 军在城外有司令部，城内新道街口的商震公馆有办事处，正大饭店有专供他这个军长使用的包房，和随时听候召佣传唤的女招待。阎锡山专门拨出一辆吉普供他出入太原城使用。这在吉普车尚很稀少的现时，显然是一种规格很高的殊荣。原来迎接 30 军入晋的人员，现在排除一切其他事务，专门从事招待应酬。而且全军数万官兵，每天都能得到若干大烟土的特别优待。

所有这一切，又不能不使黄樵松对阎锡山的盛情，怀有隐隐感戴。因为，他毕竟是个颇富江湖意识的职业军人。

怎么办？起义后果未卜，且不知解放军许诺是否可靠？对阎锡山的感恩之情，又难割难舍。不起义，高树勋将军的真诚劝导，言辞恳切，感人至深，不能不信；损兵折将，前途暗淡，眼见得太原难守，谁甘心去做殉葬品？在这大红大黑的生死关头，在这一失足成千古恨的十字路口，黄樵松确实很为难哪！

这时候，谍报队长王震中静悄悄地走了进来。

这王震中，年约三十出头，汉口人氏。原任卫士长，现职是第 30 军谍报队少校队长。他虽然比四十六岁的黄樵松小十几岁，且有上下级之分。但彼此相交甚笃，情同手足。只要有秘密行事之处，黄樵松总是派王震中去办，从未有过一次差错和失密。王震中之对黄樵松，一向视同兄长和长辈。因为，谁都知道，王震中从一个士兵起步，一直升任少校衔的队长，自始至终就是仰仗了黄军长的栽培和提拔。

"滴水之恩，当涌泉相报。"这种中国人自古恪守的人际交往的忠信之谊，在王震中身上，显得尤为突出。

其实，黄军长最近的心绪，王震中早看出来了。黄樵松频频向南京和北平发函电，谍报队长王震中哪有不知之理？只是出于对军长的忠诚敬重，王震中才装作一无所知，不仅不向外界透露，还暗中保密。可今天，在知道王排长从解放军那边回来的消息后，善于察言观色的王震中，大抵摸准了这个神秘人物的来龙去脉。因此，他觉得，在这节骨眼儿上，作为军长的亲信，是应当向军长进言了。

王震中进到房间，军长正在灯下沉思。他谨慎地喊声"军座"。

黄樵松揉揉布满血丝的眼睛说："哦，是你，还没睡？坐吧。"

王震中在军长对面坐下，开门见山地说："军座，小弟有句话，不知该不该讲？"

黄樵松神色不动地说："看你，有话就说，还用吞吞吐吐！"

"军座，常言说得好，识时务者为俊杰。如今东北已失，华北告急，南京朝不保夕。依我看，蒋家天下的气数，是要尽了。再说，太原已是孤城一座，解放军如今已经逼近城外几里的地方。机场被占，援军无望。每天都在损兵折将，每天都有逃亡起义。这样的孤城，您想想，究竟还能守多久？"

王震中开始说话时，黄樵松并未在意。

可听着听着，他的兴致来了，令他没想到的是，这个一向看似不问政治的青年人，居然也在想这件大事。他甚感诧异："你——"

"不，军座，"王震中打断军长的话，继续着他的言论，"您听我讲。军座向来是体念黎民疾苦，崇尚光明正大的。何必在这阴暗的地方，白白葬送大好年华呢？再说，阎锡山老奸巨猾，虽然对我 30 军礼遇如宾，可军座难道真的看不到这后面的险恶用心吗？常言说，黄鼠狼给鸡拜年——没安好心。叫我说，阎锡山就是个歹毒的黄鼠狼。军座，小弟不怕您生气，今儿就斗胆直言了。"

"震中——"

"军座，说穿了，阎锡山不过是借我 30 军将士的血肉，保全他的老命。成人之美，当然应当；可助纣为虐，是要遗臭万年的！军座近来心情，您和共军方面往来，您接见王排长，小弟其实一清二楚。您不必瞒我。小弟感将军栽培之恩，敬重将军您的人品，才冒死出此忠言。军座，大势所趋，不可迟疑。何去何从，您该早作决断！只要用得着小弟的地方，您放心，纵有刀山火海，小弟也万死不辞！"

听着王震中述说，黄樵松坐不住了，慌怵地站起来，在地上加速度地来回踱步。忠心耿耿的部下的话，使他摇摆不定的意志开始坚定。他并不是糊涂人，也不是刚愎自用之辈。说真的，他这个人，与其说是职业军人，倒不如说是个能诗善文，胸有韬略，谋勇皆备的儒将帅才。

听着王震中的苦心劝导，黄樵松一直紧张思考。

就在这一刻，他蓦地拿定了主意。但是，他并不草率行事，他还要作一番认真安排部署。他镇定地走到王震中面前，对他说：

"震中兄弟，你是我看着长大成人的。你跟随我多年，我看你一向办事利落可靠，所以一向倚重你。今天的事，你言之有理。我不能不从。不过，这件事干系重大，关乎你我二人和全军的生死存亡，关乎太原战局的进退转折。不可有半点疏忽。高将军虽然托王排长带来一封信，但尚未见到徐将军函件。解放军方面如何对待我军，尚不知底细。为慎重从事，我想着一个干练之人潜出城外，和解放军洽谈。这件事非有十分可靠的人去办不可。震中，你看谁去为好？"

王震中听出了军长的言中之意，立正道："报告军座，此事包给震中去办吧！"

黄樵松正是此意。当下伸出他的大手，紧紧握着王震中手说：

"拜托了，震中贤弟。你此去肩负大任，万万小心，速去速回。你可以再带一名可靠的弟兄同去，叫那位王排长做向导好了！"

王震中行了个举手礼道："请军座放心！"

黄樵松止住他说："且慢，待我写信给你带去。也好接头联络。"

王震中自知过分着急，吐吐舌头，急忙去案头替军长研墨展纸。

高将军，我决心遵循您的教导栽培，在您爱国爱民精神感召下，坚决听从您和贵军首长指导，万死不辞！

徐将军，为拯救太原30万父老出水火，我决心起义，站在人民和正义这方面。望请指示，定当效劳……

王震中奉命连夜潜出晋阳城，避过层层关卡和岗哨，来到位于罕山之西，双塔寺以东的孟家井村。这里是第8纵队司令部所在地。当他开门见山地说明是受黄樵松将军命令，前来洽谈起义事宜，并将黄樵松给徐向前和高树勋将军的信件递上时，第8纵队司令员王新亭立即亲切地接见了他……

当晚，王震中怀揣徐、高的回信，秘密潜回黄樵松司令部。他来去如风，办事神效。黄樵松十分高兴，拍着肩膀很是夸赞了他一番。

随后，黄樵松问起联络情况，王震中边擦热汗边说："军座，我在孟家井见到了解放军的王新亭司令员。我把军座的信呈上去以后，王司令员一刻也没迟疑，就把信转给徐向前将军啦。这不，徐将军和高将军给您的信，都在这里，请将军过目。"

王震中呈上两封信件，黄樵松示意他把房门关紧。便迫不及待地凑到灯下，拆看信件。

第一封信，是徐向前司令员的亲笔。内中写道：

樵松军长勋鉴：

来函收悉。贵军长为早日解放太原30万人民于水火，拟高举义旗，实属对山西人民一大贡献。向前当保证贵军起义后仍编为一军，一切待遇与人民解放军同。惟时机紧迫，为更缜密计，事不宜迟。至于具体问题，兹特请高总司令树勋将军，并派本军政治主任胡耀邦来前线代向前全权进行商谈。

专此即颂

军祺

徐向前 启 11月2日

第二封信，是高树勋将军的亲笔。内中写道：

怡墅弟：王震中送来之信已收到。向前兄接弟信后马上与兄商谈，徐司令员对弟之爱国爱民之热忱异常钦佩。特令兄来前方与弟商谈一切。兄可代表徐司令员及中央保证弟部起义后仍编一军，一切干部决不更动，待遇方面与解放军同。弟部过来后的一切困难或补充等事，可以随时办理。见信后速令王回来，以便定我们见面的地点。我现在就去最前方，无论何时都能随时见面。余事由王面谈。

此致并祝

健康

兄 高树勋 手启 11月2日

黄樵松喜出望外。恨不得马上起义，回到人民怀抱。他兴奋地从柜里提出一瓶美国威士忌，拿了两只高脚酒杯，给王震中和自己各斟一杯，颤抖着说：

"老弟，干得漂亮，漂亮极啦！真是旗开得胜哪！来，咱弟兄干下这一杯去！我以全军的名义，感谢你的辛苦！来，干！"

两人举杯相碰，一饮而尽。

黄樵松开戒，只喝了一杯，已有些头重脚轻。但他心里痛快，非要王震中和他再干一杯不可。王震中无奈，只好又碰了一杯。随后，两人坐到一张长沙发上。黄樵松搂着王震中的肩头，兴致勃勃地说：

"老弟，不知怎么，这阵子又想起了那年我写的《练兵》诗，你听我吟给你听：

春天天气好，人人要起早；

挥舞刀和枪，杀敌逞英豪。

救国寸肠断，先烈血成河；

莫忘山河碎，岂能享安乐？

"震中老弟，你看，如今，我们是果真要抛弃这昧良心的安乐，去为拯救这破碎的山河，投奔光明了！多么好啊，多么开心啊！老弟，你替为兄，不，是替全军和全城父老兄弟做了一件大好事！你是有功之臣哪！徐、高两位将军来信说，要我迅速确定会面的地点。好哇，我真巴不得现在就见到他们呢！事不宜迟，我想，还是得趁热打铁。老弟，还得你再去辛苦一趟呐！"

王震中深受感动，慷慨地说："军座，您有什么吩咐的，只管说吧！"

黄樵松道："好，你现在马上再次出城，一定要趁天亮前，再赶到那边去，把我的意思转达给徐将军和高将军。你就说，我这里已经准备就绪，请他们尽快答复，安排接洽方法和起义部署。这是我的回信，里面提了四点要求。你可以知道其中的大体意思。第一是起义以后，由我负责改组山西省政府；第二是扩充本军，编为12个团；第三是一年内整编训练，暂不他调；

第四是补充枪械给养。你把信转上去后,等对方作出答复,再迅速返回。"

王震中虽是爽快人,但对黄樵松如此急迫的行事方式,总感到有些不太稳妥。于是说:"军座,这件事干系重大,牵一发而动全身,您是否可以再细细想想呢?"

黄樵松却是自信得很。他一挥手说:"小脚女人走不得险路,谨小慎微成不了大事。嘿,这30军是我当家,哪个敢怎么地?快,你就放心地去办好了!"

王震中想再说几句,黄樵松分明并不在意,还是滔滔不绝地透露着他的计划:

"至于起义部署,你可尽告徐、高两将军。就说,我这里计划用一个团兵力,布防在小东门至东山脚下,形成一条走廊,引导解放军进入太原城。我用第二个团的兵力,把守各城门,负责把阎锡山军队内外隔开。我用第三个团的兵力直扑太原绥靖公署,打烂阎锡山的老巢,活捉阎锡山等人,为民除害。剩下一个团兵力作预备队,随时策应各方面。当然,这是我的设想。你可以听听徐、高两将军另有什么高见。为慎重,你这次可以再多带两个弟兄去。等你出城后,我就着手和各部串通。"

王震中虽有顾虑,但见军长信心十足,胸有成竹,也就把心头的悬石沉了下去。

雄鸡已啼三遍。黎明前的寒冬格外清冷。

整夜未合眼的黄樵松和王震中,却既不觉冷,也无睡意。他们被朦胧的曙光陶醉着,彼此庄重地握着对方的手,再次分别。

东方破晓,王震中又一次带着黄樵松的嘱托,出现在解放军第8纵队王新亭司令员的指挥部。

● 双塔定计

太原城东南郊有个郝庄村。这个村子南面的开阔地,在绿树掩映中,有两座拔地而起的巍峨砖塔,名为双塔。双塔下面的寺庙,以塔命名为双塔寺。这双塔，始建于明朝万历年间，是高僧佛登奉敕建造的。双塔原名文宣塔。塔体平面八角，塔高五十余米，檐下镂以斗拱，檐上饰有琉璃脊兽，煞是绚丽宏伟。循着塔内部的阶梯，可以直达十三层绝顶之上。凭窗放眼，视野开阔，太原风光，尽在目中。明朝末年，闯王李自成率领起义大军攻克太原城，曾临塔前。

作为太原的象征，双塔给城市增添无穷风采。而现在，它却被镣铐般的层层电网封锁着，被恶虎般的座座碉堡禁锢着，被困兽犹斗的阎军盘踞着。敌人严密封锁的阵地上，一孔孔枪眼张着吃人的血口，一道道探照灯光肆无忌惮地纵横游弋。敌人以为，这样便可支撑他们空虚的灵魂，就可以增加一些虚幻的安全感。但是，他们哪里料到，就在他们眼前，也许恰好就在他们轻重火力都可达到的有效射击圈里，正进行着第30军起义的重要谈判。

除上次接洽的第8纵队司令员王新亭外，这次接见王震中的，还有两位解放军军官。王震中认得出来，其中一位是高树勋将军。

戴着深度近视眼镜的王新亭介绍说："哦，我来介绍一下。这位，是黄樵松将军特派的中校参谋王震中联络官；这位，是联络官的助手。这位，王联络官应当认识吧，他就是高树勋将军。这一位，是我华北野战军第一兵团首长、政治部主任胡耀邦同志。"

王震中和高、胡首长一一握手。在王新亭司令员作介绍时，王震中心中情不自禁地有股热流在涌动。昨晚和黄军长共同阅读徐向前司令员的信件时，王震中已经知道，这位胡耀邦政治主任，就是徐向前委托的解放军谈判代表。于是，他把黄樵松的信拿出来，分别交给了胡耀邦和高树勋。

在胡、高分别看信时，王震中仔细打量这些解放军高级将领。他看到，胡耀邦主任干练利落，英武的眉宇间流溢着敏锐神韵。高树勋将军容光焕发，穿着一身解放军军装，比以前在国民党军队中时精干了许多。从高将军的身上，王震中隐约看到了自己弃暗投明后的闪光未来。

胡耀邦同志阅毕黄樵松的信，上前握着王震中的手，热情洋溢地说：

"王联络官，对于黄将军率部起义的开明决定，我们热烈欢迎！徐司令员的信，我现在就转给他亲阅。有关起义的具体事宜，我们利用这点时间，就一起来商谈一下吧。您说呢，高树勋同志？"

高树勋刚刚看完王震中转给他的黄樵松的信，当即应道："好。王联络官，胡主任和我，是徐司令员专门派来欢迎贵军起义的谈判代表。黄将军有什么要求和意见，就请具体谈一谈吧。"

在这间作为第8纵队指挥部的简陋农舍里，王震中十分敬重诚恳地向与自己面对面坐着的胡、高首长，把黄樵松起义的打算，以及起义后的四点要求，一一详细说明。胡耀邦听得很仔细，逐一记录下来，还不时和高树勋将军悄悄交换一下意见。为了尽快作出决断，在听完王震中陈述后，胡耀邦指示王新亭立即派人，把黄樵松的信件和起义计划，马上送到兵团司令部，交给徐向前司令员。

炊事班长请首长就餐。这顿饭，是兵团首长特意为王震中等准备的。王震中等在太原城里，的确不乏享用上等酒菜。但一夜奔波，他两度进出太原，又困，又饿；这粗米饭拌烩菜，也吃得格外香美。兵团首长们开心地看着这几位未来的人民战士狼吞虎咽，全都慈祥地笑了。

王震中吃饭时，兵团和纵队首长在电话里向徐向前汇报了谈判具体情况。徐司令员对会谈结果给以肯定，同意照计划行事。

胡耀邦同志在电话里请求："徐总，为了起义成功，我打算亲自去和黄樵松将军会晤。"

徐向前慎重考虑了一阵说："耀邦同志，你不必亲自去了。我们计划派另一位合适的同志，和王震中等一起到太原去，协助黄将军组织起义。"

饭后，首长们和王震中对起义细节，又做了进一步的研究。

在等待徐向前回信送来之际，胡耀邦诚挚地说："请联络官先生向黄军长转达我们的敬意！早在抗日战争中，黄军长就具有和日军英勇作战的民族主义革命精神。今天，黄军长又以人民利益为重，举行起义，迎接我军入城作战，捉拿战犯阎锡山，解放太原人民。黄军长的这种爱国热情和果断行动，我们深表钦佩！"

王震中感动地说:"解放军的诚意,我深有体会。首长阁下的盛情,我一定向黄军长如实转达。"

高树勋亲切地说:"我和樵松,在西北军时就有交往,我很了解他,他是个正派的爱国军人。在最近的书信往来中,他那远大的眼光,更非一般'军棍'可比。请王联络官先生带回我高树勋对黄军长准备起义,毅然脱离国民党反动政府的爱国行动的敬意,并向他致以问候!"

受到一向敬重的老上司夸赞,王震中都替黄樵松倍感荣耀。他向高树勋将军敬礼道:"高将军的话,在下一定转达!"

此刻,天色已近黎明。

王震中有些不安起来。他对胡、高首长说:"长官,我已经两次出城了。这第二次出来,为时已经不短。如果迁延时间太久,恐怕多生枝节。我打算尽快——"

胡耀邦爽快地说:"刚才,我已经和徐向前司令员通过电话。我们决定马上派出联络代表,进城和黄军长具体磋商,并协助组织起义。现在,等徐司令员的复信一送到,王联络官就可以马上返回。"

此时,一阵马蹄声由远及近,在门外停下,一名满头淌汗的年轻战士飞步进来,向胡耀邦递上一封信件说:"徐司令员让把这封信交给对方联络官。"

王震中接过信件,藏入衣内。兵团政治部主任胡耀邦及高树勋、王新亭等解放军首长送他到路口。

分手时,高树勋将军语重心长地说:"王联络官,你回去后,一定要向黄军长讲清,在 30 军起义后,人民解放军保证信守谈判协议。你告诉他,要大胆和解放军配合,夺取太原城,活捉阎锡山,为民除害,为国家立功。如果捉阎有困难,可以把防地先让给解放军,把部队开到另一地区休整。以便另行部署。"

王震中向首长们敬礼道:"震中一定办到。请长官们保重!"

"好,我们等着进一步的好消息!"

● 人心难测

即将上轿的新娘的心情，人们大抵知道。以此来比喻黄樵松此时此刻的心境，确也毫不勉强。

黄樵松一直平静不下来。说实话，他这个人，在多年行伍生涯中，已经养成不拘小节、豁达大度的豪放性格。据说，有一次，伙夫杀了一条狗。狗肉下锅才几分钟，他便急着要吃，还说这样吃才过劲儿。试想，那半生的狗肉坚韧异常，岂能嚼碎？可他却居然就活剥生吞地吃下去了。这件事一直在部队传说。部下没有一个不知道，军长是个出了名的直性子急脾气的人。

现在，起义尚在酝酿，黄樵松这个老毛病却是又犯了。王震中前脚出城，他就立即离开司令部，骑着心爱的雪斑骡跑到所属各团阵地，巡察去了。那些团长们，多是他一手栽培起来的苗子。军长有什么吩咐，哪个会说个"不"字。短短几十分钟内，第30军各团上上下下，有关即将起义的消息不胫而走。

一时间，什么裁剪缝制白布臂章啦，要求城内驻军挤并住房啦，安排一些部队调整防区啦……这些本应绝对保密进行的准备工作，居然都在黄樵松的直接命令下，由各团长干了起来。而且，由于各团所需臂章数量巨大，竟然把缝制的活计，揽给了太原城内的私人裁缝去做！

下午，黄樵松骑着他的雪斑骡，来到了剪子湾第27师的师部。可是，他在师部却没有找到师长戴炳南。找遍下属单位，也没有戴炳南的踪影。黄樵松只好把副师长仵某叫来，劈口问他道："你的臂章领到没有？"

仵副师长困惑地眨着眼睛说："报告军座，已经领到九千个臂章了，不过要这玩意儿——"仵某从口袋里抽出一把白臂章，给黄樵松看。

黄樵松根本没在意仵某问话的本意，心里却在计算着这些臂章数量太少。因此，他向仵某命令："叫裁缝加紧做。务必再赶制出一万一千件！弄不好，你们可小心着点儿！"

"是，军座！"

像刮风一般，黄樵松马不停蹄地走了好几个师、团部，黄昏时分回到了30军办事处。这一顿奔波，弄得他精疲力竭，一进门便向沙发倒去。可只仰了一小会儿，心里便又紧张起来。他在考虑：

"起义，就是闹兵变。我30军虽然号称一个军，其实只有四个团和军直部队。主干，不过也就是27师那个老底子。现如今，师长是戴炳南，实权操在他手里。万一……嗯，事情成败，这小子倒是个关键！"

想到这里，黄樵松转了个身，自语道："对，得先和这个娃娃合计合计！"

此刻，他对戴炳南作着这样的分析："戴炳南这娃娃，生在山东即墨鳌山卫。18岁开始当兵，先在察哈尔张西垣部，后来跟过冯玉祥将军，是冯将军将校团的成员。唔，那将校团的成员，全是个顶个的精干后生，不仅由冯将军亲自挑选，参加过南口战役；而且全是文化人。受冯将军的影响，这娃娃论训练，论作战，还是蛮不错的。当然，也正是这些原因，他来到我黄樵松名下时，我才把他当成个人才，重用了起来。"

"哦，"他继续回忆，"自从1932年跟随我以来，东征西杀，算起来，戴炳南这娃娃随我也有十六七年了。我一手把他从连长、营长、团长、副师长，拉扯到了师长的位置上。就说平时吧，我和他相处，虽然是上下级关系，可和亲兄弟又有什么区别呢？嗯，可以肯定，这娃娃在起义这件事上，是会和我一个心眼儿的……"

黄樵松从沙发上站起来，踱到窗前，又想到了戴炳南的弱点。他琢磨着："当然，人无完人，金无足赤。哪个人还没有些毛病呢？不少人说他有升官发财，向上爬的想法，我骂过他是'钩鼻鹰眼，利欲熏心'。可骂了他，也没见他有什么记恨的表示。咳，这娃娃，还是蛮讲义气的。再说，年轻人，有点儿个人欲念，也是人之常情嘛。不足为怪。哼，如今这世道，有几个是清白的好人？"

黄樵松又想到了什么，嘴角露出一丝莫名其妙的微笑。他在继续思索着："噢，对啦，这小子还喜欢拈花惹草的！哈哈，这个赖毛病，是得叫他改一改。不过，话说回来，这些鸡毛蒜皮的小事，对起义，对打阎锡山，又有什么相干呢？咳，连咱自个儿，不也是不拘小节吗？"

想到这里，黄樵松兀自哑然失笑了。责备自己道："老黄呀老黄，你这么求全，可真他娘的太婆婆妈妈了吧！"

可是，黄樵松这位叱咤风云的骁将，这位自以为是的军事指挥员，他或许在驰骋沙场中能够运筹帷幄。但在看待人的细枝末节上，却偏偏把不该忽略的问题，马虎过去了。

黄樵松全然把一个重要情况淡忘过去了！原来，贪财好色，权欲熏心的戴炳南，只在第30军从陕西开进太原的短短几十天中，就已经和太原城内有名的交际花，阎锡山的一个干闺女搭上了钩。他们明铺夜盖，无所顾忌，公开在正大饭店包房厮混……

有了这根牵魂线，戴炳南就是阎锡山理所当然的乘龙快婿了。而阎锡山，也自然就是这位戴大师长的干泰山了。

黄樵松聪明一世，糊涂一时，居然把这件天大的事忘了个一干二净。多少年来，他在不少关键的事情上，总有这样的毛病：喜欢偏执地按自己的主观臆想去办事。

黄樵松立即接通戴炳南司令部。戴炳南在一二十分钟后，来到黄樵松下榻的房间外。在喊过了"报告"，黄樵松应了"进来"后，他开门入室。首先施以标准军礼，等黄樵松说了两声"坐"，才小心翼翼挺着腰板，端端正正坐在一张沙发的边沿，极其谦卑地微俯着头颅，恭候军长的训示。

戴炳南如此拘谨，黄樵松反而不安。他说："瞻衡，你总这样本分。叫我真难为情。今天，咱就开门见山，用不着遮遮掩掩了。依我看，这太原城，恐怕是守不住了。叫你来，就是想听听你的意见，看该怎么办？"

戴炳南一听这话，心里不由一阵紧张。他没想到军长叫他来，说的是这事。不过，由于两人一向相处甚密，他在黄樵松面前说话，也从来没什么顾忌。便照实说：

"军座高见。我看也是这样子。不过，风格梁一战，我军击退了共军好几次攻击。弟兄们在战场上，还算打得卖力。不怕丢性命的，不怕掉脑袋的，大有人在。这么说，咱要再顶挡一阵子，还是可以的。过些时，说不定时局会有转机。再说啦，阎先生对咱30军不薄，对军座您也蛮倚重的！"

黄樵松深深叹口气说："兄弟，这话错了！他对咱30军是不薄，可他是别有用心的。就说给点儿好处，还不都是弟兄们拼死换来的？眼下情况，等待援军没指望，我军这点力量，纵然每仗必赢，也总有拼光的一天！人，总是死一个少一个。到后来，死的死，伤的伤，降的降，逃的逃，你我还不都成了光杆司令？瞻衡哪，常言说，大丈夫能屈能伸。咱弟兄的进退，是该认真想想了！"

戴炳南怎能嗅不出其中味道？可他一向惯用心计，心里明白，却不外露。反而装出近于痴呆的样子，憨憨地望着黄樵松，听对方吐出更重要的情况。

黄樵松见他不吭气，以为没听明白话中含意，索性更明确地说："当此之机，我作为一军之长，当然要替每个弟兄的生命负责。眼见弟兄们在战场上白白送死，我心里如同刀绞一般哪！这几天，我总在琢磨：黄樵松啊，黄樵松，你就不能替大家寻条活路？瞻衡，你是明白人，多年在我左右，你说说，我该怎么办呢？"

说话时，黄樵松紧盯着戴炳南，注意着他的反应。

戴炳南并不是糊涂蛋。其实，他早就注意到了黄樵松近来的反常动态：频频和外界书信往还，各种神秘人物每天出入营区……现在，他把军长今天的谈吐和这一切联系起来，黄樵松急于吐出的真言，他十有八九猜到了。可他觉得仍然把握不大。为了百分之百稳妥，他要让对方自己吐出那个危险词儿。因此，依旧含含糊糊说："军座，您的意思，莫非是——"

黄樵松不耐烦了。戴炳南吞吞吐吐，使他直要冒火。于是直截了当说：

"与其等死，不如起义！瞻衡，你的意见呢？"

戴炳南真被"起义"这词儿吓了一大跳。他的心在"咚咚"乱跳，暗想：你看如何，果然叫我猜中了。他不自觉地站起来，急出一身冷汗。为掩饰慌忾神态，他无目的地在地上踱了几圈。然后站定，皱着眉头，咬着牙关，啧吧了半天嘴唇皮，才说："哦，军座，这事儿非同一般。如今动手，怕是为时过早吧！请，请军座三思。"

黄樵松并没怀疑。他过低估计了戴炳南，过高凭信了交友的义气，过早泄露了内心的真实意图。此刻，他只觉得戴炳南的话不合时宜，不对味儿。心里说："这娃娃，他倒来教训我。三思，三思，我早就思过三十回了！"

一种惯于受人尊崇者略受委屈，便难以忍受的变态心理主宰着黄樵松。他倏地站起来，没好气地说："军人嘛，干嘛这么婆婆妈妈！要起义就起义。左顾右盼，何能成事？"

他把戴炳南招呼到身边，指着铺在桌上的几个信封说："你看看，这里有解放军徐向前司令员和高树勋将军的亲笔信。起义一切关节，都联系妥当了。你放心，保准万无一失，你只要按计划行事就行。至于起义计划，大体是这样的：我们打算把全军四个团兵分三路，第一路……"

黄樵松滔滔不绝地讲述着起义的计划。

戴炳南站在一边静听着，他对起义的发动、联络、兵力调动、作战部署等，听得一清二楚。这时候，他的确有心再劝黄樵松几句。可嗫嚅了几次，都被黄樵松瀑布般的话语给挡回去了。等黄樵松讲到后来，要他立即给各团下达作战命令时，戴炳南这才意识到：起义已成定局，大事已经迫在眉睫了。他没有再说什么。只是连连称是，仿佛完全同意这个计划似的。

警卫在门外喊道："厅长大人到！"

来人是阎锡山派来专事30军接待工作的太原绥靖公署建设厅厅长。黄樵松赶紧把谈话停住，对戴炳南说："事情就这么定了。你照命令执行吧！"

"是！"戴炳南随声退出。可他刚走下台阶，就被一个一直待在隔壁房间的人拉进了一间僻静的小屋。这个人，正是30军参谋长仝镇……

建设厅厅长进到黄樵松的居室时，黄樵松依然处在刚才发布起义命令的亢奋状态。他真的是太忘形了，太不细心了。他居然疏忽到这样的地步：不看来者是谁，不假思索地便说："唔，厅长阁下，我们在谈点儿要紧的事。未能远迎大驾。失礼了，失礼了！"

建设厅厅长说："大家都是熟人，何必讲那么多繁杂礼节。只是不知黄兄有什么机密大事？"

黄樵松被问得有些慌乱，忙掩饰道："哦，这个，嗯，厅长阁下，就是，明年，对啦，明天我要请您痛痛快快地吃上一顿！"

要在往常，下馆子总是厅长请军长。这是阎锡山专门布置过的。可今天，军长居然要请厅长，这可真是西边山头上升起了太阳！

建设厅厅长十分诧异，正要问个原委，正大饭店外面的街道上突然又传来几响"隆隆"的炮弹爆炸声。这显然是人民解放军又在向城内阎军进行威慑性的炮击了。

炮声停歇，建设厅厅长哭丧着脸说："黄兄，日子朝不保夕，哪来的这么高雅兴？唉，要是共产党真打进来，那可就——"

黄樵松抢过话头说："打进来，怕什么？还做你的厅长嘛！"

厅长的吃惊非同一般，他瞪着眼睛叫道："哎呀，共产党进城，怕是脑袋也保不住，还当什么厅长！黄兄，你，你莫非喝醉了？"

"咳，"黄樵松却是大大咧咧地说，"酒没有喝多，不过，这厅长，我可以保你做！"

厅长依然没有理解，一个劲儿摇着头说："哎哟哟，你还要保我呐？到时候，只怕是泥菩萨过河，连你自己也难保全呢！"

黄樵松猛地意识到自己言多有失了，急忙改口道："厅长阁下，咱弟兄之间，不过开个玩笑罢了，哪会有这种事。不过，这几天那边每天打炮，我看你最好还是搬到南房去吧，那边要安全些！"

厅长却是有意重提话题："不不不，既然有黄兄作保，我又何必——"

厅长这句话，不知是别有用意，还是随口而出。反正，黄樵松没有去细想，只是爽朗地笑了起来。厅长跟着笑了，身边的人也都笑了。

在解放军太原前线司令部，徐向前给黄樵松写好回信，命通讯员送去后，却又有些放心不下。徐司令员回想起阎锡山几十年来混迹政坛，诡诈奸猾的伎俩。现在又有梁化之、徐端等一群狐狗之辈为伍，很担心起义会生枝节。因此，他不顾重病在身，随即乘坐吉普车来到了8纵队的前线指挥所。可这时候，性急的王震中已经离开这里好一阵子了。

徐向前没有见到对方联络官，叮嘱王新亭等提高警惕，严密注意敌我阵地前沿的动向，作好应急准备。随后返回兵团司令部去了。

王震中一路急走，在黄昏前又返回了第30军指挥部。黄樵松一整天沉浸在光明的憧憬中，索性就没安静一阵子。他去各师、团的阵地，作了一番走马观花式的巡查。他见士兵们全在冰冷的战壕里瑟缩着身体，心里很不是滋味儿。他对一些弟兄说："弟兄们，再忍耐几时吧，苦日子就要熬到头了。"

傍晚，当黄樵松回到他的指挥部时，已经是掌灯时分了。王震中已经回来，正在等他。黄樵松见王震中满身尘土，一脸汗泥，关切地叫马弁替他掸土，又备了脸盆让他洗涮。经过一番清洁，王震中显得精神多了。可他饥肠辘辘，只嚷着要东西吃。

军长笑道："哎哟，民以食为天，吃饭第一嘛。怎么能冷落了这件大事？快去拿点心水果来，再提瓶老白干！要快！"

勤务兵忙去办理食品，黄樵松迫不及待地挨着王震中坐在一张沙发里，边给他倒水，边急切地问："喂，快快说，怎么样啦？"

王震中见勤务兵端来了点心水果，不管三七二十一，先捡起一颗苹果，如狼似虎地啃了几大口，这才边嚼边说：

"军座，一切顺利。徐向前司令员派了一位叫胡耀邦的兵团政治主任接见我。我们谈了起义的具体部署，说一等您拿定了主意，就派人到我军来帮助组织起义。对啦，军座，这一次我还见到高树勋将军啦！"

黄樵松振奋起来："高将军？高树勋将军！你也见到高将军啦？他好哇？"

王震中边吃点心边说："好哇！高将军真比在这边时发福多了。啊，不对，应该说是精神多了。咳咳，他还叫我给您带口信，叫您一定要拿好主意，尽快走向光明呐！"

黄樵松抑制不住内心的欣喜，反复地搓着手掌说："好，有高将军做榜样，引路子，我黄樵松没二话可说。哎，你怎么，不能空手回来吧？"

王震中只顾着填饱肚子，居然把怀揣的密信给忘了。军长一句话，倒是将了他一军，弄得他怪不好意思的，急忙从沙发上站起来说："军座，我……这，这里还有徐司令员给您的信呢！"

"你呀你！不用多心，快拿信来给我看！"王震中递上那封信，黄樵松当即拆开，信中写道：

樵松军长勋鉴：

　　来函敬悉。所提四项条件均可同意，并保证实现。惟本军步兵师每师均为三团制，故贵军似以照此编制为宜。至于消灭阎军行动计划，望明日派负责干部前来商谈确定。

　　　　专此敬颂

　　军祺

　　　　　　　　　　　徐向前　启（朱印）十一月二日

读罢信，黄樵松心中大喜。此刻，原来的一切疑虑一扫而光，当下命令王震中："快去通知军、师、团各部长官，速来我这里开会！"

"是！"王震中一个立正敬礼，转身飞一般跑了出去。

● 关键时刻

前文述及，当戴炳南接受黄樵松命令，走出司令部，正要回师部时，一出门便被第30军参谋长仝镇拉进了一间僻静小屋。

这个叫仝镇的人，乃是地地道道的军统特务。他的公开身份是黄樵松的参谋长，实际是蒋介石的军营坐探。仝镇祖籍山东，和戴炳南是同乡。由于有这层关系，两人平时交往甚深，遇事彼此勾搭，可谓事无巨细，无话不说。当发现黄樵松召见戴炳南时，仝镇就留了一番贼心。

在这阴暗房间里，仝镇瞅准戴炳南心事重重，怪亲热地问："瞻衡，这么没精打采，莫非吃了军座的训？"

戴炳南叹口气道："唉，若是训斥几句，也便罢了。咳，这差事，真难为哪！"

"天大的事，咱弟兄一起顶着！兄弟为人，你还不知道？难道连兄弟也信不过吗？说说看！"

戴炳南伸个懒腰，张牙舞爪打着哈欠说："唉，话说哪里去了？老弟，来，先烧个泡儿，让我提提精神再说。"

仝镇把他让到炕里边，替他点着烟灯，等抽过瘾，又怂恿道："瞻衡兄，何必这样刻苦自己？话是开心钥匙，你说出来，老弟帮您想想办法！"

戴炳南从炕上往起挣着身子说："不瞒你说，老弟，黄军长找我，是为和城外共军接头，起事反老阎咧！唉，你说，这叫我——"

仝镇心里一大惊，赶紧抓住话头，进一步引诱他："哎哟，瞻衡，这可是性命攸关的大事啊！你可千万要慎之又慎呢！"

戴炳南道："我正是左右为难，不知该怎么办。你说，不从黄军长，一对不起他，二又怕他治我。从了他吧，万一事不成功，我这辈子不就全完了？"

仝镇一边给戴炳南冲茶，一边别有用心地说：

"瞻衡，30军的大权，说白了，如今分明掌在你的手里。没有他姓黄的，你戴炳南还不是响当当的军长？再说，太原虽被围困着，可美国人正在积极备战，第三次世界大战很快就要打起来了！南京方面，老头子决心反共到底。反攻的时机，不会很远了。瞻衡，你从营长当到师长，难道果真是他姓黄的提拔的？不是，不是！老兄，别发懵了，那是总裁亲自点定的名单！你可别烧香找错了庙门哪！感恩应当感蒋总裁呀。他黄樵松算什么东西？你跟着他瞎折腾一阵子，事情如果被老头子和阎老西知道了，哪还会有你的好处？到了那个时候，你将何以自为？退一步说，假如起义成功了，共产党或许暂时给你些甜头。可人家把你利用完了，还不把你一脚踢开？咳，说到底，你是国民党，人家是共产党哇！"

一席话说得戴炳南哑口无言。这个贪生怕死的家伙，终于在这节骨眼儿上，为了个人荣耀，完全把黄樵松多年来的栽培之恩，友谊之情，全都抛到九霄云外了。他哭丧着脸，耷拉着脑袋，摊着两手，几乎是乞求般对仝镇说：

"参谋长，老同乡，仝老弟，我该怎么办？"

仝镇见他已上圈套，当下凑到耳边说："常言说得好，量小非君子，无毒不丈夫。你只要真心反黄樵松，快把他密谋起义的细节，全告诉我。我保你一身清白，还有大前程呢！"

于是，戴炳南把起义的情况，全都讲了出来……一桩肮脏的交易，就这样在黄樵松的眼皮底下谈妥了。

可是，到现在为止，黄樵松还被蒙在鼓里。这阵子，他召集的部署起义的会议，人员已经大部到齐。勤务兵们正在分头寻找，满院子地在喊仝参谋长和戴师长呢！

当夜9点钟，在太原城内新道街第30军驻并办事处的一所作为会议室的房子里，军长黄樵松正在召集他的部属开会。到会的，有军参谋长仝镇，师长戴炳南，副师长及所属四个团的团长，以及谍报队长王震中等一班参谋和基层干部。大家分坐在一张长条桌周围，黄军长端坐首席。

黄樵松戎装在身，银色肩章耀亮；胸脯上佩戴过多枚蒋军勋章的地方，因突然去掉这些装饰物，显得格外不协调。也许是灯光的缘故，他看起来特别有精神。他那一向清瘦显病态的面庞，飞扬着激动的神采。他见部属都已坐好，从座椅上站起来，脱下军帽，朝前面桌上一甩，清清嗓门，开始训话：

"诸位，今晚召大家来，实是迫不得已。事情紧急，刻不容缓。我黄樵松为人，一向快人快事，不会啰嗦。可今天也不能不絮烦几句了。纵观全国时局，瞬息万变。国军虽拼力抗拒解放军攻势，可大势已去，尽人皆知。东北全境解放，平津被死死围困。淮海一带，正处刘、邓兵团沉重打击之下，至于各地失县、失城、投降起义者，真是数不胜数！依我看，改朝换代的日子，已经就在眼前了。就太原来说，外援无望，内困日增。阎锡山黔驴技穷，只好用咱30军将士的肉体做挡箭牌，用我们万余弟兄的性命去保他的宝座！弟兄们，我们每天起来枪林弹雨，出生入死，损骨亡命，扪心问问良心，究竟为了什么？难道真是卫国利民，真是匡扶正义吗？不，不是的！我们是在替形同枯骨的阎锡山做殉葬品！"

讲到这里，黄樵松热泪盈眶，声音哽咽。勤务兵把茶杯端到面前，被他一把推开，继续说道：

"弟兄们，我30军自设编以来，一向以为国血战为立军之本，连疯狂的小日本都闻风丧胆！可今天，我们的所作所为，却全然违背了历史的大趋势了！我们中国有句古话，叫作'识时务者为俊杰'。这话说得千真万确，再好不过了。眼下，阎锡山政权内外交困，军心涣散，将校腐败，日子是绝对长不了啦！而人民解放军，却是节节胜利，一往无前，其势锐不可当，胜券在握。前者，解放军方面派人来，和我军洽谈起义反阎大事。我和戴师长作过交谈，我们都认为对方诚心诚意，实是机会难得。因此，才决定把大家召集到这里，共商起义之事的。"

说到这里，黄樵松示意戴炳南讲讲意见。戴炳南看看仝镇，见仝镇面色阴沉，毫无表情，便模棱两可地说："啊，呵呵，对，是这样。黄军长是说过。不过，对对对，大家讲，大家讲！"

仝镇也说："是的，是的。还是大家说吧！"

到会各团长对事态突然变化，虽无足够准备，但大家的厌战情绪，却由来已久。加之黄樵松会前已作过联络，所以，团长们并没提出反对意见，只是就一些枝节问题，发表了各自的疑问。

一团长问："如果起义，解放军给什么待遇？"

黄樵松答："原职原薪不动，原班人马照旧。"

二团长问："他们说了假话，不就上当了？"

黄樵松答："这个不必多虑，前有高树勋将军为例，近有赵承绶、梁培璜、赵瑞作样子。他们不仅受到优待，而且都有重要任务承担。弟兄们，尽管放心好了。"

三团长问："这么匆匆忙忙起事，我军准备很不充分。仓促上阵，万一……"

黄樵松笑着说："作为一个军事首长，我相信，这点儿预见，我还是不会少的。为了联络方便，我已经吩咐裁缝去做一万多副臂章，作为标记。各处阵地，我已经大体看了一遍。枪支弹药是足够使用的。至于城内，我已经派部队秘密进入，并在指定的地点集结待命。一待起事，潜伏部队将直接攻入绥署。至于口令和联络信号，也已拟好，只等到时发布就成！"

出于不可告人的用心，戴炳南从旁怂恿道："军座，是否把具体行动计划，给大家作个交代——"

黄樵松原本不打算过早把计划托出，为的是以防万一。但经戴炳南一提，觉得此时不讲，反让部属们产生错觉。索性讲道：

"起义方案，我说出来，各人必须严守机密，不得乱讲；不到时候，不准外传。具体讲，我军调动名义，是轮换休整。届时，东山牛驼寨侧翼第一线，只留一小部人马，在这里为解放军进出，空出一条走廊。原二线部队，向大东关附近转移。军主力集结在城北享堂一带，进据东、北两关，切断阎军外围各点。同时，我军从大、小北门进城，一部占据东北城角，监视日本人组成的 10 总队。军主力以后小河及鼓楼为据点，包围绥靖公署，隔断阎军城内防线。当然，我们对阎锡山也是要先礼后兵的。要尽量争取和平解决。我打算先用兵谏方式，逼阎下令停止反抗，全部放下武器，和平解放太原。万一不行，再以武力强行解决！"

军长的这套方案，团长们提不出什么意见。

只有参谋长仝镇说："军座，此事关系重大，上下左右全凭您一人周旋着呐。您可得好生休息着，以免累垮身体，贻误了大事。"

黄樵松皱皱眉头，想说什么，又觉参谋长未必不是善心。谋道：养精蓄锐，以求一逞，也是正道。于是看看手表说："现在九点过。各团抓紧准备，士兵全部着装小休，任何人不得外出。起义时间，定在凌晨两点。"

"凌晨两点！"戴炳南一边看手表，一边留心重复黄樵松的话。

会议结束，各团分头准备去了。

黄樵松毫无倦意，他憧憬着明天的壮举，以及起义后的新生，心里洒满阳光。他觉得还有许多事需要细致考虑，便摊开桌上的军事地图。

谍报队长王震中和勤务兵小贾守在身边，替他冲茶，削铅笔。

但是，就在黄樵松绞尽脑汁考虑起义细节的时候，仝镇和戴炳南又在秘密作破坏起义的策划了。

在一株大树下，仝镇一手摁在打开保险的手枪上，一手紧紧攥住戴炳南的胳膊说："瞻衡，你准备怎么办？"

戴炳南早已谋好，咬牙切齿地说："一不做，二不休，我要来个无毒不丈夫！起义？哼，我戴炳南还没昏了脑袋！老弟，你是总裁派来的人，姓戴的今天对你发誓：如果不能制止事端，我情愿剖腹，或弃官为民！"

仝镇趁势鼓动他："好，有股子党国忠良的劲头。老兄，干吧，兄弟一定向上头替你请功！"

戴炳南等的就是这句话。他挺挺腰板说："最好的办法，是向阎先生立即报告，来它个先下手为强！"

"十分正确！"仝镇恶狠狠地说，"不过，为防意外，对那几个愣头青团长，还是得采取些手段呢！"

戴炳南眨着猩红的眼睛说："副师长是我的人，让他去把那几个东西看管起来就行啦。不过，这向阎先生报告的事，倒是应该选个可靠的人呢！"

仝镇捅了一下戴炳南的胸脯说："别人都不合适，只有你亲自去最好。一来可以详细说明，二来可防节外生枝，三来这次见过老阎，对你今后的长进，肯定大有好处。"

戴炳南心领神会，当下应诺。他正要抬脚出门，又想到什么，回头问仝镇："我与阎先生只一面之交，人家怎肯相信我？"

仝镇笑道："你他娘的想得可真细。不过，这事好办。我给绥署赵参谋长挂个电话，把事情告诉他就行了。"

说罢，两人分手。戴炳南径往绥署，仝镇去打电话。

● 绥署告密

仝镇从电话里直接要到绥靖公署，接通了秘书长赵世铃的卧室。赵世铃被急促的电话铃声惊出一身冷汗，没好气地对着话筒喊："干什么？"

"哦，是参谋长吧？我是仝镇。唔，30 军参谋长仝镇。对啦，打搅您啦。是这么回事儿：30 军的戴师长有紧急事要向阎主任当面报告，想麻烦您通报一下。"

"什么大不了的事情？明天再说！"

"赵参谋长，十万火急，明天就误事啦！"

"唔，这个，阎先生已经休息了。不好再去打扰的。"

仝镇急得连声音都变了。可又不能在电话里把话说明白，只好大声说："赵，赵参谋长，为了党国的利益，我顾不得失礼了。电话里说不清，不能等到明天了。你等着，戴师长的车子，已经向绥署开去了！"

赵世铃虽然一肚子不高兴，可也没有办法。他穿好衣服，叠起被褥。从床头刚跳到地下，戴炳南就驱车赶到，已在敲门了。

赵世铃打开房门，戴炳南一头闯了进来。赵世铃讨嫌地冷冷地说："戴师长，这半夜三更的，你也不叫人睡个安稳觉！"

戴炳南慌急得牙齿都在打颤。他说："哎呀，好我的赵参谋长咧，要出大乱子了，您还睡什么安稳觉！"

"什么？"赵世铃猛回身，瞪着铜铃似的眼珠急问。

"我们老黄要闹事啦！"

"啊？你说清楚！"

戴炳南把黄樵松策动起义的情形一说，赵世铃简直被吓掉了魂。他手忙脚乱披件大氅，随便趿拉着拖鞋，便急忙领着戴炳南，穿过黑咕隆咚的大院，直奔东花园阎锡山卧室。

侍从参谋向阎锡山通报说："赵参谋长领着 30 军的戴师长来了，就在外头等着。说非要马上亲自见主任不可！"

阎锡山正钻在被窝里头，就着灯光看一本古书，听了这报告，略微迟疑了一下，伸手摸摸压在枕头底下的手枪，把保险打开，说："叫他们进来。你不要离开！"

侍从参谋带着赵、戴二人跨进卧室，还没等赵世铃开口，戴炳南就抢先一步扑向前，像只癞皮狗似的四蹄着地，跪伏在阎锡山的炕沿下边。阎锡山忙把手伸到枕头底下，紧紧地抓住手枪柄。

戴炳南涕泪交流，哭丧似的干嚎道："阎主任，快快救命吧！"

阎锡山觉得事有蹊跷，边往起爬，边问道："不要慌。究竟出了什么事？你给我慢慢说！"

戴炳南依然跪在地上说："主任，大事不好了！30军的黄樵松坏了心眼子。他和围城的共军串通了气儿，要在今天夜里凌晨两点钟，起义攻打绥靖公署咧！事情十万火急，小子斗胆惊了阎先生的觉，前来报告。请主任快快地决断吧！"

这话如同晴天霹雳，把阎锡山震得头晕目眩。他身子晃悠，居然把帽子当鞋往脚上套。侍从参谋提醒他，阎锡山一瞪眼喝道："什么东西？快拿军帽来！"

阎锡山心慌意乱，故作镇定，谁都看得清楚。可他毕竟是个工于心计的老政客，即使在面临特别变故的时刻，也能很快克制自己，作出一种色厉内荏的虚假姿态来。为了极力掩饰自己的惊惧，阎锡山马上做出一种临变不惊的架势，走上前去，一边亲自往起扶戴炳南，一边说：

"不怕。天塌下来，还有高个顶着哩。戴师长，事情是不是实在？还不一定，不用着慌嘛！"

戴炳南一听这话，反而慌了神。他生怕阎锡山不相信他的密报，忙表白道：

"主任，我姓戴的如果有半句假话，您立马就把我拉出去枪崩了！黄樵松派出去和那边联络的人，今夜里就要返回军部啦。主任，您快派人，我这就带弟兄们去把他们捉来！"

阎锡山不过是在做进一步的试探，他见戴炳南情态逼真，相信事情确实无疑。于是不再兜圈子，使劲眨巴了一阵子那对深藏在睫毛后面的阴险眼睛，咬咬牙根说："嗯，黄樵松谋叛，看起来是确证无疑。这还了得，我得使些快刀斩乱麻的手段！"

为了表示自己的忠心，戴炳南把他的胸脯一拍说："请阎主任相信，我戴炳南身为党国军人，一定忠贞党国。决不当孬种！主任乃是党国元老，德高望重。太原城是党国最后堡垒，得失关系全局。请主任放心，不管发生什么情况，不管别人如何行事，我戴炳南保证用脑袋报效主任，和太原共存亡，为主任献肝胆！"

到这时，阎锡山的犹疑才算彻底除掉了。他正在考虑该采取什么手段对付黄樵松。他坐回太师椅上，一手摩挲脑壳儿，一手托着椅扶手，皱着眉头说：

"好。难得你有这份忠心，我阎伯川是不会亏待你的。事情办成后，一定重赏！不过，眼前最重要的，是得赶快拿出个应急办法来！"

戴炳南领功心切，立即毛遂自荐："请主任下令。我戴炳南情愿带领本师全部人马，包围黄樵松住处，生擒叛贼！"

阎锡山却是犹豫不决："嗯，对那几个团，你有把握控制？"

戴炳南道："各团长均已被我软禁起来了。至于下头的人，我拿脑袋担保，没一个敢说半个不字！"

对戴炳南的夸夸其谈，阎锡山并不感兴趣。作为一个混迹政坛三十多年的老手，他办事要考虑得更多。阎锡山知道，尽管 30 军大部倾向戴炳南，但黄樵松毕竟是该部老上司。他手下岂能没有一定势力？

因此，他老沉地说："对黄樵松的卫队，和他身边的那个团，你也拿得准吗？"

戴炳南生怕失去刚刚得到的信任，尽量夸大自己的能量。他振振有辞地说：

"我想，只要主任速断速决，马上下令出兵，给他个措手不及。黄樵松那几个人，是经不住一打的！"

"不不不，事情远没有这么简单。"站在一旁的绥署参谋长赵世铃连连摇头，"目前，城外共军大兵压境，我军必须有铜墙铁壁的雄势，才有希望立于不败之地。如果现在突然兴兵讨黄，必然酿成一场内部混战。共军如果趁机发起总攻，那后果是不堪设想的！"

阎锡山深有同感。他索性转向赵世铃说："好哇，就请赵参谋长献上一条妙计吧！"

这赵世铃，原本是49师的师长。由于既是阎锡山的晋北老乡，又是他的谋臣，很受阎锡山器重信任。有段时间，因有"通共"嫌疑，阎锡山曾经让他解职反省。后来，嫌疑解除，再度被阎重用，坐上了绥署参谋长的高位。由于上述原因，赵世铃对阎锡山十分感激。由他草拟的残害寿阳革命者的《奋斗法》，以及夷平太原郊区民房的坏主意，就很得阎锡山看重。所以，赵的不少意见，都成为阎锡山反动决策的重要依据。

现在，阎锡山又来问计，赵世铃便把琢磨好的歪点子讲了出来：

"杀鸡用不着宰牛刀。只要略施小计，管保黄樵松自投罗网。您且稳坐绥署，让我去打个电话，只需这么着……"

赵世铃讲出他的阴险计划后，阎锡山连连称是，喜形于色。听到后来，竟高兴得把手掌一拍叫起来：

"好，妙计，妙计！就这么办。不过，为了争取时间，我看，你给黄樵松打电话，戴师长就马上动身回师部去。这样子，一可以除去黄樵松的警觉，二可以稳住部队，便于现场指挥。等把黄樵松一抓住，戴师长就可以协同我的人，把共军派来的人扣捕起来。为了配合戴师长的行动，世铃，你现在就通知萃崖和治安到我这里来，研究一下部队调动的事。戴师长，你一身牵动全城，行动务必机密。需要什么东西，你和世铃商量。立即就办！世铃，你明白了吧？"

"是！"赵世铃立正回答。

戴炳南走后，王靖国、孙楚和梁化之都来到了阎锡山的卧室。

经过一阵紧急商讨，最后决定，以换防名义，派最可靠部队在30军驻地重层配备，以防不测。等天亮以后，由戴炳南下命令，把30军撤下来，集中整训。另外，对双塔寺、卧虎山及城北各主要防区的兵力部署，都进行调整。对城内各守碉点的民卫军等，一律换下来，分区集中监视。阎锡山的侍卫队、特务团、迫击炮师、干部师、青军团等所谓"可靠部队"，一律调到城头和绥靖公署等关键部位。至于阎锡山的警宪特务部队，立即倾巢出动，对30军在城内的机构和人员活动，进行严密监视和限制。这套安排，真是煞费苦心，绞尽脑汁。太原城在几十分钟内，骤然间风声鹤唳，草木皆兵。倒真是山雨欲来风满楼了。

　　再说黄樵松，自从开完师、团干部会，打发戴炳南和各团团长分头去准备后，他在卧室里，又对着军事地图，琢磨着起义的细节。

　　夜，异常清冷。院子里静得令人气闷。黄樵松感到冷，把军大衣裹裹紧。不知什么原因，他蓦地又想起了自己在抗战胜利时写下的那首《乡思》。便情不自禁地独自吟道：

　　　　十年戎马九离家，踏遍关山与天涯。

　　　　待到功成归故里，携儿月下种梅花。

　　他沉思良久，长吁一口气道："是啊，戎马一身，从此走向光明。以后我要清清白白做人，清清静静度时光了！"他打个哈欠，看看手表，正是深夜12时。虽然困倦，但时间已经不允许他合眼了，黄樵松想："瞻衡是个专干军人，前线有他安排，那是万无一失的。"

　　可他哪里知道，就是这个瞻衡，这个戴炳南，这个他所一向钟信的人，已经出卖了他，并正在策划和实施着置他于死地的罪恶阴谋。

　　"铃铃铃！"急促的电话铃声在宁静的暗夜里格外清脆。这铃声，打破了黄樵松沉思中的美梦。黄樵松抓起话机，一个熟悉的声音，用一种极其殷切的语调说："喂，是黄军长吗？我是仝镇哪！唔，是这样，阎主任通知开会，电话打到我这里来了。说是开紧急军事会议，要您亲自去参加。"

　　其实，仝镇在几小时前，就被阎锡山叫到绥署去了。这电话，是仝镇从阎锡山卧室里的电话机上打出来的。仝镇诡称自己仍在30军营区内，显然是为了避免黄樵松生疑。

黄樵松不以为然地说："有什么大不了的事情，非深更半夜去不可？我走不开，你是参谋长，你替我去好啦！回来向我报告！"说罢，黄樵松放下话机，看了看手表，已经是下一时过了。

没过几分钟，电话铃再次响起来。黄樵松讨嫌地抓起话筒，没好气地问："哪一个？"

"我是赵世铃！黄军长，主任召集紧急军事会议，有重大事宜商定，请您亲自来一下吧！"

黄樵松一听是赵世铃，依然漫不经心地说："不是打发仝参谋长去了吗？"

"仝参谋长已经来了。主任说会议十分机密，十分重要，非将军亲自前来，不能解决问题！"

黄樵松推托道："唔，我这里军务正忙，等办完以后就去！"

赵世铃急切催促道："别人都到齐了。黄将军，就缺阁下一人了。"

黄樵松未置可否，随便"嗯"一声，顺手放下电话机。

这阵子，在绥署阎锡山卧室，聚集着阎锡山、赵世铃、仝镇，以及阎锡山的干儿子、绥署高级参谋等人。这些人神色紧张，如临大敌，人人手握枪柄，个个面露杀机，气氛刹是阴森可怕。

两次电催，黄樵松迟迟未到，就连老谋深算的阎锡山，也有些沉不住气了。他那光秃的脑门上，浸出亮晶晶的虚汗，手掌不由自主地抖索，双脚不停地在地上打来回。阎锡山身边人们的身躯，随着他的返来折去，机械地如影随形。

突然，阎锡山在话机前戛然止步。他定了定神，恶狠狠地一把将话机抓在手里，摇了几下，要出了黄樵松。

此时的阎锡山，活脱脱一个狼外婆。他的声音是那样陌生，那样异乎寻常地伪善"谦恭"。

他说："啊，是黄军长吗？我是阎伯川哇，听出来了吧？哎，对了，是我。现在开紧急军事会议，十分重要，非得将军亲自来不可。哎，用不了多长时间的。事关机密，别人不好代替的。电话里又不保险。那就劳驾将军亲自辛苦一趟吧！"

黄樵松还是推托："我没有汽车，路远，怕赶不到了。就让仝参谋长代替吧！"

阎锡山正好抓住了把柄，马上答复："没有汽车好办，我这里有，马上就去接。你等着，车子这就开出去了。"

话已至此，黄樵松别无托辞，只好把耳机放回机架上。

尽管黄樵松是个憨直的人，但对方这样三番两次地催促，他心里也的确产生了疑惑。是去呢，还是不去？他内心进行着激烈的自我辩论：

"难道起义的机密泄露了？难道这开会是阎锡山设下的圈套？……不会吧。事情明明只有戴炳南等少数人知道细节，而戴炳南这娃娃又一向对我忠心耿耿，我也待他不薄，他怎么会突然间对我背信弃义呢？再说，炳南这阵子分明还待在他的师部嘛。那么，难道是仝镇告了密？也不可能。因为，他刚才打电话还在军部，是我派他到绥署开会去的。而且，这个人一向老成持重，也不像是个搞阴谋的人呀！"

黄樵松苦苦寻思，一支支狠抽烟卷。内心激烈斗争着："阎锡山为什么要在这时候召我到绥署去呢？哦，对了，兴许是真的要有什么新举动了。好，正好借机探探虚实，也好将计就计，和解放军配合作战，更顺利地消灭他！"

想到这里，黄樵松终于拿定主意，决定立即到绥署去。就在他穿外衣的时候，贴身卫士贾义提醒他："军座，离起事的时间，只有几十分钟了。您这一走——"

黄樵松边系纽扣边说："小鬼，不入虎穴，焉得虎子？我要亲自看看阎锡山玩什么鬼花招。走，带上你的家伙！"

门外有汽车喇叭"嘀嘀"鸣号，阎锡山的一个侍从参谋文质彬彬跨进门来，很有礼貌地说："主任的车子到了，请黄军长上车！"

"好！"黄樵松没有丝毫迟疑，利落地钻进了阎锡山派来的小车。

● 误入虎穴

黄樵松一钻进小车，司机迅速加大油门疾驶。不一刻，便来到了绥靖公署大门口。哨位和从前一样，既未加岗，也无特别戒备。哨兵们懒散地值岗，并没有什么异常的表现。

阎锡山住在绥署后院，汽车一直开到门口停下。车门开处，两彪形大汉上前笑吟吟迎接。黄樵松认得，这两个人，一个是阎锡山的干儿子，绥署高级参谋张文绍；另一个是副官处长安某。这两人普通装束，显得格外礼貌。黄樵松一跨出车门，张、安二人同时走上前，几乎在同一节拍内和黄樵松相握。黄樵松只好把两只手，分别给了他们每人一只。

张文绍攥着黄樵松的手，客气中带有埋怨地说："啊呀，军座大人，这可真是三请诸葛亮了。难得，难得！主任派小弟在此恭迎大驾，请军座先到这里暂歇片刻。"张文绍和安某手拉着手，把黄樵松领进了绥署大堂旁的副官处。

黄樵松进到副官处，见屋内干净整洁，空无一人，便兀自向椅子上坐去。

张文绍趁机把一只手向黄樵松的腰际一伸说："请军座——"

说话之间，张文绍伸出的手，突然死死抓住了黄樵松腰际的手枪套。与此同时，安某在另一边也将黄樵松的那只手狠狠地扭在背后。一名彪悍卫兵从后面猛扑上前，将黄樵松拦腰抱住。

黄樵松被这几个打手突然完全控制，一动也不能动了。他心里恍然大悟，明白自己已经落入了阎锡山的圈套。但是，悔之已晚，脱身无方，挣扎也是徒劳的。这时，黄樵松反而格外地坦然镇定。他没有挣扎，也没有叫骂。因为，他心中早已做好了在必要情况下，用生命去殉自己所追求的光明的思想准备。

就在张文绍等突然下手的当儿，预伏在副官处室内外的宪兵一拥而上，把黄樵松和他的随身警卫贾义一齐拿下。

副官处的门开了。在一群高干和卫兵的簇拥下，阎锡山杀气腾腾闯进来，直扑黄樵松面前。阎锡山盯着黄樵松，气急败坏，浑身发抖，哆嗦着嘴唇叫道：

"黄、黄樵松，你身为党国名将，受总裁栽培多年。因为太原危急，我向总裁要了几次，又和胡长官说了几回，恭恭敬敬请你到太原来，为的是反共保太原。掏良心说，我阎锡山对你不薄。可你，你竟然图谋反叛作乱。你，你，你自己说，该怎么处置你？"

张文绍谄媚地趋到阎锡山面前说："主任，这是从黄樵松身上搜出来的，是徐向前和高树勋给他的亲笔信！"

阎锡山一看，正是联络起义的密信。当下怒发冲冠，暴跳如雷地用手杖捅着地面喊道："这，这，这铁证如山，你有甚话说？"

黄樵松毫无惧色，泰然自若，鄙夷地看了阎锡山一眼，正色道："好汉做事好汉当，天大的乱子我姓黄的担！我不愿意内战，事已至此，要杀要剐听便吧！"

阎锡山鼻子里"哼"了一声道："想死？没那么容易。先给我押起来再说！"一群宪兵扑上前，把黄樵松五花大绑捆起来，押到绥署地下室囚禁了起来。

绥署参谋长赵世铃向阎锡山进言："主任，据戴炳南讲，黄樵松和徐向前约定：今夜有解放军派人到30军来，参与策划起义。我看，可以趁机……"

阎锡山把眼珠子一转说："说得有道理。文绍，你赶紧带上些人，到他们约定的接头地点去。等共军的人一过来，就把他拿下！"

"是！"张文绍应声而去。

阎锡山又对赵世铃说："你现在就起草一份电报，向南京委员长据实报告这件事情。另外，戴炳南和他的副师长平叛有功，电报一并提请委座批准：戴炳南接任30军军长，副师长升任师长。"

赵世铃依令照办。当天，蒋介石下达命令，将黄樵松等押赴南京受审，并委戴炳南升任军长。

当夜，阎锡山设宴，款待他的"功臣"戴炳南。

阎锡山一向米酒不粘唇。但为表示祝贺，今天也破例斟了一小杯凉开水，举着杯子走到戴炳南面前说："多亏了戴将军对党国的忠诚，大家才会有这一顿喜宴。来，戴将军，干下这一杯，给你庆功，祝你高升！"

席间军政要员也都起而捧场："戴军长功高齐天，干！"

戴炳南得意忘形地把杯中酒一饮而尽，然后说："我戴炳南能有今日，全仗阎主任的扶持。今后，我将一如既往，赤心报效党国。诸位请放心，只要有我戴炳南，就有30军；只要有30军，太原就固若金汤。为强军力，我这里特请阎主任新派一名参谋长来，不知阎主任肯不肯赏光啊？"

阎锡山未料到他会来这一手，但又巴不得有这个直接插足中央军的机会，于是赶紧说："难得戴将军有此盛情，那就派绥署参谋处长阎效曾跟你去吧。戴将军的意思——"

其实，戴炳南也很想借机巴结阎锡山这个老牌军阀。现在，一听说阎锡山把他的亲信派给30军做参谋长，正中下怀。当即表示："好极，好极！主任手下尽是精兵强将，派谁都行。主任的快人快语，晚辈敬慕多年啦。不过，若要推算起来，我该称您老伯才对咧！"

"哦，这个——"

"老伯有所不知，我的祖父和父亲，早年都曾在山西做事，就在阎老伯您的部下听差。对于阎老伯，我是打娃娃时候起，就崇拜得五体投地呢！现如今和老伯共事，这也是我戴炳南的福缘！"

这一套闻所未闻的强拉硬凑，居然发挥了异乎寻常的功效。一时间，阎、戴之间的距离不排而除，感情骤然间接近了许多。

其他人先是愕然，继而异然，后又欣然。当他们省悟过来时，立即凑趣："啊，这真是天缘作合哟！"

"看起来，戴将军和阎主任实是世代深交。这以后的共事，可就是万分牢靠了！"

"固守太原，完全有望了！"

阎锡山借机拉拢戴炳南，当即对众人说："我早就说过，戴军长来历不同。他和我是子一辈，父一辈的关系。这就不同寻常嘞！他是从小对我有印象，所以才有这次义举。你们看：戴将军有识有胆，真可说是忠孝两全的完人了！"

戴炳南感慨地说："多年来，我一直在总裁手下当杂牌军，吃一碗嗟来之食。半生抑郁，半生失意，唉，真是太伤脑筋了！也是这次机会，让我回到阎主任，不，是我的阎老伯麾下，也算了却了多年夙愿！往后，纵然一死，也算得其所矣！"

阎锡山趁势再拉近乎，热切切地说："贤侄，只怪我警惕性不高，不善鉴人，事前居然连那黄樵松的一点点蛛丝马迹也没觉察。如果不是你忠心赤胆，只怕是……哎！不提他了。往后，太原守城，贤侄，老伯就全靠你了！"

"这个当然！"戴炳南立刻目中无人地扬起了脑袋。

阎锡山转向大家，清清喉咙宣布："诸位，为感谢戴军长的殊勋，我决定奖给戴将军大洋两万块，奖给军参谋长全镇大洋一万五千块，其余有功人员及三军官兵，均各有赏。今后，凡有惑乱军心者，立斩不赦！凡力战有功者，均有重奖！现在，请大家举杯，为戴军长的荣升，为黄樵松叛乱的平定，再干一杯！"

话分两头。

黄樵松已被阎锡山押在囚牢，而解放军那边的起义准备，仍在按计划进行。谍报队长王震中接受黄樵松的命令，再次秘密前往解放军营地，传达黄樵松关于 4 日凌晨两点钟起义的决定。当他见到解放军前线兵团首长后，徐向前司令员决定派一名干练的同志，专门到 30 军去，帮助组织起义。徐司令员决定派出的这位同志，便是晋冀鲁豫军区第 8 纵队参谋处长吕晋印。

吕晋印祖籍河南洛阳，1935 年洛阳读中学，受地下党影响参加抵制日货斗争。"七七事变"后，毅然投身抗日。1938 年加入中国共产党，曾赴延安抗日军政大学深造。1939年毕业任作战科长。在解放运城、临汾和晋中作战中，吕晋印为纵队首长出谋划策，有胆有识，能够准确领会上级意图，具有独立处理复杂情况的能力。由于这些优点，第8纵队司令员王新亭推荐他担负和30军洽谈起义的重任。

11月4日黎明时分，空气干冷异常。启明星在东天眨着困惑的眼睛，仿佛对这激战后暂时平静的战地，充满疑问。

这时，从解放军第8纵队司令部，走出了戴着深度近视镜的王新亭司令员，和吕晋印、翟许友，以及黄樵松派来迎接解放军代表的王震中和王裕家等。王新亭司令员和吕晋印并肩向前沿走着。

王司令员语重心长地说："晋印同志，你这次化名晋夫，以宣传部长名义去和黄将军谈判，责任十分重大。领导上经过反复考虑，觉得你担负这个任务，经验和能力，完全胜任。黄军长处在阎锡山眼皮底下，情况十分复杂。各种预想不到的困难都可能发生。相信你一定会冷静沉着地处理好各种困难和问题的。"

晋夫握着首长的手说："请首长放心。作为共产党员，只要党需要，牺牲自己的生命，也甘心情愿。我坚决完成这次任务！"

王新亭信任地说："组织上完全相信你。这次，派侦察参谋翟许友同志随你一同去。他的公开身份是你的通讯员，负责做好联络和保护你的工作。许友同志，你要很好地协助晋夫同志完成任务！"

"是！"翟许友干脆应道。

就要分手了。王新亭在晋夫肩头拍拍，发现衣服十分单薄，疼爱地说："晋夫同志，天这么冷，你穿着这件单薄旧棉袄怎么行？来，把我的大衣给你！"

晋夫忙推辞道："不，首长，我年轻，体内有火力，可以顶住寒冷的！"

翟许友说："报告司令员，吕处长这件棉袄穿了好几个冬天了。同志们见他拆了又拆，补了又补，就给他新领了一件。可他硬是把新棉袄退回去了。就这件旧棉袄，他前年结婚，也还穿着呢！"

"小鬼，就你多嘴！"晋夫制止着。

"晋夫同志，"司令员关切地说，"我听说，结婚第六天头上，你就上了前线。你和新婚妻子，一别就是一两年时间。打仗嘛，当然顾不了那么多喽。等将来打完仗，我们会有好日子过的。可是，这么冷的天，棉衣总是要穿的嘛。"

晋夫腼腆地说："外面冰雪盖地，战士们在雪地里滚爬打仗，更需要暖和的棉袄穿在身上。我整天在机关里，穿件旧的没有什么关系。况且，这棉袄，还可以再穿两个冬天。"

他的话，使身边同志都很感动。王新亭司令员坚持自己的意见，严肃地对晋夫说："身体是革命的本钱。冻坏还怎么工作？来，不用大衣，就把我这件毛衣穿上！"

"首长，这不——"

晋夫还要推辞，司令员已经把自己那件绿色毛衣脱下来，硬塞给了他。晋夫只好服从司令员的意志。晋夫穿上王司令员送的毛衣，庄重地向首长行了最后一个军礼，立即转身，和其他三人扑入了朦胧的晨曦中。

● 金陵捐躯

清晨 8 时，王震中带着晋夫一行四人前往 30 军军部。途经 30 军 77 团团部时，发现黄樵松的车子就停在团部门口。王震中认得这部车，径直走上前去。

这时，从团部出来几个穿便衣的人。王震中认识其中几个是在军长身边做事的，便把他们介绍给晋夫。晋夫和这些人一一握手。穿便衣的为首者，请晋夫到团部休息片刻。

晋夫等随这人进到一间土窑中。他们一跨进门槛，突然从四下里窜出几个穿便衣的家伙，如狼似虎地扑上前来，把晋夫和王震中等围在中间，用手枪和匕首威胁着，强行搜身缴械。

晋夫被这突如其来的袭击弄得手足无措，看看王震中，王震中的目光也充满了困惑。晋夫严正抗议："你们要干什么？我是解放军的全权代表。我要见你们黄军长！"

为首的特务把眼一瞪叫道："少他妈的废话！黄樵松早被抓起来了。来，给我全都捆起来！"

反抗已为时太晚。特务们一拥而上，七手八脚把晋夫、翟许友、王震中、王裕家全捆起来，硬推上一辆早已准备好的大卡车。特务们分别用枪逼着，把四人逼站在车厢四角，然后用一块大篷布从上面连人带车严严盖住，一直开进了绥署大院。

事隔一天，根据蒋介石的命令，阎锡山派专机绕道北平，把晋夫和黄樵松押送到南京。

11 月 7 日，飞机抵达南京。晋夫等被从飞机上赶下来，押上了汽车。囚车穿过南京城内的新街口和大行宫之间地段时，因饥饿而群起抢米的人们，正将大道全部堵塞着。汽车不停地鸣喇叭，可人群却是纹丝不动。

押车的宪兵队长急得把头伸出车外吼喊着："让开，让开，这是山西押来的共党要犯！让开，快让开！"

这一喊，不仅于事无补，反而引来了许多围观者。囚车被围得水泄不通，难以前进一步。晋夫的手脚被镣铐紧锁着。他突然心生一计，趁押车宪兵不注意，硬挣起来，猛把头伸出布棚外，朝外面大声演讲：

"老乡们，同胞们，我是共产党员，人民解放军战士。国民党反动派发动内战，搜刮民财，逼得你们无衣无食，无米下锅。解放区实行耕者有其田，人人得温饱。人民当家作主人……如今，东北已经解放了，南京很快也要解放了！国民党反动派彻底垮台的日子，就在眼前！同胞们，团结起来，向反动的国民党政权斗争到底！"

人们静静倾听着这激动人心的演讲。有的掉泪，有的挥拳，有的质问押车宪兵……

特务们心惊肉跳，生怕惹出更大麻烦。他们蛮横地要把探出头去的晋夫从布棚外拉回来。晋夫硬挺着，挣扎着，坚持继续演讲。直到南京地方警察赶来施用暴力，把围观人群强行驱散，囚车才惶惶逃脱。晋夫仍在大声疾呼。

黄樵松与晋夫素不相识。只是在刚才的演讲中，黄樵松才对这位干练而坚强的共产党员，生发了出自内心的敬佩。于是，黄樵松不顾特务干涉，对晋夫说：

"同志，过去，我黄樵松对不起人民，想为人民立功又没有成功。我的心中是抱愧的。但今天能为人民就义于刑场，我感到光荣！我感到安慰！"

特务凶狠地把棉花棒硬塞进了他们的嘴里。他们只好用目光来沟通内心的语言，用目光来传达彼此的敬意和鼓励。

在南京羊皮巷 18 号国民党军法局看守所潮湿阴暗的铁牢里，隔离关押着晋夫和黄樵松等。特务们施用了严刑拷打，动用了各种刑具，都没有使他们屈服。

这天，侄儿黄文锡从上海来监探望黄樵松。文锡见伯父被特务们折磨得遍体鳞伤，形容憔悴，伤心地哭了起来。文锡把带来的一些食品捧给伯父。

黄樵松摇摇头说："文锡，这些，对我已经没有什么用处了。我现在需要的，倒是很想知道解放大军更多的胜利消息。"

文锡趁警察不在身边，边哭边诉说着……

黄樵松开心地听着那些令人振奋的消息。他见文锡越说越伤心，以至哭成了泪人儿一般，便故作生气地说："文锡，你是来看我的，还是来哭我的？孩子，要坚强，哭有什么用呢？"

文锡边擦眼泪边说："伯父——"

黄樵松疼爱地望着侄子说："孩子，伯父清楚，到了这地步，蒋介石是绝不会仁慈的。我已做好准备。不过，我感到自豪。我终于找到真理，看到了光明。为真理而死，死得其所。锡儿，你应该为伯父高兴啊！"

文锡抬起头来，崇敬地望着伯父严峻慈祥的面庞。黄樵松伸出一只被铐的手，轻轻抚摸着文锡的头说："锡儿，你读书时，读过文天祥的《过零丁洋》吗？还记得那些诗句吗？"

文锡点点头。黄樵松欣慰地说："好，应该牢牢记住这首千古名诗。'人生自古谁无死，留取丹心照汗青。……'"

黄樵松忘情地默吟着，沉浸在为国捐躯的高远境界中。

探监时间到了。黄樵松拿出几张暗藏的纸片，上面有他在狱中写下的《死》《骊歌》和《铁窗远眺》等几首诗词。他把这些诗词递给黄文锡说：

"锡儿，这些就是我的全部遗产。你把它带回去吧！你自己一定设法脱身，赶快到江北去找共产党吧！现在，中国的南方一片黑暗，北方光明。你去找光明吧。孩子，未来的中国，必定属于人民的救星——中国共产党！"

当文锡恋恋不舍地告别伯父，走出这人间地狱的时候，伯父那首名为《死》的五言诗的悲壮句子，一直在他的耳边回响：

　　　戎马仍书生，何事掏虎子？

　　　不欲蝇营活，愿为国民死。

11 月 17 日，南京政府国防部军法局开庭公审。法庭四周戒备森严。国民党当局如临大敌，荷枪实弹的警察端着寒光闪闪的枪刺，把关心事件真相的群众统统驱赶开去。审判席上，法官、军法局长，以及蒋介石亲自指定的审判长，狐假虎威地蹲在他们的位置上，无耻告密的戴炳南则以"原告"身份，站在一旁。

当黄樵松被押上来的时候，做贼心虚的戴炳南在黄樵松严正的目光下，两腿颤颤，无地自容。

法官开始审讯。"黄樵松，你身为党国中将，为何叛变？"

黄樵松高昂头颅，义正辞严地反驳："我不是叛变。我不愿意给蒋介石当炮灰，打内战。这不是叛变！"

"你不愿意也就算了，为何要大家都不打呢？"

黄樵松鄙夷地冷笑一声说："请问法官先生，我的士兵中，有哪个说愿意打内战？"

"这，这，这个……"法官被问得张口结舌，无言以对。结巴了好一阵子，才算找到了一个新的题目。

他把手里的那封《判决书》扬了扬，威胁道："既然你承认反对打内战，那就在上面签字吧！"

黄樵松不屑一顾地说："请问法官大人，法律难道有不愿打内战，就该杀头的条款吗？如果你敢说不愿打内战的该杀，我就签。否则，我不签！"

法官无奈，只好转向晋夫："你是共军的宣传部长胡耀邦吗？"直到此刻，愚蠢的敌人还对晋夫的真实身份一无所知。

"不，我姓吕，名叫吕守城。"法官翻了翻眼珠，又翻了几页案卷，细瞅了一阵子，才说："嗯，你从前既然在石友三将军部下供职，为什么要当间谍呢？"

原来，晋夫被捕后，为保护党的利益，虽然承认自己是宣传部长，但却使用他原在石友三部做地下工作的化名。而敌人所掌握的胡耀邦的名字，还是戴炳南从黄樵松那里早些时道听途说的。法官的蛮横逼问，使晋夫非常气愤。他大声说：

"我吕守城不过是一个普通共产党员，根本不是什么间谍。我是堂堂正正的中国人民解放军谈判代表，我的任务是来接受第30军起义。我有什么罪？你们为什么要乱抓无辜？"

法官以穷搜硬捏的无端罪名说："你，你煽动叛变，谋反党国，就是间谍，就是有罪！"

晋夫开怀大笑道："哈哈哈，真是海外奇谈！30军官兵弃暗投明，奔向人民怀抱，完全是正大光明行动，是人民大众双手赞成的好事。我迎接起义大军，顺天应人，犯的什么法？有什么罪？只有蒋介石，只有你们这些残害革命者和无辜人民的刽子手，才是真正的历史罪人！你们把好端端的中国，搞得国家破败，民不聊生；你们卖国求荣，贪赃枉法，侵吞民财，才是十恶不赦的大罪犯！应该受到审判的，是蒋介石，是你们这些败类！"

法官被申斥批驳得哑口无言，一个个瞠目结舌，不知如何控制审判进程。半晌，才黔驴技穷地再次举起惊堂木，狠狠击打桌面，气急败坏地吼道："住嘴，住嘴！你签字吧！"

晋夫同志斩钉截铁地说："我是中国共产党员，落到你们手里，就没有打算要活着！来吧，要杀要剐请便，不用啰嗦！"

黄樵松深为晋夫的凛然正气感动。他气愤地申明："晋部长是我请来的解放军代表，你们有什么权力审问他？一切由我黄樵松承担。要杀就杀我，其他人都是无罪的！"

晋夫同志举起戴铐的双手，指着台上的法官，对黄樵松将军说：

"黄将军，我没有罪，你也根本没有罪。其他人更没有罪！有罪的是他们，该杀的也正是他们。死是吓不倒我们的。黄将军，会有人替我们报仇的！"

说到这里，晋夫同志转向旁听席，向旁听者严正宣告："先生们，同胞们，全中国就要解放了，南京就要解放了！人民清算这些杀人魔王罪恶的日子，就要到来了！"

法官被吓破了胆，慌忙凑在一起嘀咕了一阵子，其中一个站起来，照着早已拟好的所谓《判决书》，宣布将晋夫、黄樵松、王震中三人处死。并对与晋夫随行的翟许友及黄樵松的其他助手，如王裕家等，分别以无端罪名，加以拘押。敌人在仓促判决后，把晋夫等转移到南京中央军人监狱系押。

11 月 27 日，经蒋介石亲自批复，晋夫、黄樵松、王震中三烈士被秘密枪杀于南京水西门外狱中。

刑前，三烈士坚贞不屈，不低头，不下跪，不脱帽，凛然正气，感天动地。在"毛泽东主席万岁！""全中国解放万岁！"的壮烈口号声中，三烈士倒在血泊中。

黄樵松烈士写下一封遗书，经秘密转送，传到黄夫人王怡芳手中。这封情真意切的遗书，道出了一位爱国志士的耿耿之心。黄樵松在遗书中写道：

怡芳爱妻：

我们结婚近十年，恩恩爱爱，家庭幸福可说是享尽了。不必留恋它吧，更不必再追求。芳，我平生酷爱艺术，今为艺术而死，凤愿得偿。尤其是死在首都金陵，那更是难能可贵了。你想，中国人要能死在这个地方的有几个？你不替我高兴吗？……

芳，我知道你早到了南京。你的忧惧和悲伤，我都如同看见。你我都是心情如焚的，不得见面。但环境不许，有什么办法？可是，我觉得在这种情况下，不见面还好一些。"事到临头须放胆。"未知你排遣功夫如何？芳，你看我虽在牢狱里，但心情怡然，高兴，写一套杂感野词，虽不尽合规律，但觉生动、真实，而有趣。芳啊，这种怡淡休养，你还需要学习呢！

芳，忠实的爱妻，生离死别，人之常态。没有什么。你万勿悲伤，悲伤是无益而有害的事。你一身系着我死后嘱托，和十条人命！你要对我忠实，就一定要接受我的劝告，此刻务须以顺变的态度，平住气，稳住心，很慎重地策划后半生的事情。这是长远的途程，需要艰苦的跋涉，并非今天哭哭，明天闹闹完事的啊！芳，你不是很爱我吗？你万不要叫我看见你的愁容和听见你的哭声！只要你是这样做，我的灵魂就会永远地伴着你。芳，我没有什么遗物，只有数十本日记及七枚勋章。这是我半生戎马，和参加国际战争的荣誉保证，请你妥存。

芳，几个大些的孩子，像乔儿老实将来可学工程，蔚儿聪明可学艺术，寒儿灵活可学理化，余善自处理。关于我的尸体，已成无用的臭皮囊，最好用火焚化，或简单埋在紫金山麓，或莫愁湖畔；切勿向他处搬运，或弄什么好的衣服棺材！因为这是我最反对的既浪费又不合时宜的陋俗，要切实注意。话是永远说不完的，就此停止！天寒草衰，长夜漫漫。给你一个精神的热吻，以志永别！来生再见……

你的墅　三七、十一、一八　于南京

第三章　长围久困

● 战地新村

1948年11月中旬的一天,河北阜平城南庄,中共中央书记处正举行一次重要会议。参会者有毛泽东、周恩来、刘少奇、朱德和任弼时。会议内容是进一步研究当前全国解放战争形势。

周恩来把一封刚刚收到的华东野战军司令部的电报递给毛泽东主席,十分激动地说:"主席,淮海前线来电,今天,黄伯韬兵团已经在碾庄圩被我军攻歼了;与此同时,随着攻占宿县,我军对徐州的战略包围,也已经完成了!"

毛泽东接过电报,仔细地阅读。朱德和刘少奇在议论着:"今天是11月16日。这就是说,我军开展的淮海战役第一阶段,已经取得了巨大战果。"

毛泽东以统驭全局的伟大战略家气魄,胸有成竹地说:

"是的,从当前全国战争形势变化,和敌我双方力量消长来看,我们从9月开始的秋季攻势,应当能动地不失时机地发展为歼灭敌方战略集团主干的战略决策。其实施要点,我看是否可能这样:在对敌人的强大兵团实行战役分割的同时,实行战略包围,力图全歼;在攻歼敌人重兵坚守城市同时,在运动中歼灭敌人增援的强大兵团。辽沈战役胜利后,东北野战军这支壮得厉害的百万大军,就成了全军强大的战备总预备队,根本改变了敌我力量的对比。这是战略决战即将达到高潮的一个征兆。淮海初战告捷,又使中原之战展现光明。"

朱总司令从座上向前挪挪身子,深沉地说:

"淮海战役第一阶段的决定性胜利,使敌刘峙、杜聿明集团被分割,徐州陷于孤立。在这种情况下,北平、天津、张家口、唐山的蒋、傅两系军队,分别向西、向南两方撤退,或集中向南方撤退的可能性就增大了。如果敌军全部或一部南撤,就会用于淮海战场,或用于加强长江防线。这样,不仅我平津战役计划难以实现,还将给淮海战役增加许多困难。"

朱总司令的分析,引起了大家关注。

毛泽东兴奋地把一截烟蒂使劲擦熄,果断地说:"为了确保平津、淮海两战役的胜利,我们还是集中兵力为好。太原的阎锡山军队已被围困在孤城之内,太原城外围也已扫清。但据向前同志报告,最近,胡宗南派到山西的 30 军黄樵松将军与我联系起义,被叛徒出卖,失败了。鉴于全国和太原形势,我看,太原还是缓攻为好。"

任弼时同志擦拭着眼镜片,接过毛泽东的话说:"而且,向前同志的肋膜炎,近来又发作了……"

朱总司令关切地说:"派一位医术高明的大夫,专门去给向前同志医治。太原如果打下,战略意义也很大。即使一下打不开,长期围困,饿也把敌人饿死。我们打太原的部队,除了太岳军区的八纵队外,其他都是刚编成的部队。所以,在战术上、攻坚技术上,不那么熟练。但这样的部队,能打这么大的城市,也不简单。"

毛泽东十分同意这一评估,点头说:"抓住战略枢纽去部署战役,抓住战役枢纽去部署战斗,这是我军长期革命战争的经验总结。给向前同志拍一份电报,指示他们暂缓攻占太原!"

经过中央书记处高屋建瓴统筹策划,中央对太原战役的指示电报拟好后,经中央首长审阅后发出:

> 估计到太原打下过早,有使傅作义感到孤立,自动放弃平、津、张、唐南撤,或分别向西、向南撤退,增加尔后歼敌困难,请你们考虑下列方针是否可行:(一)再打一二个星期,将外围要点攻占若干并确实控

制机场，即停止攻击，进行政治攻势。部队固守已得阵地，就地休整。待明年一月上旬，东北我军入关攻平、津时，你们再攻太原。（二）如果采取此方针，杨罗耿部即在阜平休整，暂不西进。如何，盼复。

军委

十六日五时

在中央书记处的直接部署下，晋西北地区卫生部内科专家史副部长专程来到太原前线，为徐向前司令员进行诊治。经过一段时间治疗，徐向前的健康状况大有好转。12月2日，徐向前又收到中央的一份电报。在电报中，中央指示："向前同志俟医生赶到诊治后，尽可能早日回至后方静养。"

徐向前手捧电报，心潮起伏。党中央的关怀，战友们的情谊，使他备感温暖亲切。但是，要他到后方去静养，要他离开战火纷飞的前线，他怎么能够受得了呢？要知道，此前他因病治疗，是经过很大努力，才征得毛泽东主席同意，重返太原前线的。当时，徐向前曾和亲密战友刘伯承相约，刘打外围，徐打内线，各自发挥特长，协同歼灭蒋阎军，然后分手，奔赴前线。在刘、邓挥师南下后，徐向前承担了扫除山西敌军的光荣使命。现在，战争正当关键时刻，任务尚未完成，战事正在走向胜利。他怎么能"引退"呢？

"不，我决不下去！"徐向前执拗地对给他治疗的史副部长说，"请转告主席和中央，不打下太原，我不下战场。就是头发白了，也要把太原打下来！"

徐向前不顾同志们的劝阻，坚持要亲自到前沿去看看暂停攻击以后的情况。

已是隆冬时节，晋中平原冰天雪地，茫茫一片。在太原东山前线，被人民解放军夺占的各要塞阵地上，入冬前那种如火如荼、天翻地覆的激战气氛，已经难以见到。只有残留在山坡上侥幸得以存在的那几株枯树干，随时唤起人们对过去的战争的回忆。

一辆军吉普车在蜿蜒的东山丘陵奔驰。尽管驾驶员小心翼翼选择路面，但在坑坑洼洼的土路上，汽车总难平稳。

又是一次剧烈颠簸。驾驶员和警卫员都担心地看看坐在驾驶员旁边的徐司令员，唯恐这样的剧烈震动，会使首长的病情加重。徐向前微笑着，轻轻地摆了摆手，示意驾驶员放心地向前开进。

警卫员咕嘟着嘴，埋怨着："司令员，您的病才刚刚见好一点儿，就这么着。要是出了问题，我可负不了这个责任！"

徐司令员回头，亲切地看看小鬼那稚气认真的面庞，笑着说："我不是跟你说了嘛，不要紧的。身体是革命的本钱，弄好了身体就要干革命。不然，这本钱保存着，又有什么用呢？小鬼，是不是这个理呀？哈哈哈！"

"可您——"警卫员没有更多更有力的话来说服司令员，只好把脑袋拧到一边去说，"反正，我没有办法。史大夫让我好好地护理您。这个任务，我没有法子完成！"

徐向前一半开玩笑，一半认真地说："医生的话，可以听一半，也可以不听另一半。在医院，就听他的；出来了，就不要听他的。反正，现在他不在车子里，不会知道我们做了些什么，也不知道我们跑到了哪里。小鬼，我们要互相保守秘密！好吗？"

说话间，吉普车已经开进了坚守在山头的 112 团阵地上。

自从贯彻中共中央关于对太原"长围久困"的指示以来，人民解放军各前沿阵地的工事，都做了进一步的整修和加固。现在，展现在徐向前司令员眼前的东山，已经大大地改观了。东山峰中部的劈坡和沟壑，都依照地势的自然特点，构筑了又高又深的交通壕，壕里间隔挖筑了宽敞的避弹坑和掩蔽部。前沿后面布防的第二梯队阵地上，在一座座的土崖下面，还挖掘了一排排有门有窗的窑洞。这些窑洞门前，整修得又齐整，又清洁。窑洞里头温暖舒适，仿佛居民的庭院一般。在一处敌人视野之外的隐蔽山洼处，开拓了一块不小的操场，场内用木棍搭成的简易篮球架和双杠、木马上面，战士们正在有组织地进行活动。

东山前线建设起许多"战地新村"，和"阵地战士之家"的情况，徐向前早已听过各纵队干部们的汇报。但这样具体地看到，说真的，自打入院治疗以来，司令员还是第一次。这一切，使徐向前心中情不自禁地涌起一股热流，他发自内心地赞叹道："伟大啊，人民的军队！"

吉普车停在一处哨卡前，值勤战士赶紧整整军容。徐向前跨出车门，上前庄重地回了个军礼。他慈祥地摸摸战士的棉军衣，关心地问："小同志，冷吗？"

"不冷。"

"脚也不冻吗？"

"不冻！"

"不可能吧？"

"徐总，这会儿还热得出脚汗呢！真的，不骗您！您看——"小战士把两只脚向旁边挪了挪，露出了脚下的一摞砖头。

司令员困惑地眨着眼睛说："这是怎么回事？"

"司令员，俺们把砖头在火上烧热了，再拿来垫在脚底下，可热乎呢！"

战士天真的回答，使这位叱咤风云的将军无比感动。徐向前高兴地夸赞道："好哇！土办法解决大问题，真是一个大发明！"

"司令员，俺们团怕战士们吃上凉饭闹肚子，炊事班还创造了一种木箱保温桶呢！有了那玩意儿，就是在野地里站岗，也和在营房里头一样，能吃上从热锅里头打的饭菜！"

"你们团长在哪里？"

"就在前面！"小战士用手指着前面说，"您顺着这条'大东门街'往前走，向右边拐进'龙王斋巷'，再走过30米长的'柳巷北口'，迎面就是'胜利门'啦。'胜利门'的旁边，是'英雄宫'；'英雄宫'东面有个'凯旋门'，那就是团部。到了那里，您就找到俺们团长啦！"

小战士这一套让人眼花缭乱的介绍，使徐向前司令员格外开心。司令员顺着战士指点的方向望去，在前面战壕边沿上，果然立着一块块的木牌。在离这边最近的一块木牌上，写着"大东门街"几个黑体大字。再往前面看，立牌子的地方还很多。

徐向前兴致勃勃地问："小同志，怎么搞了这么多的牌子，这是什么意思？"

"报告司令员，为了让大家熟悉太原的地形地理，以便将来打进太原城里不至于迷路，团里就把这十字八道的战壕，都用太原城里的街道命了名儿。这样子，天天看，天天记，又好寻找，又记得牢，真得劲儿！"

"好好好，你们团长是个了不起的将才！"徐向前夸赞着，离开了这个哨位。按照战士指点，司令员左拐右转，不一会儿就来到了"凯旋门"前。

● **文武之道**

凯旋门，实际上是一间宽大的窑洞。洞门口张贴的对联，颇有战地风采。

上联写着：避弹坑是英雄的卧室；

下联配着：交通壕乃胜利之大道。

横批倒是特别，书写着：打进太原去，活捉阎锡山！

再看洞门两侧的壕沟壁上，二尺见方的大幅标语格外醒目：

打到南京去，活捉蒋介石！

解放全山西，解放全华北，解放全中国！

"报告司令员，请里面坐！"112团团长得知司令员来到前沿，奔上前来行军礼道。

"唔，如果我没有记错的话，你就是那个连一发炮弹也没要到，最终全凭战士们的智勇，夺取了东山山头的崔团长吧！"徐向前敏锐地打量着这个年轻指挥员，风趣地拍拍他的肩头说。

"报告司令员，是您教育了我们全团！"崔团长不好意思地搔着耳朵说。

"好哇，你们团的整军运动搞得有声有色。看起来，'多想出智慧，众人是圣人'这句古话，还是千真万确！"徐向前边向"凯旋门"里走，边赞许着。

团指挥所秩序井然。电话机、弹药箱、作战地图、枪支和床铺各就其位，布置适当。几个参谋正凑在一起研究什么。徐向前在崔团长引导下悄悄走上前去，发现参谋们正往一块毛巾上黏贴几篇稿件。徐向前兴趣浓厚地停下来细看。参谋们发现站在身后的是徐司令员，一下子全都拘谨地站了起来。

徐向前用手势指挥大家坐下。他自己顺势捡一个弹药箱坐上去，开始逐一地阅读那些黏贴在毛巾上的稿件。

崔团长向司令员介绍道："这是战士们自己的一项小发明，大家叫它《毛巾报》。"

"《毛巾报》?"

"对，叫《毛巾报》。就是把宣传鼓动的稿件贴在毛巾上，不仅又小巧又灵活，保存方便，传递方便，再小的避弹坑也能悬挂；而且可以带到最前沿去让同志们传看。战士们可欢迎咧！"

"嗯，不只战士们欢迎，我这个司令员也不能不欢迎呀！你看看，这上头又是顺口溜，又是快板段子，还有这些打油诗，枪杆诗，猜谜语，一问一答等，好记，好念，又顺口，又实际，谁不喜欢呀？呵，你看，这个《当今天下大势》的段子，写得真是漂亮极啦！"

徐向前两手举着《毛巾报》，兴趣盎然地领先读起来。身边的参谋们也跟着朗诵。那段子写道：

> 阎匪快要完蛋，妄想多活几天。
>
> 又吹美国出兵，又吹世界大战。
>
> 欺骗你们官兵，替他苟延残喘。
>
> 当今天下大势，民主力量占先。
>
> 苏联东欧中国，力量强大无边。
>
> 帝国主义势力，正如日落西山。
>
> 美帝纸糊老虎，其实外强中干。
>
> 本身困难重重，不敢发动大战。
>
> 蒋贼要求出兵，不敢冒此大险。

阎贼信口雌黄，尽是无稽之谈。

天下大势如此，再要糊涂完蛋！

读罢，徐向前仔细捉摸，端详，玩味着。他掏出水笔，改了几个错别字。这时，从坑道那边传来一阵高亢激越的歌声。一听那调子，就是山西地方戏中路梆子腔。一位男同志伴随二胡唱道：

骂一声阎锡山罪恶滔天，　　苦害我众黎民不得安生。……

阎老贼你做事心肠太狠，　　你犯下十大罪难以容忍！

一罪恶"兵农合一"盘剥重，二罪恶三人编组去当兵，

三罪恶"自白转身"苦害人，四罪恶肃伪打死老百姓，

五罪恶青年编成民卫军，　　六罪恶村中粮食都抢尽，

七罪恶抓上壮丁活送命，　　八罪恶晋中饿死老百姓，

九罪恶山西财产剥削尽，　　十罪恶勾结日寇害人民。

现如今，

兵临城下包围定，　　看你老贼往哪里行？

打进太原活捉你，　　定要惩办不容情！

作为一个山西人，对于家乡戏曲，徐向前有着本能的欣赏力。而且，他又是一位拉二胡的爱好者。所以，听着这韵味十足的具有浓郁乡土气息的晋剧曲牌，听着那对阎锡山罪状淋漓尽致的控诉，徐向前的内心生发着强烈的共鸣。他让崔团长领着，径直走进了那眼窑洞。原来是几个宣传队的战士正在排练节目，准备到战地前沿去演出。

徐向前走上前去，问刚才那个清唱的年轻战士："小同志，这段子叫什么名儿呀？"

小战士敬军礼道："报告首长，这是俺们自己编的词儿，名叫《阎锡山的十大罪状》。编得不好，请首长批评指正！"

徐向前笑容可掬地连连摆着手说："不不不，谁说不好呢？蛮好，蛮好的嘛！来来来，你再唱一遍，我来替你伴奏！"

徐司令员从战士手里接过二胡，一边调弦，一边对崔团长等说：

"我军的政治宣传工作，就是要这样有声有色地去做。其实，毛主席在

古田会议的决议中，早就讲过军事工作和政治工作的关系了。本来嘛，军事和政治，两者的目标是一致的，都是为了消灭敌人。二者是不能分开的，是一个问题的两面。任务也是一个总任务的两面，二者同样不可偏废！"

说到这里，他招呼那战士道："来来来，扯远了，你唱，你唱！"

战士窘迫得满脸通红，结巴着说："首长，这——"

徐向前诙谐地说："这什么！怕我拉不好，伴不上，是不是？来，咱们干中学，学中干嘛！"

于是，司令员拉了一遍过门，那战士把《阎锡山的十大罪状》又唱了一遍。徐向前表扬了这个战士，对崔团长说："要抓紧练习，尽快到战士中去演唱！"

崔团长说："是！根据兵团和纵队党委关于政治工作的指示，我们团还采取了办《阵地小报》，建立'阵地战士之家'，开展'战地文娱活动'和'火线立功入党'等各种活动，对官兵鼓舞很大。同志们情绪都很饱满，纷纷要求快点儿把太原打下来！"

徐向前深邃地说："文武之道，一张一弛。政治宣传的威力，现在更明显了。要很好地总结提高。不过，听你的话，是不是又要犯急性子病了？"

崔团长红着脸，不好意思地说："司令员，同志们都等不及啦！"

"那么，你自己呢？是不是带头等不及了！啊，崔团长同志，你这急性子毛病——哈哈哈！"

徐司令员正和战士们谈得热火朝天，一名参谋进前报告："团长，昨天抓回来的那小子，还是很不老实。"

崔团长十分恼火，狠狠地咬咬牙根说："这种人，天生是属核桃的，不打不烂！"

"什么事？"徐向前警觉地、诧异地问。

"报告司令员，是这样：昨天，一个解放军战士开小差，被同志们给抓回来了。他们的连长严厉地批评教育了他，可他态度依旧很不好。您说说看，这号人，还不就——"崔团长怨气十足地说。

徐向前严肃地盯着崔团长问："你准备把他怎么样？"

"我看，干脆！"崔团长做了一个持枪扣扳机的手势。

徐向前的面孔骤然严峻起来，那神态，严峻得使人望而生畏。

他直逼着崔团长，一字千钧地说："我早就听说过你们这里有打骂和任意处罚战士的问题存在。今天看来，确有其事。刚才，我还在表扬你的政治工作做得好；可现在，我又要批评你了！"

崔团长惭愧地低着头。

徐向前转向大家说："同志们，一个军事指挥员第一重要的，就是爱护自己的士兵！必须记住，是先有战士，而后才有干部。是因为有了120名战士，需要建立一个连队，才任命一个连长。绝不是因为你是一个连长的材料，给你招募120名战士。不要把位置闹颠倒了！你当团长，也是这个道理！必须懂得：干部，首先是士兵，是士兵的同志，士兵的知心朋友。然后你才能把士兵带好。才能使各个出身不同、性格不同的战士，变成一个战斗整体。部队才能有真正的战斗力！那个战士为什么要开小差？他有什么具体困难具体想法？你帮助他解决过多少？他还有什么顾虑和疑难？你都细心地询问解决过吗？同志，我们共产党领导的人民军队，官兵之间是同志关系，绝对不能容忍这种野蛮地处罚战士的恶劣行为！所以，必须给这位连长以严肃的纪律处分，以杜绝类似事情的发生！你这个当团长的，也应严肃检查这个问题！"

徐司令员一丝不苟的态度，和极其严厉的批评，使崔团长深受震动。的确，他原来对这个问题，是看得极不重要的，轻描淡写的。不过，徐司令员的批评，虽然使他受到极大启发；但他头脑中仍有疙瘩。

崔团长心里憋得慌，索性向司令员倾诉道："司令员，有些事儿，不仅下面的同志，说真的，就连我也想不通！"

"唔，你倒说说看。"

"是。第一，同志们流血牺牲，好容易逼近太原城下，只要再使把劲儿，这太原城就拿下来了。可现在过了一天又一天，老这么愣呆着，就是不下攻城令。多会子打太原，遥遥无期，谁心里能不着急？命令不下来，说等，那就硬着头皮等呗。这倒事小，可更气人的，是阎锡山的军队，原来被我们打回了城里头，如今他看见我们围而不打，反倒得寸进尺，又从城里头钻出来了！真是可气！"

说到这里，崔团长指了指窑洞外面远处的山头说："司令员，您看，他们把战壕都挖到我们鼻尖子底下来了！您看，这山坡下头那不是吗？连他们哨兵打瞌睡，咱都看得见！再者，不少战士原以为很快打下太原，就可以回老家去了。可如今，眼见攻城有年无月，有些人就动了思乡的念头。真的，刚才说的那个开小差的，其实就是——"

徐向前耐心倾听着，心情十分沉重。他明白，崔团长所讲的情况，绝不仅仅是112团的，而是当前整个部队普遍存在的，带有倾向性的问题。此刻，徐向前将军深深感到，求胜心切的急躁情绪，以及一部分战士的思乡心态，影响着整个部队的稳定和战斗力提高。必须认真加以解决。他耐心启发崔团长说：

"小崔同志，最近，毛主席以军委名义电示我兵团：假如平津之敌向南突围，你们是否可以一部控制阵地，以主力迅速东进到石家庄一带，堵击逃敌，以利东北我军赶到聚歼。根据战局变化和中央指示，我们原来经军委批准的'围困、瓦解、攻击、逐步削弱敌人，然后一举攻下太原'的作战方针，现在已经变成'以围困瓦解为主，固守已得阵地，以军事围困与政治瓦解相结合，逐步消灭敌人'了！"

徐向前转向崔团长，拍拍他的肩头深沉地说："同志，情况的变化，要求我们必须把着眼点放到全国战局中去考虑问题，并且以此来决定我们的行动部署。中央和毛主席统观全局，高瞻远瞩。全国战局一盘棋，牵一发动全局。我们的战役计划，必须服从中央的统一计划，服从战略全局的总体规划，才会有生命力。这一点，不仅我们各级指挥员要懂，而且必须教育每一个战士自觉遵守。至于何时攻城，这是军事机密，这要由中央最后确定！"

"那我们现在——"

"我们要做的：一是严守机密，二是严守纪律。一些战士思家动摇，这是可以理解的。问题在于我们如何去做工作！打骂，惩罚，这是旧军队的恶习。绝对不应当在我们新型人民军队中出现！要进行反复耐心的思想工作，启发他们的阶级觉悟。可以把毛主席的《中国革命战争的战略问题》和《十大军事原则》，组织全体官兵反复认真学习。把诉苦运动，战术训练，练兵活动抓紧抓好，情况肯定会逐步好起来的。团长同志，一定要相信，我们的战士绝大多数是懂得为祖国而战，为人民而战的道理的。"

徐司令员动情而深刻的教诲，如丝丝春风，温暖着崔团长的心。他把这些金石之言，铭记肺腑。

当徐司令员就要离去的时候，他含着热泪向司令员庄重敬礼道："司令员，我懂了！"

● **换马之议**

就在中共中央对人民解放军的作战部署，作出新的重大调整之际，面对东北丢失后，百万解放大军秩序井然地进入关内，对平津和中原形成巨大威胁的局势，企图使摇摇欲坠的南京政权起死回生的美国政府，正在枉费心机地策划着新的政治阴谋。

这天，美国驻华大使司徒雷登正在接待一位同僚。此人是美国驻华联合军事顾问团团长巴大维将军。巴大维坐在单人沙发上，前额皱纹不停地一张一缩。他那蓝中透青的眼珠，喷发着震怒的绿光，短而粗壮的腿带动着结实的军用皮鞋，"笃笃"地踢踏着水门汀地面，令人心烦。

此刻，他挥舞着拳头，愤怒地发泄内心的感慨：

"我真不明白，中国的事情究竟怎么回事儿？我们美利坚合众国花了那么多美元，帮助蒋介石先生武装了几百万军队。日本投降以后，又帮助他采取先发制人的手段，把军队急速运抵各个战场，使他夺取了主动权和控制权。可是，才仅仅两三年的时间，蒋非但不能消灭共军，反而大量地丧师失地。我们的装备一批批经过蒋的手，转到共军那边。见鬼，我真不知道这个蒋是怎么搞的！"

司徒雷登一直坐在另一张沙发里。他用双手合抱着盛满白兰地的高脚酒杯，矜持地眨着眼睛，不时变换靠坐姿势，静听着巴大维将军的牢骚话。

等对方宣泄了一阵子，老谋深算的司徒雷登才耸耸肩头，讪笑着说："将军阁下，请不要激动。中国有句古训，叫作'牢骚太盛防肠断'。唔，为了中国的事情，我们是犯不着气断了自己的肠子的。对吗？仁慈的上帝永在，生命万岁！朋友，让我们还是平心静气地谈话吧！请坐下谈。将军，这里已经为您斟满了白兰地。来，让我们先干下这一杯，压压气，再慢慢地谈。"

激愤地在地上暴跳了一阵子的巴大维将军，终于回到了他的沙发上。司徒雷登停歇了片刻，见对方已平静下来，这才说："我是文职官员，习惯于用外交方面的辞藻和方式办事。将军是军事官员，当然有您独特的方式。我今天约您到这里来，正是想要听听将军从军事立场，观察中国目前局势的高见。"

巴大维不客气地说："大使先生，目前，中国局势令人沮丧透顶！在东北，共军一举拿下锦州，卫立煌全军覆没。在华北，蒋的 50 万军队，仅仅控制着平、津、张、唐几个孤城。在中原，济南已失，徐州也被刘伯承、邓小平死死扭住。太原方面，阎锡山在徐向前面前一筹莫展。可悲啊，尊敬的大使先生！这样下去，整个蒋政权，不，是整个美国在华利益，用不了多久，也许就全部付之东流了！"

司徒雷登不同意这样的悲观论调，摆手说："将军阁下，您的结论，未免过分悲观！阁下是否考虑过美国军队的介入，和利用美国士兵的勇敢和生命，来挽救自由世界在华利益沉沦的可能性？"

巴大维喝了口白兰地，烦躁地把酒杯向茶几上一蹾说："我相信，蒋的军事形势，已经恶化到如此地步：以至于只有美军的积极参加，才能有办法补救。但是，请正视庄严的事实：自我到职以来，蒋军每次战役失败，几乎没有一次是因缺乏弹药或装备使然。难道不是这样吗？据我看来，无论从军事，还是政治角度判断，蒋的失败，完全可以归因于当今世界上最拙劣、最糟糕透顶的领导！"

司徒雷登含蓄地反问："您的意思，是指蒋本人——"

"是他，正是他；"巴大维强调说，"但又不全是他。事实上，蒋并不是一个理想的合伙者。他独裁，腐化，残酷，贪得无厌，不被一般中国人欢迎。尽管如此，具有讽刺意味的是，蒋却非常乐于为自由世界利益提供更多方便。也正因为此，我们美国政府才选择了他。但是，十分遗憾：蒋本人的腐败，和他的同僚以及他的整个体系的近乎霉变，决定了我们的援助，等于投纸于火，投盐于海。"

"这一点，做过这么多年驻华大使的我，和将军颇有共鸣。对此，我是有着深切感受的。"

巴大维的兴趣，又被调动起来。他凑到司徒雷登身边说："如果大使先生不厌其烦的话，我倒是有兴致领教您的智谋和手段的。"

说真的，司徒雷登的感慨实在太多了。也算遇着了知音，他索性铺展开来说：

"哦，打从1946年国共和谈开始，我就介入了。那时候，我本来提出了以我为主席，国、共两党各派两名代表参加的五人小组会议，但却被中共首席代表周恩来提出的意见顶了板。因为，周的意见是以先行召开军政三人小组会议为前提。国、共和谈不成，我又打算策动国、共之外的第三方人士参加谈判，也没有成功。后来，我曾秘密建议蒋介石单方面召开国民大会，以确立他的真正民主领袖地位。可是，也被这个无能的蒋，搞得一团糟。最近，我正在设计一个新方案，那就是我们美国人由单纯支持国民党政府，改变为多种方式反对中共和中国的激进势力。当然，这个新方案，又一次首先受到了蒋的反对。哦，万能的上帝哟，真正可悲的，是我几乎用遍了一切可能想象得到的措施和手段；但对于病入膏肓的蒋政权，和中国政局的颓势，却显然是毫无补益！"

巴大维颇有同感地说："问题已经十分清楚，各种迹象表明，蒋的失败将是无可挽回的。问题不在于共产党的强大，而正在于国民党自身的腐败。世界上最拙劣的领导，最落后的指挥程序，再加上贪污、腐化、互相倾轧，这些败坏士气的因素，导致了战斗力和战斗意志的完全丧失。蒋先生的士兵多是被强征入伍的穷困农民，而军官却是靠金钱或裙带关系爬上来的庸才；军队的损失不是大量的阵亡，而是逃跑和投降。因此，作为军人，我的看法是：与其如此，倒不如——"

司徒雷登吃惊地张大嘴巴，把眼睛盯在巴大维闪亮的将星肩章上，插话道：

"恕我直言，将军阁下：您的意思，直率地讲，到底是放弃呢，还是美国直接出兵中国？抑或不如采取什么其他手段？不不不，将军阁下，政治这个玩意儿，是十分奥妙的。您也许没有注意到：正是蒋本身的错误，导致了国民党另外不少政治家对他的反对，还有新势力的崛起。您知道吗，白崇禧已经公开发出函电，要求蒋'禅让皇权'了！"

巴大维将军困惑地眨着眼睛问："大使先生的意思，是弃'蒋'而用'白'？"

司徒雷登得意地说："这倒不见得。因为，白崇禧毕竟是个正统军人，搞政治他可不是内行。不过，另一个人，我们考虑很久，倒觉得比较合适。"

"您指的是——"

"李宗仁。"

"唔，李先生！他呀，大使已经和蒋谈过了？"

"我只是向他提过禅让。至于人选，尚未明示。不过，这只是时间问题罢了。"

巴大维想到了什么，认真指出："大使先生也许忽略了十分重要十分关键的国际因素，那就是苏俄的态度！"

司徒雷登轻轻"哼"了一声，第一次从沙发上站起来，步向朝北的窗口。

院子里飘洒的雪花随风飞舞。观赏着北国风光，司徒雷登若有所思："据准确情报，斯大林对中国战局的主张，是并不支持中共继续打下去。而要毛泽东沿着长江，停止进军！"

巴大维振奋起来，手舞足蹈地说："我的上帝，居然会是这样？真是太绝妙了！如此看来，中国历史上所谓南北朝的局面将要再次重现了！妙妙妙，实在妙极了！哦，只要共军不一直打下去，蒋政权就可得以存在，那样子，就有机会东山再起。不过，对于斯大林的意见，毛会照办吗？"

司徒雷登颓丧地吁口长气，无可奈何地摊开两手说："对于共产党的保密措施，我们的确无可奈何。毛泽东的态度，我们至今一无所知。不过，以中共对于苏俄的关系，我估计是不会出什么大误差的。因此，我主张用李宗仁出面主政，与共军谈判划江而治。这是目前处理中国政局的最佳选择了。"

对于司徒雷登自作聪明的胡诌乱猜，同样自命不凡的巴大维似有同感。他在地上愉快地打了两个转儿，然后站定在司徒雷登面前，变得十分讨好地说："看起来，大使先生目前最最重要的任务，如果本人没有猜错的话，那就是换马唠！"

"是的，要换马。当务之急，是劝蒋介石隐退！"

● 狼狈为奸

司徒雷登等美国政要暗中紧锣密鼓策划逼蒋隐退，以挽救势将崩溃的国民党反动统治之际，居于垒卵之上的蒋介石却也没有闲着。连日来，蒋介石把各战区的头目秘密召集到南京，连明赶夜地策划如何对付解放军的强大攻势。

对于如何处理正在变化的，与美国政府的关系，当然也是一大议题。

今天，南京政府国防部大楼会议室冷冷清清。由东北丢失而引起的恐慌和惊惧气氛，笼罩着整个国民党军政上层。前段的会议对东北丢失后的中原战局，已作了些无济于事的研究和对策。现在，该轮到讨论山西的局势了。

一大早，国防部长何应钦和专程从太原赶来的太原绥靖公署主任阎锡山，就按总统府的通知，来到了国防部会议室。现在，蒋介石坐在长方形会议桌的上首，何应钦和阎锡山分坐在桌子的两侧。

很显然，东北的丢失，和华北不少重镇的失败，对蒋介石的打击实在太沉重了。何应钦发现，近些日子来，总裁突然间衰老了，虚脱了。他眼睑浮肿，面皮干涩，唇皮裂脱，就像是刚患了疟疾才爬起来似的。虽然他努力使自己打起精神来，但给人的印象，总是少气无力，神思恍惚。

太原外围阵地丢失，使蒋介石对阎锡山的期望值大大下降。今天，阎锡山坐到他身边，蒋介石再也没有几天前亲莅太原时的热情了。他甚至觉得这位老政敌恶心。于是，他没有搭理远道而来的阎锡山，却首先向一直待在他身边的何应钦发问："敬之，你是国防部部长，就请你来谈谈太原战局吧！"

何应钦有些慌乱，努力从记忆里搜寻有关太原的印象。他说："晋中失利，国军退守太原孤城。徐向前得寸进尺，对太原形成了密合式的包围。从 10 月底到 11 月，共军发动较大攻势，把太原东山阵地占了。原以为共军会紧接着发动攻城战役，可令人费解的是，打下东山，他们反而放缓了攻势。从各种迹象判断，今后，共军很可能采取长围久困战术。"

"那么，敬之，据你推测，徐向前意在何处？"

何应钦看看坐在桌子那边的阎锡山，仿佛有些难为情地说："这个，据我看来，主要是他们连续作战，伤亡巨大。又加之重火器缺乏，估计难以得手。所以，才不得不采取这样的战术。"

蒋介石诡秘地忽眨着眼睛，一本正经地转过来问："伯川兄，你是当局者，依你看，这山西的战局——"

阎锡山欠欠身子，一手摸着短髭，一手托着水杯，言不及义地重弹老调：

"太原城守卫，我看用不着总裁过多费心。甭看徐向前拿下东山，可在我的百里火海防线面前，在我的一万个铁壳堡垒面前，他是奈何不得的！我亲自试验过，重火炮打在碉堡上，也只能炸下个灰印印。哼，就凭徐向前那几门迫击炮，那还不是癞蛤蟆想吃天鹅肉？咳咳咳……"

或许由于激动，阎锡山突然剧烈咳嗽了一阵子。后来喝了口水，才算缓过神儿。接着意犹未尽地说："哼，我阎伯川不是吹牛，我的太原钢铁城，再守他三年两载也没一点点问题。不过，话说回来，兵马未动，粮草先行，还是这句古训当紧。水来土堵，兵来将挡，也是兵家常情。也不是我哭穷，也不是我伸手，只要委员长高抬贵手，再给我几个军的兵力，再给我一宗军火给养，我阎伯川担保不会丢委员长的面子！"

一听阎锡山又在要兵、要钱、要军火，蒋介石的恼火就不打一个地方来。他紧蹙着眉头，使劲地咬着下嘴唇，看样子是非发作不可了。好在何应钦善于察言观色，一眼看出了总裁的心事，当下连讽带刺地挖苦阎锡山道：

"伯川兄，现如今，空军每天在太原上空空投弹药和食品，给的也不算少了吧？可每天从天上落下去的东西，总得你们自己去拿，去捡呀！那白花花的大米，那满箱满箱的子弹，听说有不少都落在共军手里去了！像这个样子，哪一天才能填满这个无底洞呢？再说啦，派援军吧，一个30军已经去了山西，可才几天时间，就把一多半给丢了，连军长也成了叛徒！嘿，像这样，纵然把千军万马调拨过去，我看也是白搭！"

蒋介石听得火起，愤愤地朝桌面上拍了一巴掌，把桌上的茶具震得"叮当"乱响。

阎锡山不想挨骂，抢先争辩："噫，听何部长的话音，是说我阎锡山是个酒囊饭袋？吃饱了没事专替共军送粮，送人，送军火咧？俺，青天白日，你不能这么诬赖人呀！那军火物资落到共军手上，是空军怕挨共军炮弹，不敢接近机场，从天上往下乱扔乱抛，瞄准人家阵地投下的。怎能说是我送的？再说啦，黄樵松叛变，难道是我指使的？难道是我晋绥军里出了这号子人？啊！见他妈的鬼！嘿嘿，何部长，我倒要问问：工作做成这个熊样子，烂摊子，你这个国防部长是怎地个当的？俺！"

何应钦当头吃了一闷棍，被顶得半天透不过气来。喘了一阵子粗气，好容易才缓过劲来，火从心头起，拍案立定，指着阎锡山咆哮："哈哈，阎老兄，自己打了败仗，还要背上牛头不认账。你这也太有些强词夺理了吧！"

阎锡山岂肯示弱，索性摘下军帽，朝桌子上"啪"地一摔，声色俱厉地喊道："何应钦，你耍什么威风？我们领兵大战中原那阵子，你还没掉了吃奶的嫩牙哩！哼，真是的！"

听着两边争吵不休，蒋介石的心里确实够烦的了。东北丢失，平津被困，中原无转机，太原没指望，真叫他伤透了脑筋。现在，研究太原问题全无眉目，却又激起这么一场无聊的内讧风波。

他确实忍无可忍了，当下"呼"地站起来，擂着桌面喊道："别吵了！"

阎、何二人这才刹住车，如同一对斗架的公鸡一般，彼此虎视着对方，谁也不愿认输，却也不敢再声张了。

蒋介石余怒未息，喷着唾沫星子数落道："你们吵什么，统统都是饭桶！现在是什么时候了，还有这份儿斗嘴的闲情？党国的前途，政府的存亡，全丢到九霄云外去了？一个是部长，一个是战区长官。老一辈，小一辈，都是党国大员，难道就靠这互相推诿，唇枪舌剑来战胜共军吗？嘿，我拿上大米白面洋枪洋炮，活活地就养活了你们这群窝囊废！"

阎、何二人大气也不敢出，双双耷拉着脑袋，如同两条晒朽了的黄瓜。

蒋介石一贯喜怒无常，尽人皆知。但像今天这么火爆却也少见。因此，连老于世故的阎锡山，也不知如何是好了。好在蒋介石因为气急乏力，在吼喊中闪了腰胯，疼得站也站不住，歪歪斜斜地倒在了沙发上，这场风暴，才算画上了句号。

凭着多年和蒋介石共事和争斗的经验，阎锡山瞅准这是个向总裁进言和讨好的机会，马上一变脸色，用一种极其诚恳圆滑的语调说：

"其实，山西的事，远不如平津和徐州棘手。眼下，徐向前停止了进攻，这就是证据。他不敢打，说明他力不从心，下不了那个手！这一来，事情就好办多了。他们不是要和谈吗？可以。我看，不妨来个将计就计。咱就和他谈，中央也谈，战区也谈；谈判是假，备战是真。造成一种和平的烟幕以后，正好我军养精蓄锐，等待外援，然后反戈一击！"

"伯川兄，你说等待外援，是指哪一方面？"蒋介石苦笑着问。

"当然是美国朋友喽。司徒雷登大使答应过，要再给我们增加美援的！"阎锡山争辩道。

"唉，我的老兄，"蒋介石长叹了一声说，"你怎么老糊涂啦？美国人，不是那么仗义的。司徒雷登，还指望他给你增加援助？不要望梅止渴了！他现在不是援助，是要我蒋中正下台，要我让位呢！"

阎锡山显然吃了一惊，诧异地问："让位？真有此事！我是听说过这个传言的，可一直不相信。现在看来，美国佬就是歹毒！嗯，这不行，哪有这么便宜的事情？论反共，还要数总裁你。我阎伯川不是说假话，瞎捧场，我是全心全意，举四只手拥护蒋委员长的！换了别的哪一个人，我都信不过他，不拥护他！我阎伯川不是傻瓜，我不会跟上别人去送死！"

蒋介石对阎锡山的表白，万分感激。阎锡山这样表达对他的忠诚拥护，这是蒋介石始料未及的。要知道，自从中原大战以来，几十年钩心斗角的政坛死对头，今天居然会一反常态，变成了最坚强的反共盟友，这真是难能可贵。蒋介石的双眼，简直要被泪水糊严了。

他颤抖着，伸出两只干瘦的手，抓住阎锡山的胳膊，哆嗦着嘴唇说："伯川兄，路遥知马力，日久见人心哪！看起来，知我者，唯伯川兄是也！还是咱老一辈人感情真！难为你对我如此忠心，对党国如此忠心。我蒋中正不相信你，还能相信谁呢？敬之，方才，就是你的不对。你不该错怪了阎主任！对不对？啊，快去，快给我拿瓶白兰地来。大家谈得口干舌焦，应该润润喉咙啦！"

侍从参谋应声拿来酒瓶、酒具，把斟满白兰地的酒杯分别呈给蒋、阎、何三人。

蒋介石带头举杯道："伯川兄一句话，比我读十年书都管用。我看，目前形势下，以谈为盾，以打为矛，正是上策。我要用国民党人的政治手腕，来战胜共产党的和平攻势。我蒋介石决不承认失败，也决不向共军低头！"

何应钦谨慎地提醒蒋介石："总裁，司徒雷登昨天还在劝您引退！"

蒋介石反感地朝地上吐了一口浓痰说："娘希匹！我蒋中正是堂堂正正的中华民国总统，岂能事事由他摆布！退不退在我，由不得他！就是退了，我也不让！"

何应钦还想说几句，但见蒋介石又在生气，便把到了嘴边的话头吞回了肚里。

得到蒋介石当面夸赞，阎锡山表现出少有的兴奋。他脸上洋溢着红晕，主动上前，举杯与蒋介石相碰。

但是，蒋介石却先他举杯开言："伯川兄，太原是北中部的反共前哨堡垒。只要守住太原，国军在北方的脚跟就不会动摇。请老兄放心，今后，不管是粮草弹药，还是其他物资，我将满足供应。至于空投，只能增于以往，不能些许下降。至于援军，我一定设法再行派遣。敬之，国防部就照我这个意思办！"

"是，总裁！"何应钦虽有不满，但蒋介石的命令，他是必须服从的。

"好，我们干下这一杯，为了党国的复兴！"蒋介石提议。

● 朝会卜命

凡是跟随阎锡山多年的人，都知道阎锡山有一句口头禅，叫作"铁甲将军夜渡关，朝臣待漏五更寒"。

这话的意思，据阎锡山自己解释，是说他身边的高层政要人物，每天都必须黎明起床，立即赶到阎公馆来，听候阎锡山的传唤。每个官员这一天的公务差事，无论大事小事，都得围绕着阎锡山在前一天晚上就拟好，按照当日早上宣布的意见去遵办。这种几十年来形成的，几乎是约定俗成的老套子，老程式，追其成因，大抵是为了适应阎锡山一向醒来得早，起床也早的生活习惯。

这位三十多年来惨淡经营，把山西军事、政治、经济诸大权贪婪地集中在手中的老政客，每天起床后，稍事休息，即开始批阅由绥靖公署秘书长吴绍之送来的电报，或其他重要公文。到6时至7时半之间，在外面等候的高干们才会被传唤，参加所谓"朝会"。慑于阎锡山的威势，对他的这一套繁杂程式，没有哪个高干敢于违拗。

今天，大家都知道，绥靖公署主任阎锡山昨天从南京回来，所以全都比往日起得还早。人来得也格外齐楚，大家都急切想知道老汉从南京带回了什么新鲜消息。

清晨的严寒固然使人难以忍耐，但高干们还是乖乖地在冷清清的绥署大堂里，静静地等候着。

闲下无事，人们七拉八扯地谈论日常琐事。现实的事情，没人敢妄加评述。于是，人们议论的话题，就扯到了太原的历史。

一个一向受阎锡山倚重的经理处长，正神乎其神地讲述："这几天，我又读了几遍《史记》。书上说，梁武帝当政的南北朝，那和尚在皇帝面前就是真神，寺庙在皇帝眼里就是圣境。因为，梁武帝是个最信仰东土如来佛祖的人。那时候，全国大兴土木，庙宇寺观盖了很多。在梁武帝看来，只要这样，他就可以修成正果，得道成仙了。臣僚们好言相劝，梁武帝连一句谏言也听不进去。当时，人们用一句警言贬斥这个信佛不理政的皇帝，说他：'智足以拒谏，言足以饰非。'结果呢，梁武帝每天起来求神拜佛，烧香摆供，可神仙却没帮了他多少大忙。到头来，连他自己也被饿死在台城了！"

经理处长讲的故事，在场者都静静地听着，大家都没有发表什么评论。因为，谁也清楚，故事讲的虽然是梁武帝，但暗中指的，却是阎锡山！

原来，最近以来，在山西政要上层人物中，广泛流传着这样一种说法："咱们的阎老汉，和梁武帝、崇祯皇帝真是太像了。梁武帝信佛修庙，阎老汉叫人'献碉祝寿'；崇祯皇帝亡命自缢，阎老汉的下场也好不到哪里去。"

不过，这说法虽然传得很广，却只是在私下里议论。没有哪一个人敢公开讲出来过。

绥靖公署秘书长吴绍之拿着一份公文进来，刚好听到上面故事的结尾。他停下来，对众人说："依我看，还是要现实些好。记得 1927 年时，国民革命军正兴盛着，人们看它就像那才出东山的太阳一样。那阵子，咱们阎先生顺应时局，领头换上了青天白日满地红的旗帜。时人谁不说咱们先生是个识时务的人呢？可现如今，南京朝不保夕，人家共产党却又像是刚出东山的太阳了！这真是三十年河东，三十年河西哇！叫我说，为图长久之计，咱们阎先生还不如和当年那样，再次激流勇退，换换旗帜呢！"

吴绍之的话，在这种场合说，实在是够胆大妄为了。又且因为他职务的特殊，身份的不凡，有血有肉说出来的话，就更有分量。原来，这吴绍之本籍山西定襄县，和阎锡山是邻县老乡。多年来，他一直担任阎锡山的机要课长、处长，直到秘书长。终日随侍在阎锡山左右，是阎锡山最亲信的高干之一。

吴绍之流露的和平观点，反映了不少阎系政要的愿望。但鉴于人事关系有亲疏之别，出言吐语和个人利益攸关；因此，这样的话，谁也不敢去对阎锡山讲。今天，好在秘书长自己吐了真言，有几位高干便壮胆凑上前围着吴绍之说："吴秘书长啊，先生信任您，您一句话胜过我们千言万语。局势危难，求您还是赶紧劝劝咱们先生吧！与其落个收不了场，哪如仿照山东吴化文那个样子咧！"

另一位高干说："嘿，既然赵承绶、梁培璜、李佩膺在那边都挺好的，何妨也试试这条路子呢？说到底，这也总是一条生路吧！"

吴绍之无可奈何地摇摇头，指着手头的公文说："先不用说试不试的话了，你们看看这份公文是什么内容，就知道内情了。"

"什么公文？"

"这是阎先生昨日从南京回来以后，亲自写下的，我念几句给你们听听：'知其不可为而为之，才是真正的革命。'"

"这是什么意思？"众人都摸不着头脑，费解地询问。

"这就是说，"吴绍之向大家解释道，"明知道打不赢也要打，这才叫革命。唉，日本人吃高粱面，老阎是这个意思，没办法劝说。这句话写出来，等于是主任把口子封死了，谁也甭动和平的念头了。好啦，我得赶紧进去给先生呈送公文。主任吩咐过，这句话，还得在宣纸上放大写好，装裱出来，挂在他办公桌对面的墙上呢！"

对和平尚有一线希望的官员们，这才知道，一切劝说努力，都将是徒劳的。因为，阎锡山已下定了把内战打下去的决心。

166

此刻，一身戎装的太原守备总司令王靖国说："和也好，战也好；古也好，今也好；我看事在人为，并没个定规。想当年，'七七事变'那阵子，日本人也曾经打进过太原城。可日本人究竟从哪面打进来的，你们谁能说清楚？"

这个与以上谈论的话题风马牛不相及的问题，提得阴阳怪气，在场者面面相觑，没有一人开口应答。个中原因，一是多数人确实不知底里；二是知情者亦不敢乱讲。因为，谁也弄不清楚王总司令的用意何在。答错了，不知道会引出什么大麻烦。多一事不如少一事，人们索性装聋作哑算了。

那么，王靖国究竟为何这样使人畏惧呢？

这个叫靖国的人，字治安，别号梦飞，五台县新河村人，是阎锡山的同乡。辛亥太原起义，王靖国正在太原陆军小学堂就读，参加过续西峰领导的忻代宁公团。该团被阎锡山解散，王靖国复学，又被阎选送到保定军官学校第五期深造。他和傅作义、李生达等13人，被称作阎锡山手下的"十三太保"。1919年保定军校毕业回山西，王靖国从学兵团队副、排长、连长做起，得到阎锡山赏识，升任营长。1930年阎冯倒蒋，王靖国卖命力战，捞到第三军军长之职。1936年12月，傅作义部绥东抗战，王靖国配合作战。"七七事变"后，日军沿平绥铁路侵入雁北，王靖国敷衍抗战，失守天镇，仓惶南逃，按律当诛。可就因为阎锡山念在他是五台籍老乡的情分上，拉出一个李服膺做了替罪羊，硬是保住了王靖国的一条性命。自那以后，王靖国对阎锡山感恩戴德，视若上天。而阎锡山对他，也百般抬爱，委以重任。1938年，王靖国和孙楚同时补任山西高级干部委员，即所谓阎系"高干"，并升任第13集团军总司令。从此，王靖国跻身阎系人物核心集团之列。之后，随着在阎锡山亲信高干领导集团中站稳脚跟，王靖国一直在阎的身边供职。

在阎锡山庇荫下，王靖国权势炙手可热，阎锡山部队中军长以下高级军官选训任免，都由他一手承管，可谓权重一时的高级幕僚。当着解放军对太原实施围攻之际，阎锡山把他的部队整编成两个兵团，王靖国为其中之一的第 16 兵团总司令，并兼太原守备总司令。

从王靖国的简历，人们不难看出，他在阎锡山集团中的确是个举足轻重的要人。可以说，山西军队的实际首脑，除阎锡山外，王靖国就是一人之下，万人之上的巨擘。由于他有这样的威势，所有山西政要在他面前说话，当然都需先看眼色，观风向，然后才敢张嘴巴。

刚才，王靖国提了那个问题，到现在还没有一个人开口接茬。王靖国索性自问自答起来：

"日本人从哪头打进太原的？嘿，就是小东门嘛！这还不清楚，还能忘记了？小东门又叫什么门？连这也不清楚，是'迎晖门'嘛！问题就出在这个'晖'字上！你说因为甚？这里头有奥妙。你看这个'晖'字，'日'字旁边是一个'军'字；分开来就是'日军'。那么，'迎晖门'一分析，不就成了'迎日军门'啦？！"

"噢！"

"啊？"

"呀！"人们吃惊地唏嘘着。

王靖国玄秘地说："你看怕不怕？这就叫字里有眼，暗藏玄机！你们这些人哪，阴阳八卦都不懂，还带什么兵，打什么仗？"

对王靖国的夸夸其谈，确有若干人倾倒。几个老态龙钟的官员不无感慨地附和："唔，还是王总司令有见识，懂历史，懂规矩！说得对着咧，这该讲究的地方，还真该讲究哩！"

王靖国十分得意，仿佛成了天下第一的占卜大师。众人的捧场，使他更加自信，于是便接着自吹自擂起来：

"还有呢。你们留心了没有？大南门，我说的，可是大南门呀！这大南门又叫什么门来着？"

这一次，不少人知情，七嘴八舌地抢着回答："叫迎泽门。"

"嘘！"王靖国神秘地用手势让众人轻声。然后说，"留神啊！是迎泽门。可这迎泽门，不能叫得这么响，这么亮！为甚？因为，这里的字眼儿更犯大忌。你们看，这个'泽'字，它就是共军首脑毛泽东名字中间的那个字呀！细想想，这'迎泽门'，还不就暗示着迎接毛泽东进门的意思？"

"啊呀，这还了得？"

"咿呀呀！"被惊呆吓傻的官员们，一齐惊叹着。

"不过，"王靖国见众人惊魂不定，从中圆场，"我看过《麻衣相》和《一掌经》，也和青帮老前辈议论过。测算的结果是这个迎泽门非拆不可！你们想，迎泽门一拆倒，那个毛泽东不就迎不进来了吗？说来事情凑巧，共军前些时候没打大南门，而是打了东山。这是什么？这就叫应验！知道吗？他们是不能自己欢迎自己的！"

王靖国神乎其神地吹嘘着。他那吹胡子瞪眼睛的吹嘘架势，就仿佛连地球生灭，宇宙存亡，他也能够占卜。不过，这一通吹嘘，倒是在一些精神空虚的阎系政要中，进一步抬高了他的偶像地位。

● **年终梦呓**

"主任到！"

随着内室突然传来的这一声呼喊，等待接受朝会的山西政要们，赶紧各自整理衣物，分别恭立于大厅两侧。

今天，阎锡山戴着一顶蓝色呢绒睡帽，穿一身咔叽布中山装，外披黑色大氅，戴副托里克眼镜。浓重的八字须修整得体，圆滚滚的脸盘皱纹稀少。有人说他酷似一位故世多年的德国总统兴登堡。然而，对这种说法的认可者并不太多。倒是他那言谈举止中故意做作出来的君主欲意向，却是任何人都一目了然。看起来，阎锡山气色特好。他面庞红润，眼角流喜，连嘴唇都充溢着难以抑制的激动。

众官员见不比平素，都宁神静气，不敢枉言，只等朝训开始。然而，出人意料的是，阎锡山今天破例不提政事，却以说梦揭开了迷幕。

他说："诸位，你们说奇呀不奇，怪呀不怪。昨天夜里，我又做了一个奇梦，怪梦！梦什么呢？我梦见在都中赴宴，坐在 41 号。介公忽到台上起舞。舞毕之后，请我继舞。我这副脸子，居然也出了场。我登台对众人说：'伯川本不习舞，但可以歌导舞。'众人鼓掌。我初歌'风萧萧兮易水寒'，至'寒'声时而音颤。众人赞不绝口。这下可好，歌罢一曲，众人又请续歌。我只好又歌了一段《大风歌》。……"

"好好好！"

"妙妙妙！"

"真是精彩绝伦！"

"不不不，我还没梦完咧，你们听我再讲！"阎锡山把众人的议论止住，继续说他的梦境："我接着唱《大风歌》。唱至'云飞扬'时，自觉身轻如云，手如飞燕。又唱'威加海内兮归故乡'时，挺胸重足，阔步前行。众人那个鼓掌啊，真叫你耳朵也要震聋啦！我只好再歌，又唱到'安得猛士兮守四方'时，实在不支了。只好撒手而表悔意。我这个样子，众人只好默然惋惜。梦到这里，忽儿，我就醒了。唉呀呀，诸位兄弟，你们都是智者，贤者，你们说说看，我这个梦奇呀不奇？！"

在场者不少是老幕僚。大家并没有忘记，这个梦中故事，其实不是什么新鲜玩意儿。说白了，不过是 1941 年 4 月阎锡山在克难坡寓居时，所做的《纪梦二则》中的一则的再现而已。至于阎锡山为何突然又提起此梦，而且说是昨夜的梦；至于昨夜是否有梦，梦的什么，恐怕只有冥神知道。倒是阎锡山的反常，却使人们心中无限地纳闷。不过，身边这些人，全都晓得：按阎锡山的脾气，你若对他的意图弄不明白，就不要硬弄明白。主任说有，那便是有；主任说无，那便是无。只要你不另出歪主意，一切就都是好。

所以，只稍许沉默了一小会儿，众高干便七嘴八舌地评论开了："嗯，这确是个奇梦。我看是个吉兆，说明太原反攻有望！"

"不错，'威加海内兮归故乡'，这一句，不正是说：主任'以城复省，以省复国'的口号，就要实现了吗？"

"对着咧，肯定是吉兆，大吉兆！"

众人正议论着，一位记者插身挤到前边来，问阎锡山道："请问阎先生，昨天从南京返回，委座有什么新的训示指令吗？"

这一问，扫了众人圆梦的雅兴，阎锡山不满意地瞥了记者一眼说："他能有什么新指令？听他的没用。只要按照我的计划，以城复省，以省复国，硬硬地顶住，就是胜利有望。你管那么多指令做甚？"

记者变了个话题又问："请问主任先生，有什么关于战局的特殊消息吗？"

阎锡山翻了翻眼珠说："嗯，美国人又给了一笔贷款，委员长答应分给山西一部分。这算不算个特殊消息？"

"嘿，不赖，不赖。这就是个特殊好消息嘛！"

"还是咱们先生有面子。一出马，就要回钱来了！"

众高干你一言我一语地议论了一阵子，那位记者又提问道："阎先生，去年我去南京国大会议采访时，给我的印象是：南京乱如马蜂窝。我想，南京并不是没有钱，可乱还是照旧地乱。那么，以此推论，山西有了钱，反而可以不乱，可以固守了吗？所以，据本记者看来，现在问题的关键，并不在于钱多钱少，而是人的问题。有迹象表明，对于挽救危局，南京政府好像是束手无策的。请问阎先生，您对此如何解释？"

这个问题的确棘手，阎锡山被问得有些恼怒。但他极力克制着冲动说："你们这些记者，要少写些泄气话，多出鼓劲的文章。新闻处要用纸弹做炮弹，实行新闻战斗！懂不懂？唵！你说南京没办法，可我山西就有办法。他没办法我来干，一线光明在太原！"

那记者还是不肯退缩，依旧执拗地发问："好话易说，好事难办。阎先生是否应当更多地想想难处呢？"

阎锡山把大衣襟向腰际裹裹紧，摆出一副仿佛要进行决斗的架势，扯开粗大的嗓门儿，盛气凌人地说："我阎伯川从政三十多年，经的事比你认得的人也多！我不是吃屎的娃娃。这点儿办法，还是有的！日前，我提出来的那个'三抓五要两拖欠'的点子，你们难道不知道吗？绍之，你给他们再念上一遍！"

吴绍之立马把随带的厚厚的《记事日志》翻开，熟练地找到了当时的记录，当众念道："主任训示：所谓三抓，第一是抓兵，兵补不上，'兵农合一'也行不通，就拿户口本挨户抓兵。第二是抓差，修工事，修飞机场，不分男女；七岁到六十岁，都得出动。第三是抓嫌疑分子，也就是伪装分子；凡是抗兵不当，抗差不支，抗粮不纳，抗款不清，抗物件不借的人，说闲话的人，街头流浪的人，都有伪装分子嫌疑。特警处的行动队，都可以扣杀扣押。"

"这就是我的三抓。还有五要，再给他念！"阎锡山得意忘形地命令着吴绍之。

"是！"吴绍之接着念道，"所谓五要，第一要粮，第二要款，第三要木材、床板、门板等。第四要麻袋、布袋、面袋、枕套、裤子等等。第五要碗筷锅勺。这些东西，由市政府向市民商户征要，供应军队。还有两拖欠。第一，是平民经济合作社拖欠市民两个月的口粮，不予配给；第二，是绥、省两署拖欠职工两个月的薪饷，不予关发。念完了。"

吴绍之念时，众人都低头听着。

阎锡山虎威威站在原地看众人。对于他所设计的这套黔驴技穷的高压手段，阎锡山很是得意。见众人都不言声，阎锡山遂自己吹嘘起来："怎的？你们看，我这三抓五要两拖欠的做法，还可以吧？有了这一手，再加上我的'火牛阵'和'火海线'，还怕太原守不住？"

说到这里，他走到站在人群中的太原市白市长面前，对他说："昔日有田横五百壮士，壮烈牺牲。我有五百基干，要誓死保卫太原！不成功，便成仁！可是，白市长——"

"在。主任！"白市长赶紧凑过身来，洗耳敬听。

"嗯，你要讲实话。我听人说，太原市乱得很厉害。饿肚子的挺多，是否属实？你这个市长有办法解决粮食问题吗？"

白市长可不是榆木脑瓜子。他知道，阎锡山说的完全是反话。他真正要求的，是叫白市长说谎话。于是，白市长一挺胸脯，信口雌黄道："主任，这纯粹是青天白日说鬼话！太原粮食多着哩，足够使用。我有一切办法解决粮食问题！"

"哎，对了，这才是事实！"阎锡山立即肯定，把身子转向记者说："记者先生听明白了吧？白市长是最权威的发言人。他是不会说假话的，是你过分多疑了。好啦，我看，今儿朝会就到这里吧。散！"

随即，阎锡山把黑色大氅向旁边一甩，和谁也不打招呼，径自向内室走去。到了门口，他又折回来，招呼吴绍之道："秘书长，你来一下！"

吴绍之紧随阎锡山回到内室，把门关上。这时候，阎锡山像是换了一个人，一下子少气无力地瘫坐在太师椅上。他闭着眼睛，面朝顶棚，半天没出声。

吴绍之只好站在一旁干等着。

养了好一阵子神，阎锡山才说："绍之，你把过去日志里的大事，给我念上几段！"

"哪一年的？"

"随便。哦，就从 30 年代念起吧！"

"好。"吴绍之很快翻到了那个时代的记事，一条条念道：

"1931 年，余适旅居大连。1933 年，傅总指挥来村……余答：外交取均善，华北安须裁兵，察事首位冯……1935 年 7 月 16 日，黎黄陂说：能出世者能入世，能杀人者能救人。我对下句极表同情……1942 年某日，吾50 爱水，50 以后爱山……194……"

吴绍之念着这流水账式的日志，阎锡山静静地听着。他想起了许多往事风云，心中好不凄凉。此时，他不愿再听下去了，一边摇头，一边摆手，对吴绍之说："今天是什么日子了？"

"主任，腊月底了。明天就要过大年了。"吴绍之回道。

"噢，我倒几乎把这件大事给忘记了！"阎锡山从椅子上挺起身子来，拍拍自己的前额说，"唉，是又该写一份《遗呈》了！"

原来，阎锡山多年来有个古怪的癖好，每年春节的早晨，他都要把秘书唤来，自己口述，让秘书笔录他的遗嘱。这些遗嘱写了若干年，有写给他部属的，有遗留给子孙的，也有写给蒋介石的所谓《遗呈》。今年，或许是自觉得好景难久了吧，阎锡山提前想起了要办的这件事。吴绍之遵命，立即提笔恭候。

阎锡山显然已有腹稿，这时便慢腾腾地述说道："人生七十，古稀有之，余今已五十有几矣！去年遗嘱成废纸，今年遗嘱将何如？……"

将何如？这恐怕只有阎锡山自己知道。其实，对于后事，阎锡山早就暗中作过安排。就在最近，他的继母、原配夫人、四儿子、五儿子、二媳妇、五堂弟媳等，都已先到上海，又迁居到了美国或台湾。他的五妹夫梁绽武，从上海转赴日本去了。而他的五妹子阎慧卿，由于阎锡山身边尚需一个料理"内务"的人，才仍然留在太原陪伴她的堂兄阎锡山。

● 阵前对话

今天是 1949 年元旦。

虽然不远的前方就是敌人的前哨阵地，但中国人民解放军围困太原部队的各处阵地上，却都洋溢着节日的喜庆气氛。这与敌阵地的萧疏冷落，形成了鲜明的对照和巨大的反差。除了警惕地守卫在哨位上的值勤战士外，整个阵地上的其他战士们，全都沉浸在欢乐之中。纵横交错的交通壕，以及战士居住的窑洞内外，全都打扫得干干净净。各团、营、连指挥部的窑洞门口，有的搭起了五彩牌楼，有的插着鲜艳的旗帜。到处是红艳艳的对联，到处是花花绿绿的标语。

战士们亲手制作的"门板报""毛巾报""新年诗刊""战壕年画"，以及各连队互相赠送的贺年片和挑战书，悬挂或张贴在壕沟和窑洞内外。

以智取山头要塞而闻名全军的 112 团阵地上，尖刀班长赵世梧独出心裁，想出了一个新花样。他指挥尖刀班战士们，在前沿阵地高高挂起一盏华丽的宫灯，在灯杆这边又竖起一根长杆，而这长杆的顶梢上，却是挑着一串儿雪白雪白的馒头。在这串儿馒头的下面，还悬挂着一条彩色的标语。上面写着："欢迎阎军官兵过来吃蒸馍！"

一个小战士不理解班长的意图，问赵世梧："班长，对面 60 米处，就是阎锡山的阵地。咱这么搞，不怕暴露目标？"

赵世梧指挥战士继续装饰阵地，兴致勃勃地告诉小战士："小同志，这你就不懂了。别看太原城内外还有敌军垂死挣扎，而且随时可能反扑。可他们已经被我们的铁钳子，死死夹住了。敌人是钳子夹住的耗子，盘子里头的鱼，煮在锅里头的鸡。什么时候消灭他，全由我们掌握。你看他们那边，死气沉沉，冷冷清清，就和死下人一模一样。我们这边这么热火朝天，让那些吃苦受欺的阎军弟兄看见，他们能不眼馋，能不动心？能不痛恨阎锡山的惨无人道？只要能达到这个目的，咱就是大胜利！"

"对，"副班长补充说，"人非草木，谁能无情？常言说得好：每逢佳节倍思亲。你想想看，那些阎军弟兄成天爬冰卧雪饿肚皮，看到咱这热火劲儿，看见那白生生的蒸馍，还不跑过来投诚？"

那个小战士原本是从阎军那边新近解放过来的。听了两位班长的话，联想到自己此前在阎军中的可悲境遇，会心地笑了。

"轰！"随着炮团阵地一声巨响，一发炮弹凌空划过两军阵地上空，在对面阎军阵地前沿的后部爆炸了。顿时，飞弹变成了万花筒。五颜六色的纸卷，如同天女散花一般，纷纷扬扬散落在阎军阵地的各个部位和角落。

在东山阵地上的解放军战士看得一清二楚：对面阎军士兵一见纸片落地，不顾一切上前去捡，去抢。他们抢到纸卷后，马上一边开拆，一边分抽着里面卷着的香烟。然后，就分头传看那上面的文字。

一个稚嫩的声音从阎军阵地传来："喂，营长有命令，谁也不准抽共军的烟卷儿！那里头下了毒药哩！"

另一个粗壮的声音反驳道："放你妈的狗屁！这几天烟卷爷们抽过多少啦，也没一个人中毒。人家解放军还能做那种缺德事！"

又一个声音说："小子，你就知道整天传营长的命令，连享受也不敢？嘿嘿，快别死心眼子啦！给，接住这一包，也抽上几支吧。甭小瞧这几支香烟，算一算吧，这比咱干一个月的饷银还多咧！"

另一个说："就是嘛。得过且过，好一天算一天吧。管他是老阎，还是老蒋咧！"

营长的传令兵无可奈何地说："反正我把话传到了。听不听由你们，我走啦！"

阎军士兵的对话，赵世梧等句句在耳。他和副班长觉得这是个政治攻势的好时机，当下趴在壕沟斜坡上，向敌军阵地喊话："喂，老乡，放心抽吧。抽完了，还给你们送呐！老乡，你们看见了吧，这高杆子上挑的那东西——"

那边先是一阵沉默，然后便叽叽喳喳议论开了。又过了一阵子，一个声音向这边回应："这还用问，谁不知道那是个灯笼。灯笼旁边有一串子蒸馍！"

赵世梧乘势喊道："兄弟，你好眼力呀！能看见我们身后边吗？"

"看见咧。只是看见花花绿绿的，可看不清是什么东西？"

"老乡，你忘记啦，今儿个是大年初一呀！我们这边正在欢天喜地过大年哩。你们也过来吧，我们请你们吃蒸馍！"

又过了一阵子，阎军阵地才传过话来。那人很可能是咽下一口馋涎，才别别扭扭地吐了个"不"字。

已经编在赵世梧班的起义战士王有财，从口音听出是同乡，便接着喊道："喂，老乡亲，我听出来了，咱是一个地方的人。你快过来吧。我们这边过大年尽是好菜好饭。与其在那边顿顿粗米烂菜，快过来吧。别受那份洋罪啦！"

对方还在强辩："你甭胡说了。俺们每天吃的是洋面大米！"

王有财忍不住大笑道："老乡亲，快不用自己哄自己了。我问你，太原城的马路上，能长出大米洋面吗？依我看，你到万柏林去，吃水泥厂的洋灰面子，那还差不多！"

对方显然生气地反驳："你胡诌。俺们每天吃的，都是飞机送来的洋面大米！"

王有财是过来人，当然熟知内情。因此说："别听当官的那骗人鬼话了。飞机是每天来，可那些大米洋面，还不是大多数落在我们这边来了？这不是胡诌吧？就是落在那边的，还不尽是些红大米和小葱头？老乡亲，你们顿顿饭没有菜，连红大米也吃不饱，不少弟兄得了夜盲症，我说得没有一句假话吧？"

对方无言可辩。又沉默了好一阵子，大约从刚才的对话中听出王有财确是老乡，便主动攀谈道："喂，你是哪个村的？"

"听出来了吧？我是榆次县王张村的。"

"哦，对啦。喂，伙计，你是怎出来当兵的？"对方改用了比较亲近的方言称谓，彼此的感情显然拉近了许多。

王有财道："唉，原来也在那边。还不是被阎锡山编常备兵抓出来的。"

"你原来在哪一部分？"

"就在亲训师担架排。唉，在亲训师，我可受尽气，吃尽苦头啦！"

"排长打过你？"

"那还用问。打过何止三五遍！"

"老乡亲，你也挨过打？"

"那还能躲过？你是怎到了那边的？"

"前些日子打东山的时候，被解放过来的。"

"那边准许回家吗？"

"准。只要请个假，就能回去。"

"那你为甚不回家？"

"嘿，这还不明白？为的是打太原呀！你说说看，这打倒阎锡山，解放全山西，为山西人民立大功的机会，就这一次了。咱还能因为回家给耽误了？"

"……"对方又陷入了无言的沉默。

从沉默中，赵世梧认定对方正在进行激烈的思想斗争，示意王有财进一步攻心。王有财开导对方说：

"老乡亲，你听我说：如今，东北解放了，济南解放了，平津和淮海几十万美械精锐部队，根本不是解放军的对手。阎锡山只剩下太原城里头这几个兵，还能维持了几天？弟兄们成天连肚皮也填不饱，还得给他们卖命。有甚贪图呢，有甚留恋呢？老乡亲，告诉你实话吧：我们攻城的大炮，早就架好了，单等首长一声命令，就要开炮发动总攻了。常言说，机不可失，时不再来。为了逃个活命，听我的话，你赶快过来吧！"

对方胆怯地说："好我的大哥哩。你说话小声些。我们倒是想——，可就怕你们的地雷！"

王有财当即鼓励他："不用怕。我们埋的是拉雷，不碰绳子，地雷响不了。"

对方又迟疑了一会儿，好像要试试虚实，居然像孩子似的要求："你们要是真的管吃饱饭，就先扔过几个蒸馍来。哎，不过，咱可是说好：我捡蒸馍，你们可不要打枪啊！"

王有财和赵世梧等都忍不住"扑哧"笑了起来。赵世梧让战士们传给王有财几个馒头，王有财顺手向对面扔了三四个说："老乡亲，吃饱了，快过来吧。我们保证不开枪，保证优待！"

赵世梧指挥全班做好迎接对方的准备。不一会儿，一个阎军士兵从碉堡的射击孔里钻了出来。这人可能就是刚才那位喊话的士兵，可他在碉堡四周察看了一下，却又缩了回去。

赵世梧等警惕地注视着阎军阵地。一会儿，阎军碉堡的射击孔出现了一个胡子拉茬的老兵。这人左右观察，提心吊胆地向这边呼喊："喂，大军同志，不要开枪！"

赵世梧等一齐回应："请放心，我们保证不打你！"

那个胡子兵直截了当地说："喂，大军同志，我们这里有好几个弟兄，都想过去咧！可是找不见路哇。你们给指点一下吧！"

赵世梧说："这好办。只要穿过铁丝网，顺着水沟，向前跑几步，就是我们的交通壕啦！"

那个胡子兵细心地观察着路径。少顷，又喊道："大军同志，你们等着。我们班一共八个弟兄，全都过去。我这就叫他们去，连武器一并带上。"说罢，胡子兵又从射击孔钻了进去。

天渐渐黑了。两军阵地交接地带被朦胧的夜色笼罩起来。

赵世梧指挥的尖刀班，刀出鞘，弹上膛，机枪朝前方，警惕注视着。天完全黑下来后，阎军阵地有一个高大黑影向这边运动。当这黑影就要接近尖刀班阵地时，偷偷俯伏在地。从动作判断，这人携带的是一挺机枪。

一会儿，从黑影所在位置传来那位榆次老乡的话音："喂，老乡亲，我们八个人全过来，千万不要打枪！"可就在这个关键时刻，阎军阵地突然有个粗野声音喊道："老子是排长，谁敢叛乱，就地枪决！"

敌排长话音刚落，"砰砰砰"，从榆次老乡俯伏的位置，一梭子机枪子弹扫了过去，只听见那榆次老乡骂道："滚开！你敢挡道，先崩了你！"

火光中，敌排长仓惶退了下去。一会儿，在机枪掩护下，一个班的阎军弟兄全部携械投入了人民军队的怀抱。

王有财热情地握着老乡的手说："喂，伙计，你是今天才想到要反正的？"

"谁说呢？自打看了传单，我就动心啦！"

赵世梧感慨地说："唔，好家伙，那传单的威力还真大！"

"可不是。不少传单，那边弟兄都能背下来了。"

尖刀班战士们开心地戏逗这位新战友说："那好哇，伙计，咱先考考你。你就给咱背上一段子哇！"

榆次老乡也不推诿，当下用地道的家乡话背诵道："人之初，性本善，越打老子越不干。老子跑到解放区，调转枪口和你干！"

"好好好！"

"哈哈哈！"新老战士在欢笑声中，彼此拥抱在了一起。

几分钟后，东山前沿阵地一个土岗的高音喇叭，在一阵电流声"嗡嗡"过后，传来了庄严宏伟的广播。这声音清晰明快，咬字真切。一字一句，动人心魄。一时间，如同有一个无形神力主宰一般，敌我两军阵地一切声响全都沉寂下来。这声音在逶迤的山岭高峦上传向四面，传向远方。不仅人民解放军每一个指战员，就连阎军官兵，也或公开，或偷偷地，在认真静听。

原来，高音喇叭里正在播放的，是播音员在宣读毛泽东同志代表中共中央起草的 1949 年的新年文告——**《将革命进行到底》**：

中国人民将要在伟大的解放战争中获得最后的胜利。这一点，现在甚至我们的敌人也不怀疑了。……敌人的战略上的战线已经全部瓦解。东北的敌人已经完全消灭，华东和中原的敌人只剩下少数。国民党的主力在长江以北被消灭的结果，大大地便利了人民解放军今后渡江南进解放全中国的作战。……如果要使革命进行到底，那就是用革命的方法坚决彻底干净全部地消灭一切反动势力，不动摇地坚持打倒帝国主义，打倒封建主义，打倒官僚资本主义，在全国范围内推翻国民党的反动统治，在全国范围内建立无产阶级领导的以工农联盟为主体的人民民主专政的共和国。……

电波传遍战区，传遍各大战场，以及世界各地；电波在空旷的天际久久回荡。在太原战区及一切向往和平民主人们心中，点燃了希望的火炬。同时，也给一切企图使旧制度苟延残喘的人以有力的警告，和当头棒喝。

● 赴京骑墙

毛泽东在 1949 年元旦发表的新年文告，深居在太原绥署的阎锡山，通过收音机，也在当日听到了。人民领袖毛泽东那气势磅礴的论证和推断，那逻辑严密的文辞和哲理，如同重型炸弹一般，剧烈地震撼着阎锡山空虚的灵魂。他几乎被惊呆了，压垮了。当广播结束的时候，他痴痴地站在原地，无所适从地对搓着手掌。

这时，秘书长吴绍之送进一封南京来的急电：蒋介石要他立即到南京去！

事情如此突然，连一向谨慎的阎锡山，也几乎没加斟酌，就赶紧乘飞机到了南京。

蒋介石的黄埔路官邸，就设在南京政府国防部后院。想当年，这里哪一时哪一刻不是车水马龙，不是纸醉金迷？可今天，往日万人瞩目的总统官邸，却笼罩着阴暗恐怖的气氛，每个人都有一种窒息的感觉。毫无疑问，蒋介石肯定也收听到了毛泽东的那篇《将革命进行到底》的新年文告。看得出来，这位委员长先生神思恍惚，精神疲惫。其神态，如同被炸雷轰过的枯树一般，憔悴而瘦削。说句实话，几十年的反共生涯中，蒋介石自认也算得一条汉子，也曾有过不少大的举动。可今天他却本能地有一种六神无主、丧魂失魄，不能自持的预感。难道这1949年岁首，当真地开始了他政治命运终结的进程吗？

刚刚接任的总统府秘书长吴忠信走进来，小心翼翼地对蒋介石说："总裁，山西的阎锡山，陕西的胡宗南，都按照您的吩咐，已经电召来京了。估计，他们很快就会到达。陈诚担任台湾省政府主席的任命，也已经发布了。不过，关于中共方面今天发表的元旦文告，不知总裁您——"

蒋介石少气无力地说："听见了。看来，毛泽东决心要打到长江以南。唉，说什么呢？黄埔建军二十多年，我历尽艰难险阻，好不容易才开辟了民国新天地。可谁能料到，近年景况会如此令人难以企料？军事不利，已够叫人心烦。偏偏尽出了那么些不争气的东西，整天价你倾我轧，互相拆台，弄得军队不像军队，政界不像政界。到处都是四分五裂！到如今，这局势，士气低下，人心涣散。唉，这——"

吴忠信觉得蒋介石过分伤感，有意把他的思路引向别处："总裁，今天白崇禧又发来了电报——"

蒋介石翻了一下眼白，没好气地问："白崇禧！他又在胡诌些什么？"

"总裁，他，这——"吴忠信吞吞吐吐地嗫嚅着。

"娘希匹！"蒋介石把眼一瞪骂道，"大不了又是要我下台吧！他怎么讲的？你念给我听！"

吴忠信壮胆念了起来："当今局势，战既不易，和亦困难。顾念时间迫促，稍纵即逝，鄙意似应迅速将谋和诚意，播告友邦，公之国人，使外力支持和平，民众拥护和平。对方如果接受，借此摆脱困难创造新机。诚一举多得也。总之，无论和、战，必须速谋决定。时不我与，恳请趁早英断……"

蒋介石的光脑壳上浸出晶莹的汗珠，气得连嘴唇也发紫了。他的声音变得特别古怪干涩，嘴唇颤抖地叫道："娘希匹！白崇禧这小子居然敢三电五催。他摆出这副臭架势，倒想捞个和平使者的美誉。哼，老子是傻瓜吗？不，好戏，要我蒋中正自己来演！"

阎锡山正好赶到，他进到蒋介石的办公室，彼此都没有作什么客套。蒋介石直接把白崇禧的电报递给阎锡山，让他看。

阎锡山迅速地浏览了一遍那电报，鼻孔里"哼"了一声道："一个白崇禧，无关大局。总裁不必理会他，叫他尽管拍电报就是了。"

蒋介石叹了口气说："伯川兄，事情没有那么简单咧！除了白崇禧，还有程潜，河南的张轸，也都发来电报，要我引退呢！"

阎锡山始觉事情真不是那么简单，于是认真地问道："总裁一人进退，事关民国大局。当此之际，您的意思——"

蒋介石朝沙发一靠，心情沉重地说："12月24日，白崇禧发了《亥敬电》，说什么'民心代表军心，民气就如士气，默察近来民心离散，士气消沉，遂使军事失利，主力兵团损失殆尽'。咳，你看看，满纸丧气话嘛。这且不提。反正，他把一切罪名，一古脑儿泼到我蒋中正头上了。不幸的是，有他白崇禧打头，又引来几个省通电，都要我下台。就是司徒雷登，也是这个意图。伯川兄，你我相交最久，你且说说，我还能有别的选择吗？"

蒋介石说后面这些话时，用阴险的目光，死死盯着阎锡山的面孔。他在考验这个诡诈多端的老对手兼反共老搭档的态度，他采取这样的投石问路方式，意图试探对方的反应。

阎锡山却是机敏得很。他显得很坦率地说："总裁，事尚可为，又何必出此下策呢？"

这话正中蒋介石本意，可谓不谋而合。于是，蒋介石颇为感动地直起身来，紧紧握住阎锡山的手说："伯川兄，你我真正是英雄所见略同哇！我早就说过，还是你最忠心，最有眼光！老兄言之在理，我听你的，再考虑考虑，暂时不表那个态，也就是了。只是，这，这美国人的态度——"

阎锡山无可奈何地耸肩摊手说："总裁，依我看，不管美国人怎样，我们自己当有安身立命的主心骨。请总裁放心,只要你一心干下去,我阎伯川总定陪伴到底!"

阎锡山信誓旦旦,蒋介石反显得毫无信心。他使劲摇摇头,似要做个否定表态,但却突然站定,令人捉摸不透地说:"好,伯川兄,让我再考虑考虑。老兄远道而来,一路风尘,又值春节,我看就先住下来歇歇。然后,再从容计议。"

可是,就在第二天晚上,蒋介石在总统官邸举行盛大晚宴,情况就发生了戏剧性的突变。人们直到过了好长时间才知道:这次不同寻常的晚宴,正是他在大陆苟留期间,所主持的最后一次。

这天,总统府官邸火树银花,五彩缤纷,不乏节日气氛。名酒佳酿,山珍海味,颇有国宴气派。可在那凛冽寒风呼啸摇撼下,所有前来赴宴的人,却都有置身欲坠的冥宫,令人不寒而栗的感觉。当蒋介石迈着苍老而拖沓的脚步,走进宴会大厅时,赴宴者全都起立恭迎。蒋介石沉重地蹲坐在首席位置上,向大家挥了挥手,示意人们可以进餐。

当宴会在"砰砰叭叭"的叉匙盘盏撞击声中进行了一阵子后,蒋介石才精神不振地站起来,用低沉抑郁的声调说:"诸位,不瞒大家说,目前的局势,十分严重!面对共军咄咄逼人的气势,党内有人主张和谈。对于这样一个重大问题,我不能不有所表示。连日来,我考虑再三,广听各方谏议,才决定利用这新年盛宴的机会,来公布我的主张。哦,我已经拟好了一篇文告,准备就在元旦发表。正好,今日大家都坐在这里,我就来读给大家听吧!随后,诸位有什么见教,可以各自谈谈!"

蒋介石坐回了他的位置,国民党中央常委张群离开自己的座位,走到前面,开始替蒋介石宣读他的新年文告。

张群念道:

······在保存宪法、法统和军队的条件下,我党愿意和中共重开和平谈判。其谈判条件,共有五条。一、无害于国家的独立完整;二、有助于人民的休养生息;三、神圣的宪法不由我而违反,民主宪政不因此而破坏，中华民国的国体能够确保，中华民国的法统不至中断；四、军队有确实的保障；五、人民能够维持其自由的生活方式，与目前最低之生活水准……

张群念到这里，蒋介石假惺惺地自我表白："只要和平能早日实现，一切均可协商解决。至于我蒋中正的个人进退，则可唯国民公意是从。至于总统职位，为冀感格共党，解救人民倒悬于万一，爰特依据中华民国宪法之第49条'总统因故不能视事时，由副总统代行总统职权'之规定，将于本月21日起，由李副总统代行总统职权。"

说到这里，他用双眼余光，扫视了坐在身旁的副总统李宗仁一眼。李宗仁却是一脸阴云。

原来，宴会前，蒋和李私下交谈，曾答应让李宗仁"继承"总统职位。但是，在这份"新年求和文告"和已经替李宗仁拟好的《就职文告》中，却根本找不到"继承"二字。只是以"代行其职"，偷换概念，搪塞过去。这一来，李宗仁当然不高兴。

于是，李副总统当场面对面地向蒋介石提出质询："总统，你不是说过要我继承吗？"

蒋介石涎着脸皮说："党内意见很多，写了继承，恐怕更通不过的！"

赴宴的政要们全都乱了套。有如丧考妣般嚎哭的，有喊着要总裁留任的，有咒爹骂娘的，也有声明绝对拥护李宗仁的……就在众人吵成一团乱麻之际，阎锡山却稳坐在席位上，一言不发。

原来，他心里正打着自己的算盘。他谋道："蒋也好，李也好，我是不说话了。蒋名下，我已向他当面表白过。我不主张他引退，他知道我是偏向他的。纵然暂时退下，日后一旦东山再起，他还能另眼看我？李宗仁名下，我来个不哼不哈，叫他捉摸不着。随大流最好唠！总裁既然叫他代行职权，那总有代行的道理。我又何必另起行市，白费脑筋！这阵子，我不言声儿，随大流儿，两面沾光，全落个送水人情。再说，总裁叫李代职的同时，不是还委任陈诚当了台湾省主席吗？这事情，就是秃子头上的虱子，明摆着咧：连老蒋都给日后留下了总退路啦！咳，我又何必枉为冤？对啦，我看准啦，代行一阵子后，这大权，还得回到姓蒋的手里头！"

阎锡山想到这里，主意拿定：在这场蒋——李权力交割中，他决定采取一种含而不露，折中随和的姿态。他要眼前向李，长远从蒋。这一套老奸巨猾，两面骑墙的政客手腕，正是他历经几十年政坛风云变幻，能够一直苟留至今的独特招数。

蒋介石的元旦求和声明，李宗仁代行总统职权，通过电台传播，国内外均已知情。然而，令人费解的是，各方面的反应都很冷淡。

但此时，南京最为关心的，是中共方面的反应。

南京在不安中等待着。

和以往一样，阎锡山每一次来南京，从来也不空手返回。此次南京之行，给阎锡山留下最深刻印象的，是朝野上下都笼罩在悲观失望的阴影中。大家都在为民国的命运和前途而提心吊胆，这使阎锡山也情不自禁地联想到他的老巢——太原的存亡……由于在南京逗留短暂，而且日程太紧，只在离开南京的前一刻钟，阎锡山才抽身登门拜访了即将于元月21日走马上任的李代总统。

反对蒋介石"引退"，敷衍李宗仁代职，对阎锡山这种狡猾的骑墙态度，李宗仁心里明明白白。不过，使李宗仁啼笑皆非的，是今天的阎锡山，却表现得格外恭顺谦虚。他又点头，又哈腰，一口一个"李代总统"地说：

"代总统即将主持国事，实是民国之幸，万民之幸！伯川素慕代总统德望，今后一定尽效犬马之劳。不过，当政者欲使政通人和，用人之道首当其要。这一点，想来代总统必定心明如镜。不过，为代总统计，伯川还是要冒昧提议：往后政府人事安排，似可以何部长仍执国防部长之权，而由白崇禧任参谋总长为宜。至于行政院长一缺，若选孙科，似显力不称职。伯川虽然不才，但报效党国耿耿之心，数十年如一日，金石可鉴。故而，自荐出任行政院长之职，恳请代总统裁决！"

李宗仁谋道："蒋介石明里'引退'，暗中握权，我李宗仁不过是被拴着后腿的蚂蚱罢了。再蹦跶，也脱不开蒋的范围。这一点，你阎锡山比谁都清楚。你来向我讨官，这真是醉翁之意不在酒哇！"

想到这里，李宗仁苦笑着搭讪道："伯川兄所言，德邻铭记在心。一俟时机成熟，将全力周旋，予以玉成。"

不管内心如何想，有了李宗仁这句话，阎锡山心里总算有了个底儿。太原的战局让他放心不下，他不敢久留南京，当即登上了飞返太原的飞机。

阎锡山急匆匆飞回太原，刚一踏进绥靖公署大院办公室门坎，还没来得及喘口气儿，迎头就遇上了一件麻烦事。

一个紧跟在阎锡山身后进来的人，"扑嗵"一下跪在办公室的当地，磕头如同捣蒜泥，苦苦连声地求乞："先生，您是天下第一等好人。您就发发慈悲心肠，放咱这10万弟兄，还有10几万太原百姓一条生路吧！"

阎锡山回头，原来是跟随多年的老处长。他不明白这老头说的是什么意思，待理不理地眯缝着眼说："你看你，老大不小的年纪，还是个中将，这叫做甚咧？有话，你站起来说嘛！"

那中将处长却是跪地不起，举着两只手向阎锡山说："先生，共产党的新年文告，弟兄们多数听见了，您肯定也知道的。看起来，共军是横下心来，要打到底啦！先生，大势所趋，在劫难逃哇！先生才从南京回来，想必总裁另有长远打算。可是，时势变幻，如风似雨，学生劝先生体念下情，还是独断独处，早作决断吧！"

阎锡山虽已听明白，可还是装出一副摸不着边际的样子，讨嫌地说："吞吞吐吐，你嘴里头含上驴粪蛋子啦？啊！你不能说得清楚些！"

中将处长尽量放慢速度说："先生，学生认为，既然中共方面有和平解决的倡议，您是不是就试一试这条路子呢？"

还没等老处长说完，阎锡山勃然变色道："你说甚咧？"

中将处长向前爬了几步，双手贴在胸脯上说："先生，太原城被围，已经有四个多月了。说句不好听的话，这就叫四面楚歌哇！大凡有些见识的人，没有人不期盼和平解决的。可是，不少人慑于先生您的威严，只在私下议论，不敢当面提叙。学生为这事，已经想了好些日子啦。总觉得事关重大，不说对不起先生您。所以，今儿就斗胆犯颜直谏。请先生以大局和黎民为重，三思而行，和谈吧！"

阎锡山狠狠咬着牙根，谋道："我三令五申，不准任何人再提和议的事。这老小子倒好像吃上豹子胆啦！哼，不给点颜色看看，他不知道马王爷头上长着几只眼睛！"

于是，阎锡山突然转身，从抽屉里拿出蒋介石不久前赐给他的那柄"中正剑"，凶狠地朝桌面上一摔，声色俱厉地喝道："放肆！你不知道我给铁军基干下过一道死命令：要他们当场打死提议缴械投降者？你想寻死啦！"

中将处长却是豁出去了，不仅毫无惧色，反而进一步劝道："先生，学生跟随您这么多年来，知道您在以往总是能听进一两句忠言的。学生今天别无他意，只求先生虑及10万弟兄的身家性命，虑及太原全城老少男女的安居乐业，虑及先生您个人的进退出处，还是和共军修好，采取和平的办法吧！在共军的新年文告里，毛泽东说的那些话，先生，您还是仔细地捉摸捉摸……"

阎锡山越听越不顺耳，心里越冒火。劈口打断处长，破口骂道："放屁！张口闭口共军长短，毛泽东如何。我问你，毛泽东是你老子，还是你爷爷？"

中将执言道："毛泽东不是学生的爷爷、父亲，学生也不是他的孙子、儿子，学生只是为先生着想，为弟兄们着想。因为，因为明摆着的事实，是解放军太强大了！"

这话如同触到了阎锡山头顶上的赖皮疮，疼得他直跺双脚。他像绝望的怪兽般咆哮起来："好哇！你身为党国将军，不思奋起反共，反而装出这副狗熊模样，流鼻涕淌眼泪长人家志气，灭自己威风。解放军强大个屁！就是在北平，只要我阎伯川对那里的解放军讲上一次话，他们的人就肯定会跟了我阎锡山！你口口声声替人家说话，我用你做甚，留你做甚？来人，给我拉下去，关禁闭！"

中将处长万万没有想到，他的一片真心的苦苦劝谏，反而落了个如此下场。他气愤至极，挣扎着被如狼似虎的卫兵拖出去时，绝望地骂道："阎锡山，你不识好歹！你真是活脱脱的商纣王，崇祯皇帝！你不听忠告，不得好死！党国啊，你就要完了。我不能救你于水火，现在就以身相殉了！"

阎锡山从南京回来途中，本打算把南京的新情况，添油加醋粉饰一番，借机来给部属们加油打气，鼓鼓劲头。没想到一进门，就遇着了这件倒霉事。他觉得丧门星搅了他的好运，又晦气，又泄气。不过。当他冷静下来以后，确也感受到了自己的部属们中间，那种隐伏着的不祥的离心倾向。

望着中将处长被拖出去的背影，阎锡山落魄地长叹了一口气，悲观地自语道："是啊，人心难测，是该使用些特殊的手段了！"

● 乞援落空

阎锡山的所谓"特殊手段"，其中重要的一着，就是派出几路说客，分赴各地，吁请援救太原之困。可是，没过多少时间，各路外交大使纷纷碰壁，坏消息接踵传来，情况使阎锡山倍感沮丧。

先说东路大使彭士弘前往青岛港口，去找驻扎在那里的美国海军第七舰队司令白吉尔求援。本来，阎锡山得到准确情报：前不久，白吉尔曾经给过北平傅作义五个师的军火援助。所以，他派彭士弘前往青岛，是满怀希望要捞上一大把的。

这天，青岛港风平浪静，日丽风清。波涛拍打着曲折的海岸，使人心旷神怡。一艘小汽艇从岸边启航后，向着停泊在深海的美国旗舰飞驶。汽艇的客舱里，一张铺着雪白台布的方桌两边，一边坐着阎锡山的特使彭士弘和他的英语翻译；另一边坐着的，是前来迎接的白吉尔将军的副官艾米。圆桌上摆着一些中国各地特产的名吃，以及威士忌、白兰地等西式上品酒类。小汽艇破浪前进，桌边的人们悠闲地碰杯，对饮。当汽艇接近美国旗舰的时候，彭士弘从口袋里提出两个沉甸甸的绸布包，特意把里面包着的金条块的拐角裸露出来，然后恭恭敬敬地放在桌面上，用手轻轻地推向艾米面前说："这点心意，不成敬意，请艾米将军笑纳。迎见白吉尔将军之劳，待事成之后，阎先生将另有重酬！"

艾米副官毫不客气地把金条塞进了自己的口袋，一边漫不经心地欣赏着无名指上那只中国绿宝石戒指，一边有气无力地说：

"好吧，在下一定尽心效力。不过，据在下看来，你们中国的情况，真是太富于戏剧性了。不，是太富于希腊式的悲剧色彩了。中国的情况，实在令人不可思议。按军力对比，南京显然优于共军；可按人心向背和作战能力对比，共军又显然优于南京。鉴于此种情况，我们一向爱好和平民主、尊重他国独立主权的美国政府，是不会主张依靠无休止地硬打硬拼，来结束这场战争的。我们美国人认为，中国今天迫切需要的，不是中共，也不是南京，而是第三种势力。这是一种既反共，又得民心的势力。唯其如此，才能改变目前的局面！"

虽有翻译，彭士弘对艾米的观点依旧莫名其妙。他困惑地眨着眼睛，望着艾米直发呆。艾米副官似觉得这位傻呵呵的山西人实在好玩，但并没多少诚意去进一步剖析自己的思想，以使对方明了。这位美国军人顺手拎起桌上一块肥美蟹肉，边吸吮，边浏览青岛湾的水上风光。

汽艇已停靠在白吉尔的旗舰之下，彭士弘和艾米的谈话就此中断。大家在艾米副官导引下，穿过岗哨森严的美国海军陆战队员结成的监护防线甬道，来到第七舰队司令白吉尔的座舱。

50 多岁的白吉尔将军，黄头发，蓝眼睛，高鼻梁，阔额头，腰板笔挺，一副盛气凌人的主宰者风度。彭士弘等进舱后，被安排落座。在舱中间一张铺着米黄色台布的条形桌周围，白吉尔坐在首席。他旁边的席位上，一边坐着艾米、美籍翻译和美军值日官；另一边坐着彭士弘等山西来的中方人士。白吉尔忽眨着令人捉摸不透的蓝眼睛，很有些鄙夷地问："哦，你们是山西阎的特使？"

"正是，正是。"彭士弘点头哈腰地回答。

白吉尔显然在佯装糊涂："喏喏喏，你们不是在山西和共军的徐向前作战吗？跑到我这里来有什么目的？"

彭士弘的外交经验不算贫乏，他不想跟美国人绕弯子，单刀直入地说："白吉尔将军对山西局势如此熟悉，实在令人钦佩！目前，太原受到共军重重围困，阎先生日子很不好过。为了美国朋友的在华利益，为了整个自由世界的共同利益，也为了我们的长期友谊，阎先生决心要和共军血战到底！"

"这很好。美国政府为此感到欣慰！"

"不过，由于我军被困数月，军火紧缺，急需援助。白吉尔将军一向以友谊为重，您的慷慨援助有口皆碑。据悉，您曾经给了北平傅作义五个整师的美式装备。这消息实在令人鼓舞。阎先生和傅先生，同样是国军的战区长官。这一点，白吉尔将军是熟知的。因此，阎先生的意图，是请将军阁下以援助傅将军之先例，也给山西五个师的美式装备。这里，有阎先生草拟的一份武器品种数量清单，请将军阁下过目。"

彭士弘双手捧上，白吉尔用两个手指头夹过去，连看也没看一眼，就扔给了下首的艾米副官。彭士弘有些着急，伸手想把那份清单拿回来，试图做些具体说明，白吉尔却不耐烦地说：

"彭，你不要激动！我们的美援和军火可以给谁，这个决定权，不在我们，是在贵国的南京政府那里。我的第七舰队奉美国军事顾问团的命令，只负运输责任，并无决定之权！你们希望得到美援的迫切心情，我可以理解。可是，你们可以向你们的南京国民政府申请哟！为尽朋友之谊，我们当然也会把阎先生的意见，转达给美国军事顾问团，和美国大使馆的。"

乞援无望，根据阎锡山行前授意，彭士弘换了个话题说："如果直接援助不便，那就请将军阁下考虑：是否可采取如下一种途径？就是说，山西是一个重工业发达省份，我们有晋兴机械公司等一批军火工厂。如果白吉尔将军能够出售给我们几种新式武器的样品，让我们依样仿制的话，那也是对阎先生的最大支持唠！对此，我等将不胜感激之至。哦，将军阁下，这位，就是鄙省晋兴机械公司的赵总经理！"

说着，彭士弘指了指一位中方随行者，那人起立向美国人鞠躬致礼。

白吉尔轻蔑地扫了赵总经理一眼，嘴角边泛着一种令人感到侮辱性的表情。他皮笑肉不笑地说："武器嘛，这是美国的国家财产。对于这种享有专利的最新技术，任何人，任何部队，都无权私自转让，更不准出卖唠！如果彭先生和赵先生出于友谊,不想让你们的朋友违反美国法律关于转让和出卖武器的法律条款的话,请彭先生原谅我的困难,并请向阎先生转达我的遗憾!"

说到这里,白吉尔厌倦地耸了耸肩头,站起身来,用英语说了声"拜拜",便径直回他的休息室去了。

彭士弘求援落空的消息,很快就传给了在太原静候"佳音"的阎锡山。阎锡山白扔了几根金条,自认晦气。但他并不泄气,他把在东路失去的希望,又转向了南路。

于是,这位东路乞援大使彭士弘,根据阎锡山的指示,摇身一变,又成了南路的说客。彭士弘从青岛到北京,又从北京乘飞机到南京,目标是美国驻华大使司徒雷登。在阎锡山的心目中,司徒雷登权倾华府,财大气粗,是一株完全有希望从其身上砍一截壮枝下来的大树。

就在彭士弘前往南京途中,阎锡山放心不下,又把秘书长吴绍之叫来,自己口述,吴绍之笔录,给司徒雷登拍发了一封密电:

尊贵的司徒雷登大使阁下:

前者阁下询及山西戡乱之实际有效办法,我们很惭愧,因其实在不够个彻底有效的办法。不过,自从新办法实行以后,总是不至于如从前那般束手无策了。实际有效办法的原则,系四平等。即是非平等,生活平等,劳动平等,牺牲平等。去了四不平,实行了三自传训,给人民自清自治的权柄,再给了人民自卫的武器……我们长起了千里眼,敌人成了双瞎子……

阎锡山这份电报的用心,一是向司徒雷登表功,二是要司徒雷登知道:我阎锡山在山西,是确确实实卖力气反共的。既然如此,你美国朋友如果把大宗美援用在这样一个卖力反共的人身上,当然是可以完全放心的!再者,这电报也有给彭士弘撑腰的作用。

吴绍之拟好电报,阎锡山细看了两遍后,指示立即拍发出去。可是,彭士弘派出去了,电报也拍过去了,回讯却一直没有。

阎锡山一直在等回电、回讯,心里又烦又躁,坐也不安,站也不定。无聊之际，他忽发奇想，要听一段山西梆子，解解闷儿。他叫吴绍之把收音机拧开。吴绍之遵令，伸手刚把那台德国产的"老头"收音机的开关拧开，里面放出来的却不是什么令人开心的梆子戏，而是一段叫《阎锡山骨软三分》的广播文章。

从广播员那激昂慷慨的声调，就知道是中国共产党中央电台的声音。广播文章说：

中国共产党愿意和南京国民党反动政府及其他国民党地方政府和军事集团，在下列条件基础上进行和平谈判。这些条件是：1. 惩办战争罪犯；2. 废除伪宪法；3. 废除伪法统；4. 依据民主原则改编一切反动军队；5. 没收官僚资本；6. 改革土地制度；7. 废除卖国条约；8. 召开没有反动分子参加的政治协商会议，成立民主联合政府。

"关掉，关掉！赶快给我关掉！"阎锡山听完了中共方面的八项条件，对这与蒋介石的求和声明针锋相对的八项条件，阎锡山心里很不是滋味。他用眼角瞥见窗外有不少警卫正在偷听，深恐这庄严的声音"赤化"到他自己身边，便手忙脚乱地勒令吴绍之把收音机关掉。

吴绍之小心翼翼地恭立在旁边。过了好一阵子，阎锡山定下神来，装作若无其事的样子，对吴绍之说："敬之，刚才这——"

吴绍之说："先生，这是毛泽东发表的关于时局的声明。最近，他还发表了《评战犯求和》《四分五裂的反动派为什么还要空喊'全面和平'？》等好几篇文章。看样子，中共方面——"

阎锡山知道吴绍之下面要说的话，很可能又要牵涉和谈的事了，立即反感地站起来，几乎是用尽全身力气，一挥胳膊，把一个雕工精细的花盆架打翻在地。

花盆"咣当"一声摔在地上，跌得粉碎，泥土和残花碎瓷遍地都是。

阎锡山绝望地咆哮着："不要说啦！还不快给我再发电报，催彭士弘抓紧办事！"

其实，彭士弘忙得像走马灯里的纸人儿。他一到南京，就急忙去叩美国大使馆的门。可是，守卫大使馆的美国雇员传出司徒雷登的话说："鉴于美国原则上不同地方政府接触，所以，美国军事顾问团不能会见山西政府的代表。"

彭士弘出师不利，垂头丧气地回到了下榻的宾馆。刚刚坐定，阎锡山催问乞援进展情况的电报就送了进来。彭士弘急得团团乱转，却是无计可施。他的英语翻译问他："先生，您为何闷闷不乐呢？"

彭士弘叹了口气道："你看看，才到南京几天，阎先生就三电五催。而司徒雷登却闭门不见，你说我能开心吗？"

英语翻译却似另有主张："要进美国大使馆并不难，只是需要彭先生手头活动活动呢。"

真如同旱天看见了积雨的云，彭士弘可怜巴巴地盯着翻译，激动异常地说："啊呀，好的兄弟哩！只要事情能办成，哪怕破费个万儿八千呢！"

"有彭先生这句话就行。"翻译神秘地凑到彭士弘耳朵边说，"不瞒您说，我有一位同窗好友，就在司徒雷登大使手下充任秘书呢！"

彭士弘喜出望外，当下便不顾自己的身份，紧攥着翻译的手说："老弟，全拜托您啦！"

第二天，翻译通过那位当秘书的同窗，果然打通了进入司徒雷登办公室的关节。得了好处的司徒雷登又传出话来，说"很愉快"接见彭士弘先生。

又一天，彭士弘终于进入美国大使馆，见到了司徒雷登。司徒雷登依旧是他那一派矜持的学者风度。他今天西装革履，脖颈上系着色调艳丽的丝绸领带，显得格外神气。无需翻译，因为大使先生会讲一口流利的中国话，能够用同一种语言直接交谈，彼此之间自然要随便亲近得多。

当秘书把彭士弘介绍给司徒雷登时，这位大使先生风度翩翩地挥舞着双臂说："哦，是彭先生，欢迎，欢迎！阎先生的电报，我已经看到了。我和阎先生是多年的老朋友喽！阎先生要求美援和军火的事，我作为老朋友，非常同情。此事，我可以向南京政府提出。请原谅我的坦率。彭先生，据我看来，太原既然陷入徐向前大军的重围之中，时间如此之久，那是肯定没有多少坚守的必要了。阎先生坚守太原的决心，实在使人感动。可是，我认为，太原失守，只不过是时间问题罢了。彭先生，您说说看，难道不是这样吗？"

司徒雷登的这些话，其实正合彭士弘的本意。说真的，自最近以来，彭士弘在外奔走游说，得到了大量在太原难以得到的时局信息。各种迹象表明，司徒雷登在这里所说的话，表明他是一位有见识的美国政治家。大使的话，正和他自己对坚守太原失去信心的本意，不谋而合。

但是，尽管如此，作为阎锡山手下的人，"吃谁家饭，干谁家活"。彭士弘还是要为阎锡山的事业，尽一份最后的努力。于是他说："在鄙人看来，大使先生既然是阎先生的老朋友，总还是会尽一份老友之谊的。因此，还是请大使先生高抬贵手，拨一些美援给山西吧！"

司徒雷登执拗地连连摇头。他似乎确有诚意向彭士弘说些内心的话，可思考了一下后，还是把案头的一份文件拿起来，照文宣读道：

我们召集美国联合军事顾问团高级人员和各兵种武官开会，在讨论军事情况后，一致认为，鉴于局势再形恶化，如果不实行使用美国军队的话，那么无论多大的军事援助，都挽救不了目前形势。大家同意：使用美国军队既是不可能的，因之得到这样的结论——认为中国或是美国都不能得到采取军事措施的充分时间，以挽救共产党在华北所集中的力量对他的进攻。而陈毅对付徐州地区那些劣等的国民党部队，能在两星期内到达南京附近的长江沿岸。——因此，我们非常不愿意地得到这样的结论：国民党现政府之早日崩溃，是不可避免的了。

司徒雷登是个精干的美国人。为使对方明白，他用中国话尽量慢速度读那份文件。彭士弘听得出来，大使先生读给他听的，无疑是美国政府最新的重要工作材料。这个文件，对中国前途和美国当前及今后的对华政策，勾勒出了大体轮廓。彭士弘愕然地站立着，不知说什么为好。

司徒雷登注意到了他的客人的难堪。他在地上踱了两个来回，一边用手指梳理着自己的头发，一边说："彭先生，刚才您听到的，正是我将呈送给美国国务卿马歇尔将军阁下的工作报告。您应当明白了吧？毋庸置疑，目前最好的选择，是请诸位除向阎先生转达我的问候外，再告诉阎先生：

为了阎先生本人计，请他最好来南京共图国是。这是我的真诚忠告！希望诸位转达我对阎先生的关心，请他早日离开太原，以尽我这位老友的一片心意。"

话已至此，彭士弘乞援无望，两手空空。但他此行收获，却是得到了美国高层决策的最新信息。彭士弘离开美国大使馆后，立即把会见司徒雷登的情况，原原本本地向阎锡山做了报告。

阎锡山在太原满怀希望等了好几天，司徒雷登不仅连一张空头支票也没开出；而且，居然也劝他放弃三十多年苦心经营的"家当"。阎锡山简直气炸了，气昏了。他狂怒地把写字台"哗啦"一下推了个大翻身，又用皮鞋底狠狠地踢着写字台的木板面子叫道：

"混账王八蛋，全他妈的是王八蛋！这帮美国佬，真他妈的不仗义！过河拆桥，见异思迁，看风使舵。软骨头，贱骨头！甩了老蒋，又要把我老阎的窝也端了！哼，早知如此，我求他们屁用！唔，说到底，万宗归一，还得靠咱自己苦撑，硬拼！"

骂到这里，阎锡山突然站定，在三秒钟里，谋出了一个新点子。他瞪着血红的眼睛，朝着门外，歇斯底里地喊道："来人，立刻给我召集一次大型的记者招待会。我要亲自讲话，要叫全山西，全中国，不，全世界都知道，我阎锡山的反共决心！"

● 绝望宴会

阎锡山有命令，手下人紧张罗。当天，在太原城内正大饭店最阔绰的对外餐厅，召开了一次规模空前的记者招待会。

和以往的同类会议相比，这次会议的特殊之处，就是在餐厅的门口，阴森森地摆着一副白木头茬子的棺材。说是记者招待会，毋宁说是一次特别聚餐会。因为，到会者，除了一些中外记者，几乎囊括了山西军政界所有的头面人物。从梁化之、王靖国、孙楚、徐端、吴绍之等军、政、警、特要人，和绥署高干，到对阎锡山仍抱幻想的各界名流显贵；还有甘愿替阎锡山卖命的前日本侵华军留驻太原魁首等，无一例外地全都到场了。

餐厅里灯火通明，杯盘中饮食丰盛。记者们手中的镁光灯"咔咔"地响个不停。半小时后，来宾们的酒意已有了几分。阎锡山遂从首席站起来，一手捋着那两撇浓重的八字胡须，一手举着盛了凉白开水的高脚酒杯，向餐厅里环视了一周后，讲道：

"诸位来宾，诸位先生，诸位同仁们：值此1949年新春伊始的时候，我阎伯川特意主持这个宴会，招待大家。按理说，这个宴会，是稍微的迟办了几天。可是，咱们中国有句古话，叫作'后来者居上'。对的吧？唵，是后来居上。哈哈哈，早有早的好处，迟有迟的妙用。来来来，诸位一齐干下这一杯，也算我阎伯川给众人拜个早年，贺个早喜吧！来来来，干！"

当大家把杯中酒一饮而尽后，阎锡山杯中的白开水也下去了一大截。他招呼众人道：

"坐坐坐。哎，全坐下来，听我从容地讲。哦，我要说的，还是家有三件事，先从紧处来。目前的局势，我也不想瞒哄众人。众人也不用哄我。就是说，谁也知道不太妙！为甚咧？因为，东北丢了，平津的傅作义也有和共军明勾暗连的迹象，徐州也很不保险！元旦前夕，我被委员长召到南京去了一趟，是和总裁、李代总统商讨反攻复国的大计。可能，也就在这个时候，中共发布了他们的元旦文告。这个文告，你们有的听到了，我也不怪怨你们。听到也就算了，只是不要信他就行。据我看，共产党的那一套自我吹嘘，十有八九是假的。我还是那句老话：办事要学大喇嘛的秤砣——见了女人也不动心！明白这个意思哇？就是说，任凭他别人怎么的，就是天塌下来，我也要存在！我阎伯川是决计要和太原共存亡的。太原在，我在；太原丢，我亡！我这个人说话，从来说一不二。你们看——"

说到这里，阎锡山用手指指门口摆着的一张小桌子。

人们的视线全被引了过去。大家注意到：那张小桌上，齐刷刷地摆着一堆小药瓶。阎锡山走上前去，顺手拿起一个小药瓶，一边在饭桌之间走动，一边举着小药瓶上的那个死人骷髅标志，振振有词地说：

"你们全看见了吧？这个小瓶子里头装的是药面面，是毒药！叫氰化钾。只要喝上一点点，就可以安全死亡！为了这件事，我专门打发人到川至医专去，请教德国籍的魏尔慈大夫。向他请教的内容，是第二次世界大战德国战败后，希特勒将军是如何自杀的？魏尔慈先生告诉我：只要事先把嘴里头最大的牙齿挖上个窟窿，把一个装满氰化钾的小玻璃球塞进里头，再在外头加上个金质的牙盖就行了。到时候，取下牙盖，玻璃球掉出来，用牙把它咬碎，咽下那点氰化钾，不多时就安全死去了。"

讲到这里，阎锡山向目瞪口呆的赴宴者扫视一周，接着说："魏尔慈介绍的办法，我也打算照着做。可是，经过几次试验，就是那个小玻璃球怎的也弄不成。后来，就想出了现在这个法子。也就是把氰化钾装进小瓶瓶里头，到时候打烂瓶子，把药喝下去也就行了。其实呢，装在牙齿里头，不见得就是真勇士；装在瓶子里头，也不见得就不是真勇士。你们说对哇？我们既然要和太原共存亡，不成功，便成仁。就要为党国尽忠。我相信，到时候，谁也是会把它喝下去的。俺，我阎伯川向诸位保证：到时候，如果太原失守，我就首先服毒！我要和大家同饮此药，同归于尽。诸位，你们都是党国的忠臣，都是我阎锡山的臂膀。现在我把这氰化钾分给你们。你们回去，可以分给同志会基干以上的干部。叫他们必要的时候使用！"

侍从参谋们分头散发毒药瓶的时候，阎锡山又走到门口那副棺材旁边，指着它对众人说："这口棺材，是我给自己备下的。你们还记得'七七事变'那阵子，我就闹过背上棺材抗战吧？"

"记得！"众人嗡嗡地应答着。

"好，记着就对。如今，我也要放下棺材守太原。守住了，算成功；失守了，我就死在棺材里头！怎的，还是有人不相信我的话？啊，你们看，这位勇士——"

说话间，阎锡山向旁边挪了挪身子，把站在后边的一个武士模样的特殊人物让到前边来，拍着这人的肩膀，对众人说："这位勇士，是个日本的剑侠，是我专门请来的。你看他，身带手枪，腰挂短剑。这是做甚咧？告诉大家，他就是我专门请来，杀我阎锡山的人！到了临危的时候，如果我苟且偷生，如果我死不了，他就可以开枪把我打死。这个任务嘛，咳咳，非日本武士不能完成。因为，你们没这个勇气，你们下不了这个狠心！"

这杀气腾腾的阴森场面，把所有赴宴者都惊呆了。有些人呆若木鸡，失神地僵立在席位上；有些人精神崩溃，如同筛糠般浑身颤抖；有些人丧魂失魄，当场晕倒在座椅上；还有的急欲夺路逃走，却无法迈出荷枪卫士把守的门……唯有梁化之、徐端等几个铁杆高干尚可支撑。

他们声嘶力竭地向阎锡山宣誓："誓死效忠党国，唯阎主任之命是从！"

阎锡山满意地摇晃着光秃的脑壳，欣赏着被他愚弄的部属。

这时，一个自称《芝加哥评论与报道》记者的美国人走上前，向日本剑侠提问："请问，你们日本人认为阎先生会胜利吗？"

"我们已把胜负置之度外了。我们日本人的心情，想必美国人是可以理解的！"

"大战早已结束，你们为什么还要继续留在山西？"

"能防止共产党在中国统治一天，就防止一天。我们认为，这对日本国是有利的！哼，共产党打败了我们，作为日本人，我要复仇！再说，阎先生是最理解我们日本人的中国人。他一天给我们发一个月的工资，我们当然要尽力帮助他！"

"这方面，我们美国人不是做得更好吗？"

"哼，"日本剑侠高傲地仰着头说，"你们美国人没有做朋友的资格！三年前，我们曾经请你们一起参加援助山西。那时候，假如美国和日本共同出马，正式合力解决中国问题的话，本来还是有希望的。可是，由于你们美国人只想保持和显示民主国家的面子，你们中途停止了这项谈判。事到如今，已经别无出路。即使进行援助，也只能延缓太原陷落一两个月而已。如果你们真的要做一点援助的话，就请送一些通信器材和飞机来！懂吗？现在所有的大炮，在山西能够使用的，已经全部使用上了！"

美国记者无可奈何地耸了耸肩头，结束了他的提问。

这时，一位参谋进来，贴着阎锡山的耳朵报告："主任，彭士弘先生从上海来电，说国际救援总署要从救济山东的面粉中，拿出一批拨给咱们。不过，在彭先生和美国飞虎队陈纳德先生联系飞机运送面粉时，陈纳德却是这样回答的：由于美国政府和美国法律有种种条款规定，由于南京政府也不允许另设一个航空系统；所以，只答应增加现有飞机的飞行架次，但不能再增加飞机的数量了。"

如同一盆冷水当头泼下来，阎锡山浑身打冷颤。他恼怒地反问："难道彭士弘没有提醒陈纳德，我阎锡山在他陈纳德航空公司的股东里，也是数得着的头面人物吗？"

"这话，我问过，彭先生说，他也说过了。可陈纳德还是坚持他的意见。"

联想到司徒雷登和陈纳德的不守信义，阎锡山本想大骂一通美国佬。可他这人总有这么一手自制功夫：能够在部属面前尽量掩饰自己内心的窘迫，以达到稳定人心的大目的。

于是，阎锡山很快转换了一种无所谓的口气说："不足挂齿，不足挂齿。不过是一份无聊的官样文章而已。我们不理它，由他去。来来来，诸位不要扫了雅兴，还是尽情地饮！"

尽管如此，摸透了阎锡山处世哲学的若干高干，还是从彭士弘提供的情报中，敏锐地嗅出了什么异常的气味。秘书长吴绍之碰了碰身边坐着的一位处长，什么也没说。只是把那氰化钾药瓶里的毒药偷偷地倒在了地上。那位处长是他的好友，当下会意，也把毒药瓶暗暗地扔在了墙角的垃圾堆里……

宴会结束后，阎锡山把吴绍之单独留下来，叫到他的卧室里，吩咐立即给南京的代总统李宗仁挂长途电话。电话很快就拨通了，阎锡山把吴绍之也打发了出去。

此刻，室内只剩下阎锡山一个人了。他把房门反锁起来，紧紧地抓着电话筒，像一个走投无路的乞丐一般，用极其哀伤的语调，向电话里的李代总统乞求道：

"李代总统？听清楚了吧？哎，我是山西的阎锡山呀！代总统，您好吗？实在抱歉，打搅您啦！我有这么一个想法。嗳，我是想说，关于上次见面时，我和你说过的那由我出任行政院长的事——"

李宗仁迟疑了好一阵子，才说："这件事？哎哟，伯川兄，不好办哪！日前已经发表何应钦出任行政院长啦。您老兄名望很高，又是党国元勋，怎敢以行政院长这个位子，来委屈您哪？什么，副院长也行？嘿，既然已经发表敬之做行政院长，那副院长就更不好让老兄屈就了吧！不过，目下，为了您，这里正在筹划一个更为崇高的名义呢。具体说，哦，我的意思，是劳您的大驾，一面宣勤中央，一面遥领山西。"

这话，使阎锡山从头顶凉到了脚后跟。因为，李宗仁在阎锡山从南京返晋的几天内，显然已经自食其言，完全变卦了。可他心里恼火，却又不便争论。这真是"人在矮檐下，不得不低头"哪。

阎锡山已经得出结论：无论是美国人，蒋介石，还是李宗仁，都在设法把太原远远地甩开！这是一个多么令人沮丧的动向啊！阎锡山判断，之所以出现这样的巨变，其原因，很可能是徐向前攻打太原，而且非打下不可的日子，已经没有多久了。阎锡山冷静地自忖："难道我的大限，真的已经到头了吗？不，绝不！"

他的内心在拼命地挣扎："我绝不去干那种蠢驴才干的蠢事！我不去死，我要存在！"

"存在就是真理，存在就是一切！"

这个几十年来支撑着阎锡山政坛风云不倒的哲学信念，再一次顽固地主宰了这个不倒翁式的中国资产阶级政客。三十六计，走为上策。不管怎么的，离开太原，逃条活命。来日方长，后事再图。这便是此刻的阎锡山为自己选定的存在之路。

于是，他再次拿起电话机的话筒，要出了李宗仁说："德邻兄，你我相交多年，彼此总算有交情吧！为了拯救晋民，名位高下，我阎伯川已在所不计了。虽副主席，也可以呀！"

李宗仁故意说："伯川兄，这怎么好呢？"

阎锡山着了急，生怕连这次机会也错过，赶紧说："不必多虑，不必多虑。德邻兄，不，李代总统，啊，只要能有一个位子，我也就心满意足了。唉，人都老了，还图个什么?"这种绝望的哀求口吻，毕竟道出了阎锡山的真意所在。

因此，过了一会子，李宗仁用一种勉为其难的口吻回答道:"好吧，你等候我的通知。"

第四章　三军会攻

● 会师晋阳

进入 1949 年的春季，中国人民的解放战争，在全国范围内已形成了以摧枯拉朽之势，迅猛推进的趋势。战争的进程，以出人意料的神速向前发展：

1948 年 9 月 12 日至 11 月 2 日，辽沈战役奏凯，东北全境解放。

1949 年 1 月 10 日，淮海战役以歼灭蒋军 55 万的辉煌战果，胜利结束。

1 月 16 日，攻克天津。

1 月 21 日，北平和平解放，平津战役再传捷报。

至此，历时 142 天，震惊中外的人民解放战争三大战役，以总歼灭蒋军 154 万余人的卓越战绩，使东北、华北和长江以北广大地区，阳光普照，大地回春。

此际，在那些已经损失掉的国民党军队中，在第一线的蒋军兵力，就达百分之九十！这个惊人的数字表明，人民解放军和国民党军队的力量对比，已经发生了决定性的转折。蒋介石统治的基础，已从根本上发生崩溃。盘踞在太原孤城内的阎锡山军队，已成为华北地区残存的最后一个反动据点。

2 月 28 日，根据中共中央军事委员会关于统一全国解放军番号的命令，战斗在太原前线的华北野战军第一兵团，改称为中国人民解放军第 18

兵团。所属该兵团的第8、第13、第15三个纵队，以及西北野战军第7纵队，分别改称第60、第61、第62和第7军。各旅均改称为师。而刚刚经受过平津战役战斗洗礼的华北野战军第二、第三兵团，则分别改称为第19和第20兵团。

随即，中共中央军事委员会和毛泽东同志以只争朝夕的伟大战略眼光，不失时机地作出决断：以华北人民解放军的第18、第19、第20这三个兵团，以及西北、东北解放军各一部和晋中军区部队，发起太原战役的后期总攻作战。

3月12日，刚刚获得新生的北平城内外，日丽天阔，春风和煦。在中华古都欢庆解放的欢歌声中，人民解放军第19兵团、第20兵团和第四野战军的一个炮兵师，威武雄壮地从北平郊区出发，兵分两路，向山西挺进。

先说这第一路大军，是由第19兵团和第四野战军一个炮兵师组成。这路大军途经石家庄、娘子关，翻过巍巍太行山，经过晋中大平原，矛头直指太原城。率领这支大军的人民解放军高级首长，有司令员杨得志，政治委员罗瑞卿，参谋长耿飚，政治部主任潘自力。所属第63军军长为郑维山，政委王宗槐；第64军军长曾思玉，政委王昭；第65军军长邱蔚，政委王道帮。

再说这第二路大军，主力是第20兵团。这路大军自北南下，经大同而向太原逼近。率师前进的人民解放军高级首长，有司令员杨成武，政治委员李井泉，副政委兼政治部主任李天焕。所属第67军军长为韩伟，政委邝伏兆；第68军军长文年生，政委向仲华；第66军军长肖新槐，政委王紫峰。

从北平远道而来的友军即将进入山西。为了迎接兄弟部队，在太原北的忻县，在太原南的寿阳等地，根据徐向前司令员的命令，第18兵团组成了两个规模可观的欢迎团。在兄弟部队入晋经过的路线，山西人民沿途搭棚设站，供水供饭，敲锣打鼓，载歌载舞地欢迎战友的到来。

在这些日子里，在那一段段尘土飞扬的大路上，成天都有整齐的队伍疾速行进，成天都有高昂着炮口的战车辘辘奔驰，成天都有铁蹄矫健的马队在奋蹄奔腾……大路两侧，夹道欢迎的第18兵团官兵和乡亲们，手捧茶碗，臂挎竹篮，把一碗碗热茶，和一颗颗熟鸡蛋，送给援晋打阎的亲人。在路两边摆着的桌子上，放着山西的各种土特产。其中，有汾阳的核桃，清徐的葡萄干，平遥的牛肉干，太谷的实心饼子，忻县的锅盔等。过路的战士可以随意取食。

在树干上，墙壁上，崖头地楞上，有用石灰或墨刷的标语，有用五彩纸书写的条幅，上面的内容有："消灭阎锡山，解放全华北！""打垮蒋介石，解放全中国！""扛起枪，走得棒，赶到太原打个大胜仗，消灭老阎得解放！"等等，等等。

部队每前进一段路程，总会遇到一支小型的宣传队，或鼓动队。有的扭秧歌，有的唱歌曲，有的说快板，活泼极了。你看吧，只要有一个团的部队过来，宣传队员总要找到这个团的首长，献上一朵大红花。这种生动活泼而又亲切温暖的活动，使每一个远途行军的官兵，都疲劳顿消，精神倍增，前进的步伐更快更有力了。

这天傍晚，在昔阳县一个欢迎点，第19兵团的一位首长从他乘坐的军吉普车上下来，健步走进了一座临时搭起的茶棚。欢迎点的接待人员马上迎上前去，把热腾腾的茶水碗，和红彤彤的大红枣儿，捧送上去。

这位解放军军官，身穿一套布军装，年纪不到40岁。体魄健壮，粗眉大眼，威严中含蕴着慈祥，冷峻中显示出刚毅。他从一位穿晋中土布衣服的青年接待人员手中，接过茶水碗，十分感激地说："老乡，谢谢你们啦！请问，这是什么地方呀？"

青年接待人员说："首长，俺们这是寿阳县的接待站。"

旁边一个小伙子插话道："大军同志，他是俺们寿阳县的接待团团长，是俺们县里的县委书记。"

解放军军官欣喜地拉起寿阳县县委书记的手说："哦，是寿阳县的负责同志！谢谢，谢谢！地方同志和老乡这样热情地接待过路部队，这对我们全体指战员的鼓舞，实在是太大了！"

年轻的县委书记有些腼腆地说："军民一家人，都为打老阎。支前参战，这是俺们应尽的本分嘛！"

"是啊，我们进行的战争，是为了解放劳苦大众的正义战争。所以，始终是得到人民群众的全力支持！"

这位首长对山西有着特别深厚的感情。说到这里，他走上茶棚边一个土坎，一边喝茶水，一边深情地望着附近田野说：

"当年，八路军总部，就是在这一带转战的。那时候，我们八路军的三个师转战敌后，开展广泛的游击战争。当地群众传送情报，破击敌人碉堡，还有'四大动员'，减租减息，组织民众支前参战，为了抗战的胜利，作出了巨大的贡献和牺牲。作为一个曾经在这块土地上进行过反侵略战争的老战士，我永远难忘这里啊！我们部队永远不会忘记人民的支持和鱼水情谊！这次来山西前，听说在前一段太原外围作战中，当地群众的支前参战，就搞得十分有声有色呢！"

身边站着的一位参谋说："据当地政府提供的情况，自从太原战役开始以来，地方党政机关在支前参战当中，共组织动员了民兵、民工、学生和工人五万二千多人，担架四十多万副。为部队搞前后方运输的群众，有近十八万人；提供的牲畜，有三万多头。仅10月中旬到11月中旬，就向前方提供了一千八百多万斤小米，六百万斤花椒，二千一百万斤烧柴。还有小檩二十三万根，大檩七万多根，门板三十二万多块，麻袋三十万条，棺材五千多口。至于梯子、跳板、铁锹、煤车、煤筐、绳子、罗盘等零星器材，那就更加难以计数了！"

站在旁边的那个小伙子一边给首长沏茶，一边自豪地说："在俺们寿阳、阳曲一带，上至五六十岁的老汉、老婆，下至十四五岁的小娃娃，凡能出来的，都参加了支前运输、抬担架、背粮草、扛子弹箱子。甚当紧，就做甚。俺全家十一口人，这一回，可是全都出来啦！"

首长满意地拍着小伙子的肩头说："真了不起！小伙子，你们家是真正的支前参战模范户！我代表部队的指战员，感谢你们，向你们学习！"

"首长，这——"

首长几句话，把个小伙子说得怪不好意思的。他红着脸说："不值得，不值得。这是俺们自己的事嘛!"

县委书记对首长说:"为了支援打太原,俺们各方多流一滴汗,前方将士就能少流一滴血。乡亲们都是一个心眼儿,多送枪炮子弹,多消灭敌人;早送上去,早打下太原!首长和同志们打从北平过来,路途遥远,一路辛苦,喝碗热茶,提提精神,鼓起勇气劲头,行军打仗,就更利索了!"

一队运输作战物资的民工向太原方向前进,也从茶棚前路过。这些民工有的肩扛子弹箱,有的背着柴禾,有的抬着空担架,还有的拉着木料。民工们负重行进,一个个全都热汗淋漓,全都抓紧赶路,可没一个掉队的。

县委书记一眼认出是自己县里的民工支前队,当下朝队伍喊道:"喂,刘四,这是第几趟啦?"

"第八趟啦。"名叫刘四的民工五短三粗,肩扛着一根小檩,边走边回答。

"乡亲们注意身体,不要累坏了!"县委书记关切地叮嘱。

"不要紧,昨天扛了七趟,今天打算扛九趟,慢慢地往上加趟数,没事的。书记,你就放心吧!"喊话间,刘四已经走远了。

这情景,部队首长全都看在眼里,他感动地对县委书记说:"民工同志太辛苦啦!"

县委书记说:"在这条七里长的运输线上,俺寿阳县的民工,去时扛器材,回来抬伤员。如果一天跑九趟的话,光是往返的路子,就有一百二十多里!说不苦不累,那是假的。可是,为了支援大军打太原,为了早日解放全山西,乡亲们全都豁出去了。再苦再累,就是生病,就是流血牺牲,谁也不会在乎的!"

首长要启程了,他感慨万千地和县委书记并肩走向军吉普车,边走边说:"毛主席早就说过,革命战争是群众的战争,只有动员群众才能进行战争,只有依靠群众才能进行战争。战争的实践,更加证明了毛主席的这个论断,是真理的总结!"

首长坐进了吉普车,和县委书记握手告别。汽车开动了,县委书记这才想起该知道这位首长是谁?赶紧向走在后面的那位参谋问道:"同志,这位首长是——"

"哦,他就是第 19 兵团司令员杨得志同志啊。"

"噢,是杨得志司令员呀,怪不得对俺们这一带这么熟悉!"县委书记和接待站的民工们,都用景仰的眼光,目送着远去的首长。

1949 年 3 月底,驰援太原战役的华北野战军第 19、第 20 两兵团,相继到达了太原前线集结地域,与原来就战斗在这里的第 18 兵团胜利会师。至此,人民解放军三大兵团云集晋阳,围攻太原城的总兵力,骤增至四十多万。而这时,阎锡山军队的守城兵力,充其量,也不过七万二千人。内中还有不少部队,是遭受过歼灭性打击后,补充凑集的。此时此刻,人民解放军不仅在总兵力上占有绝对的压倒优势,而且在各种重型火炮的配备上,也遥遥领先。敌与我火炮的比例,一比一点二七。而弹药的比例,则是一比四!

人民解放军总攻太原的时机,已经完全成熟。

阎锡山究竟何去何从,关键在他自己的最后选择。

● **走投无路**

人民解放军三大兵团合围晋阳,守城阎军人心惶惶。阎锡山几次打电话向李代总统讨个官位,却是迟迟不见南京来电答复。

连日来,阎锡山神思恍惚,魂不守舍。他好像突然间另换了一个人似的。以往那种老沉持重的派头,稳慎和悦的作态,一时间全都不见了踪影。他变得易怒、暴躁、横蛮、乖戾,活像一尊着了魔的凶神恶煞。

一大早起来,阎锡山匆匆穿好衣裳,就去翻看案头那个留言台历。

翻到 1949 年 3 月 29 日,留言栏却同前几页一样,依然空白。这说明,到这会子为止,李宗仁还是没有回电!顿时,一股无名之火从阎锡山胸中喷发,如同地火从火山口冲出一般,一发而不可收。他挂着那根带不锈钢杖头的手杖，疯狂地在地上来回奔突，不顾一切地破口大骂：

"混蛋，全是他妈的混蛋！南京尽养活下一群混账王八蛋！为什么南京人不暴动起来，把李宗仁这些家伙，连同国民政府一齐放火烧了呢？放火吧，烧死这帮混蛋吧！"他把手杖在地上使劲地捅着，搞得地面"笃笃"震颤。

侍从小心翼翼捧着热牛奶进来，请他用早点。不提防，被他一扬手杖，将托盘打得飞了出去。吓得这个侍从赶紧俯首弯腰，讨饶道："小人该死，小人该死！"

阎锡山不由分说，如同恶狼一般挥舞着手杖，扑向那个侍从，凶狠地叫道："你这小王八羔子。你给我捣乱，你给我捣乱！"他一边狂喊乱叫，一边用那镶钢头的手杖，向侍从的身上和头上，雨点般地打了下来。

那侍从不敢逃跑，也不敢叫喊，只是用双臂抱着脑袋，无力地招架着。

好在梁化之正好走进来，一边斥责那侍从"还不快滚！"一边上前扶住阎锡山说："请主任息怒。为了这个小东西，损了您的身子，不值得，不值得！大敌当前，大局为重。何必和这般小人，一般见识呢！"侍从趁机溜了出去。

每当这种时候，也只有梁化之劝他，阎锡山才会平静下来。如果换了别人出头，说不定还会火上浇油，酿出大乱子来。这，已经是身边人员，对这位怪癖的凶神的共识了。

梁化之把阎锡山恭恭敬敬地搀扶到他的卧榻上坐下，侍候他把衣帽重新穿戴整齐。然后，照例恭立在旁边，直等到阎锡山明显地气顺颜缓了之后，这才甜甜地说：

"老叔，姨侄是您老一手儿扶着胳膊，牵着手臂，从吃屎的娃娃，拉扯成这么大的。您就是化之的再生父母和活祖宗！没有你，哪会有我梁化之的今天？更不想望有明天，后天了！所以，姨侄掏良心说几句话儿，您不妨听听看。要是姨侄说对了，这是您栽培的功绩；要是姨侄说错了，全当化之狗嘴里吐不出象牙来，尽是放臭狗屁！您看——"

这番甜言蜜语，果然把阎锡山捧得气顺了许多。他长长地吁了一口气，朝叠起的缎被卷上仰了上去。梁化之瞅准这个难得的说话机会，趁势说：

"老叔教诲我们，烈火见真金，磨难识英雄。如今看来，您这话真是千真万确。记得您还讲过——，说是相家论说您的八字相貌，除了袁世凯以外，中国没一个能比得上您的。如今这么大的磨难，太原固若金汤，我看就是全仗了您的宝相啦！这也不是姨侄当面捧您，是有事实在这儿明摆着咧！远的不说，就这一两年吧，东北、济南、平津、开封、蚌埠，这些由他们那号称国军精锐的中央军驻屯的要塞，虽然都是美式装备，可一个个全都落入了共军手中。而咱太原城呢，因为有您老叔的坐镇，至今稳如泰山，比起廖耀湘、黄伯韬、卫立煌、刘峙那些人，老叔您高出他们真不知道有多少筹呢！"

"唔！"阎锡山终于打起点精神，唤起了话头。他长吁了一口气，欠了欠身子。

梁化之把这一动态看在眼里，赶紧凑趣说："总裁下野，李宗仁代职那天，咱驻在南京的人拍电报回来说，总裁当时就说：他在中国最钦佩的，就是老叔您的才干和谋略。我记得总裁的话是这么说的：'我们已经学苏俄，学美国，学法国，都失败了，落了个一切都没办法。还不如阎锡山在山西有办法。我们今后要学阎锡山。'您听听，这就是委员长亲自对您的评价！所以，叫我说，称老叔您就是华夏古今第一人，一点都不过分！"

梁化之这些恭维话，确实说到阎锡山的骨头眼里去了。此刻，他怒容散尽，满面红光，喉咙里不停地"嗯、嗯"，得意地晃着脑袋。几天来，首次有心思端详无名指上那颗钻石戒指。

梁化之一招得手，又生一计。只见他咽下一口唾沫，用手背揩了揩嘴角的唾液，又向前探了探身子，更加讨好地说："主任宝相不俗，确应珍重！常言说得好：识时务者为俊杰。眼下世事纷纭，李宗仁久久不回电报，这说明南京政局不稳！依姨侄浅见，贾景德、徐永昌他们以前给您提的建议，您倒是应该认真考虑考虑呢！"

梁化之的话，使阎锡山记起了不久前的一件事。

那是傅作义在北平和平起义后不久，现任南京中央铨叙部长的贾景德，和军令部长徐永昌，出于过去都曾在阎锡山手下分别做过省署秘书长，和山西省政府主席的旧情谊，曾经联名致电阎锡山，为他出谋划策，劝他早图后事。当时，贾、徐二人来电说：

就大局看，太原绝难长久支持。请速退往西安担任西北行营主任，负责西北各处重责。山西干部可由陈纳德用飞机接走，军队尽量西渡，到太原的公路打开一条长廊。此外，可由陈纳德飞虎队，抽拨战斗机 100 架俯冲，掩护西撤。鉴于共产党对太原兵工厂十分重视，放弃太原时，一定彻底破坏掉……

贾、徐二人的电报，可谓用心良苦，无微不至。但阎锡山接电后，虽然明知贾、徐转达的，实际上是蒋介石的意图。但由于当时太原形势暂趋缓和，守卫故土的观念再度占了上风。所以，当时的阎锡山，对这一建议并未当回子事儿。

现在，梁化之旧话重提，确是说在了节骨眼儿上。这就促使阎锡山不得不把旧账翻开来，做一番新的盘算。他在心里谋道："局势日渐恶化，太原的固守，怕是的确坚持不了多久了。可是，要我到西安去，去寄人篱下，当流亡政府的头儿！那胡宗南岂肯长期容我存在？炸了兵工厂，那还不就等于自毁江山？再说啦，一切事情都去依靠陈纳德，那美国的'飞虎队'，谁又能担保它长久地可靠呢？"

想到这里，阎锡山对梁化之说："贾、徐二人的意见，也算个好主意。可是，万宗归一，做买卖不能丢了老本儿！太原这个摊摊，我苦心经营几十年，才到了今天这地步。如果听上蒋介石的话，一包炸药翻了蛋，万一日后第三次世界大战真打起来了，我阎锡山还能有再立标杆的那天时，你叫我两手空空，靠甚安身立命咧？他们说话轻巧，左一个陈纳德，右一个陈纳德，那陈纳德就当真是个孙猴子，有那么大的通天本事？彭士弘打电话回来说，陈纳德连空投粮草军火的飞机也不能保证增加，你还指望他俯冲掩护咱西撤哩？这不是痴老婆等汉子吗？化之，你的一片忠心，我知道。可是，凡事总得多来个三回九转弯。叫我看，过河西撤，闹得不好，陷进共产党的口袋阵里头，进不能，退不出，要弄个鸡飞蛋打一场空呢！唔，徐向前这个人，不可低估了啊！"

梁化之一计落空，还是厚着脸皮巴结道："姨侄觉得，比起您来，那徐向前，他算老几？不过是个共匪土棍罢了！"

"哦，不不不！"阎锡山固执地连连摆手说，"这你可错了！徐向前这个人，你不懂。他和咱是五台县的老乡。他家永安村，和咱阎家的河边村，只隔着一条滹沱河。我对他的为人，是清清楚楚的。这个人，他家祖上虽是大户，到民国初家道已经衰落了。徐向前10岁上私塾，后来弃学当学徒，做过木匠，还到河北阜平做过书店里头的小伙计。大概是民国7年吧，他读了省立国民师范。哦，你知道，那个师范是我初创的。这么说起来，他也算是我的一个门生咧！那阵子，赵戴文当校长，我出钱支持办学。原本是想培养咱自己的人手的。可谁想，在那时候，共产党就已经在搞他们的地下活动了！咳咳……"

"主任！"由于极度气恼，阎锡山剧烈地咳嗽起来。

梁化之赶紧上前，一边替阎锡山捶背，一边试图劝他停下这个话题。

"不，化之，我心里烦得很，你就叫我讲讲古吧！"阎锡山扚拗地坚持道，"国师毕业以后，徐向前在阳曲县教过小学，在川至中学当过教员。他是民国十二年进黄埔军校的，是黄埔第一期学员。后来，他到了冯玉祥的国民第二军。直奉大战后，他回到黄埔武汉分校当过少校队长。我推测，他投靠共产党，大概也就是在这个时候。以后，他到了广州，跟过共产党的彭湃，听说就在那一带当红军的师参谋长。以后，我听说徐向前投奔毛泽东，上了井冈山，在红军的第四方面军当总指挥。那时候，他是打过好几个胜仗的。像黄安、商城潢川，苏家埠那几个战役，就打得挺不赖。他接连打胜仗，把总裁的中央军一个师一个师地吃掉！唔，厉害呀！连委员长亲自临阵督战，也拿他毫无办法呢！"

"老叔——"

"你不要插话！"阎锡山阻止梁化之道，"那时候，国军里头有不少人传说，徐向前打仗，讲究的是五个字。哪五个字呢？就是狠、硬、快、猛、活！凡是和他对过阵的人，都知道。八年抗战，他一直就在咱山西，他和周恩来、薄一波等，和我打过的交道多啦！现在回想起来，论斗智，论斗勇，我阎伯川真不是他的对手咧！1937年12月，他和刘伯承指挥的那次六路围攻战，一仗就消灭了六百多日本人。1939年，他又和刘伯承、邓小平在冀南搞了个叫什么'先滥后收'的战术。两个多月中，不只打败了日本的扫荡，还灭了三千多日本人……"

"老叔！"

"哎，徐向前的事，我真是知道得太多了！越说越叫我不安，还是不要再多说啦！化之，打仗讲究知己知彼。徐向前确实不是寻常之辈哪！你太年轻，太少知了！叫我看，你根本不是他的对手。日后的路，不好走哇！"

阎锡山后面的这些话，听起来真有些遗嘱的味道。梁化之正在捉摸其中含意，阎锡山换了一种长者口吻，对梁化之说：

"化之，我刚才讲了这么多，也不是怪怨你先前说过的话。不管怎么的，你总是替咱自己打算的。这，我心里头有数儿。唉，岁月流逝，年龄不饶人哪！化之，我是一天一天地老了，越来越力不从心了。你还年轻，你是初生牛犊不怕虎，这个闯劲儿很好。其实，你也不用怕那个徐向前。我刚才说他如何如何厉害，是要你知道他，了解他，不要小看他。不是要你怕。懂吧？化之，我今儿给你讲的这些，可都是肺腑之言哪！因为，日后，山西的事，我还要多倚重你咧！不过，话说回来，这归根结底，还要看你个人的能耐大小咧！"

如此直截了当地坦露心底的话，无论是对什么人，在阎锡山还是第一次。而对梁化之来说，听了这些话，却好似眼前忽然亮起了一盏明灯。因为，阎锡山分明在明确表示：将来，他要把山西的大权，全都托付给梁化之！

梁化之真是受宠若惊，大喜过望。他巴不得有这个机会，立刻跪倒在地，感激涕零地说："只要主任信得过我，化之纵然掉了脑袋，也要效忠您！"

阎锡山满意地说："快起来，也用不着这么的。来日方长，今后会有你用武的场合的。"

这时候，侍从参谋呈上一封电报。阎锡山一看，顿时喜上眉梢。他没有说什么，捏着那电报纸，呆呆坐在了太师椅上。

梁化之从阎锡山的表情判断，估计是个好消息。便试探着问："老叔，是不是南京方面——"

"德邻来电，要我立即到南京去商议和谈的事。"阎锡山说着，把电报递给梁化之。梁化之看罢电文，心中已有主意，当下说："机会不可错过。您还是早行为上。"

阎锡山正是这个意思。不过，按照他一贯的行事作风，他还要做些姿态出来。因此假惺惺地说："哼，有什么好商谈的？他们会有什么好办法！我是不抱希望的。什么谈判？还不是胡扯淡！我真没心思去。不过，人家如今是代总统，不去也不对，毕竟上下有别嘛。所以，我还是打算到南京去做一下应付。我走后，省里头的事，就主要靠你了。化之！"

梁化之企盼已久的时刻，终于到来了。他彬彬有礼地说："请老叔放心地去吧。化之唯老叔您的命令是从！"说到这里，梁化之迟疑了一下，但还是鼓足勇气说，"不过，我有一点想法，不知老叔愿听不愿听？"

"有话照直说，不用胆怯！"阎锡山正经鼓励道。

"主任此去，非同寻常。虽然为了和平使命，也难免有人疑神疑鬼，胡乱猜测。据我看来，您这一走，弄不好，可能会引起人心动荡！"

"那，你的意思是——"

"人们可能猜疑，你会一去不回来！"

阎锡山的脸膛顿时红了起来。梁化之一语点破了他心底的机密，他感到十分难堪。不过，他毕竟还是自恃有道，当即做出一副坦然的样子，信誓旦旦地说："我不回来，莫非会留在南京当乞丐？你要告诉他们，我阎锡山是死也不会离开山西的！"

"只怕人们不相信咧！"梁化之显示出少有的执拗。

"那依你说，我是不要去？"阎锡山有些恼火地反问。

"去，当然是要去的。不过，为了安定人心，我的意思，是否把慧卿留下来……"梁化之媚笑着说。

这句话，真是给阎锡山出了个大难题。须知，这等于要阎锡山从他的心头上割除一块肉！丢金子，丢家产，丢城市，丢什么值钱的东西也可以。但叫他丢下阎慧卿，阎锡山是说什么也不能接受的。要知道，打从抗日战争开始到现在，这十几年间，阎慧卿这个五堂妹，一直就随侍着阎锡山。这些年，阎锡山的起居饮食，日常内务，全都是阎慧卿一手操持着的。这一对堂兄妹之间不清不白的关系，早已不是什么奇闻轶事。不仅身边的人无一不知，就连阎慧卿的丈夫梁綖武，也是听之任之。而在阎锡山的如夫人徐兰森去世后，阎慧卿更成了他朝夕相处的贴身陪侍。现在，梁化之不怕犯忌，直截了当地提出了这个使阎锡山又恼、又气、又疼、又急，却又为难的话题，可真也把这个老于世故的老政客，逼得捉襟见肘了。

梁化之看准了阎锡山难舍难离的心思，进一步说："主任，姨倅此话实在太冒昧了。可是，您是政治英杰，德高望重，前程无量。谋事当从大处着眼才对。如果带走慧卿，太原人心肯定要乱；不带慧卿，人们都会相信您走后还要回来。再说，您先走以后，如果得便有机会，还可以把慧卿接出去呀！得失之间，在此一举。请主任三思！"

梁化之这些话，确是出于肺腑，也算得一番忠言。阎锡山虽然爱恋他的堂妹，但为了他自己的安全，最终还是决定忍痛割爱，舍车保帅。他料定，他这一走，太原固守有疑，大抵也是有去无回的。于是，考虑半晌，最后终于还是狠了狠心，咬了咬牙根说："好吧，化之。这件事，我就依了你啦！你要替我照顾好她！"

"请您放心。化之一定尽心尽力！"

"另外，我这次南行，关系重大。我想和大家打上个招呼——"

"化之，你这就去安排！"

● **仓皇南逃**

1949 年 3 月 29 日正午 12 时刚过，太原绥靖公署的文武官员下班后，有的回家才端起饭碗，有的正在洗菜做饭，公署离家较远的甚至还未到家，就接到了电话或来人通知："主任召集紧急会议，务必马上到主任公馆去参加！任何人不得缺席！"

这个通知，是梁化之接受阎锡山面授的大权之后，以阎锡山名义传达的第一个命令。接到通知的人，全都感到莫名其妙。没有一个人知道出了什么事，没有一个人不觉得事出蹊跷，但也没有一个人敢违误阎锡山的传唤命令。于是，人们不得不放下碗筷，再出家门；或半途回头，怀着疑惧忐忑的复杂心情，匆匆赶回了刚刚离开的绥靖公署内的阎公馆。

这阵子，在阎公馆中和斋二楼会议室，陆续赶来参会的山西军政要员和文武高干，和一些负责前线指挥的高级军官，分坐在照例摆在地中间的长方形条桌两边。内中几位军长，还是从离城十五里远的前沿阵地，紧急赶回来的。这些人员，几乎囊括了山西军事、行政、经济和人事等方面的所有举足轻重的阎系高层人物。

从这些到会人员的级别、阵容，和通知到会的时间、地点、方式来看，人们全都有一种预感：肯定有一桩特别重要的大事即将发生！可究竟是什么事，就连王靖国、吴绍之、赵世铃、徐端等核心人物，也都摸不着头脑。只有梁化之一个人不慌不忙，阴森森地站在案首位置，逐一地清点着到会的人员。这就使会议的气氛更加恐怖紧张。

应当到会的人大体都来了，梁化之命令警卫："把门关上！"

木门发出沉重刺耳的关闭声，把几个神经脆弱的高干，吓得哆嗦起来。梁化之转向身边的一个侍从说："人都到齐了，去请主任来开会吧！"

后门开处，两名武装侍从首先进来，一左一右分立两边。另两名侍从分别用手掰着两扇木门。而第三对两名侍从，则搀扶着阎锡山，蹒跚地走了进来。

前来参会的军政要员们更加紧张起来，全都机械地起立，站在长桌两边，目光一齐转向阎锡山那边。这些目光中，交织着惊惧、担忧、困惑、猜度、颓丧、惶惑等种种无以名状的复杂心理。阎锡山在案首的位子上停下来，破例地没有即刻入座，而是彬彬有礼地站在那里。

看起来，这位绥靖公署主任今天心情特好，他的动作不再那么沉重，满脸堆笑像再世的弥勒活佛，宽厚的仪态使人误以为圣人威仪，坦然的心境则很难使人相信他就是昨天那个乖戾无常的阎锡山！不过，这种完全不同于以往的作态，才更使与之朝夕相处的高干和军官们，连自己感官的直觉，也确实不敢相信了。

但是，不管人们如何不理解，费思量，这个人，的的确确就是太原绥靖公署主任，山西同志会的会长阎锡山本人。

人们诧异惊愕的表情，阎锡山全都看在眼里。他心中暗自好笑，也为自己这临别前的最后一着怪招而自得。但是，留给他的时间确实不多了。没有更多的闲隙，来让这位一贯善于弄虚作假的老政客进行更充分的表演了。阎锡山迅速进入应有的正常心态，挥动着两只胳膊，用双手手掌一再做着向下按的动作，对众人说："坐坐坐，快全都坐下来。都是咱自己的人嘛，还用得着这么拘束？又不是总裁来了！啊，对哇？哈哈哈……"

"嗯嗯嗯！"

"啊啊啊！"参会者们尴尬地，却又不得不故作理解地胡乱做着应答，分别坐在了身后的椅子上。

梁化之凑到阎锡山耳边说："会长，人都到齐了。您看——"

阎锡山把左边的眉梢朝上扬了扬说："那就开会吧。化之，李代总统的电报，你替我念给大家听听！"

说罢，阎锡山破例从桌上拾起一支香烟，在桌面上蹾了几下。侍从赶紧上前替他点火。在阎锡山喷吐的烟雾中，梁化之宣读李宗仁来电的声音在室内回荡。

> 伯川吾弟，和平使节定于月杪飞平，党国大事，待诸我公前来商决。迅疾来京，如需飞机，请即来电，以便迎迓。
>
> 宗仁　俭印

电文念毕好一阵子，会议室里一直死一般地沉静。参会军政要员们拼命抽着烟卷，有的闭目皱眉沉思不语，有的连连打着莫名的呵欠，有的则在努力忍耐着急欲暴发的咳嗽……人们心里都在掂量着电报的分量，多数人心里已经猜到：

"老汉要走了，这是和咱们告别哩！"

可谁也不敢、不愿，也没有说出口来。

阎锡山从梁化之手里接过那份电报，放在面前的桌子上，用一只手按在上面，仿佛怕那薄纸片儿忽然腾空飞走似的。

众人全都屏息敛气不言声，阎锡山反而爽朗地笑着，把他早已编好的一套借口说辞托了出来：

"李代总统的电报，就这么三两句话。你们都听清了吧？事情嘛，说起来也很简单，就是因为国共两党的谈判，在最近有了些进展。李代总统打发张治中他们几个人，正在北平和共产党谈判，谈得据说也还不赖！啊，目前南京来电，说和谈之事，大体已定。共产党要接管长江以北，这就包括咱山西在内喽！解决山西省的问题，没有我阎锡山是不行的。我是主张雁门关以南，韩信岭以北，由我们接管的，可他们不干呀！这不行！这样子，谈判双方争持不下，连南京也做不了这个主意。所以嘛，李代总统只好来电报请我亲自去跑一趟，协商解决的办法。啊，就是这样子的。哈哈……"

说到这里，阎锡山看见高干中的几个人面露喜色，知道这套编造的谎言发挥了作用，便接着说："今天，我把大家急急忙忙召集起来，也没甚要紧的事。因为和谈事关重大，何去何从，我也一时难以定夺。所以嘛，就请你们这些诸葛亮来，替我谋划谋划。你们有甚想法、看法、说法，也不用客气，就直截了当地讲哇！"

众人面面相觑，谁也不知该讲什么为好。

会场里再次出现了令人难堪的窒息式的沉寂。阎锡山抽着烟卷，等了一会子，也不待有人开言，朝着梁化之瞟了一眼。

梁化之心有灵犀一点通，马上走前一步对大家说："时局变化如转轮，那是风云难测的。和谈虽然事关重大，但有咱们主任的雄图大略，自然会有决断的妙方高招的。我看，都不用讲了，就等主任您参加会议回来，也就行啦！"

梁化之这么一说，正好给了阎锡山个台阶。他立即接过话茬说："嗯，这也行。依我看，这一回，连全国的和平，也是很有希望的！"

梁化之开了这个头，等于定了调子；阎锡山应了声，等于是认了可。这样，参会人们便从中悟到了讲话的分寸，这才开始发言了。

王靖国是军界人士，又是阎锡山的亲信，首先说："主任此行肩负重任，理应促政府下令，叫共军围困省城的部队，退后八十里去，再让出同蒲沿线的走廊来。这样，也好秦晋沟通，便于我军从太原到达西安！"

孙楚道："主任此行赴京开会，关系全国大局。有关山西绥署军政大事，您尽可放心。我们大家一定奋勇承担！"

徐端生怕阎锡山忘记了自己，"唵"地来了个立正，赌咒般地表示："鄙人誓死跟随阎会长，做全世界的反共急先锋！"

吴绍之不愧是个智囊式人物，他估计阎锡山此番大体是有去无回，便顺水推舟地说："会长这次到南京去，既然担负和谈重任，我看不妨多住上些日子，不必很快返回太原来。会长德高望重，威震海内。趁这个机会，也给咱山西人开上个在全国活动的门路吧！"

这一下，人们打开了话匣子。一时间，七嘴八舌，全吵嚷开了。

这个说："对着哩，主任到南京办完大事，就在南京多住些时间吧。养养身体很需要。看操劳的，人也瘦啦！"

那个说："在理在理。会长这回出马，肯定可以在南京争到一个位子的！"……

众人乱吵了一阵子后，阎锡山看了看手表，皱了皱眉头。就在他心神不定地点头应付的时候，一个侍从参谋走进来，贴着他的耳朵，咕哝了几句什么，他便立即摆手止住大家说：

"好好好，这次到南京去，我估计大概要比以前那几回多住几天。也许三天五天，也许十天八天。未必能早回来。最低限度，也得等到和谈有了个结果。不过，你们也不用担心。只要太原军事形势一吃紧，我保证能在二十四小时以内，返回太原来。我阎锡山要和太原共存亡，这是早就说过了的。你们也是都知道了的。对不对？啊！"

"对着哩！"众人盲目地齐声回答。

梁化之知道飞机已经备好，凑过去让阎锡山看看打开盖子的怀表说："主任，时候不早了。您看——"

　　阎锡山立即站起，把字句咬得结结实实地说："我走了以后，省里头的事，就化之、靖国、孙楚、世铃、绍之他们五个，组成五人小组，全面负责。你们几个，每天早晚用长途电话向我报告。具体分工，化之担任组织行政经济特务各部门的总负责人，并负供给军需全责。靖国是建军会的总负责人，并以太原守备总司令之职，掌握整个军事事宜。至于孙楚、世铃和绍之，你们依然各任原职，各负其责，协助化之、靖国把事情办好。将来，我是要论功行赏的！"

　　"知道啦！"梁化之等应答道。

　　"至于你们大家，一定要精诚团结，齐心反共。我阎锡山以城复省，以省复国的主旨，是始终没有改变的！都听见了吧？"

　　"绝对服从会长！"众高干不太齐楚地回答着。

　　先前进来报信的侍从再次进来，催阎锡山启程。

　　梁化之进言道："会长，时间不早了，飞机已经在机场等了半个钟头啦！再没有当紧的事，就请会长动身吧！"

　　阎锡山在众侍从侍奉下，披大衣，系纽扣，正军帽，拄手杖，转身要走。

　　众高干一时慌乱起来。有好几个人突然像哭丧一般喊叫起来："我们要去给会长送行！"

　　阎锡山趔回来，板着面孔，特别强调地呵斥道："不必要！这次到南京，我谁也不带。就连慧卿，也是要留在太原的！至于你们大家，也都不用送我。飞机场里不断有共军的炮弹落下来，人多了不安全！懂吗？"

　　说话间，侍从们已扶他走到会议室门口。开着门的小轿车就停在台阶下面，阎锡山径直坐了进去。人们站在台阶上送行，可阎锡山连手也没招一下，车子就开走了。

　　轿车在开往圪嵺沟飞机场的马路上疾驰。车子后排的座位上，珠泪涟涟的阎慧卿斜依在阎锡山的肩头上，啜泣不已。

说起来，阎慧卿本是阎锡山堂叔阎书典的五女儿，是阎锡山的五堂妹。阎书典诨号"二砖头""二老太爷"，是个横行乡里、依权仗势、巧取豪夺的无赖之徒。他的五女儿阎慧卿，人称五姑娘，早年就和堂兄阎锡山明来暗往，关系暧昧。阎慧卿初嫁曲佩环，离婚后改嫁梁延武。梁延武本是晚清山西谘议局局长梁善济的孙子。而梁善济，则是阎锡山辛亥年登上山西都督宝座时，以前朝遗老身份，发挥过重要作用的人物。梁延武祖上既与阎锡山过往不凡；而娶阎慧卿为妻的本意，原也是"攀龙附凤"，图着"背靠大树好乘凉"。所以，尽管梁延武对这对堂兄妹的隐私之情一清二楚，但为了更大的政治考虑，他宁愿对此事睁一只眼，闭一只眼，佯装不知，甘作个缩头乌龟。不过，梁延武在与阎慧卿成亲时，确也提出过他的特殊要求，即允许他"纳妾娶小"。这个条件，阎家当然没有异议，而阎慧卿为了她的私情之便，也便毫无些许醋意。

　　这正是，阎锡山为了阎慧卿，拿出高官厚禄来优待梁延武；梁延武为了官场坦顺，甘愿把阎慧卿这个金蛋蛋让给阎锡山支配，而自己只当个名义丈夫。至于阎慧卿，既然抱住了堂兄兼"相好"这条粗腿，又何必计较丈夫梁延武在北平、上海等处，另纳"小星"呢？

　　就这样，在十多年的时间中，由暗到明，由隐蔽到公开，这几个以非正常婚姻形态串联到一起的人，彼此心照不宣，各自取其方便，相安无事，居然过了一年又一年，年年私情绵绵，彼此沆瀣一气。在这种以政治目的为基础的特殊两性关系中，阎慧卿名为梁延武之妻，而实实在在地却是和阎锡山朝夕为伴的贴心人。

　　汽车在疾驶，阎锡山已经告诉阎慧卿：他到南京后不久，就会把她也接到那里去。然而，阎慧卿凭着她的直觉，和女性在情感问题上特殊的本能敏感，她有一种被遗弃的生离死别的痛感。她抬起哭红了的泪眼，用乞求的目光望着阎锡山说："万喜哥，让我跟你一起去吧。啊！"

　　当他们在单独相处时，她总是亲切地用乳名——万喜哥，称呼他。此刻，这个爱称更加令人心动。但阎锡山还是轻轻地抚摩着她的一头黑发，甜甜地说：

"慧卿，听话。我不是不想带你走。我难道愿意孤零零一个人在南京受清苦？我也是万般无奈呀！你跟了我这么些年，还不知道你万喜哥是个甚脾性？我待你是厚，是薄，天地良心，你最清楚。再说，太原这个摊摊，是我几十年一手经营起来的，我能舍得把它白白送给共产党？我不能这么做呀！你是个精明人，不用我说，也明白着咧！共军把咱太原城围了个水泄不通，手下人哪个不是看我的眼色行事？要是把你带走，他们准定会说：我这一走，肯定是不回来了。你说对不对？"

"可你——"

"对，是我专心把你留下的。因为你是我最亲的人，哪个还会怀疑我会不回来？这不是骗你，我是肯定要回来的。就因为你留在太原，我也肯定要回来。啊，慧卿，你服侍了我这么多年，给我办了那么多事。哥全记着哩！这件小事，你一定会帮哥的。对不对？好慧卿，听话，啊！就权当我求你咧，是你帮万喜哥的大忙咧！行吧？我敢对老天爷发誓：如果我要说半句假话，叫那天上的飞机掉下来——"

阎慧卿赶紧伸手把阎锡山的嘴巴堵住说："谁用你说这些不吉利话！我可对你说好：你不能走的日子太久了，顶多十天半个月。你要是不回来，我就自己寻到南京去！"

就像哄一个不懂事的孩子，阎锡山款款轻拍着阎慧卿的肩头，信誓旦旦地说："这还用你操心咧？我肯定能办到。不说别的，就拿这几年来说吧，你跟上我，沾得光也不少吧！打从'事变'以后，你从村里跟我出来，一到克难坡，我就扶你做了山西女子助产学校的校长，还兼着战时山西儿童保育会的主任。保育会的会长虽然是你堂嫂徐兰森，可她只是挂了个衔儿。打里照外的，还不全是托付了你？前年，我又叫你兼上了太原慈惠医院的院长。这还不算，这几年中，但凡出头露面，开会讲演，上下周旋，左右接洽的大事小事，有哪一件不是依着你，顺着你来？就凭这些，你也该知道我的心，是一阵阵也不想离开你，丢下你的！你说，我能不能把你撂下不管？能不能，慧卿，你说？"

阎锡山这一通花言巧语，把阎慧卿捧得心痒痒的。堂兄那热扑扑的话，和说话时吐出的熟悉的气息，从她耳边和脸膛上拂过，使她不由地想起了过去的许多温馨和缠绵。于是，她终于还是相信了阎锡山说的这些话，全都是真心实意的。

阎慧卿正起身来，掏出一块丝手绢，先揩揩自己腮上的泪痕，又替阎锡山擦了擦说话时挂在胡须上的唾沫点子，然后娇媚地说："你要是真的没坏了心眼子，万一不能回来，也一定得把我接到南京去住！"

"那是一定的，一定！"阎锡山把肚皮一拍说，"这没问题。你是看见的，那陈纳德的飞虎队，每天都来空投子弹和粮食。到时候，只要我和他们说上一句话，陈纳德一准会派飞机来接你的。这，你该全放心了吧？"

"嗯！"阎慧卿像吃了一颗定心丸，当下甜甜地笑了笑，忘情地把脸面更紧地贴在了阎锡山的胸脯上。

轿车开进了圪嶛沟飞机场。机场上空荡荡的，除了被解放军的炮弹炸下的许多弹坑外，别的什么也没有。飞机并没有降落。是梁化之怕阎锡山被高干们纠缠得太久，误了飞机，临时编造了一个飞机已经到达半小时的谎言。

现在，在这满目疮痍、坑洼不平的机场上，只有阎锡山，和送行的梁化之、阎慧卿，以及二三十个武装警卫。

梁化之站在一边，阎锡山见他有话要说，便道："化之，有什么话，你就抓紧说吧！"

梁化之早已考虑成熟，于是道："有几件事，想听听会长的意见。第一件，是赵宗复。他是赵戴文先生的儿子，按理应当照顾。可据警方调查，他的的确确是个共党分子！我的意思是：与其留着遗患，还不如及早除掉！"

阎锡山沉吟了片刻说："这件事，主要是有赵戴文在内，他是我早年的老师。辛亥太原起义，多亏了他左右周旋，才得成功。后来他当过省政府主席，还在南京政府做过事，也算是党国元老了。这样一个人物，如果我们做得太过火，怕是不好向世人交待。我的意思，还是给次陇把这条根留下吧！如果怕他给共产党做事，看押起来，也就是了。"

"还有第二件事，就是赵承绶——"梁化之话到半截，阎锡山勃然变色。他把拐杖朝地面上使劲捅着，恶狠狠骂道：

"赵承绶，提他做甚？这个叛徒，没人格的，不要脸的东西，还口口声声劝我投降共产党！我阎锡山岂能为他所动？化之，你叫咱的政工人员，也来个针锋相对，也可以对着共军那面喊话。要告诉赵承绶和梁培璜他们：与其这么不要脸，赶紧自杀了吧！不要再做那些没脸皮的事了。如果再有他的人进太原来蛊惑人心，你就把他来一个抓一个，来两个抓一双。不要留情，不要手软！"

"是！"梁化之毕恭毕敬地站在一旁，深深地点着头。

"唔——"一架有美国空军标志的飞机开始在机场降落。

"轰隆！"一发炮弹从天空呼啸而来，在机场上爆炸。机场在颤抖，尘土铺天盖地而起。这是人民解放军的大炮在怒吼。

梁化之言犹未尽，但情况已不允许他再说下去。众警卫、侍从把阎锡山连扶带拖，不顾一切地向着尚未停稳的飞机跑去。阎锡山的鞋子掉了，顾不得去捡；侍从们踩了他的脚面，顾不得疼，忘记了骂；前面一个弹坑挡路，他一只腿滑了下去，身子趔趄，几乎摔倒。多亏卫士们利落，才像老鹰抓小鸡一般，把他拖了起来。临近飞机的时候，阎锡山的帽子已经不知去向；掉了鞋子的脚掌碰破淌血；大衣襟如同飞天上的飘带一般，拖在身后翻卷。几个警卫和侍从被炮弹炸死炸伤后，阎锡山索性不用人搀扶，也跑得像只受伤的老狼。

人民解放军大炮的"隆隆"轰响，把阎慧卿从迷梦中惊醒，她猛地预感到这是生离死别的时刻，不顾一切地拼命叫喊："我要跟你走！我要跟你走！"她呼喊着，像疯婆般披头散发，没命地直奔阎锡山而去。

梁化之着了急，生怕影响了阎锡山的登机，赶紧伸手拦腰搂住她，叫她冷静。阎慧卿哪里肯听，拼命地挣扎，叫喊，向前扑跌，奋力要从梁化之手中挣脱。

梁化之突然火起，使劲一推，把她推倒在地。阎慧卿恶狠狠地瞪大眼睛，吃惊地望着这个多少年来在她面前恭顺如绵羊的晚辈，还像从前那样发泄雌威："梁化之！你居然——"

梁化之双腿分开，挡在阎慧卿面前，一只手叉着腰，另一只手晃着打开保险的手枪，凶狠地喊道：

"阎慧卿，你放明白点儿：从今天起，你得听我的！这是会长的命令！"

阎慧卿由愤怒而惊愕，继而颓丧，绝望。直到这时，她才真正明白：阎锡山确实是骗了她，抛弃了她。她的精神堤防，只在顷刻间，全线崩溃了。阎慧卿少气无力地瘫坐在机场地面上。梁化之指挥警卫们把她强行架进了自己的轿车。

阎锡山一登上飞机的座舱，飞机便匆匆起飞了。与阎锡山随行的，只有他的侍从长，和几个亲信侍从。当阎锡山从飞机窗口向下望去，想再看一眼阎慧卿，再看一眼他几十年惨淡经营的太原城，再看一眼他的老巢的时候，解放军的炮弹，刚好在飞机肚皮底下，爆炸了。

"轰隆！"阎锡山一惊，赶紧把脑袋缩了回去。

● 情深谊重

1949年年初，由于肋膜炎病情加重，徐向前连非常重要的七届二中全会都未能参加。七届二中全会结束后，毛主席让即将返回西北战场的一野总司令彭德怀，顺道去趟太原。

当时，中央已经决定在太原解放后，将解放军第十八兵团（华北军区第一兵团）划归第一野战军指挥，去参加解放大西北的战役。彭德怀此次到太原，就是想提前对部队情况进行了解。

彭德怀到达太原前线后，得知徐向前同志因肋膜炎病情严重，当即决定到医院去探视。

彭德怀专程前往徐向前接受诊治的峪壁村战地医院。

春光明媚，风和日丽。作为战地医院的这所农家院落，恬静安谧。除了值班卫兵偶尔小心翼翼地挪动脚步的"沙沙"声外，院子周围一片寂静。

为了不打扰养病的向前同志，中国人民解放军彭副总司令在村子外面就下了车，让汽车停在村外大路边。他和陪同前来探望的同志们在村子外面静悄悄走过一段村街，尽量轻声地走进了徐向前就诊的农家院落，进入房间。

室内清静素雅。虽然陈设简单，但打扫得十分干净，炕火静静地燃烧着，一口大锅里煮着的水，发出轻微的"咝咝"声。徐向前大约睡熟了。他面朝着墙壁，安静地躺着。彭德怀及陪同前来探望的同志，为了不惊扰酣睡中的战友，全都是踮着脚尖儿，走到了炕沿边。彭德怀用双手托在炕沿上，伸长脖颈，观察着徐向前的面庞。只见向前同志面色苍白，形容消瘦，双颊微露红晕，呼吸短促，鼻翼两侧有湿润的汗渍。虽然在熟睡之中，但徐向前那只指挥过千军万马，导演过威武雄壮的战争史诗的大手，却依然小心翼翼地抚在一份油印的文件上面。

这份文件，正是毛泽东主席《在中国共产党第七次中央委员会第二次全体会议上的报告》。

向前同志面部挂着会心的微笑。看得出来，他是在精读了报告的全文后，带着深深的赞同和理解，进入梦乡的。报告翻开的那一页，是文章的结尾部分。毛泽东同志在这里讲道：

> 我们很快就要在全国胜利了。这个胜利将冲破帝国主义东方战线，具有伟大的国际意义。夺取这个胜利，已经是不要很久的时间和花费很大的气力了；巩固这个胜利，则是需要很久的时间和花费很大的气力的事情。资产阶级怀疑我们的建设能力，帝国主义者估计我们终究会向他们乞讨才能活下去。

在接下来的文字上，向前同志特别细心地用红笔画了着重记号，显示着这些话语在他的头脑中，占有十分重要的位置：

> 因为胜利，党内的骄傲情绪，以功臣自居的情绪，停顿起来不求进步的情绪，贪图享乐不愿再过艰苦生活的情绪，可能生长。因为胜

利，人民感激我们，资产阶级也会出来捧场。敌人的武力是不能征服我们的，这点已经得到证明了。可能有这样一些共产党人，他们是不曾被拿枪的敌人征服过的，他们在这些敌人面前不愧英雄的称号；但是经不起人们用糖衣裹着的炮弹的攻击，他们在糖弹面前要打败仗。我们必须预防这种情况。夺取全国胜利，这只是万里长征走完了第一步。

看到这里，彭德怀内心充满激情地感慨自语道："是啊，主席讲得很好。看起来，英雄所见果然一致。大家都已经意识到了胜利后可能出现的情况。这方面的警钟，是必须及早敲响喽！"

他替徐向前同志掖了掖被角，招呼陪侍的医师到离炕边稍远的地方，关切地询问："是你们给向前同志医治吗？"

"报告彭副总司令，是我们负责医治。"医师敬礼回道。

陪侍的同志介绍说："这是根据中央和毛主席的安排，专门前来为徐司令员治病的大夫。他是晋绥边区卫生部的史部长同志，是我们的医学权威呢！"

彭德怀感激地握着史部长的手说："晋绥的党和人民，从抗日战争开始，边区成立那阵子，到现在十多年的时间中，一直是全心全意地支持革命的。记得'百团大战'期间，晋绥边区破击铁路，袭扰敌人后方的斗争，样样搞得有声有色。这些，我是印象很深的。史部长同志，我代表人民解放军全体指战员，谢谢你，谢谢晋绥人民！请你一定用最大的努力，使向前同志尽早康复！"

史部长信心百倍地说："请彭副总司令放心，我们一定千方百计治好徐司令员的病！"

彭德怀把史部长招呼到身边，压低声音询问："请你具体谈谈向前同志的病情。"

"徐司令员的病，是长期操劳，过度疲累引起的。这个病，他在抗战初年就发作过。后来在中央关怀下，经过一段时期休息治疗，病情渐渐好转了。可是，打从太原战役开始，徐总昼夜操劳，废寝忘食谋划方略，指挥运兵作战，还经常冒险徒步到前沿视察。由于得不到充分休息，病情才又发展了。"

彭德怀急切地问："病情严重吗？"

史部长对搓着双手，沉重地说："比较严重。经全面检查，是肋膜炎急性复发。目前，腔内有积水！"

"难道，事前就一点没有察觉吗？"彭德怀着急起来，焦灼地问道。

"报告彭副总司令，徐总的病情，我们早有察觉。可他既不准我们及早向中央报告，又坚持非亲自指挥作战不可。同志们劝他休息，他怎么也不听。他总是冒着风寒，跋山涉水，到前沿视察和指挥。那天，徐总开会到很晚才睡。第二天早晨，他就突然病得连身体也翻不转了！"

"是谁呀？在这里悄悄地说我的坏话？"尽管同志们努力压低谈话的声音，但还是把徐向前惊醒了。他一边说着，一边挣扎着要转过身来，但动作是那样地吃力。

彭德怀忙上前用手轻轻按着他的肩膀，关切地说："向前同志，同志们看你来了！"

徐向前一听是彭德怀副总司令专门来看望他，心中蓦地涌起一股热流。他再次挣扎着要坐起来，彭德怀和其他同志忙上前帮他把身子转过来，扶他仰在被窝上。

徐向前的目光中充满感激和内疚。他抱歉地说："战事这样紧张，可我这身体却——"

彭德怀安慰道："向前同志，前阶段围困太原，扫清外围作战，你指挥部队打得很出色嘛！中央、军委和毛主席都很满意！我是参加了中央会议之后，受党中央委托，专门来看望你的！"

"谢谢党中央！谢谢毛主席！谢谢同志们！"徐向前双眼噙着热泪，用微弱的声音感激地说着。喘了口气后，他伸手把毛泽东同志那篇报告的油印本拿过来，对大家说："主席这个报告很重要，要组织全军认真深入地学习。从主席的报告看，七届二中全会是开得十分成功的。毛主席讲出了我们大家心里想说的话。"

彭德怀是参加过七届二中全会的，因此，他接着对这次意义重大的会议的情况，作了简要的介绍。

他说："七届二中全会从 1949 年 3 月 5 日到 13 日，在河北省平山县西柏坡举行，出席全会的中央委员 34 人，候补中央委员 19 人；列席会议的 11 人。毛主席、刘少奇、周恩来、朱德、任弼时等同志组成的主席团，主持了会议。这次全会，是解放战争时期我党召开的唯一的一次中央全会。会议作出的各项政策规定，不仅对迎接中国革命的胜利，而且对新中国的建设有深远意义。"

徐向前听得格外振奋，他说："我感到，这是我党为新中国奠基所召开的一次具有深远历史意义的会议。"

彭德怀进一步介绍说："这次全会上，毛主席代表中央政治局作了《在中国共产党第七届中央委员会第二次全体会议上的报告》，就是向前同志正在学习的这份文件。另外，朱德、刘少奇、周恩来、任弼时等 27 位同志，也在会上发了言。会议听取并集中讨论了毛主席的报告，通过了一批重要文件，如由我党发起的关于召开新的政治协商会议及成立民主联合政府的建议，通过了毛主席关于以八项条件作为与国民党南京政府进行和平谈判的基础的声明，并根据毛泽东的报告通过了相应决议。"

徐向前尽力把太原前线战役情况介绍给彭德怀，但因病情影响，不便长谈。当此之际，这位情系全国解放大业的人民解放军高级将帅，审慎地考虑自己近期难以继续指挥解放太原这场大规模的战役行动，便从太原战役的大局出发，主动请求彭德怀副总司令临时接替自己负责解放太原的指挥。

彭德怀经过深思熟虑，觉得向前同志的请求合情合理，答应了徐向前的请求，并即向党中央作了汇报。由于时间紧迫，中央来不及再调另外的高级指挥员来接替徐向前同志，便决定让已经人在太原前线的彭德怀担起太原前线指挥重任。中央很快回电，同意太原前线临阵易帅。

"请徐司令员用药！"护士按时送来了药片。

首长们马上停止谈话，关切地看着徐向前把药片服下去，喝了一杯开水后，觉得这次会见的时间已经不短了。为了让向前同志静养，大家开始准备离去。

彭德怀告辞说："向前同志，时间不早了，你安心休息吧！"

彭德怀话未说完，徐向前忙拉住他的衣袖，执拗地说："不不不，再谈一会儿。不累，不累。大家难得一聚，我还有好多话想说呢！"

同志们拗不过他，只好再留下来。

徐向前款款挪动了一下身体，用舌头舔了舔干燥的口唇，意味深长地说：

"最近，我总在想这样一件事：不久，打下太原以后，我们也就要进城了。这就牵涉到一个城市政策的问题。我看，我们首先要反对李自成思想。李自成为什么最后失败了？重要的原因之一，就是他不懂得城市政策，不讲究城市政策。郭沫若写了一本书，名叫《**甲申三百年祭**》，就是专门讲李自成的事的。党中央曾经把这本书确定为整风时的学习文件之一。这本书，现在看来，我们每一个干部更有必要很好阅读。现在看这本书，更合时宜。因为，从今以后，我们要不断地攻打大城市和解放大城市了！李自成进了北京以后，就昏昏然了。他的许多文臣武将，什么刘宗敏啦，牛金星啦，等等。只图做官，享福，捞钱财。什么贪污、腐化、搞女人、抢东西之类坏事，他们都干。军队没有纪律，把北京城弄得一团糟。结果呢，前功尽弃，一败涂地。李自成最后也在九宫山被杀了头！唉，这些亡国、亡党、亡头的事，实在发人深省哪！"

"向前同志说得很对，"彭德怀恳切地说，"是应该很好地吸取这些历史的教训！我想，毛主席在七届二中全会上的讲话，也正是要我们全党全军高度地提高政治警惕性的。主席的讲话，完全是有的放矢！"

两位人民军队元勋的精辟谈话，深深地吸引、感染着身边的每一个同志。大家个个思绪万千，感想联翩。在两位全军深孚众望的元勋的启发下，同志们的思想境界，都有了新的飞跃。

护士给徐向前端来了面食。史部长也从医生的职责出发，劝徐向前不要再多说话了。

彭德怀和同志们再三安慰，徐向前才勉强同意了结束这次长谈。彭德怀副总司令代表大家和徐向前告别。他说："向前同志，你一定要安心治疗，祝你早日康复！请放心，在发起总攻之前，我们一定要在整个攻城部队中，深入地开展一次党的城市政策的教育运动！"

"好，谢谢同志们！"当战友们就要离去的时候，徐向前的眼眶里，分明滚动着留恋、感激、信赖，和充满希望、充满信心，令人鼓舞的泪花。

继彭德怀之后，杨得志、罗瑞卿、李天焕等前委和各兵团领导同志都分别前往探望徐向前司令员。徐向前深深感谢战友和部属们的深厚情谊，对大家说："现在彭总来了，胜利就更有把握了！"同志们深受鼓舞。

● 再定大计

4月的晋中盆地，万物复苏。饱尝过冬眠孤寂的昆虫和鸟类，纷纷开始了新生活的追求。百草萌发，桃杏吐蕊。春天的艳阳，把冰冻的路面，消融得松软而泥泞。

4月4日，在一条条通往榆次县大峪口村的大路和小道上，一队队的快马奔驰疾进。这是中国人民解放军太原前线部队三大兵团的师以上首长们，在接到总前委的通知后，正赶往大峪口村，参加紧急军事会议。

黄昏时分，经过一整天快马颠簸的第20兵团司令员杨成武将军，来到一处山包。杨司令员驻马于山包上，向远处瞭望。不远处，就是总前委的所在地——大峪口村。

在一片初泛绿色的树木掩映中，一幢幢农舍安谧地坐落在那里。隐约传来的声声狗叫，和阵阵鸡鸣，使人很难相信：这里，就是距离太原交战前线很近，即将对战役进展作出最新的、也是最关键决策的处所。

杨成武司令员抑制不住内心的激动，他对随行的同志们说："看哪，前面就是总前委的所在地了。同志们，我们再加一鞭，看谁先到目的地！"

说话间，杨成武举起马鞭，正要朝自己的坐骑抽去时，蓦地发现，前方又闪出一队人马。这支马队精神抖擞，快捷如风，只一眨眼工夫，就来到了杨成武等停马的山包。

"嚯，是得志同志啊！"杨成武一眼认出，这支马队，正是第19兵团司令员杨得志将军和他带领的干部们。

两位人民解放军的虎将，是在不久前才结束了平津地区的战役行动后，几乎连气也没顾得着喘一口，便奉命分头向山西挺进，前来参加太原战役的。

杨成武和杨得志是红军时期的老战友，是在中国人民革命战争的大熔炉里锤炼成长起来的一代名将。他们彼此之间的友谊和了解，那是相当深厚的。

面对这暮色苍茫的春景，杨成武将军情思涌动，心潮起伏。他用左手勒着马缰，右手提着马鞭，指着依稀可辨的太原方向，不无动情地说："得志，你看，在我们的面前，这真是'会当凌绝顶，一览众山小'喽！"

杨得志也同样激情满怀地说："是啊，人民解放战争的狂飙，就要唤醒沉睡的太原古城了！"

杨成武勒马靠近杨得志，坚定地说："太原固然是个顽固的堡垒，但在全国解放战争这个棋盘上，它不过是一子儿死棋罢了！"

"正是这样！"杨得志扬了扬浓重的眉毛，幽默地说，"我们的百万雄师，很快就要杀过那个'楚河汉界'去了！现在，我们是车、马、炮全都对准了南京的总统府，就等中央一声令下了。连老蒋都焦头烂额，无法招架，那阎锡山的兔子尾巴，还能有多长呢！"

"哈哈哈！"

"哈哈哈！"

将军们的宽大胸怀和磅礴气势，他们那豪爽而风趣的对话，使随行将士们的奔波之劳，一扫而光。同志们全都开心地笑了起来。在同志们的笑声中，两位司令员同时扬鞭，大家一齐策马，朝着大峪口村奔去。在这合并在一起的两支马队后面，留下的是一串串"的的"的马蹄声，和战士们充满活力和自信的欢笑声。

经过一夜的休息，总前委扩大会议于 4 月 5 日正式召开。今天，聚集在大峪口村会场上的，有所属第 18、第 19 和第 20 兵团的各军、师主要干部一百五十多人。现场主持会议的，是罗瑞卿将军等中共太原前线总前委，和太原前线司令部。

早在 3 月中旬，中央军委决定组成太原前线党的总前委，以徐向前、罗瑞卿、周士第、杨得志、杨成武、陈漫远、胡耀邦、李天焕八人组成，徐向前为书记，罗瑞卿、周士第为副书记；组成太原前线司令部，以徐向前为司令员兼政治委员，周士第为副司令员，罗瑞卿为副政治委员，统一指挥第十八、第十九、第二十兵团，以第十八兵团司令部为太原前线司令部。

与会同志注意到，坐在主席台前面的，除了总前委的各位首长外，威名赫赫的人民解放军彭德怀副总司令也在座。当大家听说彭德怀副总司令是在河北参加了中央会议后，在返回西北的途中，专门前来太原前线视察指导，并在徐向前司令员因病医治期间，将实际担负太原前线指挥职责的时候，同志们那股振奋异常的劲头，就甭提有多高涨了！你从那长时间的暴风雨般的鼓掌声中，就足以体会到大家对彭德怀副总司令的景仰、爱戴、信赖、拥护，和士气的无比高昂了。

掌声终于平静下来了。前委副书记兼前司副政委罗瑞卿同志传达了中共中央二中全会精神，接着发言。他以激动的心情说：

"同志们，告诉大家一个喜讯：党的七届二中全会，已经于 3 月 5 日至 13 日，在河北省平山县的西柏坡村开过了！这次会议，是在我们中国人民革命即将取得全国胜利的前夜召开的。是一次极其重要的会议。我们的毛主席身体很好，他在会上做了重要报告，提出了促进革命迅捷取得全国胜利，和组织这个胜利的各项方针。……这里，我想把毛泽东同志 3 月 5 日在全体会议上报告的开头一段，念给大家。让我们听听毛主席是怎么讲的吧！"

罗瑞卿展开那份文件，整个会场里静悄悄的，连翻展纸张的声音，都听得十分清晰。他宣读了毛泽东主席的讲话：

辽沈、淮海、平津三战役以后，国民党军队的主力已被消灭。国民党的作战部队仅仅剩下一百多万人，分布在新疆到台湾的广大的地区内和漫长的战线上。今后解决这一百多万国民党军队的方式，不外天津、北平、绥远三种。用战斗去解决敌人，例如解决天津的敌人那样，仍然是我们首先必须注意和必须准备的。人民解放军的全体指挥员、战斗员，绝对不可以稍微松懈自己的战斗意志，任何松懈战斗意志的思想和轻敌的思想，都是错误的。按照北平方式解决问题的可能性是增加了，这就是迫使敌军用和平方法，迅速地彻底地按照人民解放军的制度改编为人民解放军。用这种方法解决问题，对于反革命遗迹的迅速扫除和反革命政治影响的迅速肃清，比较用战争方法解决问题是要差一些的。但是，这种方法是在敌军主力被消灭以后必然地要出现的，是不可避免的；同时也是于我军于人民有利的，即是可以避免伤亡和破坏。

读到这里，罗瑞卿放下文件说："同志们，正是根据毛主席的指示，党中央决定从 4 月 1 日开始，派周恩来、林伯渠、林彪、叶剑英、李维汉、聂荣臻六位同志为代表，以周恩来副主席为首席代表，和国民党的张治中、邵力子等组成的代表团，在北平举行谈判。现在谈判正在进行。但是，南京政府会不会在和平协定上签字，这还是个问题。因此，我们的方针，是立足于打，努力争取和谈成功。我们的党中央和毛主席审时度势，高瞻远瞩。我们要以革命的两手，对付敌人反革命的两手！同志们，在党的七届二中全会上，毛泽东主席谆谆告诫我们：我们的人民解放军永远是一个战斗队，这一点不能有任何误解和动摇。我们的目标，是夺取全国的胜利，解放全中国。所以，像天津那样用战斗去解决敌人，仍然是首先必须注意和准备的，决不能松懈我们的战斗意志！目前，我军正在围攻太原。阎锡山在山西盘踞多年，是个狡猾的反共老手，我们对他决不可掉以轻心。如果能够促成和平解决，我们当然欢迎。但是，面对太原这股顽敌，我们还是要立足于一个'打'字！敌人不放下武器，就坚决把他们消灭！"

"哗——"会场里爆发出一阵排山倒海的掌声。

与此同时，有人带头领呼口号：

"活捉阎锡山，解放太原城！"

"打倒蒋介石，解放全中国！"

这口号声，如海啸，似雷鸣，响彻了大峪口村及其周围的大地。

掌声平息下来后，陈漫远参谋长开始向大家做太原地区敌情、地形，以及我军作战部署方面的具体说明。在放大了的太原军事形势示意图前，陈漫远用教鞭指点着说：

"太原城已经处在我三大兵团的全面围困之中，城内的阎锡山军队已成了瓮中之鳖。但是，太原城经过阎锡山几十年的经营，可以说是国内第一流的要塞城市。阎锡山吹嘘说，太原是个'战斗城'，还说他的工事，足抵我们的精兵五十万！这当然是自欺欺人的吹牛喽！太原的布防，就其特点来说，是把主要兵力集中在外围防御地区。依托宽广纵深和坚固的据点式筑城，进行防御。阎锡山曾经把他的太原防备工事，做过一个比喻。他说：太原的防御体系，好像人的形状。东山为头，汾西为脚，石嘴子和风格梁如同两只眼睛，太原城内是五脏，武宿、新城两个机场分居南北，就像两只手。整个防御，混成一体，互相策应，固若金汤。"

"哼，吹牛！"自会议开始以来，端坐在主席台中间的彭德怀，一直认真听着。他一边细心听，一边在小笔记本上做记录。这时，他浓眉一竖，鄙夷地笑道：

"既然如此，我们就要先把它的'双手'截断，砍掉它的'头'，挖去它的'眼睛'，再截下它的'腿'和'脚'。这样子，整个太原的防御体系，不就身首异处，四肢不存了吗？最后，我们攻入它的'五脏'，钻进它的'肚子'里，这不就连它的命脉也根除了吗？大家说对不对啊？"

"对！"会场里异口同声地呼喊着，回应着。

同志们聚精会神听着彭德怀讲话。大家看到，主席台上的彭副总司令，身体虽然并不高大，也不是那种魁伟的武士风度，但坚强的体魄，却像雕塑家精心刻画的远征归来的骑士一般。他那刚毅的面孔，浓密的乌发，重重的眉毛，闪耀着智慧之光的眼睛，特别是嘴角处深陷的纹络，形象地展示出钢铁般无坚不摧的坚强性格特质。无论从哪一个角度去看，彭德怀都绝对不是个气宇冷峻，咄咄逼人的将领。几十年的战斗年华，急风暴雨的经久磨砺，坎坷崎岖的人生道路，难以预测的在为理想而奋斗中的迭发险情；使他养成了一种特殊的，不易被人发现的表达喜怒哀乐的习惯——久久地低头沉思，或久久地眺望长天。在人民和祖国的敌人面前，或在遇到损害党和人民利益的人事时，他总会无所畏惧，大义凛然，挺身而出。彭德怀的这种个性特点，作为全军的副总司令，人民解放军的高级将领们，尽人皆知。

此刻，坐在主席台上曾经被毛泽东亲切地唤作"彭大将军"的他，向人们展示的，却是他性格的另一个侧面：他朴实刚正，谦逊和悦，幽默风趣。言谈举止中，还多少带着些乡间的泥土气息。刚才，他那深入浅出，形象生动，言简意赅，而又精彩透彻的插话，颇为完整地把富有深刻哲理的战略战术思想，渗透在诙谐的形象比喻中，向听众们交了底。同志们听得那样分明，那样具体，而又那样妙趣横生。因此，当彭德怀话音落下时，会场里立刻爆发出一阵因受到深刻启迪，而引发的会心哄笑。彭德怀的简单插话，不仅活跃了会场气氛，而且加深了大家对会议宗旨的理解。

当大家笑了一阵子后，他转向陈漫远说："来来来，你继续讲，继续讲！"

陈漫远进一步进行敌情介绍。他说："几个月来，阎军被我围困于太原孤城之内，遭到了我军沉重打击。为了苟延残喘，从去年12月到现在，阎锡山又把他的暂编第8、第9、第10这三个部队的残部，和保安团、民卫军等杂牌队伍，也编进了他的正规军。并且强抓市民学生当兵，组编了什么'铁血师''神勇师''坚贞师'等；拼凑了第10、第15两兵团，下属6个军，15个步兵师，3个特种兵师。在汾河以西的红沟附近，最近又构筑了一个临时飞机场，接收从陕西榆林空运增援的敌第83师。阎军的防守地区，经调整后，最近又重新划定为北区、南区、西区和东南区、东北区五个防区。这些防区，就是敌人进行垂死挣扎的依托。"

当会议进入具体研究攻城计划和战役设想时，彭德怀异常积极，活跃，胸有成竹。在他那因连年频发的战争操持，而过早地多皱的面庞上，闪耀着振奋的红光。他那满头齐刷刷的浓发，烘托着脸面上亢奋的光泽。他庄重地站起来，立在主席台中央，神态安详，动作稳健，一边打着手势，一边精辟陈述：

"同志们，陈漫远同志刚才讲了：太原是全国第一流的要塞城市。这说明，我们对攻占太原的艰巨性，是具有充分估计的。不错，阎锡山已经成了瓮中之鳖。但我们还必须看到：他是要进行绝望中的困兽犹斗的！看得出来，阎锡山正在准备做最后的垂死挣扎。而且，据我们所知，阎部从清朝末年以来，经过民国年间的军阀混战，到抗日战争初期的对日作战，以及人民解放战争开始以来的敌我争夺，一向是以善守而出了名的。阎锡山还因此得了一个'守城名将'的诨号！这一点，我们大家绝对不可轻视。我们一定要准备打一场硬的攻坚战。当然，这仅仅是问题的一个侧面啰！另一侧面，是在我人民解放军的强大铁拳之下，这个太原城，其实也没有什么了不起的！只要我们认真地贯彻毛主席的战略战术思想，集中优势兵力，各个歼灭敌人，不打无把握无准备之仗；只要我们英勇顽强地作战，就一定能够攻克太原——这个华北的最后顽固堡垒！我的看法，还是要先打弱敌，后打强敌。因为，只要把弱敌迅速歼灭后，强敌也就变成了弱敌。这样，就造成了各个歼灭敌人的有利态势，就能够有把握地夺取攻城作战的最后胜利。请同志们考虑！"

彭德怀严密的剖析，虚怀若谷的态度，引起了与会者强烈的共鸣。一时间，大家即席发言，争相献策。

有的说："彭总说出了俺们的心里话。这太原城，现在最坚固的防御工事，要数卧虎山和双塔寺。这两个外围阵地，是两块硬骨头。也可以算是阎军的强点啰。"

有的说："在会攻外围据点时，我军已经对卧虎山、双塔寺两据点实施过包围压缩。这一次，应该首先拔掉这两个钉子！"

当下，有人便请求把攻克这两个据点的任务，交给本部队。

但也有同志提出了反驳意见。一位军长说："虽然前期受到打击，但后来阎锡山又加强了守卫力量。因此，要把这个据点变成弱点，还是应当避实就虚。"

另一个补充说："发起攻城战斗之后，我军可以先置卧虎山、双塔寺之敌于不顾，待攻克城垣后，再集中全力去拔除这两个钉子。当然啰，如果情况有利，也可以在攻城的同时，伺机攻夺这两个据点！"……

同志们的争论，使会议在民主的气氛中，异常生气蓬勃。而这种军事民主的传统，也正是人民军队的制胜法宝之一。面对这些在严酷的战争中逐步增长才干，军事思想素质日趋成熟的人民军队的后起之秀；面对这些年轻指挥员们足智多谋，生龙活虎的向上朝气，和军队政治民主空气的活跃气势，坐在主席台上的彭德怀、周士第和罗瑞卿等首长，全都满意地微笑着。

综合大家讨论结果，前委副书记兼前司副司令员周士第代表总前委宣布：

"同志们，我军会攻太原的作战方针，是集中优势兵力，以分割包围战术，首先将敌主力歼灭于城垣之外。尔后，从三个方面攻城，全歼守敌，解放太原！"

全场都在高度集中着注意力，周士第接着具体阐述道："我军的作战部署是：以第 20 兵团和西北军区第 7 军，由东北面和西北面突破敌人防御，歼灭北区守敌；尔后，由大北门和小北门攻城。以第 19 兵团和晋中军区三个独立旅，由南面和西面突破敌人防御，歼灭南区和西区守敌，再由首义门、大南门和水西门攻城。以第 18 兵团和西北军区一部，由东面发起攻击，首先在杨家峪、淖马、松庄等地区积极佯攻，并各以一部兵力策应南、北两面我军作战。在第 20 兵团和第 19 兵团攻击开始时，即攻占城东各点。然后，由大东门的南、北地区攻城。为了保证部队顺利攻击，我们要加强炮兵的组织指挥，充分发挥炮兵的威力！"

前司副政委兼第 19 兵团政委罗瑞卿进一步强调说："同志们，周副司令员代表前委和前司所讲的这个决心和部署，完全体现了毛主席攻坚作战的指挥原则。只要我们上下一心，认真贯彻这个决心和部署，夺取太原战役的全胜，就是完全有把握的。太原战场之所以有今天这个形势，是第 18

兵团和西北军区第7军，以及晋中部队的老大哥，还有广大人民群众共同艰苦努力的结果。他们在城南小店区和城东四大要塞，以及城北作战之后，对敌人又进行了几个月的围困瓦解，取得了太原战役第一阶段的光辉战绩。我们即将开始的，是太原战役的第二阶段。同志们，我们有决心，有信心，有把握把第二阶段的作战任务完成好。打仗好比做文章。只有做好这第二阶段的文章，这才是上、下两篇有声有色的好文章！同志们，有信心没有？"

"有！"大家高声回答的声浪，就像春雷般在会场上空回荡。罗瑞卿同志的贴切比喻，和逻辑严密的战略战术分析，极富号召力的讲演鼓动，使全体与会同志更加振奋。参会同志们个个都像是打足了气的球，张满了弦的弓箭一般，只要再一加力，马上就迸发出去了。

同志们高昂的战斗激情，同样感染鼓舞着作为阵前统帅的彭大将军。

彭德怀巍巍站在台子中央，有力地打着手势说："有关太原战役的总体部署和具体计划，上面同志都讲到了。我们必须看到：这次战役规模大，参战兵种多，战役战斗形式复杂，一定会给我们的组织指挥带来许多复杂问题。所以，我们一定要有坚强的集中指挥，特别要注意搞好兵种、部队间的协同动作，和各种保障。确保胜利建立在稳妥可靠的基础上。大家知道，平津解放后，太原就是国民党统治势力盘踞在华北的最后堡垒了。所以，拿下太原，就是解放华北的最后一仗！同志们，我们一定要打好这一仗！我们要用新的胜利，向党中央、中央军委，向毛主席汇报！大家说好不好啊？"

"好！"

"用胜利向党中央报喜！"会场的气氛，简直像是誓师仪式。

这时候，彭德怀一改他虎将叱咤风云的豪壮风度，慈祥亲切地把双手扶在主席台上，挺认真地有意把身体向前挺挺，朝着台下的同志们询问："同志们，你们当中，有谁到晋祠逛过吗？"

会场在一阵诧异的静默后，突然爆发出一阵大笑。大家七嘴八舌地议论着："那些地方，是财主老爷们玩儿的去处。哪有咱们的份子？"

"听说晋祠美景甲天下，就是打仗行军顾不下！"

"看，倒是想看看；逛，当然也想逛一逛。可就是阎老西占着，不给咱留那空子！"

"哈哈哈！"会场呈现出空前的欢愉气氛。

彭德怀副总司令也和大家一起说笑着。此时此刻，他已经完全不像是一个给人感觉居高临下的上司，而是一个同普通士兵息息相通的人民战士。他的平凡中透显着伟大，朴实中充溢着光华。他把自己胸中燃烧着的对革命对人民的炽热的爱火，传播给每一个同志，使大家受到潜移默化的革命教育。

等大家的争论平静下来，彭副总司令严肃地对大家说："晋祠美景，确实是天下奇观，这话说得一点不错！同志们，谁说这美景只有财主老爷才配观赏呢？不对。风景名胜，是我们祖国的大好河山，是劳动人民智慧和劳动的结晶啊！等到太原解放以后，我们不只是逛一逛，看一看，我们还要好好地建设它，大大地发展它，要让劳动人民每一个礼拜天都来逛晋祠，赏美景，调节生活哩！"

这是一个十分新鲜的话题。对于长期在战火纷飞中浴血转战的将士们来说，确是从未加以考虑。所以，彭总如是说，大家备感新奇，全都怔怔地听着。

彭德怀接着说："我彭德怀现在许大家一个愿：拿下太原，大家可以逛逛晋祠，看看山西梆子、上党梆子。喘口气嘛！啊，对不对？可是，要想逛晋祠，我们就得先解放它。为了解放它，在战斗中还要保护它，爱惜它！因为它是我们祖国和人民的珍宝！不过，我也不允许你们天天看戏，逛晋祠。这样是不行的！因为，我们的战斗任务，还艰巨得很哩！同志们，全国没有全部解放，西北和江南的大片国土，还在反动派手中，我们没有权利松懈斗志哇！我这次到山西前线来，既是向华北的同志们学习的，又是来搬兵的。等我们消灭了太原之敌后，我要欢迎华北野战军开到西北战场去，和我们西北野战军并肩作战，解放祖国的大西北！"

随着彭副总司令极富鼓动性的话语，跟随前来的西北野战军的同志们率先鼓掌，表达对华北野战军战友的欢迎、祝愿和敬意。

华北野战军的同志们全体起立，以同样热烈的掌声，表达对彭总号召的响应，和对西北野战军战友的敬意。就这样，在彭德怀副总司令的组织下，华北和西北两支人民解放军的心和力，紧紧地凝聚在了一起。

这心和力的凝聚，铸成了一股强大的洪流，汹涌澎湃，浩浩荡荡，势将冲垮国民党反动势力在华北以至全国的最后藩篱。

● 车行会友

当人民解放军主力兵团正在进行会攻太原城的战备之际，潜伏在敌人心脏里的太原地下党组织，也在有声有色地开展着配合攻城作战的行动。

在太原城远郊，有个村落，叫小常村。打从抗日战争时期开始，这个村就有我太行军区情报处所属的"909"情报站设立。人民解放军开始围攻太原以来，"909"情报站主动配合，指示该站潜伏在太原城内进山中学的中共地下党员乔亚，设法绘制敌人城防图，以便提供给攻城部队。乔亚同志团结了进步青年刘鑫等，经过较长时间的搜集和测绘，终于搞出了一套城防简图。可是，由于送图人叛变，乔亚和刘鑫被阎军逮捕了。

尽管送图计划受挫，但"909"情报站完成任务的计划并没有动摇。经过认真研究，情报站决定把这件事关重大的任务，转交给潜伏在太原城内的地下党员张全禧去完成。

只说在太原城内的府西街路北，有一座专司修理自行车的老铺子。门口挂着的招牌上写着"谦益信自行车行"。这车行的掌柜兼大师傅，姓张，名叫全禧。

张全禧年30岁左右，中等身材。人到中年，处事持重，颇多心计。见过他的人，都有这样的感觉：他那浑身油泥，掩不住干练的风采；满手铁锈，尽是聪明和智慧。他谈吐随和，颇得左邻右舍敬重；和气待客，广纳四方客户主顾。谁都知道，张全禧是个技术精，人气好，急困济难，乐施好善的正派手艺人，是个端端正正的地道好市民。

其实，打从抗日战争一结束，张全禧就受中共地下党组织的派遣，以修理自行车为掩护，在太原城内潜伏工作，已经有十几个年头了。张全禧自从接受党组织布置的任务，要他设法重搞阎军城防图以来，他心里真是又喜又急。喜的是太原解放在即，自己能够为此肩负重任；急的是唯恐因为自己的失误，而影响了整个作战计划。

这天上午，张全禧照例大早儿开张，一边招呼顾客，一边盘算着如何搞到阎军的城防图。这时候，车铺门口"喀"地一声，停下一辆自行车。

张全禧果然灵活，马上笑脸迎上前去，用他那熟练的纯职业化语言，谦和热切地对这位早到的主顾说："先生早？快请里边坐！车子有小毛病，本店主这就修好，保证不耽误您先生公干！"

"嘿，张大哥，你连我都认不出来？"修车者显然是个老熟人。

"唔，是张参谋哇！哪能认不出来您哪？只是您一路高升，咱这庶民百姓，不敢高攀呢！来来来，快，请坐，上茶！"张全禧机敏地应酬着来客，小伙计马上沏好热茶，端上来。

张全禧递上一支香烟，张参谋懒散地掏出一只旧打火机，"咔嚓，咔嚓"打了好几下，也没着火。张全禧看在眼里，忙划着火柴，替这位穿一身旧阎军制服的张参谋把烟点着，顺势问："张参谋，您老这件打火机，大概使用的年代不短了吧？"

哪料到，这句话，居然引得张参谋勃然变色，雷霆大发。他狠狠地把打火机向地上一摔，破口骂道："妈那个巴子！这是什么世道？这世道和这打火机一样，全是他妈的破货！"

张全禧从这话中，估摸对方心中肯定积压了许多积怨。便趁势道：

"嘿，张参谋，您的境况，兄弟虽不甚详知，可也大体有个了解。这世道，咱弟兄俩悄悄说，就是太不公平了。今天用得着你，就是个师长。明儿惹恼了人家，就降成个参谋。后天用得着了，又叫您当参谋长。可如今，又把您撤成个参谋了！唉，兄弟知道，您做的这侍从参谋的活儿，说到底，就是给阎锡山端屎倒尿的闲杂差事。哦，不过，张参谋，兄弟这话，也只是对您说的，不敢和外人讲呀！"

张全禧说话间，一边观察着张参谋的反应，一边把扔在地上的打火机拾起来，用围裙细心地擦拭干净，寻找着它的毛病。

原来，这位张参谋名叫张光曙，也是个穷苦出身的阎军下级人员。张光曙自幼时在太原工艺实习工厂当学徒。因为生活所迫，后来投在阎军中当兵。最初，他也曾受到上司的器重，从班长一直当到团长。后来，在他当冲锋枪大队长的时候，那可真是红得发紫。可是，由于在解放战争开始前，阎锡山在几件事情上对他产生怀疑，便借口他吸毒违反军纪，撤了他的大队长职，只给了个长官部侍从参谋的闲职。阎锡山的亲训师被解放军击溃后，为了重振该师，张光曙曾被委任为亲训师的参谋长。可没过多久，因为有人无端告发，又被不明不白地贬为参谋！

试想想，一个穷苦出身，中途发迹的旧军官，这样被人当泥猴儿般地玩弄，生活上大红大黑，仕途上一落千丈。他心里能满意吗？能平静吗？说真的，张光曙过去也曾常来"谦益信"修理自行车，张全禧每次对他都是热情接待，精心修理。又加收费爽快，有时干脆就白尽义务。所以，两人在交往中，颇感脾性投契。在以往的交往中，张光曙的情况，点点滴滴地流露给张全禧。所以，张全禧才公开地说出了上面那些富有政治煽动性的话。

可也正是张全禧的这些话，勾起了张光曙的强烈共鸣，激起了他压抑在心中的深怨大恨。张光曙狠狠地抽了口烟卷，长叹了一口气说："嘿，张大哥，我是枉活了这么多年啦！是我瞎了眼睛，没有认清阎锡山这个人面兽心的东西！才落到了今天这步田地。"

"张参谋——"

"不，咱是知己弟兄，不要这样叫我，你也不用拦我。我心里有好多话，憋得难受。我就想和你说说。我知道，你不问政治，是个地道的手艺人。所以，我才把心里话对你说。日本人投降那阵子，咱作为一个中国人，总想着这一下把东洋鬼子打走了，国家可以安定了吧？个人的生活前途也会安定了吧？可谁想，跟上阎锡山一进了太原城，看到的却是这个样子：日本司令官澄田𬭁四郎骑马挂洋刀，招摇过大街；伪省长苏体仁，依然是阎锡山的座上客；汉奸们不是当了司令，就是做了部长。阎锡山手下那些高干们，发洋财的发洋财，抢商号的抢商号。流氓打手，争趋权门。把个刚刚从东洋鬼子手下解脱出来的太原城，弄成个乌烟瘴气的大染缸！这些事，咱虽不满意，可又能有什么办法？只好忍耐着，也就算了。可是，人家容不得咱呀！要朝你头上撒尿，拉屎，一遍一遍地糟蹋你。哼，我张光曙也是个人。要吃，要喝，要养家糊口。可如今做这个小参谋，手头就挣这么几个小钱，连糊口都不敷使用哇！"

张全禧婉转地诱导他："张参谋，您千万不要这么伤感。常言说得好，天无绝人之路。难处过尽，自然就有顺畅。咱哥们在家靠父母，出门靠朋友。有难众人帮着解嘛！你有甚为难处，讲出来，大家总可以帮忙的。嘿，那些为官为宦的军阀政客，您都看透了，我也早看透了！他们的日子，我看是长不了啦！多施不仁必自毙，这话真是说到了家。只是您的处境，叫人十分担心。也不知道您心里有什么打算没有？"

张光曙又燃着一支烟，一边抽一边沉思着说："唉，为了生活，我早想弃职从商，做点儿小买卖养家糊口混日子，也就算了。可眼下这乱世道，买卖不景气，反把本儿也赔了出去。前不久，天津的城防司令陈长捷将军，和我联系过。他是我过去的上司，我也有心去投靠他。可听说天津也被共军围得水泄不通，就怕办不成呢！"

从对方的话中，张全禧听出，由于阎锡山等封锁消息，张光曙连天津已经解放也不知道。但他尚未彻底摸清对方真实意向，不便直言，因此说："你的事，也就是兄弟的事。只要有用得着的地方，尽管说好了。我张全禧为朋友，是宁可两肋插刀，也在所不辞的。刚才您说到天津的陈长捷，我结识的人多，或许能替您搭线呢！"

"唔，张大哥真的能有办法？"张光曙惊喜地问道。

"不瞒您说，我铺子里的伙计，经常跑北平和天津，去采购零件。咱在那边有熟人。你如果有信，可以托他们捎去。"

张光曙欣喜地说："早知道张大哥有此门路，我张光曙，也许早就离开阎锡山这个贼窝了！"

张全禧见他真心，想了想说："这样吧，您今天回去，先把信写好了。改日，您把信送来也可；您若不便，我上家里去拿也可。这事儿，就全包在兄弟身上好了！不过，我也有点儿小事，想麻烦您——"

"张大哥，你看你，怎么这么见外？"

"好，那我也就不客气了。阎长官实行的那一套'编组抓丁'的办法，你是知道的。又是编兵工、兵商小组，又是扩充国民兵。真叫人犯愁哩！我担心，万一我的伙计们全编进去了，那我这车行可就——"

张光曙释然笑道："我当是什么大不了的，原来就这点小事？这太容易了。这么办吧：你把弟兄们的名字全顶上部队里头一个空名字，我再找几套军衣给他们穿上，编上假符号就行了。别人问起来，你就说，这是部队上的生产兵开的铺子。这样，他们谁也就不敢说长论短了！"

张全禧高兴地说："哎呀，您的一句话，给我减了十万分的大烦恼。这真不知道该咋谢您哪！"

"你看你，又来了不是？"

"哦，对对对，不用客气，不用客气！"

"这才对！咱既是弟兄，日后交往的事，还要多呢！"

"当然，当然，"张全禧又递给张光曙一支香烟说，"你有公干，就先忙着去，自行车先留下，我保你明儿照骑不误。至于你那打火机，还有那支尽漏水的自来水笔，全都旧得不好用啦。我一并给你从北平捎新的吧！"

张光曙起身道："真难为你啦，张大哥，咱明儿见！"

"好，明儿见。您走好啦！"

张光曙走后，张全禧想了好久好久。他从自己和这个不得志的绥靖公署下级官员较长时间的交往中，从自己的各种感觉和印象，综合张光曙穷苦的出身，和他的爱国正义感，认定这个人是可以争取的对象。鉴于对方目前尚以侍从参谋身份，置身阎军指挥核心内部，而且曾任过阎军核心部队——亲训师的长官。因此，从他身上得到阎军军事情报的可能系数，应当很高。所以，通过张光曙最终获得阎军的城防图，或许是一条好路径。

想到这里，张全禧压抑不住内心的喜悦。不过，他很快冷静下来，告诚自己说："不可盲动！一定要慎之又慎，必须考虑一个十分稳妥的办法，把这个和自己还仅仅处在朋友义气关系的敌方人员，紧紧抓住，使他公开反正过来，主动为我们服务。那么，该采取什么办法呢？"

张全禧久久地沉思着……

"陈长捷！"蓦地，陈长捷的名字在张全禧的脑中闪亮起来，张全禧紧紧扣住这个线索，展开了自己的思路：张光曙要给陈长捷写信，而且想让我给他转递。这说明，他是既想远走高飞，又怕一旦失足！那么，如果，如果这封信被阎锡山掌握到了，那他张光曙必死无疑。因此，张光曙目前的心理状态，是十分害怕信件落到阎锡山手里头去。既然如此，倘若掌握了这封信，利用张光曙的恐阎心理，和他恨阎的逆反心态，这不就可以促成他的转变了吗？

想到这里，张全禧心里一阵激动。经过一番设计，他谋出了一套用攻心计，智取张光曙，促其反正，走向光明的计划。

● 迷途知返

就在当天夜里，张全禧推着修理好的自行车，悄悄来到张光曙家中。当他推开房门，出现在张光曙窄蹩破陋的住室中时，主人着实被他吓了一跳。

张光曙急忙把张全禧让到屋里，叫妻子倒水，拿烟。待张全禧坐定，他不安地问："张大哥，不是说好明儿来吗？怎的，莫非有意外？"

张全禧笑道："你放心，岔子是不会出的。白天您一走，正好，我那个上北平采购零件的伙计回来了。这不，他新买了个打火机，我对他说张参谋当紧要用，就给你拿来了。你试试，灵不灵？还好用吧？水笔呢，等他过几天再去北平时，我叫他给你捎来。自行车是你上下班必备的，我怕耽误你明儿上班，就赶着先给你拾掇好了。那不，就打在院子里，你试试看。"

张光曙高兴得连蹦带跳，跑出院里试了试自己的自行车，看到零件更换了，车带补好了，用脚一蹬，灵活好用。他折回家中，对张全禧说："老兄，真是难为你啦，修得这么利索——"

话到此处，张光曙突然打住。他发现张全禧正在他的办公桌上翻看着什么，一时惊呆在门口，半天动弹不得。

原来，趁着张全禧在院里看自行车的时间，张全禧从未上锁的抽屉里，翻出了那封写给天津警备司令陈长捷的信。正在细看。信中写道：

……山西领域，日渐缩小。全省军政单位完全撤退回来，聚居太原城周狭小地区。市内物价飞涨，一日数变，无法控制。粮秣军饷，完全断绝，每天只靠几架飞机空投接济。杯水车薪，势难长久支撑下去。太原城内环境非常混乱，每天都得为吃饭闹饥荒，大部分士兵都得了夜盲病。抢劫投机，贪污诈骗，笼罩全城。古人说：'失民者亡。'这完全是咎由自取。看样子前途很不乐观。我想离开此地，去钧座那里效力，诚请能予设法安置……

给陈长捷写信的事，张光曙事先曾对张全禧说过，也曾请他代为捎信。但对信中所写内容，并未向对方透露。尤其是那些对阎锡山不满的文字，更使他提心吊胆。可现在，张全禧已经看过了信的内容，遮掩已来不及。张光曙心里的紧张、不安和恐惧，全都涌上头来。

他满脸涨得通红，快步奔到桌边，一边捡拾信纸，一边慌乱地搪塞着："张大哥，不，这不过是小弟——"

张全禧心中暗喜。他知道，张光曙之所以这样慌张，是因为对自己还不了解，不放心所致。于是，他不露声色地，用一种特别关切的语气说："张参谋，写这种东西，万一叫梁化之的特警处发现了，那还有你的活路吗？嘿，你办事这么粗心大意，真叫我这个老朋友替你担心呐！"

张光曙内疚地说："小弟知道大哥您是一片好心，您一向对兄弟不薄，所以，这件事，也瞒不了大哥您！兄弟既要完全托靠大哥，还要请大哥替兄弟多多包涵着呢！"

张全禧坦然地说："这件事，你放心好了。我张全禧绝对不是那种卖友求荣的下贱骨头！这件事，我不仅保证替你包涵到底，而且保证替你把信转到天津的陈司令手中！"

"大哥的情意，兄弟三生难忘！不过，事不宜迟，还请大哥速转为好！"

"你把信封也写好，我这就把信带走。尽早送过去。不过，如今世道动乱不安，过分着急还怕节外生枝。我看这样吧：我这里尽量早去送，你那里耐心等待着。嘿，听说天津被解放军包围着，打得挺凶。就怕陈司令那里，日子也不太好过呢！"

说到这里，张全禧特别留心地观察对方的反应：张光曙显得十分焦躁。他不停地抽烟，仰靠在破旧的坐椅上，手足无措地叨叨着："唉，这，万一真的陈司令也靠不住，这，这叫我该怎么办呢？"

张全禧看准对方正处在极度恐慌和矛盾的心理状态下，决定不急于求成，再等待几天，进一步观察对方的反应。于是，他把那封信装进自己的口袋，起身告辞道："张参谋尽管放心。常言说：祸福两相随，办法总会有的。只要咱弟兄认准大势，慎重行事，我看车到山前必有路，总不会把人困死的。"

"那就全拜托大哥啦！"这次会面后，过了十来天，不见张全禧前来报信，张光曙整天忧心忡忡，急切想知道信的下落。可张全禧却是一去不返，好像压根儿没发生过这件事一般。

张光曙等不及了，便自己到车行去打听。

张全禧知道他会来的，所以并不感到意外。他照例诚心接待，热情招呼，把一枚替张光曙新刻的印章送给他说："我知道你是来问那封信的。哦，事情是这样的：最近风声很紧，听说天津那边打得挺厉害。我那个伙计还没敢启程呢！您给陈司令的信，还在我这里保存着，您放心好啦！等风声一有松动，我设法替您转送就是！"说话间，他把那信件拿出来，让张光曙看了看。

其实，张全禧压根儿就没准备把信送出去。他不过是在拖延时间，要在心理上把张光曙牢牢控制住，使对方在提心吊胆和寝食难安中，自己说出寻求其他出路的请求，进而引导他回到人民的怀抱中。

张光曙见信还没有捎出去，心里更加紧张起来。他担心夜长梦多：万一泄露出去，后果不堪设想。于是，忐忑不安地对张全禧说："张大哥，既然不便，这封信，那就不用捎了。您把它——"。

张全禧却是沉得住气，沉着地说："张参谋，您既然信得过我这个老兄，就放心好了。不过，我这几天也在为你着急哪！我也悄悄地替你想了许多。我是想，到天津去投靠陈长捷司令，当然很好。可那陈司令万一靠不上，天津万一被攻破了，您又该怎么办呢？"

"那，也就只好待在太原城里，受洋罪啦！"

"依我看，这太原城乱糟糟的，城破之日，恐怕也不会太远了。叫我说，您与其在城里受罪，哪如到乡下去享太平呢！"

张光曙喝了口茶水，啧啧嘴巴说："是啊，咱从小儿也是穷苦出身。乡下的生活虽然清苦，可也清静自在！"

张全禧见他话中流露出对田园生活的深深向往，便趁势说："尤其是山里边，那生活真是又自在又安静，少了不少烦恼！哦，你去过后山吗？"

张光曙蓦然觉得，对方话中有话。他的敏感，使他立刻警觉起来，当下惊诧地反问："你说的是哪一个后山呀？"

张全禧正经回道："就是辽县（今左权县）、昔阳一带呀！"

张光曙把头摇得如同拨浪鼓儿似的说："张大哥真会开玩笑。那一带全是解放军的地盘啦，我怎么能去得了？"

"我不是开玩笑。听人说，那一带可比咱太原城景气多啦！人家解放军的新政权，办事讲公道，穷人分了地，地方上的豪绅恶霸全都治了罪，人们的光景过得都挺舒心呢！"

张全禧讲了好多解放区的新鲜事，张光曙听得十分入神。到后来，他忽然觉得不大对头，便疑惑地问张全禧："咦，你这人对后山这么熟悉，莫非你去过那边？"

话已至此，张全禧觉得是该把真情点破的时候了。但为防万一，他还是婉转地说："以前，我做生意到过太行山，也认识了几个八路军。不过，这两三年仗打得厉害，再没来往，音信全无了。那边的事，也只知道个一鳞半爪的了。唉，张参谋，像你这样的艰难处境，还有我这副烂摊子，要是真能和八路军，哦，如今是解放军啦，要是真能和人家联络上，一旦将来城里待不下去，说不准还真是一条后退的生路呢！"

张光曙的头皮"嗦"地一下子发了蒙。他被对方的话给惊呆了，吓傻了。他的心"咚咚"地跳个不停，赶紧跑过门口去看看外边，见没有人，忙把门关紧，返回来盯着张全禧急问："张大哥，你，你到底是哪里的人？"

张全禧索性向他交底道："不瞒你说，我老家就在太谷县的小常村。抗战那阵子，八路军在俺村设过情报站。咱作为一个中国人，为了抗日，也就给情报站送过信，还掩护过几个八路军，所以认识几个人。"

张光曙将信将疑，很想问个明白。就说："提起打日本，但凡正经中国人，多少总卖过些力气的。说实在的，那阵子，咱不也和八路军闹统战，打日本！可事搁这么多年了，你和他们还能联系上？"

张全禧含而不露地说："对咧。分别多年，怕是不好联系了！不过，小常村是咱的老家，亲朋好友多着哩。咱生疏了，我估计他们肯定和那边有联系呢！"

"这倒也是。那就——"张光曙想说些什么，但见天色已晚，想到城里入夜后要戒严，不敢久留，当下起身道："张大哥，和解放军来往，那是招惹是非的大事。你可要留心啊！哦，对啦，给天津的信，要是有机会，你千万早些捎出去！"

张全禧满口应承。

又过了几天，张光曙突然慌慌张张地跨进了"谦益信"车行的铺面。一进门，他就对张全禧说："张大哥，不好啦，天津解放啦，陈长捷也被解放军活捉啦！"

其实，天津解放的消息，张全禧早就从地下党组织那里知道了。可作为老练的地下工作者，他并不直接表示，而是沉着地安慰张光曙道："哎，陈长捷这一被俘，您投奔天津的路子，是没法走了。好在信没送出去，总算万幸。眼下情况发生了变化，也不知你有什么新打算？"

张光曙颓丧地说："我自己也拿不定主意了。大哥见多识广，就替兄弟想点办法吧！"

张全禧还是隐晦地开导他："你有这个话，我就不见外了。咱弟兄相处，也不是一年半载了。你知，我知，彼此心里的事，对方都清楚。你说，是这样吧？"

张光曙诚恳地点了点头。

张全禧这才第一次坦率地说："依我看，几十万解放大军围着太原城，这城是肯定要破了。你想想，阎锡山诡计多端，连他的高干们都哄得团团转，更何况你这样的下层人物了。现在，他自己坐飞机逃跑了，连小老婆也撂下不管，像你这样的人，又能指望他什么呢？常言说，人挪活，树挪死。你是个精明人，有着阳关道不走，何必硬钻在死胡同里头，等着送命呢？"

张光曙叹了口气说："咱举目无亲，还能有什么出路？"

到此为止，张全禧认定已经摸准了张光曙急欲寻求新出路的真实愿望，觉得时机已经成熟，于是，单刀直入地说："想找新出路，自然会有。就看你是不是真心实意了。你大概还记得吧：上次我给你说过，俺老家小常村如今就驻着解放军。你如果有心过去，我可以给那几个朋友捎话，替你疏通疏通。"

"像我这号人，只怕人家不会要吧？"张光曙有些自卑地说。

"嘿，看你说到哪里去了！"张全禧递给张光曙一支香烟，替他点燃，靠近他说，"人家解放军的传统，就是不记前仇，既往不咎。听说赵承绶、梁培璜他们那些原来当大官的，到了那边，都受到了优待。你和他们相比，既不是大官，又没有大罪，还能不要？你要真的想过去，我一定给你想办法联系。听说那些守城门的士兵中，有不少是你的老部下。有这一条，你出城门也方便得很嘛！"

张光曙一直在抽烟，沉默了好一阵子后说："咱和赵承绶他们不能相比。听说人家过去后，给那边办了许多重要事。可咱如今兵权失手，两手空空，能做什么呢？如果如今还是亲训师的参谋长的话，我肯定能把阎锡山给活捉了！可现在，唉，晚了！"

张全禧见谈话已入正题，便说："叫我看，你给那边做事的机会，还多着呢！说不定，你还可以立一大功咧！"

张光曙费解地瞪着眼睛问："大哥的意思是——"

张全禧凑到张光曙耳朵边说："解放军不是包围了太原城吗？对，肯定很快就要攻城。攻城最当要的是什么，这你比我清楚。哎，是城防图哇！你当过参谋长，在过亲训师，如今虽无实权，可也是侍从参谋嘛。这就是你最好的条件！过去的情况你熟悉，如今利用这个身份，又可以探得不少内幕情报。你把阎锡山军队的城防部署图弄出来，供给解放军，这还不就是立了大功吗？这样，还怕人家不要你？"

张全禧发自肺腑的劝导，这一番入情入理的剖析，这一套切实可行的行动计划，说得张光曙心悦诚服。他思之再三，觉得这确实是自己唯一可以选择的光明出路。于是，他向张全禧表示，一定把城防图搞到手。

● **轮胎藏密**

从第二天开始，张光曙就凭着他的绥靖公署侍从参谋身份，或到各处阵地以视察为名，搜集情报；或借口找熟人聊天，到绥署作战室偷看地图，暗暗记在心里。

与此同时，张全禧也从其他渠道，搞到了一些零星情报。这样，两人把各自掌握的情报一汇总，一份阎军城防及兵力部署图，几天内就由张光曙亲手绘制出来了。

图既制出，就应当尽快送出去。张光曙把他想好的办法讲给张全禧听：

"眼下，当局正在疏散城内'无用'的人口。这是个可乘之机。我当过亲训师的参谋长，当年也曾结交下几个朋友弟兄。第三团的团长和咱关系挺好，我打算走走他的门路。你看怎样？"

张全禧审慎地说："这个办法不错。不过，目前阎军正逐步加强外围防线，所有的据点和碉堡，都增派了守备部队。我们的行动，既要成功，又不能露出马脚。这头一炮，一定要打响，打顺利！"

张光曙蛮有把握地说："三团长那里，我保证没有一点问题。具体接头，我自有办法。"

两人商定之后，这天下午，张光曙穿了一身军服，随带着一个干练的勤务兵，来到了驻在杨家堡的亲训师三团团部。见到三团长后，因为是多时不相聚的老朋友，大家都很热情，彼此问了些别后情形后，张光曙开门见山地说：

"我是无事不登三宝殿。今儿登门，是专来扰烦老朋友的。因为形势吃紧，我打算派这个勤务兵回太谷老家去看看。如果合适，想把家眷遣送出去。今儿个，就是找你团长大人帮这个忙的！"

三团长是个很讲究江湖义气的人。当下爽快地应承："老朋友啦，你要我怎么的吧，直说！"

张光曙道："就是想请你高抬贵手，从你的防区，把这个勤务兵放出去。你看——"

三团长虽然为难，但碍于老朋友交情，迟疑了一阵子，还是说："这事的确有风险。可为了朋友，有风险也得担！咱就这么说定了。不过，你这个勤务兵要装成老百姓的样子，那就得穿上便衣才行！"

"这个当然。还是老朋友情深。多谢关照了！不过，还得和你说好，他回城来的时候，还得请你再一次高抬贵手呢！"

三团长一拍胸脯道："这没问题，帮人就要帮到底嘛！"

就这样，化装成张光曙勤务兵的中共地下党员张全禧，脱下那身阎军士兵服，换了一套便衣，把城防图缝在贴身内衣里，腰里别着一把张光曙给他的德造八音袖珍手枪，做好了从三团防地越过前沿警戒线的准备。

张光曙和张全禧握别道："张大哥，真难为您啦！"

张全禧慷慨地说："放心吧！舍不得娃娃，套不住狼。豁出去走他一趟！"

就这样，张全禧第一次出了太原城。

时间过去了三天。这天晚上，伸手不见五指。张光曙正在家里和妻子悄悄念叨着张全禧的时候，房门被轻轻地撬开了。当夫妻俩觉察有人进来的时候，一个身披布大衣，戴着遮耳大口罩的大汉，已经站在了地当中。夫妻二人真被吓呆了。

　　就在他们手足无措时，这蒙面大汉却突然把口罩一摘，"哈哈哈"地大笑起来。

　　张光曙夫妻在黑暗中，也听出是张全禧的声音。他们忙起床，点灯，把张全禧迎进屋内。虽然分别才只几日，但彼此就像久别重逢的亲人一般，那个笑呀，乐呀，就甭提有多热乎了。

　　不多一会儿，光曙媳妇已煮好一碗汤面。张全禧正饿得慌，也不客气，一边休息，一边吃饭，把出城的情形原原本本地讲给他们听：

　　"出城以后，很快就见到解放军的领导人啦，城防图也交上去了。你的情况，我也向他们详细汇报过了。光曙，人家说欢迎你过去咧！"

　　张光曙几十天来提在嗓子眼里的那颗心，总算落在了肚里头，他心急地说："那，叫我哪天过去呢？"

　　"解放军的首长对咱们那份城防图很满意，评价很高。不过，人家说，按照打仗的实战要求，还差点儿东西。为了对攻城战斗有利，希望咱们尽快再绘上一份太原的城防工事构筑和配备图。越详细越好。首长说，希望你有进一步的立功表现！"

　　张光曙喜出望外，内心充满激情。从张全禧刚才的话中，联想到以往对自己的开导，估摸着他肯定是解放军的地下工作人员。心里暗暗地庆幸自己找对了朋友。不过，他没有直接表露，而是把对全禧的敬重，暗暗地珍藏在心底。

　　从张全禧的话中，张光曙推断：人民解放军攻城在即，自己为人民立功的时机就在眼前。

　　他压抑不住心中的激动，振奋地说："太原城区的工事构筑和配备，我差不多都做过实地视察。有些不详细知道的地方，我可以再到作战室去看图，也可以到阵地上去察看，把材料搞到手是不成问题的。可是，工事构筑，和地形地貌是分不开的。不先把地形地貌图绘制出来，就很难显示工事的位置和性质。可要绘出太原城区的地形图，这恐怕不是三五天可以搞出来的，就怕拖延太久，耽误了大军攻城的时间呢！"

张全禧见他已经进入角色，已经全身心地投入，并在实心实意地为攻城着想。便说："攻城虽然在即，可也不是燃眉。不要心急，我们可以慢慢研究，再想好的办法！"

这一夜，张光曙翻来覆去，不能入睡。他向往光明，向往自由，向往着早日脱离黑暗巢穴。可是，怎样才能为光明的早日到来，作出自己更大的贡献呢？他心里万分焦急。

蓦地，他想起了自己过去好像收藏过一部分太原城区的军事地图。但由于时间太久，记不清放在什么地方了。

这个一闪而过的念头，使他激动得再也睡不着了。他忙把妻子推醒来，随便套上衣服，便满屋子地搜寻起来。整个屋子都翻遍了，所有衣物、书籍、用品，扔得满地都是，就好像发生过一次七级地震一般。

"啊，这不是吗！"张光曙欣喜若狂，几乎叫出声来。那份十万分之一太原城区军事地图资料，就夹在一堆旧报纸中，而且完好无损。

"太好了，真是太好了！"热泪盈眶的张光曙，高兴得和妻子紧紧拥抱在了一起。

以后连续几天，他不是出入于作战室，就是来往于阵地间，把阎军兵力、工事等搞了个一清二楚。

3月10日，被捕的乔亚、刘鑫等同志惨遭杀害。

风声更紧，形势更趋恶化。特务和宪兵检查的威胁，越来越严峻。

为防意外，张光曙叫妻子把自己反锁在家里，紧张地用红蓝铅笔在军事地图上作着标记。饭，他顾不上吃；觉，一天只睡几个小时。整整三天三夜，他把各线碉堡阵地，和要塞据点的数量、性质、位置、构造，防御种类，还有纵深程度等，以及明碉、暗碉的确切位置，全都标注得明明白白，点滴不漏。他把绘好的图偷偷拿给张全禧。

全禧自然十分高兴。可他对自行车的构造了如指掌，但对这军事地图，委实一窍不通。左看右看，不得要领。

张光曙就给全禧概要地介绍说："你看，这是双塔寺要塞。这是主碉，这是副碉，这是火力点。敌人的军部就设在这里。你再看这个标记，这说明：攻城的城墙突破口，是不能选在正对城内的街道口处的。因为，那里都有封锁碉。也不能选在城内有水塘的地方，因为饮马河水深齐胸，不容易涉水过去！至于攻击路线，你看，我是这样画的：汾河水深不过膝，可以涉水淌过去。如果南线从南屯的北面过河，直袭大营盘的话，另一部就可直袭洋灰桥。北线从向阳店插袭南、北固碾，兰岗和皇后园一线的敌军，就会不击自溃。这样，白家庄和聂家山的守军后路被断绝后，阎军也会军心动摇，慌乱溃散……"

张光曙兴奋地讲述着，他心中充满了希望。

张全禧一边认真听着，一边替他擦着头上的汗珠，感动地说："光曙，你为解放太原，真是立了一大功嘞！这图太重要了。我们一定尽快把它安全转送出去。不过，这图总共有五十多张，身上怎么带得了呢？"

"是呀，这可怎么送出去呢？"这个问题，真把全禧、光曙和他的妻子都给难住了。

也是天无绝人之路。就在几个人像热锅上的蚂蚁一样，无计可施的时候，张全禧偶一回头，目光碰到了前些日子才替光曙修理好的那辆自行车上。

于是，张全禧豁然开窍，计上心头。当他把自己的藏图计划说给张光曙夫妻时，两口子乐得前仰后合，笑个不停。

当下，三个人一齐动手，先把五十多张地图编了序号，一张一张地紧紧卷成小捆儿。然后，他们把那辆自行车的轮胎拆卸下来，用刀割开豁口，把一部分图纸装进里头，再用胶水把轮胎原样粘好。另一部分地图，他们把座套卸下，小心地塞进大梁的钢管里面，再把座套安装好。

这样处理后，自行车原样原装，外观毫无破绽。一阵紧张过后，三人这才松了一口气。光曙请全禧在家里吃饭，全禧也不客气。虽是粗茶淡饭，但却吃得格外开心舒适。吃饭间，大家议论起了怎样把图转送出去。

张光曙提议："杨家堡那边咱是熟人熟路，三团长也是个热心人，是不是还从那边出去？"

张全禧慎重考虑后说："老走一条路子，难免要引起别人的怀疑。我看还是另选出路为好。你再想想，还有别的路子没有？"

张光曙猛地想起一个人来，忙说："前几天，一个旧同事来家里闲坐，说是他和河西北塌防线的守军弟兄们有些关系。只要花几个钱，出去是没有问题的。"

张全禧仔细问了这人的情况，觉得比较可靠，决定让光曙前去试试。

● 智送地图

第二天，张全禧和张光曙再次接头的时候，张光曙说："我已经和那个旧同事联系过了。他听说我想回太谷老家去，给家眷寻个落脚的地方，还要给他些好处，可高兴咧，当下就答应啦。"

张全禧却是想得更多，他疑惑地问："这么痛快？他没对你说如何出去吗？"

"说啦。他说，叫你今天夜里把自行车推到他那里去。你把钱交给哨卡上当班的弟兄，就能过去啦！"

张全禧没说什么，答应晚上再见。天黑以后，按照约定的地点，张光曙提前来到了离旧河北塌防线不远的大槐树下。

天虽然冷，可张光曙心里却暖融融的。因为，半个多月来的紧张和担心，今天终于要见成效了。他为自己终于能在人民解放战争的大洪流中，作出增添滴水的贡献，而无比欣慰，自豪。

离约定会见的时间，已经超过半个钟头了，可张全禧还是没有来。张光曙心里越来越不安，他左瞅瞅，右瞭瞭，根本没个人的影子。

"难道出了意外？"张光曙正在乱猜疑，附近草丛中传来一阵"窸窸窣窣"的声音。他正疑惑间，张全禧从草丛中钻了出来。

其实，张全禧早就埋伏在附近了。出于长期地下工作养成的高度警惕性，他是有意推迟露面时间的。

张光曙激动起来，催全禧道："不早了，快走吧！"

张全禧却是一动不动。迟疑了一下说："老弟，河西北堰，情况不明，况且你那旧同事和我们是间接接洽，那个当班的哨兵连面也没见过，这太不可靠了！据我分析，你这位旧同事的出言吐语，很有些油滑腔，不可以过分地相信他！盲目乱闯，只怕坏了大事呢！光曙，咱们提心吊胆地干了这么些日子，总算就要看到光明了。万一有个闪失，个人安全保不住，只怕还要贻误攻城大局呢！走，咱们回去，再从长计议吧！"

张光曙细细一想，觉得这话有理。决定暂时不往出送，回去重做商议。

第二天，果然有消息说：昨天晚上，从旧河北堰放出去的人，没走多远，就被巡逻队抓住了。那些人不仅没能出得去，而且连身上的财物，也全被搜刮去了。这一来，张光曙吓得出了一身大汗，他心里暗暗佩服张全禧的谨慎，对他更加敬重了。

现在，唯一可以出城的路线，就只有杨家堡了。

一个风和日丽的早晨，太原城里办公务的，跑小巷的货郎，上街采购物品的人，都像往常一样忙碌着。在城内通往杨家堡的路上，两个骑自行车的中年人，不慌不忙地向前蹬进。由于他们全都穿着阎军的军服，路途中并没有受到什么盘查。这两个人，就是张全禧和张光曙。

来到杨家堡外，他们照例到上次进去时的哨卡处，向卫兵说明，要见亲训师第三团团长。那哨兵待理不理地说："什么三团长？早调到第二线的三营盘去了。这里由我们一团接防！"

问到一团长的姓名，连张光曙也没听说过。两人不敢久留，赶紧向那哨兵说了些好话，骑自行车离开杨家堡，直奔三营盘。

到了三营盘，打听到三团确实在这里驻防，可三团长却外出了。这下子，连唯一可以依靠的对象，也成了断线的风筝。全禧和光曙只好朝来路上返回。

两人推着自行车，并肩慢慢地走着，该怎么办呢？回去吧，多日来的操劳，白白放弃，谁也于心不甘。不回吧，三团长外出，谁知他什么时候才能回来？

时间一小时一小时地过去了，眼看着已近正午。两人大早儿起来到现在，还水米没搭牙呢！

饥肠辘辘，浑身瘫软；脑中空空，无法可想。后来，还是张全禧提起了话头。

他说："光曙，你原来在亲训师当过参谋长，可不可以去找那个师长想点办法呢？"

张光曙一脸难色，摇摇头说："怕不行咧。一来，这个人为人歹毒，翻脸无情；二来，我现在落到这步田地，全是受了他的排斥打击。你想想，这样子，他怎会帮我的忙呢？"

张全禧却另有想法，劝他道："常言说得好，理通天下，事在人为嘛。宁叫碰了，别叫误了。再说啦，我们现在也只有这一条路了。你去试试看，兴许有点希望！"

说真心话，张光曙是宁肯到大树上碰死，也不愿去见那个冤家对头的。因为，那家伙实在太使他恶心了！可是，转念一想，为了及早把军事地图送出去，为了不贻误攻城作战大局，个人的委屈又算得了什么！于是，他决定听张全禧的话，硬着头皮去见亲训师的师长。

当下，张全禧在北贤村等着，张光曙骑自行车直奔师部而去。

乍一见面，亲训师的王师长很感突然。他一脸尴尬，煞是难堪。或许是对自己过去做的事有所歉疚吧，他居然十分热情地接待了张光曙，而且对张光曙的处境表示了少有的同情。

当王师长问到张光曙的家庭情况时，张光曙趁机说：

"不瞒您师座说，兄弟光景不好过哇！别的咱不贪图，如今是连糊口也难嘞！为了生计，我打算把老婆孩子送回太谷老家去，暂住些时日，也好减轻我的负担。今儿来找您，就是想请您帮兄弟这个忙的！"

王师长一听这话，连连摇头道："这事可真不好办哪！老同事，不是我不愿意帮忙，因为，前天疏散出去的人，解放军不让过去，我们不让回来，加上警宪队的人插在中间搜查捣乱，真叫人为了大难哩！要办，也等以后再说吧。眼下，我正向上峰请示这件事呢！"

张光曙见他有意推诿，故意装出一副窘困相，苦苦哀求着："好我的老师长哩，当初我在您手下时，还不是全凭着您的关照？好歹我也是您手下的犬马，不靠您，我还能靠谁呢？我听人说，杨家堡那边是可以过去的。就麻烦您打个电话过去，我再和他们商量一下。这点儿面子，师座，求您老了！嘿嘿！"

或许是动了恻隐之心，或许是嫌张光曙缠磨得麻烦。总之，到后来，王师长终于说："哦，我倒忘记了，杨家堡那边，是可以出去的。不过，那边只准我们的便衣出去，老百姓是不行的。"

张光曙听出话中门道，赶紧说："我是绥署的侍从参谋，搞个便衣证没有问题。只要老师长您高抬贵手——"

话已至此，王师长难得推托。当下拿起电话机，要出驻在杨家堡的一团长说："喂，我是师部。对，是我。这里有我的一个老同事，他要……嘿，老同事啦，不好回绝呀！你就照顾一下吧。往后，你老弟有什么为难处，我这个当师长的当然也得关照啰！好啦，就这么办吧！"

放下电话，王师长对张光曙说："这件事，可是全看在你我的老情分上啦！去吧，你和他好好商量，不行的话，咱再想办法。"

"老师长成全了我这件事，我的子孙后代也不会忘记您的！"

张光曙谢过王师长，离开亲训师师部，返回亲贤村，把经过原原本本和张全禧一说，张全禧当下并没表态。他和张光曙推着自行车，一边向杨家堡方向走，一边认真地考虑着。

半晌，他不无顾虑地说："光曙，你看，这一次，把握如何？"

张光曙分明有些厌倦，显然不耐烦地说："这个一团长，我不认得，也不了解。要说把握，我拿不准。你怕不保险，咱们就回去吧！"

张全禧见他误解了自己的意思，站下来耐心地说："来，我们先在这里蹲一会儿，再好好合计合计。"说着，把自行车打在路边，递烟给张光曙。

两人蹲在路边上，一边抽烟，一边商议。

张全禧说:"光曙,这段时间,我们提着脑袋硬闯硬碰,血雨腥风都熬过来了,怎能就此撒手呢?不,老弟,咱是认准了,就不回头的。慎之又慎,是为了成功。只要我们拿好决心,沉着行事,随机应变,就没有过不去的火焰山。你说,是不是这个道理?"

这一说,张光曙的劲头又鼓起来了。他狠狠吸了两口烟,内疚地说:"张大哥,我是个急性子的人。你别在意。你说得对,咱既然做了,就不反悔。究竟怎么办,你拿主意吧。我听你的就是!"

"那就再到一团试试吧!"张全禧依旧留在村外等着,张光曙独自来到了一团团部。

一团长认出是过去的张参谋长,没多费周折,直截了当说:"这件事,师长已经有电话来过,让我帮你的忙。好吧,你打算什么时候派人出去呢?"

事情出乎意料地顺利,张光曙乐得几乎跳起来。但他努力控制着自己的激动,委婉地说:"既然团座成全我,那就越快越好。我想今天就打发我的勤务兵先出去。这阵子,他还在村外路边等着呢!"

团长看了看手表说:"你要走,就快走。晚上戒严以后,就不好办了。好吧,你去准备吧,我马上派人送你的人出去。"

张光曙谢过一团长,骑自行车来到村外,把情况向张全禧一说,两人当下约定:先打发张全禧出城去与解放军接洽。如果还需要当面问询什么情况时,那就从北平给"谦益信车行"发电报。暗号是"货已买妥,把款寄来"。

具体联络办法是:张光曙在接到电报后,就去和"909"联络,设法出去。万一出不去,或地图已经可供使用,就回一封"款不必寄"的电报。这样,张光曙便在城内做较长时间的潜伏准备,等待大军进城。

办法商妥,两人最后一次紧紧握手,相随再返一团团部。一团长叫来一名副官,吩咐他道:"这位是师长的朋友,要到外面去。你把他送出去!"

按照这一带出城的规定,张全禧脱掉阎军军服,换了一套便衣,告别张光曙,由一团长的副官引路,顺利通过哨卡,越过前沿阵地外壕的铁丝网布雷区，和前哨警戒线，骑着那辆藏着五十多份绝密的太原军事部署图的自行车，顺着大路，疾驰而去。

人民解放军太原前线指挥部对这份十万分之一的太原军用地图进行了认真的鉴定：图上曲线分明，街道和村庄历历在目，还用符号标绘了每个碉堡的具体位置，密密麻麻，数都数不清。在当时，解放军方面只有五万分之一的军用地图。那地图打运动战还可以，但打阵地攻坚战就不够用了。

张全禧和张光曙送来的地图，即使不标工事也极为宝贵。而如此详细的工事情况标绘，对攻城作战的指导意义，实难估价。我军高级指挥员们确认：此图绝非拼凑，而是敌方高级指挥机关的原件！

过了十几天，"谦益信车行"果然收到一封"款不必寄"的北平来电。这说明，转送出去的地图，已经发挥了应有的作用。

张光曙踌躇满志，继续在城内潜伏下来，准备迎接太原的解放。

● 落花流水

入春以来，气候日渐和暖。青草顶破了冻土，树枝吐出了新芽。

可是，青草才刚刚露头，树芽才刚刚吐蕊，就被饥饿的太原居民或刨或挖，当菜吃掉了。没有多长时间，在城内街道两侧的，和各处军营周围的树木，全都被剥光了皮，成了一株株无头、无皮、秃桩的裸体"僵尸"。

军库储备的粮草，已经所剩无几，城内几万守军的口粮，全指望着南京的救济。

陈纳德为了赚运费，或许也讲点信义吧。他的"飞虎队"，每天照例出动四五十架次，把从湖南运来的大米和干鱼片，一袋袋地用飞机向太原空投。可是，由于机场都已控制在人民解放军炮火的射程之内，飞机不敢低飞，更不消说着陆卸物了。

无奈之际，只好高空投掷。然而，高空投掷的巨大落差，却使命准率大大降低。因此，粮食和弹药，大多落在了解放军的阵地上。有些物品偶尔掉在机场内外，也被附近的饥民蜂拥而至，拼命争抢，损失大半。

残忍的阎军用机枪狂扫饥民，饥民们或死或伤，或被驱散后，阎军才能把空投的部分物品，抢回营区。这些抢回来的大米，说确切点，其实全是叫作"红米"的陈皮。既无营养，又难下咽，正常情况下权当饲料，而现在却成了阎军的主食。

绥靖公署专门设立了一个加工红米面粉的工厂，昼夜不息地加工，以供军需。至于蔬菜，那是根本没有的。每顿饭，只好煮些切碎的豆饼充数。食油早已断绝供应。咸盐奇缺，士兵和公务人员中，十人中有六七个患了夜盲症。求告无门的市民、工人和学生，不少人因饥饿和疾病而曝尸街头。

在太原街头，天上飞的老鸹、鸽子，屋檐栖息的麻雀，流窜的狗和猫，几乎全部绝迹。它们早已成了人们下锅的食品。

尽管如此，阎军的备战还是一日紧似一日。凡是城内居民，无论男女老少，全都无例外地按所谓"战斗城"的编制，被迫去做修工事的苦力。哪个稍有抗议怠慢，立刻会有杀身之祸。

至于阎锡山政权的上层军政人员，在阎锡山飞逃南京以后，他们凭着投机钻营，和层层搜刮盘剥，虽然在生活上依然维持着相当奢华的水平，但他们的精神空虚和心理恐慌，却是用什么办法也不能排遣掉的。

这天，在绥靖公署的大堂门口，又聚集了一伙闲着无事的官员们。他们一个个愁眉不展，忧心忡忡，不约而同地把话题扯到了眼下的时局方面。

一个干瘪的高干诚惶诚恐地压低嗓门说："你们听说了吗？这些天，城外头共军天天大练兵，紧张得很咧！看样子，说不定几天之内，就要攻城了！"

一个矮个子高干说："谁说不是呢！真叫人忧心呢！人家劲头那么大，可看看咱那几个领头的吧，唉，马尾巴提豆腐，没法说啦！"

"你是说那五人小组吧？"

"除了他们，还能有谁？咱老头子算是瞎了眼，用了这么一帮子熊包蛋！你看看那孙楚，成天大烟枪不离嘴边子，三棒子打不起他半点精神来，他能代理了绥署主任？王靖国又掌了大兵权，可谁不知道他是个出了名的'逃跑大将'！日本人进来那阵子，是谁把天镇、阳高丢了的？难道不是他吗？哼，这混账东西！还有赵世铃那几个人，别看他满口经纶，还不全是纸上谈兵？他哪天打过仗？他会运兵？嘿嘿，靠了这些人，不打败仗，才真有鬼了呢！"

矮个子高干的话，引起不少人共鸣。一个肥胖老官僚看看左右，小心翼翼地说："哎，还说呢！听说呀，咱当家人，如今的省政府代主席老梁，前些时就把家眷细软，全从飞机上送出去了。他自己走不脱身子，还抱着老婆哭了一顿。你们说，这当家人成了这个样子，大局还有不乱之理？"

"是呀，咱们也得顾着点儿自己咧！"

"对，可不能做死傻瓜。是得想办法往出转动转动咧！"

那个干瘪的高干生起气来，居然说："叫我说呀，明知道这孤城难守，又何必硬撑着呢？这样下去，真是自寻绝路！"

"你们又在议论什么呀？"这一声突然间传来的呵斥，声音干哑，却是令人恐惧。正在议论的高干们，一下子全都给镇住了。一时间，谁也不敢再吱声，谁也不敢动一动，所有在场的人全都垂首缩肩，战战兢兢，仿佛小老鼠碰上了一只大猫咪一般。

原来，这突然出现的人，正是人人闻之骨酥胆裂的代理省政府主席梁化之。

梁化之腋下夹着一个公文包，正从台阶上下来，准备到他的办公室里去。官员们刚才的议论，他只听到了只言片语，因此不便当面发作。但实际上，绥署官员和公职人员中的惶恐抵触情绪，他是一清二楚的。有的公务人员外逃，去向不明；有的不守岗位，东跑西窜寻找出路；有的串联机关，打听战事动态；有的整天吃喝玩乐，不干正事；有的待在家里，装病偷闲；有的偷偷处理公文，销毁案卷；有的奔波于各兵站间，行贿送礼，把手头值钱的东西设法转汇出去。还有的只等着赵承绶早一天进城来，进行和平谈判……所有这一切，梁化之全都看在眼里，急在心里。

阎锡山把山西大权交给了他，他是决计要硬撑下去的。为了慑服人心，他一直在努力使用一些自以为是的强硬高压手段。这不，他现在凶神恶煞地站在那里，用严酷的目光向这些私下议论的高干们扫视了一圈后，鼻子里狠狠地"哼"了一声，说：

"咋啦？你们想翻天咧！我看你们谁敢？以后，如果谁再敢鬼头鬼脑地散布流言，扰乱人心，可不要怪我姓梁的翻脸不认人！今天我把话说清楚：要叫我捉住，定杀不饶！你们听见了吗？"

"听见了！"官员们哆哆嗦嗦地应答着。

梁化之缓了口气，接着说："听见了就好。其实，我们固守太原根本没有问题。这不，阎先生刚刚从南京拍来电报，消息特别振奋人心。来，我念给你们听听：'英美的海军已经决定参加长江的保卫，和南京、上海、汉口的战斗。你们要好好支撑太原的战事。陈纳德将军的飞虎队，已经充实起来了，日内即飞太原助战，解太原之围！'你们全听见了吧？这就是阎先生的训示，谁再也不要三心二意了！"

在梁化之阴森森的目光威逼下，官员们连连称"是"。有几个似乎确实从电报中得到了精神安慰，所以在梁化之朝他的办公室走去后，大家又开始了议论。

矮个子说："看样子，阎先生肯定会回来的。因为，在前天的报纸上，我就看到了阎先生的照片。那是先生坐在一把躺椅上照的，先生手里头拿着一瓶毒药，上面写的字是：誓与太原共存亡！"

肥胖的官员说："我看也是。要不然，阎先生为甚还不把阎慧卿接走呢？"

这句话，引发了人们一阵新的争论。有的说："对着咧，这是个准信号。先生亏了谁，也不能亏了她！"

有的说："哼，过去说十三个高干，哄了一个老汉；现如今，我看是一个老汉，哄了十三个高干啦！"

这时，参谋长赵世铃走来，大家立马把他围起来，打听前线战况。

赵世铃摆出一副满不在乎的面孔，晃了一下脑袋，甚至用拇指和食指捏了一个俏皮的响炮说:"根据飞机侦察,共军正从北平源源开来。这支共军,据判断,是杨成武的第 19 兵团和杨得志的第 20 兵团,还有一个炮兵师。加上徐向前的第 18 兵团,眼下围在太原城外的共军,共是三个兵团加一个炮兵师。所以,我军守城,面临的将是一场恶战!"

"啊!"

"呀!"

"哟!"官员们一个个神经质地倒抽着凉气。

赵世铃却显得振作。他把一只手叉在腰际,另一只手挥舞着说:"其实,共军没有什么了不起!我们在太原四周布满了碉堡,组成了火的海洋,这都是给他们准备下的干粮!那么,是人厉害呢,还是炮弹厉害呢?对了,当然是炮弹厉害!我敢说,共军来多少,我们消灭他多少,不怕他人多!哼,徐向前那两下子,有什么了不起的?无非是人海战术,波浪式的冲锋罢了。这,正合乎我军发挥碉堡灭敌的作用。所以说,请大家立起腰杆来,咬紧牙关,干到底!相信我们一定能取得胜利!好,诸位忙着,我这里还有公事要找化之商量呢!"

赵世铃甩开官员们的包围,来到梁化之的办公室时,梁化之正接听一个电话。

等梁化之放下话筒,赵世铃走上前去,极力恭维地说:"梁代主席,根据您的命令,那两个企图给共军递送情报的学生,还有其他几个共党分子,都已经处决了!"

梁化之把他的脚朝桌面上一搁,仰在椅背上,恶狠狠地说:"好哇,杀得好!天生下我梁化之来,就是杀人的!"

赵世铃点头哈腰地奉承道:"是的,是的!"

梁化之从桌上拾起手枪,用右手食指套在扳机上,一边把枪转着圈儿把玩,一边咬牙切齿地说:"其实,杀人岂止这几个,杀几个人顶什么事?要多杀!哦,昨天夜里不是还报销了十几个吗?那些人,就不要向外公布了!"

"一定办好!"赵世铃一个立正,点头应道。随即凑上前去,谄媚地向梁化之试探："梁代主席，有句话，不知该不该向您讲？"

"你看你，老秘书长了，有什么话不可说的？讲嘛！"

"哦，是这样，有人让我给您捎个话，劝您不要太固执成见。政治上的成败，是另一个问题。最好不要杀人太多。您看这——"

"我看这是满嘴喷粪！"梁化之勃然大怒，把手枪朝桌上一扔，歇斯底里地吼叫着，"什么叫政治成败，什么叫杀人太多？妈的，是谁说的这话？你给老子查出来！我就先拿这个人杀杀看，让他明白甚叫固执成见！哼！"

赵世铃赶紧躬着腰，打圆场道："梁代主席说得在理。此人确实不识好歹，过分张狂！不过，他是我的一个老朋友，也是出于一片好心。我也觉得他说得不对，先前已经教训过他了。今儿个这么说，不过是向梁代主席禀报罢了。"

梁化之"哼"了一声，凶狠地说："既然这样，那就先放过他吧！不过，赵参谋长，你要记住：以后，不管是谁，只要胆敢乱说乱道，我是决不宽容的！阎先生每天从中央拍电报来，我梁化之不能有来无回，没反应啊！我一定要用每天的杰出收获，来向阎先生报告！"

自从 3 月 29 日乘飞机离开太原以后，阎锡山在当天就到达了南京。根据国民党当局的安排，阎锡山下榻的地方，就在南京的首都饭店。

到南京的第二天，阎锡山一大早起来，换了一身新置的呢质便服，就直接到总统府，去拜望代总统李宗仁。

总统府一片忙乱，许多公职人员穿梭般奔跑，不知是在应付已经开始的"国共和谈"，还是筹划偏安西南的顽抗计划，抑或是被解放军的强大军事攻势吓慌了神。

阎锡山在休息室等了好一阵子时间，才受到李宗仁的传见。李宗仁坐在一张宽大的写字台后面的沙发上，仿佛压根儿就不知道这位也曾煊赫一时的山西军阀的造访，依旧漫不经心地翻阅着一份厚墩墩的公文。

过了一会儿，一位侍从小心翼翼报告说："代总统，太原绥靖公署主任阎伯川先生晋见您！"

李宗仁待理不理地抬了抬眼皮，把身体略微挪动了一下，懒懒地说："嗯，好嘛，请坐！"

阎锡山拣下首的一张沙发坐下后，十分审慎地说："蒙李代总统特别关照，伯川昨日飞临京城。今日一早儿来府拜会，真真地打扰代总统大驾了！"

一向目中无人的阎锡山，在这位一向并不被他放在眼里的桂系军阀头目李宗仁面前，居然卑躬屈膝，低声下气到如此地步，这在他还确实是第一次动用了强装出来的涵养。或许正是这种故作谦恭，反而唤起了尚有些恻隐之心的李代总统的热情。

于是，李宗仁把手头的公文搁在一边，开始正经和阎锡山对话："阎先生这一来，怕不是近期能回去的吧？那，太原方面的战局——"

阎锡山是一向不肯公开认输的。这时，他故意挺了挺腰板，用一种异乎寻常的刚强语调说："太原虽被围困将近半年时间，但我守军士气高涨，碉堡、工事固若金汤。我的火海防线，共军若无五十万大军，休想动得一根毫毛。只要李代总统高抬贵手，源源资助，我想，反攻复国的大计，当是指日可待的！"

说到这里，他见李宗仁不置可否，便把话锋一转说："此次受代总统之召，前来京城参加和谈事宜，很想听听代总统的训示！"

李宗仁令人费解地微微一笑，把手里捏着的红蓝铅笔在桌面上蹾了几下，然后说："有关两党和谈的问题，目前正在进行。至于前途如何，尚难奉告。不过，有张治中、章士钊他们做代表，也就暂时不劳阎先生您的大驾啰！哈哈哈……"

阎锡山碰了一个软软的冷钉子，心里很是憋屈。若在以往，他是非要争辩个长短不可的。可如今，他自知寄人篱下，形同流亡之徒，自己的底气，首先就显得很是不足了。所以，他只是忍气吞声地"嗯啊"着，不置可否。

其实，对于李宗仁和阎锡山来说，他们彼此间应当说是心照不宣的。因为，就在近期的伪国大选举中，阎锡山出于自身利益的考虑，决定不参加副总统的竞选。但他曾经向积极参加副总统竞选的李宗仁表示过完全支持的态度。阎锡山的原意，当然是想在国民政府中取得一个靠山，获取更多的政治声援和利益。可是，在争权夺利、尔虞我诈的南京竞选丑剧演出期间，蒋介石为了排斥桂系势力，出面支持孙科竞选副总统，并向阎锡山暗送秋波。在这种情况下，当李宗仁和孙科二人决选的关键时刻，阎锡山便施展了他一贯的左右巴结，两面讨好的故技，指示他的晋绥国大代表们，分别投了孙科和李宗仁每人一半的票。这样做，实际上等于完全毁了他和李宗仁事前的预约！

对于阎锡山在这次竞选中出尔反尔，自食其言的拙劣表演，李宗仁全然明白。至于对阎锡山一贯的两面三刀，更是多有领教。所以，李宗仁对阎锡山这次来南京后的冷淡态度，也就顺理成章，尽在情理之中了。

阎锡山见谈话已无新的意趣，当下识相地起身告辞。

李宗仁也无意挽留，只是淡淡地说："阎先生一路风尘，劳累过度，就多休息几天吧。太原，也不必急着回去！"

说句实心话，李宗仁不把他赶出南京，阎锡山就感激不尽了。现在，李宗仁这样说，等于允许他常住京师。这是他求之不得的。为此，阎锡山说了好多万分感激的话后，这才离开了总统府。不过，阎锡山的心里，到现在为止，并没有给这个有名无实的李代总统留下什么位置。他清楚，南京的大权，实际上还操纵在隐居于幕后的那个人手里。

所以，他跨下总统府的台阶后，就已经拿定了主意：立即去见暂时不在总统府办公的真正的南京政府实力派人物——蒋介石。

● 溪口勾结

在宁波到奉化的鄞奉公路上，一辆高级小轿车加速疾驰。车里坐着的，是阎锡山和他在南京设立的办事处的助手。

这条鄞奉公路，由于是专供蒋介石到他的溪口老家省亲、扫墓而修筑的，所以，路面宽而平坦，一律柏油铺面，两旁还栽植着一排排高大挺拔的乌桕树。到了秋天，这段公路在红叶的掩映下，更是屈指可数的高级公路。

小轿车在行进，阎锡山从车窗里观赏着这浙东四明山区的秀美风光。

只见这一带山明水秀，风景秀丽，果真是名不虚传的风景胜地。层层叠叠的山峦莽莽苍苍，路边的绿树葱茏繁茂。飞瀑流泉，似若银练。清澈见底的剡溪从四明山中流出，弯曲流淌，横穿溪口，进入奉化江，终归东海。

车到奉化县城，又向西北行约十五公里，就进入溪口镇了。溪口镇坐落在剡溪北侧。沿溪一条小街，店铺林立，农商云集。房舍隔溪傍山，门对剡溪。水光山影映入眼帘，屋瓦人影倒映江中。这柔媚多姿的江南水乡美景，使阎锡山情不自禁地想起了自己的家乡——五台山的禅林佛刹。

两相比较，真是天壤之别，风格殊异，各领风骚。阎锡山心有所感，自言自语道："好风水啊！难怪蒋先生下野以后，一定要回他的老家来隐居呢。果然是一个修身养性的神仙境界嘛！"

坐在后排座位上的助手说："其实，比起乱哄哄的京城来，我看，这里倒是更有利总裁策划国事呢！"

"嗯，有见地。不错，不错！"

助手见阎锡山兴致蛮好，便借机向他介绍说："这溪口镇，一边有公路通达宁波，另一边通向山区。前面那座山，北连四明，南通天台。剡溪上游的九曲，相传是王羲之隐居的地方，至今还有右军祠、石砚、墨池、鹅池等遗迹呢！就是雪窦寺、千丈岩、云隐潭等名胜，也大都保存完好。唐宋以来，贺知章、苏轼、王安石、赵孟頫等文人墨客，多曾来这里览胜观光，并留下不少名篇佳句。如果阎先生有兴趣的话，不妨借这次机会，游览游览！"

阎锡山几十年混迹政坛，穷兵黩武，足迹遍及南北要地。可要说他专门游览这江南风情，却还是绝少时间。这阵子，他也实在有意按助手的话去做。可对他来说，眼下最重要的，却不在此。因此说："国势日艰，大事尚且操不过心来，谁还有那个闲情？哎，你不要光顾了看山水，连蒋先生的门也给错过了！"

助手透过挡风玻璃向前望去，只见前面正好是一座庙宇式的高大建筑，忙说："先生，前面就是总裁的老宅——丰镐房。总裁回溪口之后，就在这里住着。"

阎锡山留心观看，但见这丰镐房堂舍高大，翘角飞檐，青砖黛瓦，古色古香。一座圆洞门里，中间是大客堂，两旁配二层中西合璧式的小楼，远处可见楼上回廊曲径，甚是考究。

眨眼间，轿车已到圆洞门前。阎锡山命司机停下车来，自己步行上前，求门卫引见蒋介石。卫兵领着阎锡山，穿过由全副武装的卫士组成的警戒线，来到了蒋介石的卧室。

蒋介石虽然没有穿他的帅服，但当年战将风度不减。不过，他看起来是比过去消瘦了许多。最明显的标志，是眼泡突起，给人一种浮肿的感觉。

如同至亲挚友久别重逢一般，当这一对几十年来的政治宿敌在落难中相聚时，反而更显得亲热。蒋介石很是礼貌地迎上前来，拉着阎锡山的手说：

"伯川兄，我回溪口来以后，确实没有召见过多少人。下野了嘛，就是要少理政事。不过，对于伯川兄您，或可破例。唔，我可是专门召你来的哟！"

阎锡山受宠若惊，失声地说了句"总裁——"，居然就哽咽住了。如果不是蒋介石急忙扶他就座，或许他还真的要痛哭一场呢。

蒋介石请阎锡山在自己对面的沙发上坐下，侍从立即给每人面前端放了一杯白开水。

阎锡山无心用水，还是保持着刚才那副苦相，哀哀地说："总裁，想不到，世态炎凉，你我居然全都落到了如此境地！"

蒋介石咽下一口白开水，盯着阎锡山看了一阵子，所答非所问地说："难道，伯川兄以为，大势已去了？"

蒋介石这句话软中有硬，很有分量。阎锡山像骤然被注射了一剂强力吗啡，当即兴奋起来。他挺了挺腰板，正视着蒋介石。蒋介石也正用前所未有的真诚目光，望着他。这使他无比感动，于是说："大势去与不去，要害就在总裁！依我看，当今操纵党国局面的，其实还是总裁您！"

"哈哈哈！"蒋介石突然放纵地大笑起来。

随着，蒋介石满意地说："伯川兄，还是你眼力好，见识高。你我不愧是多年深交的故友哇！可是，当今之时，竟也有人以为，中国局面，居然可以任由他们去左右了！"

"总裁所指，莫非是李德邻之流？"

"哼，"蒋介石鄙夷地说，"李宗仁不过是一只作戏的猴子。他是怎样也挣不脱我手里这玩猴的绳子的！不过，使人担忧的，倒是张文白那一伙人！"

阎锡山不知其究，困惑地问道："张治中他们不是从四月一号起，就到北平和共产党谈判去了吗？难道他们会有什么越轨之举？"

蒋介石愤愤地扑向他的写字台，顺手拾起一份材料，把它在手里"哗哗"地摔了几下说："问题就出在这里。这是张治中给南京和我转来的密函。你看看，他讲了些什么吧！"

阎锡山接过那封信函，默念下去。只见其中写道：

……默察大局前途，审慎判断，深觉吾人自身之政治经济腐败至于此极，尤其军队本身之内腐外溃，军心不固，士气不振，纪律不严。可谓已濒于总崩溃之前夕。在平十日以来，所见所闻，共方蓬勃气象之盛，新兴力量之厚，莫不异口同声，无可否认。假如共方别无顾虑之因素，则殊无与我谈和之必要。而且有充分力量以彻底消灭我方。凡欲重整旗鼓为作最后挣扎者，皆知为缺乏自知，不合现实之一种幻想……

"怎么，文白竟然说出如此疯狂的话来？他把国军的抗争，居然说成是幻想！这怎么像他张治中说的话呢？"阎锡山惊愕地望着蒋介石。他确实不相信，这封信，会真是出自张治中之手。

"哎，世风日下，人心难测哪！叫我看，文白是着了共产党的魔法啦！你再往下看，他还有更不成体统的混账话呢！"蒋介石失态地瘫坐在沙发上，少气无力地对阎锡山说。

阎锡山继续看下去，只见张治中在信中接着写道：

前与吴礼卿先生到溪口时，曾就两个月来大局之演变情形加以研究判断，结果认为无论和、战，大局恐难免相当长时期之混乱。而钧座虽引退故乡，仍难免造成混乱之责任。此最大吃亏处，亦最大失策处。唯有断然暂时出国，摆脱一切牵挂为最有利。当时亦曾面呈钧座，未蒙示可。谨再将其利害列述如下……

看到这里，阎锡山把信纸按在膝盖上，傻呵呵地呆坐了足足两三分钟。

随着，他突然发狂似地将那信笺一扔，暴怒地骂了起来："简直是满嘴喷粪，信口雌黄！出国，出国！叫总裁出国去？难道让共产党来当国！张治中居然如此张狂，他简直就是个赤化分子了！"

阎锡山这几句话，正中蒋介石下怀。由于蒋介石对这话很是赏识，他们顿时成了知音，这便一唱一和地发泄起内心的狂躁来。

蒋介石骂道："张文白无能，丧权辱国！他要在北平和共产党签订那个什么《国内和平协定》的八条二十四款，三番五次地催我出国。伯川兄，这不是居心不正吗？哼，他想逼我就范。娘希匹，我就是不出国！"

蒋介石越骂越上火，越骂越动怒，就像一只发狂的疯牛般挥舞着拳头，在地上气咻咻地来回奔突，继续叫喊："我就是不出国！我要亲自指挥一切。我就是要与共党打到底，打到底！"

阎锡山应声虫似地附和："对，总裁不能出国，也不能放权！我阎锡山至死和总裁一道走！太原防线固若金汤，我的官兵决与共军血战到底！至于张文白和共军的谈判，我看绝对不会成功。共军的那些条件决难接受；即使接受了，以后也难以解决问题。而且，那些条件没有总裁的认可，就是一纸空文！我建议，总裁马上电中常委和中央政治会议，发个公开声明：决不接受共产党的条件！"

阎锡山的叫嚣，使蒋介石十分感动。他上前捧着阎锡山的手，声音发颤地说："伯川兄，患难逢知己。几十年共事，我蒋中正今天才见到你的真心啦！"

阎锡山见蒋也拿出了少有的真情，趁势自我表白说："总裁，叫我看，这和谈非破裂不可。我双手拥护总裁再度出山。只要总裁需要，到时候，您任总统，我一定出任行政院长。我保证十二分地支持总统，扭转败局！"

阎锡山图穷匕见，最终说明了心意。蒋介石却是因为有人如此坚决支持他，激动万分。他感激地说："伯川兄，难得你一片忠心。好，很好。你我一言为定！"

阎锡山一着得计，却不满足。趁蒋介石开心，并公开表露信任的机会，得寸进尺地提了又一个要求："为振奋士气，策划反攻，解决太原粮弹奇缺状况，我想：总裁是会设法再拨些粮食和金圆券的！"

蒋介石皱皱眉头，显得很为难，但还是说："这好办。回头，我知照一下行政院和国防部，让他们办理就是了！"

"山西父老永世不忘总裁的恩德！"阎锡山奴颜婢膝地作揖谢道。

阎锡山的溪口之行，可谓一箭双雕，满载而归。他既赢得了蒋介石在政治上信任的公开承诺，又讨到了一笔数目可观的钱粮。回到南京城以后，阎锡山马上把一直在南京替他奔波的彭士弘等人找来，商议如何把这些讨要到的物资尽快运回山西。

彭士弘不是糊涂人，他察言观色，早已窥透了阎锡山的本意。当下说："主任对山西官兵的关心，世人有目共睹。但眼下共军重重包围，如此巨额的军需，确实很难一时运回山西去。以卑职愚见，与其空投下去落到共军手中，哪如另想些办法呢！"

阎锡山眉间飞笑，却不明言，故意反问："那依你之见——"

"依士弘之见，不如把这些粮食和金圆券，全部换成银洋和黄金，暂时存到国外的银行里去。等日后有机会，再随取随用。再说啦，您的四小子和他媳妇，不是已经到美国去了？那边花销大，费钱，我看给他们带上三百条黄金，也不算多。还有，您的继母和二媳妇去了台湾，也总该有个合适的落脚之处吧！要盖公馆，能不用钱？还有您内弟和五小子寓居日本，也不能两手空空呀！这么多事情要办，全等着主任您破费咧！嘿，我们下头人再想得多，也想不周全，还是主任您自酌吧！"

这一番话，说得又实际，又体己，又合时。阎锡山心里虽然乐不可支，但还是故作清廉地说："这事牵动太大，等以后慢慢再说吧！"彭士弘心领神会，再没多言。

没过几天，那些粮食和金圆券，果然依照彭士弘的意图，全都兑换成了银洋和黄金。这些到手的财富，也果然没有运回太原去。至于其下落如何，读者诸君当不言自明。

第五章　决战决胜

● 彭总论战

自从彭德怀亲临大峪口，中国人民解放军攻城部队开过总前委扩大会议后，云集于太原前线的三大兵团，就全都投入了热火朝天的大练兵运动中。

四月中旬，太原郊区的天气，也仿佛在为这支即将给晋阳大地带来新生的神兵增威助势一般，晴和温暖，使练兵运动进展得十分顺利。

这天，彭德怀副总司令来到第 18 兵团视察。这第 18 兵团，就是围困太原已达半年的原第一兵团改称的。彭副总司令在第 60 军军长王新亭将军陪同下，来到三团一连的阵地上。

彭德怀一行径直来到一个掩蔽部，只见这里装饰得又美观又舒适。枪械齐整地排列在枪架上，钢盔、刺刀、手榴弹袋等，都有条不紊地各归其位。战士们的碗筷用具，全放在手榴弹箱改做的橱柜里，又干净又得体。掩蔽部的墙壁上，全用报纸裱糊着。地上铺着厚厚的谷草，门上挂着床单，真像个温暖的大家庭。

在一间掩蔽部里，一个排的战士正在召开诉苦大会。战士们围在小火炉边，义愤填膺地倾听一个解放军战士控诉阎军暴行。

彭德怀等首长进入这个掩蔽部，静静地站在战士们后边。认真地聆听战士的控诉。控诉完毕，排长走上前来，请首长做指示。

彭副总司令谦和地笑着说："做什么指示嘛，我是来向同志们学习的。诉苦运动，这是我军的一个好传统。要把仇恨记在阎锡山、蒋介石的账上，要把力量凝聚到刺刀尖上，狠狠地打击反动派，解放太原城，解放全中国！"

排长说："首长，全国解放战争发展那么快，俺们从政治学习里全知道啦。同志们相信，今年，咱们准能打倒国民党反动派！可是，看着人家兄弟部队老大哥尽打大胜仗，进军神速，同志们真是眼馋得不行！"

一个小战士说："首长，快下命令吧！俺们如今是万事俱备，就等东风啦！"

"是咧，是咧！"全排战士几乎是一齐在喊。

彭德怀看着这些虎虎有生气的战士，心中充满着慈爱和激情。他拍拍那个小战士的肩头，亲切地说："小同志，馒头，要一口一口地吃；仗，要一个一个地打嘛！四月十七号，中央军委和毛主席指示我们：'你们觉得何时发起打太原有利，即动手打太原，不受任何约束。'你们看，这打太原的主动权，毛主席全交给我们啦！所以说，大家好好地练兵，养精蓄锐。只等一声命令下来，太原城就回到人民的手中啦！大家说对不对呀？"

"对！"战士们兴高采烈地你推我搡，快乐地说笑着。

王新亭军长对战士们说："同志们，根据前委和前司发布的《政治动员令》，要求我们在打太原中，全部歼灭敌人，还不算完成了我们解放太原的任务。中央给我们的任务是：要打好、接好、交好。这就是说，我们还要把政策纪律搞好，做到秋毫无犯。因此，我们每个同志，都必须以高度的阶级觉悟来完成这个政治任务。每个部队都必须在这次战役中，争取全胜。排长同志，用这个要求来衡量一下自己吧：要努力克服你和同志们的急躁情绪哟！"

排长憨厚地挠挠后脑勺，腼腆地说："报告军长，我明白了！"

从掩蔽部出来，王新亭陪彭德怀来到一块开阔地。在这里，一个营的部队正在操练。身材魁梧的营长跑步前来，向首长行军礼，口齿流利地报告："二营长赵世梧报告：请首长检查我营练兵！"

王新亭军长向彭总介绍说："彭总，他就是我军前期攻克东山要塞时，机智指挥，寻到暗道。在智取山头阵地的战斗中，立过功的赵世梧同志！"

彭德怀高兴地说："哦，是个战斗英雄嘛！赵世梧同志，你现在带一个营喽，要争取立更大的战功哟！"

"是，请彭总指示！"

在这块开阔地上，二营在紧张而秩序井然地练兵。一切都从实战出发，全营划分成筑工事、挖坑道、射击、爆破、跳越障碍物、攀城墙等各种战斗分队，并以连为单位，按火力、爆破、排雷、突击、攀登等具体作战要求，进行分类演练。

赵世梧带领首长们来到射击组。首长们向前方望去，那里并没有胸靶，有的只是一个砖砌的模拟碉堡。战士们举着枪练习瞄准，目标就是那模拟碉堡上的"枪眼"。

彭德怀副总司令很感兴趣地问赵世梧："营长同志，这是什么道理哟？"

赵世梧回答："大家管这叫弹击小鸟儿！就是说，远处的模拟枪眼小得像只小鸟，只要练得子弹百发百中，打起仗来，就能一颗子弹消灭一个敌人。我们这个练法，团部是批准了的。"

站在旁边的王新亭军长补充说："根据战士们的倡议，部队正在开展封锁射击孔，弹穿观察台、枪击潜望镜的射击竞赛活动。这项活动，我军在打临汾时就开展过。现在部队有不少'击敌百名'的神枪手，都是这么练出来的！"

彭德怀赞赏道："好哇！我们的战士中，真是人才辈出！"

这时候，那边传来一阵阵"加油、加油"的号子声。彭德怀挥了挥手，首长们便全跟着他，朝那边奔了过去。

这里，一批批战士腋下挟着炸药包，拼命奔跑。一批上去了，第二批紧跟着冲上前去。彭德怀急步上前，赶上一批奔跑的战士。他和一个身材矮小的战士并肩跑着，那小战士虽然个子小，腿短，可跑起来却像一只山兔一般，彭德怀怎么也追不上他。

休息的时候，彭德怀把那个小战士叫到身边来，非拉着他和自己挨肩坐在土坎上不可。彭副总司令让自己的警卫员把水壶拿来，给那小战士喝水。等小战士喝了一泡后，他慈祥地问："小鬼，叫什么名字？"

"杨小波。"

"多大岁数?"

"十七岁。"

"参军几年啦?"

"一年半。"

"好家伙,说话像打机关枪一样,利索! 哈哈哈,难怪跑得那么快! 哦,小鬼,能把你跑得快的诀窍,给我讲讲吗? 有什么秘诀呢?"副总司令认真地询问。

"什么秘诀?"小战士摸不着头脑地瞪着眼睛说,"没有,没有!"

"秘诀一定有。你不讲,是不是在保密呀? 哈哈哈!"彭德怀幽默地开着玩笑。

"这个——"杨小波窘得脸都红到了脖子根。

二营长见杨小波回答不上来,从旁介绍道:"报告彭副总司令,这个杨小波,外号叫'飞毛腿'。他跑得快,全是苦练出来的。因为他人小,腿短,原来老是跟不上别的同志,老掉队。后来,老班长就鼓励他说:有志者事竟成,铁杆还能磨成绣花的针。他呢,就先找了一条板凳,整天跳上来跳下去,苦练。慢慢地,腿肚子就有了硬功啦。再后来,他又练习爬墙,跳房,还把沙袋子绑在腿上走路,跑步。有一阵子,他经常摔得鼻青脸肿,瘸腿跛脚。可他一直不灰心,不停地练。就这样,苦练出了硬功夫。现在,他不只是营里有名的'飞毛腿',就连数丈宽的壕沟,比他高两倍的墙,也都能超越。所以,在团里,他可是小有名气呢!"

"呵哟,真了不起! 这才是人小志气大,苦练出真功哪! 杨小波,你说对吗?"彭副总司令像对孩子一样,赞赏地夸奖着。

"俺不懂!"杨小波红着脸一嘟囔,把身边的人全都逗笑了。

"怎么不懂? 你这一套经验,是可以总结起来,写成文章,登到报纸上,收进书里面,叫大家学习的咧!"

彭德怀诙谐地开着玩笑,然后转身向赵世梧说:"营长同志,你这是强将手下无弱兵哇! 刚才我们看到的快速爆破,和多组连续爆破,动作敏捷,组织严密，我看都是很好的。太原是阎锡山盘踞了多年的老巢，在太原周围四五十里的盆地内，整整修了五千多座钢筋水泥和青石结构的碉堡。碉堡的式样多达数十余种；各堡群和据点外，又设有很多鹿砦、电网和地雷区。这样，就给我军进攻，造成了很大困难。但是，我军决胜的信念是坚定不移的。因此，一定要把爆破和坑道掘进，作为重要的训练项目来抓！"

"是！"赵世梧立正回道。

王新亭说："彭副总司令的指示十分重要。爆破和坑道掘进的土工作业，我军攻取临汾就发挥过巨大威力。徐司令员多次讲过：'这叫学土行孙的办法，钻到地下去作战，出敌不意。'目前，部队在这方面的战术技巧，经过训练，又有许多新的发展了。"

彭德怀肯定地说："在向前同志指挥下，你们由运动作战，转入攻坚作战以后，十分重视战术和技术上的问题，收获不小。今后，要求士兵除了三大技术外，人人还须掌握土工作业和爆破两大技术，步炮兵必须协同密切，还要求各级指挥人员必须学会使火力、爆破、突击三者紧密结合起来，以及精密计算和组织战斗的本领。这几个中心环节，都是克敌制胜的重要战术思想。希望大家一定要努力钻研，苦练细琢，以夺取太原战役的最后胜利！"

这时，一位参谋飞马奔来，停在彭副总司令站着的地方。参谋跃下马背，向彭德怀行军礼道："报告彭总，中央急电！"

同志们立刻停止谈话，摒息等待着副总司令阅读中央来电。

只见彭德怀在读电报时，始而眉头紧蹙，继而咬紧牙关，紧握拳头。后来，竟激动得满脸红光，连连跺起脚来。蓦地，彭副总司令有力地挥动着臂膀，颇富号召力地对大家说：

"同志们，伟大的战略决战，已经进入最后的关头了。蒋介石拒绝在和平协定上签字，片面撕毁了和谈条件。党中央和毛主席已经作出战略决策：命令我们进军全国！"

"啊！"

"啊！"

一时间，群情激昂，人人欢腾。连身经百战的将帅们，也忍不住有些跃跃欲试了。彭绍辉军政委从彭德怀副总司令手里接过中央急电，激情满怀地向大家宣读：

向全国进军的命令

一九四九年四月二十一日

各野战军全体指挥员战斗员同志们，

南方各游击区人民解放军同志们：

由中国共产党的代表团和南京国民党政府的代表团经过长时间的谈判所拟订的国内和平协定，已被南京国民党政府所拒绝。南京国民党政府之所以拒绝这个国内和平协定，是因为他们仍然服从美帝国主义和国民党匪首蒋介石的命令，企图阻止中国人民解放事业的推进，阻止用和平方法解决国内问题。……在此种情况下，我们命令你们：（一）奋勇前进，坚决、彻底、干净、全部地歼灭中国境内一切敢于抵抗的国民党反动派，解放全国人民，保卫中国领土主权的独立和完整。（二）……

中国人民革命军事委员会主席　毛泽东

中国人民解放军总司令　朱　德

彭绍辉话音刚落，周围静听的官兵们立即沸腾起来。大家挥臂高呼："解放太原城，立功为人民！"

"坚决打进太原城，活捉战犯阎锡山！"

"兄弟兵团心连心，一举解放太原城！"

在战士们惊天动地的口号声中，彭德怀等首长急急向前线司令部返去。

● 新城打援

中央军委一声令下，指挥太原战役的前委、前司雷厉风行。

根据前委和前司的通令，四月二十日，对太原外围阎军防线的廓清战斗，全面打响。

廓清战斗的总部署，是第18兵团主攻城东，第19兵团主攻城南，第20兵团主攻城北，第7军和另两个旅主攻城西。

原已逼近太原城的第20兵团，在接到攻击命令后，兵团司令员杨成武将军当即通过电话，向所属各部队下达作战命令。

他说："同志们，我们的行动，一切按总前委决定办。这次和第18、第19两兵团以及西北野战军老大哥协同作战，是我们学习的好机会。一定要搞好团结，打好这华北地区的最后一次大战役，为我华北部队争光！"

天空，星光闪烁；夜，黑沉沉的。

在解放军北线攻击要点——新城据点附近的一个隐蔽部位，一些黑黝黝的人影在悄悄移动。这是第20兵团68军202师的战地侦察，该师担当北线攻击尖刀师的任务。

今天，从黄昏以来，师长廖鼎祥就和其他师首长带领几个参谋和侦察员，来到前沿，亲自进行侦察。

阎军新城据点，是太原北郊一个大镇。距城内约七公里。据点内有阎军第71师一个步兵营，4个炮兵连和保安团，共计守敌千余人。这里，是敌人整个北区防御体系的支撑点。

周围一片寂静，晚风吹得人们浑身发凉。廖鼎祥师长和同志们隐蔽在壕沟里，细心观察着前面的敌军阵地。突然，一只野兔不知从哪个草丛中窜了出来，惊动了敌人的哨兵。那哨兵惊慌地拉动枪栓，大声呼喊，为自己壮胆："谁？口令！再不出来，老子就开枪啦！"

廖师长和侦察员们一动不动地潜伏着。敌哨兵盲目地咋呼了一阵子后，见没什么异常情况，心惊胆战地转悠了一会儿，又缩回哨位上去了。两名侦察员想上去抓住那家伙，师长用目光制止了他们。

潜伏在师长身边的侦察员小王惋惜地嘟囔着："就要进嘴的肥肉也不吃。师长，顺手牵羊，逮个舌头回去多好呀！"

师长压低声音对他说："咱们尖刀师的任务，一是以突袭手段，夺取敌人的二线心腹要冲新城；二是攻占机场、工厂区、永兴堡和大北关。这两项任务中，关键是速占新城。只要把新城夺过来，就等于扼住了敌人的北线咽喉。北线之敌无法龟缩回城，就是外围歼敌的胜利！我们这次侦察的目的，主要是为了摸清敌情。捉一个舌头事小，打草惊蛇可就坏了大事。小鬼，明白了吗？"

小王吐吐舌头说："唔，还是师长见识高！我想起来了，这就是您常说的那句话：'黑旋风李逵闹洞房，妙就妙在一个冷不防！'要是早早地掀了那个鸳鸯枕，哪里还有好戏看呢？"

"这小鬼！"师长慈爱地摸了摸小王握枪的手，严肃地说："注意前方！"

夜，依然是这样寂静，清冷。

在通往新城的沟壑、田塍上，可以隐约看见，一股股解放军分队，正在疾速挺进。这些挺进的部队，可以说都是重负行进。看吧，除了自己的武器外，战士们有的扛着迫击炮弹，有的背着门板。在战斗部队的后方，紧跟着一千多名民兵组成的火线运输队，携带着两个基数的弹药，和四千多斤炸药，紧紧跟进。

已经接近新城了。廖师长指挥部队，从南固碾至下兰村的敌据点接合部，隐蔽穿过。沿着这条预先侦察好的路线，尖刀师的战士们踏着门板，跨过了汾河东岸到新城间三百余米长的泥泞稻田。

门板发挥了大作用，部队行进既无声响，又不陷脚，速度毫不减慢。

"什么人？口令！"

当部队切近新城据点时，突然引起一阵乱混混的狗叫声。敌哨兵惊慌地叫喊起来。这时候，两个黑影蹑手蹑脚地从侧后迂回上去，一下子就把那个敌哨兵死死地扼住了。敌哨兵出声不得。等他明白过来是怎么回事时，已经被拖到解放军的阵地上来了。

敌哨兵被排除以后，狗叫声渐渐平息了下去。新城又回到了先前的沉寂。

稻田里的稀泥阴冷潮湿。尖刀师战士们紧贴地面，一个个浑身泥污。

夜的寒冷，加上冷水浸泡，把战士们冻得直打哆嗦。但是，为了等待预定的发起攻击时间，所有同志都一动不动地趴在地上，静静等待着，等待着。

时间一分一秒过去了。

终于，廖师长的怀表指向 1 时 37 分！

"嗵、嗵、嗵！"三颗耀眼的照明弹，突然腾空而起，如同闪光的利剑，将暗蓝的夜幕割裂。

廖鼎祥师长一跃而起，威武地把短枪一挥，大喝一声："放！"

随即，布置在新城西北一公里半处的炮阵上的火炮，一齐向着新城轰击。霎时间，城垣四周枪声大作，炮火连天，铺天盖地的尘土和烟幕，交织成一幅雄伟宏大的夜战奇观。新城如同烈火浓烟中的蜂窝一般，恐惧地颤抖着。

在强大的炮火掩护下，尖刀师的健儿们冒着敌人仓皇应战的枪林弹雨，越过护城壕，奋勇冲击，仅用七分钟时间，就登上了西面的城墙。

第一面火红的战旗在西城头猎猎翻卷，它以无法想象的巨大号召力，召唤着后续的攻城勇士们。

"轰隆！"一阵天崩地裂的爆炸声响过，砖石纷纷落下，西城门被炸开一个大缺口。

廖师长不失时机地指挥部队向缺口发起冲击。一时间，尖刀师的战士们如同突发的江潮一般，在震天动地的喊杀声中，从西门缺口蜂拥而入，一直冲到了东门。

惊魂未定的新城守敌，有的在被窝里做了光屁股的俘虏，有的糊里糊涂地命归黄泉。这一个漂亮仗，尖刀师人人都有战果，仅侦察员小王和两个战友，就俘虏了整整一个炮兵连！

廖师长正在指挥部队扫清残敌，报话机传来军首长急切的呼叫："喂，廖鼎祥，新城打得怎么样啦？"

"报告军长，已经拿下来了！"

"好！"军长兴奋地鼓励说，"打得好，打得利索！现在是 2 时 37 分，你们拿下新城，仅仅用了一个小时！杨成武司令员命令你们：要不失时机地扩张战果，乘胜向南逼近！"

"是！"

军长的命令简洁有力，廖师长的行动果断敏捷。他心里燃烧着立刻攻入太原城内的烈火。通话结束后，他把报话机的耳机递给通信兵，抽身就要指挥部队继续挺进。

这时，侦察员小王押着两个俘虏，来到师长面前。小王报告说："报告师长，这俩家伙是向阳店敌人派出送信的通信兵。刚才被我们抓到的，这是从他们身上搜出来的信件！"

"哦！"廖师长接过信件拆看，原来是敌64师师长给新城守敌指挥官的命令。内中说："务必死守新城，我率部增援，即刻赶到！"

这一情报，使廖鼎祥立刻冷静下来。他在认真地思考着：现在，我军大部分兵力已经向太原挺进了，留在新城的部队已经不多，但敌人大部队马上要来增援新城，一场恶战即将发生。敌我悬殊，该怎么办呢？

军情十万火急，不容人有半分迟疑。危急关头，廖师长当机立断："马上把师侦察连抽出来，立即调到新城北门，截击敌人；再抽一个营的兵力，在道路两旁设伏，突袭援敌！"

淡淡的月光撒满了原野，夜幕使人压抑目眩。浮云时而飘忽掠过。夜空，尽管比月亮上来前要明亮，但十步开外，还是很难看清前面的物体。

奉命打援的尖刀师侦察连，在出新城后，仅仅北进了约一公里，就遇上了前来增援的敌军。

"哪一部分的？"侦察员小王走在最前面，他机警地抢先向敌人喊问。

敌人停止前进。一个副官模样的人，大摇大摆带着两个端冲锋枪的士兵，向这边走来。一边走，一边粗野地骂咧着："他娘的，喊叫什么？老子是第46师师部的。你他娘的叫共军把魂也吓丢了，连自己的部队也认不出来？"

小王和班长交换了一下眼神，马上答道："啊呀，敢情是援军大哥到了哇！嘿，怨兄弟有眼无珠，不识泰山。唔，长官派我们在这儿等着贵部呢！"

"哼，告诉你们当官的：咱们师座亲率师部和一个步兵营，还有一个炮兵营的弟兄，随后就到。你们得顶住呀！"

"当然，当然！"小王和班长一边向敌人走近，一边悄悄把枪压上了顶门子儿。

这时，我方后边的战士不知谁故意说了一句："顶？哪能顶住！"

敌副官顿时冒火，边走边又骂起来："混账！你小子吃了豹子胆啦，胆敢惑乱军心？他娘的，你们71师他娘的真是上不了阵的骡马！老子从来没见过你们打过一场像样的仗。娘的，白面大米养活你们，还不如喂了狗哩！"

骂咧间，双方已十分接近了。

这时，小王和班长突然同时猛扑上去，把匕首和枪口死死顶在敌副官和他的随从胸口。

班长压低声音，威严地喝道："不准动！"

"你，你们是——"敌副官被这突如其来的袭击给搞懵了，结结巴巴地说不出话。

班长把眼一瞪说："规矩点。我们是中国人民解放军！来，把他们的枪给我下了！"

跟在后面的尖刀班战士一齐上手，三个敌人全做了俘虏。刚才还神气活现的敌副官，如同火烤了的糖人儿一般，一下子软成了一团。

尖刀班长把敌副官揪到路边，马上开始盘问："喂，你们的师长和部队呢？"

敌副官装聋作哑，一言不发。小王把明晃晃的匕首照着他喉头一挥，嘲弄地喝道："你不说，难道你的师座就能插翅膀飞了？哼，你放明白点儿！你如果想活，咱送你八个字。叫作'坦白从宽，立功受奖'。你如果不说，就送你这一刀！"

"唔，不不不，我说，我说。师座和师部，就，就在后边。那两个营的弟兄，也在……"

敌情已经搞清，尖刀班长当即派小王返回新城方向，向我军预伏部队报告。

当敌援军在没有受到任何狙击的情况下，行进到新城附近时，他们万万没有料到，已经糊里糊涂地闯入了我第 202 师的伏击圈。就这样，这股从向阳店出援新城的阎军，几乎未经一战，就被全部歼灭了。

在新城南门的一座土楼上，第 202 师师长廖鼎祥正在审问被俘的阎军第 46 师师长。

敌师长颓丧地低垂着头，听廖师长给他讲了半天解放军优待俘虏的政策，才少气无力地交代说："唉，大军长官。俺们的长官三令五申，宁失向阳店，死守新城村。不料还没几个钟头，新城一千多弟兄就全完了！贵军运兵神速，我是自愧弗如。唉，阎长官多年的心血毁于一旦，诚为可叹；而贵军的神速作战，也确实令人吃惊啊！"

廖师长告诉他："现在，岂止你们的新城完结，整个太原，整个中国，都要被解放了。你现在已经放下武器，做了俘虏。难道你对阎锡山还存在幻想吗？"

"不敢，不敢！"

"好吧，把他先押送到后方去！"

这时候，一位兵团司令部的参谋赶来新城。廖师长忙去迎接。原来，这位参谋是受第 20 兵团司令员杨成武将军的派遣，专门给首克新城的第 202 师送来一面特制锦旗的。只见那锦旗上绣着几个醒目的大字"勇猛穿插分割"。

上级首长的表扬鼓励，使担负尖刀师任务的第 202 师群情振奋。战士们纷纷要求连续作战，一举夺占飞机场、工厂区和北关，全面完成既定任务。

天亮了。瑰丽的阳光，照耀着新城的残垣断壁。习习的晨风，吹来了战地特有的硝烟芳香。

廖师长和政委等登上城南一堵断塌的城墙，用望远镜向敌纵深瞭望。但见晨光中，太原城轮廓清晰可见。只是北城墙外工厂区的一座座高大烟囱，多数已不冒烟，而且顶端架起了老鸹巢。

廖师长感慨地说："好端端的工厂，全被阎锡山糟蹋了！"

站在旁边的侦察员小王说："师长，要这些东西干什么？它们挡住视线连城墙也看不清楚。干脆，您下命令，把它全炸掉算啦！"

廖师长放下望远镜，严肃地对小王说："小鬼，这件事，可不那么简单，更不能乱来哟！你知道吗，我们打下太原为的是甚？我们是要建设一个新太原，还要建设一个新中国呢！我们一把太原打下来，这些工厂一投入生产，不只工人有了饭吃，解放江南也就有了后方工业品的支援了！同志，破坏旧世界的目的，是为了建设一个新世界。这个道理，一定要牢牢地记住哟！"

政委强调说："我们不仅现在不能炸掉它们，就是战斗打响了，也还要好好地保护它们呢！"

小王惭愧地低下了头。

这时候，同志们发现，从机场那边开出一辆装甲车，像毛虫般蠕动着，正向这边驶来。廖师长指挥大家隐蔽，举着望远镜向前瞭望。

就在这时，敌装甲车突然向这边开炮，炮弹在廖师长身旁爆炸了。

"不好，师长挂花了！"

"快，师长——"政委指挥同志们赶紧抢救，只见廖师长后颈受伤，鲜血洇红了他的领口。

"吁！"廖师长用手势告诉大家保持平静，转向侦察员小王说："快，去把卫生员找来，不准声张！"

卫生员赶来，很快替师长包扎好了伤口。廖师长不顾伤痛，命令立即把各团团长找来，简短进行新的作战部署。随即，廖师长亲自带领四团向机场发起攻击。

机场守敌几乎未经一击，弃阵逃跑。占领机场后，四团又一鼓作气，杀向西北炼钢厂。

守厂敌军是胡宗南部的一个营，很快也被击溃。四团迅速进占钢厂。廖师长带领部队进到一排平房前时，迎面走来一个穿长袍戴眼镜的人。这人手里拿着香烟，一边给同志们递烟，一边头也不敢抬地叨叨着："国军刚刚撤退，咋的又回来了？莫非长官还有什么需要的东西？"

同志们见这人战战兢兢，听他口口声声尽是"国军"，估计肯定是早被国民党军队吓坏了。于是，廖师长客气地上前与他攀谈："先生，你是什么人？"

"啊，我是——"那人抬头看时，才发现面前站着的并不是什么国军，急忙改口道，"噢，鄙人是钢厂厂长。不知大军到来，有失远迎。请长官训示，训示！"

同志们初次见到这样的人，觉得新奇，忍不住暗暗发笑。

廖师长和蔼地对他说："不必称什么'长官'，叫我们解放军同志就行啦。我们没有什么训示，也不用什么欢迎。不过，有一点，必须向你讲清。工厂现在已经解放了，你既然是厂长，就应该配合我们把它管理好。厂长先生，咱们搞一个约法三章，你看怎么样？"

"听便，听便！"厂长还是十分拘谨地说。

廖师长平静地对他说："第一，从现在起，工厂已经属于人民所有。第二，工人是工厂的主人，厂长和厂方其他管理人员，都要忠于职守，听候人民政府今后安排。第三，立即组织工人纠察队，维护工厂安全。凡有破坏工厂财物者，以反革命论处。厂长先生，你看怎么样？"

"可以，可以！一定照办！"厂长擦着满脸的汗水，心情开始平静下来。

部队继续向前推进，厂长望着远去的大军，暗自嘀咕着："嗯，解放大军？就是和国军不一样！"

现在，北关也已解放。阎军正在组织反扑。

四团长在电话里向首长表示："请师长放心，我第四团既然打进来了，就要钉在这个阵地上，决不让敌人再前进一步！"

廖师长严肃地鼓励他："好。四团长，我们人在阵地在，人与阵地共存亡！"

"人在阵地在！"

"誓与阵地共存亡！"

一时间，师长的号召在北关新筑的阵地工事上传扬，成为战士们互相激励的战斗口号。敌人冲上来一批，被打了下去。冲上来第二批，又被打了下去。

就在敌我反复争夺之际，一个战士在前面大声呼喊道："永兴堡拿下来了！"这喜讯，就像在烈火上浇了汽油一般，四团战士们的战斗热情更加高涨了。

"哈哈哈！"四团长激动起来，只见他把帽子一扔，衣扣一敞，大大咧咧地站在那里，向战士们喊叫着，"好哇！这真是穷哥们赶集，奶奶的，图的就是这个热闹劲——"

可他话音未落，却突然不吱声了。同志们朝他看去，只见他立在原地，一动不动，双眼紧闭，如同一截木头桩子一般，却是没有任何反应。

"团长！"同志们围上去，七手八脚把他扶躺在地上。卫生员赶来检查，却没发现一丁点儿受伤处。

"四团长！搞什么名堂！"廖师长赶过来俯下身仔细观察，却见四团长一动不动地躺着，嘴唇上噙着的半截烟卷还在冒烟，喉咙里发出打雷般的"呼噜"声。

"哈哈，这家伙，睡着啦！"廖师长开心地笑着说，"连续战斗，把这个铁汉子也给累垮喽！好吧，先甭叫他，让他打个盹儿吧！"

"轰隆，轰隆！"就在这个时候，敌军又一次发起了反扑。

这一次，敌人动用了一个团的兵力，在坦克先导下，疯狂地向我方边轰击，边挺进。一时间，飞雷筒和各种口径的火炮炮弹，如同冰雹似的倾泻下来。我军阵地弹片横飞，硝烟弥漫，一些同志倒在了血泊中。

"怎么回事？"累倒在阵地上，沉睡了几分钟的四团长，终于被重炮的轰鸣惊醒。他一骨碌爬起来，强睁开困倦的眼睛，一下子蹦起来，大声叫喊。

"团长，刚才，被我军夺占的，本来是小北关，误传成永兴堡啦！这股敌人，又反扑上来啦！"

"妈的，老子犯了个大错误！"愤怒和内疚交织在一起，四团长对自己的误判敌情，十分痛悔。他觉得是自己打盹误了战机，内心很是自责，狠狠地跺着脚板，责备自己。

师部通信员疾步跑来传达师部命令："四团长，你团伤亡太大，师长命令你们撤下去，派别的部队接替！"

"什么？"四团长简直气炸了。他把两只通红的眼睛瞪得如同铜铃铛一般大，愤怒地朝着师部通讯员喊道，"咱四团还从来没打过这号半截子窝囊仗呢！你回去报告师长，就说从咱手里丢了的阵地，不用劳驾别人，咱自己能夺回来！"

说罢，四团长转向围在身边的战士们，斩钉截铁地喊道："同志们，血，不能白流！仗，不能打输！共产党员们，青年团员们，勇士们，我们四团一定要把阵地夺回来！听着，凡是胳膊腿儿还好使的，全跟我上！"

说话间，四团长把他那件已经被战火燎开许多窟窿的破棉衣一脱，露出古铜色的身躯。他赤膊上阵，一马当先，把手中的驳壳枪向前一挥，如同一头发怒的雄狮一般，率先朝着敌人的阵地，冲了上去。

"杀呀！"

"冲哇！"由许多缠着绷带的伤员，和未受伤的战士们结成的人流，呼啸着，呐喊着，如同澎湃的潮流撞向石崖，如同突发的海啸和地震的轰鸣，紧随在四团长的身后，冲向敌人。闪光的刺刀在阳光中耀亮，在硝烟中挥舞；复仇的火焰在顽敌群中燃烧，如同霹雳闪电。四团长和他的勇士们，以压倒一切的大无畏气概，以摧毁一切阻力的强劲势头，使敌闻风丧胆，如崖崩塌。

这一次猛冲猛打，一举将敌人杀退，夺回了失去的阵地。

此时，永兴堡也被解放。永兴堡和北关被攻克，阎军城北防线实已崩溃。阎军虽组织了六倍于四团的兵力，进行无数次轮番反扑。但在坚强的四团面前，却只落了个弃尸增加的下场。

四团长腰里别着驳壳枪，手里提着长枪，浑身是血，一脸硝烟。他亲自带领九连和敌人肉搏。这个连只剩下两名支委，七名党员，但却仍然庄严地召开战地支委会，重建党支部，坚持战斗。

到深夜 23 时，经过 46 个小时的浴血战斗，英雄的第 202 尖刀师，共毙、伤、俘敌师长以下官兵四千余人，缴获坦克六辆，各种火炮 159 门，轻重机枪 156 挺，冲锋枪、步马枪千余支，胜利完成了预定任务。在此同时，其他兄弟部队也分别传来捷报。至此，阎军的太原城北外围防线，已全线崩溃，已经变成了人民解放军的前进阵地。

在永兴堡硝烟尚未散尽的阵地上，一面洒满鲜血和硝烟，满是弹痕的鲜红战旗，骄傲地飘扬在至高点上。守卫这面战旗的，是在和敌人的肉搏中，子弹打光了用刺刀，刺刀弯曲了用枪托，枪托打碎了用石头，打出了军威，打亮了军魂，打退了敌人一个连兵力三次反扑的第 202 尖刀师侦察员小王，和他的四个战友。

● **双塔炮战**

当着第 20 兵团在北城围点打援正搞得如火如荼之际，第 19 兵团在城东南对双塔寺敌据点的攻击，也在战犹酣处。

双塔寺据点距太原城区约两公里多。由于地处高坎之上，形成阎军防守东城的重要屏障。双塔寺内耸立着两座高约二十丈的十三层古塔。登临塔顶，可以尽览太原及其东南郊全貌。阎军踞地势之利，居高临下，在塔上设置了炮兵观察所。这使人民解放军的进攻面临很大的困难。

但是，在杨得志司令员和罗瑞卿政委指挥下，从昨夜，即 20 日 5 时 55 分发起进攻，到早晨 7 时 33 分，周围碉堡工事，已被全部扫清。这样，双塔寺已置于人民解放军的层层包围之中。

这天夜里，第 63 军 189 师 6 团控制了双塔寺西的三口水井。水井被控，水源断绝，迫使据点内阎军陷入极度恐慌中。6 团长瞅准这个机会，派战士向敌人喊话，发起政治攻势。

那喊话战士嗓音洪亮，口齿清楚，字字句句都传到了敌军阵地。这次喊话的内容，是徐向前、周士第、罗瑞卿等前委首长发布的《告困守太原敌官兵书》。其中写道：

困守太原的蒋阎军官兵们：

人民解放军很快就要对太原进行总攻击了。本军曾三番五次劝告阎锡山和你们的许多高级军官。希望他们停止抵抗，和平地解决太原问题。但战犯阎锡山却死不接受本军忠告，并梦想以太原城人民和你们的生命来维持他们的罪恶统治。……总之一句话，就是要你们给他白白送死。

蒋阎军官兵们，本军现又调来强大兵团。无论兵力火力，都超过你们多少倍。请你们仔细想想，太原这座孤城，能够抵挡得住强大的人民解放军的进攻吗？北平、天津、锦州、沈阳、长春、济南等城市都抵挡不住，太原难道比这些地方强吗？……

蒋阎军官兵们，你们应该好好为自己打算一下，你们已经陷入这样的绝境，你们有什么理由为阎锡山送掉性命？你们有什么理由把太原的老百姓一起拖下水？你们有什么理由使你们的父母妻子成天哭泣着为你们担心？你们都是被抓来卖命的工人、农民、学生或小商人。你们的家，大部分得到了解放，而且还分到了土地和房屋。你们应该要求你们的官长马上投降。如果他们不听，就应该利用一切机会跑过来。你们应该秘密串通，打死监视你们的特务，打死逼迫你们作战的军官。万一跑不过来，就要在本军攻击的时候，自动放下武器。千万不要抵抗，白白送了自己的生命。

……蒋阎军官兵们，请你们记住这两句最重要的话：如果你们企图顽抗，就是自寻死路；只有投降过来或不作抵抗，才是生路。

政治攻势立竿见影。就在喊话的过程中，防守在外壕阵地上的一个连的阎军，在连长的带领下，向解放军投诚。投诚的阎军连长被带到我第63军军部，军长热情地欢迎他和他的士兵，对他说："欢迎你们弃暗投明，回到人民方面来！希望你们对解放太原作出贡献！"

那连长说："贵军仁至义尽，弟兄们诚心拥护。要说贡献，咱也没甚别的东西。就把双塔寺周围的布防情况，说一下行吗？"

军长高兴地说："好哇，这就很好，十分欢迎！"

那连长道："这双塔寺要塞，东西长约一千米，南北宽约四百米，筑有三道工事，48 个碉堡。其中有两个炮碉，三个伏地虎。在东、西、南三面，有自然沟围绕。塔东和庙后各有榴弹炮阵地一个，塔东南有山炮阵地，塔东沟内有步、重炮阵地。守军的兵力，是阎锡山的第 43 军军部、暂编第 49 师、第 72 师的一个团，还有第 70 师的一部。"

"好家伙，真是钻进炮窝里头去喽！"军长诙谐地笑着说，"现在给你一个立功机会，让你给攻击部队做向导，怎么样？"

那连长毫不迟疑地说："可以。"

在这位投诚过来的原阎军连长带领下，军长带着参谋们隐蔽来到前沿，仔细地观察双塔寺附近的形势。只见这双塔寺殿堂宏大，青砖琉瓦，檐下斗拱雕刻精细，檐上脊兽富丽纤巧。寺院和院后的双塔浑然一体，妙趣天成。

军长深情地赞叹道："真是名不虚传哟！这么宏伟的建筑，这么巧夺天工的杰作，可惜却住着一群魔鬼！"

参谋长是个有学识的人，他向军长介绍说："这双塔寺，又叫永祚寺，始建于明朝的万历年间，距现在已经有三百多年历史了。据说，寺院是一个名叫佛登的高僧奉皇帝的命令建造的。我们现在看到的是寺的外观。寺内除了双塔和殿宇，夏天遍地开满牡丹花，从明朝建寺以来，一直延续到现在。明朝有一位诗人李溥，曾经作过一首《登永祚塔》的诗，很有些意境呢！"

军长很感兴趣地说："好哇，就请参谋长给大家诵一遍吧！"

参谋长理理思绪，吟诵道：

三晋楼城俯首看，一声长啸倚阑杆。

振衣绝顶青云湿，酌酒危峰白日寒。

矗矗苍龙擎宇宙，绵绵紫气发林峦。

我来欲把星辰摘，到此方知世界宽。

"好诗，好诗！他把双塔景观的奇韵，真是写足了！"军长和大家异口同声的赞叹，大大提高了参谋长的兴致。

他意犹未尽，继续讲道："崇祯十七年，李自成从北京败退出来以后，曾经在太原停留过。民间流传着一首咏双塔的五言诗，据说就是李自成写的。那诗中说：郝庄两座塔，就把天来穿。穿也穿不上，多放了两块砖。"

"哈哈哈，这诗真是太直截了当了！"

大家都被李自成的诗给逗乐了。军长边笑边说："朴素通俗，完全是群众语言。李自成的诗，虽然直率，却也蛮有气势。同志们，古人的咏赞，更说明了江山的多娇。解放这样的名胜古迹，我们每个人肩头的责任更加重大。这次攻占双塔寺要塞，一定要打得狠，打得好。我们要尽量保护古迹，最大限度地减少损失！"

同志们静静地听着，默默体会着军长的意图。

几个参谋敏锐地观察到：这当儿，两军的阵地上，好像意外地缺少了什么？参谋长看出了大家的情绪，看看怀表，心里已有几分明白，对军长说："军长，敌人已经持续半个小时没有打炮了！"

军长警觉地向敌阵地瞭望，果然出奇地平静。对于这种反常现象，军长立即作出判断："这是一种怪现象。说明敌人正在捣鬼！马上通知各部队，特别是炮兵部队：立即做好迎接更激烈战斗的准备！"

参谋长随即向身边人员布置："通知各前沿部队和各炮兵阵地：注意隐蔽，防止敌人更大的炮火袭击，严密观察敌人炮兵位置和数量，要组织好游动炮火，准备和敌人进行炮战！"

"轰隆，轰隆！"

就在参谋长讲话时，敌人阵地上的几十门大炮，在沉默许久之后，突然发作起来。敌人炮弹掠过天空的呼啸声，炮弹落地掀起的气浪和飓风，打破了令人困惑的宁静。

军首长们立即钻入附近的一个掩体。

第63军军长在瞭望孔观察着。只见敌人的炮弹把泥土掀起几丈高，我军的交通壕被一段一段地夷为平地，掩体的门也被炸塌了一大截。军长的警卫员首先嗅到了什么，惊叫起来："军长，敌人放毒气弹啦！"

一时间，战士们纷纷感到眼睛、鼻孔、嗓子里都像突然撒进了辣椒粉，又呛，又难受，全都忍不住地流眼泪，打喷嚏。有的开始感到头晕恶心。

军长果断命令大家："赶快用湿手巾把鼻子和嘴捂住！"

"报告军长，没有水，手巾怎么湿？"

"没有水就撒尿，用尿洗眼睛，洗鼻孔！快！"

同志们一边按军长的命令干着，一边气愤地骂敌人："这些王八蛋。使出这恶毒的诡计来害人！"

"真他妈的丧尽天良！"

"军长，打吧！我们也开炮，把狗日的压下去！"

军长和参谋长在深思着。和战士们一样，他们对敌人丧心病狂地公开违反国际公法，在战场上施放毒气，也十分痛恨，也觉得应当给以严惩。但他们要考虑的更多。此刻，他们考虑着的，是敌人为什么突然变得如此疯狂？他们预感到，这里边肯定隐藏着更大的阴谋。

战士们已经用棉被把掩体门封闭起来。毒气流不进掩体内，大家总算可以暂时松一口气了。但对军长没有下令给敌人以迎头还击，却是多数人难以接受。

军长针对大家情绪，决定利用这个机会，给大家讲一堂现实的兵法课：

"同志们，敌人的疯狂，并不能表明他们的强大。相反，这正暴露了他们的虚弱。我们应当明白，敌人之所以这样惨无人道，不过是为了迟缓我军攻城的时间罢了。除了这个因素，还有一个更主要的原因，是敌人企图用炮火来引诱我军还击，以便趁机摸清我军炮阵的位置和分布情况，探清我军有多少炮，是什么炮。但是，狐狸再狡猾，总斗不过好猎手！我们决不上当！"

同志们这才弄明白，敌人施展的是诱饵战术。大家对军长的分析十分佩服，纷纷议论："唔，这阎锡山还挺狡猾哩！"

"不要乱说话，听军长讲！"

"同志们，"军长胸有成竹地对大家说，"运兵之道，贵在兵不厌诈。战争，说到底，就是敌我双方谋略的较量。不过，敌人的诡计，也实在是过分地拙劣了！"

看到同志们很感兴趣，军长决定利用这个战斗间隙，给大家讲讲兵法。他点起一支香烟，拣一个弹药箱坐下，一边抽烟，一边从容地讲述道：

"记得，在《兵经百篇·谨字》篇里，有这样一段文字，说是'用兵者，无时非危，故无时不谨。入军如有侦，出境俨临交，获取验无害，遇阻必索奸，敌来虑有谋，我出必须计。慎以行师，至道也'。这段话的大意，就是说：作战必须时时警惕敌人行动的阴谋诡计。在古往今来的战争史上，这方面的实例，真是太多了！"

"军长，你就给大家讲讲吧！"

"好吧。南北朝时候的梁，有个叫冯道根的人，奉命镇守与北朝东魏交界的边陲重镇阜陵。冯道根一上任，就指挥部下备战，加修城防工事，搞得小心翼翼，特别谨慎。表面看，他好像什么都不行，有人甚至讥笑他胆小畏敌。可冯道根却对大家说：'怯防勇战，此之谓也。'他这样说了以后，战争准备还是一刻不停地进行。"

"怯防勇战？这是什么意思？"

"是说：防守显得十分谨慎，打起仗来却十分勇敢呗！"战士们悄声议论着。

"过了不久，"军长接着说，"魏将率领两万大军兵临阜陵城下，企图一举破城。城里很多人惊慌得不得了，担心阜陵守不住。可冯道根依然沉着镇定，不慌不忙。他所以能在大敌当前时，仍然很能沉得住气，当然是有他的道理的。因为，据他判断，敌人虽然表面上锐气正盛，可他们自恃势众，只有进攻的打算，却无防范的戒备，正好瞅机会打败他。后来，冯道根选择魏军的薄弱部，发起突然奇袭，一举取胜，打败了不可一世的魏军。"

说到这里，军长有意停顿下来，给大家一个回味的机会。然后接着分析道："大家看，眼前的阎军疯狂炮轰，是不是和魏军一样呢？他们只想压制我军，引诱我军。却没有想到，他们把自己给暴露了。这叫什么？这就叫作玩火者自焚，搬起石头砸了自己的脚！参谋长！"

"在！"

"命令各部队，在总攻发起以前，一定要绝对隐蔽。无论如何，也不能暴露我军炮兵阵地的位置！"

"是！"参谋长把军长的命令传达下去后，返回来对军长说："我军炮位必须隐蔽，我完全同意军长的意见。可是，老是这样被动挨打，也不是个办法呀！我的意见，是这么办……"

军长听罢参谋长的意见，欣喜地连连点头。当下命令报话员向炮连传达指示："立即组织三个82炮排，一个重炮排，用游动方式，对敌炮火进行压制性射击！"

依照军长的命令，炮兵连的四个排立即分散到四个位置。利用敌人仍在射击的机会，通过听声计算敌炮秒速，配合观察火光的方法，把敌炮位置一个个确定下来，并标在了地图上。随后，瞄准这些敌炮位置，用集中点射战术，各个击破的打法，展开曲射压制。

这办法真灵。不一会儿，如同集束高压水枪灭火一般，敌炮一个接着一个地变成了哑巴。到后来，敌阵地上还在射击的，只剩下一些纵深炮了。然而，这些纵深炮的炮弹，大部落在了我军后方。这一来，敌人除了白送炮弹外，对我军前进部队毫无办法。

军长高兴地望着参谋长说："哼，这才叫偷鸡不着蚀把米，自讨苦吃呢！"

"我们的炮兵，个个是神炮手！"参谋们兴高采烈地评论着。

"这还是回敬阎老西的第一手呢！等着瞧吧，老鼠拉木锹，我们的重头戏，还远没有开场呢！"军长自豪地和同志们开着玩笑。

接着，他命令把各师、团的干部召集起来，对大家说：

"同志们，总攻以前，我们一定要把外围扫清。双塔寺虽然不是敌我决战的战场，但它是敌我必争的要点之一。我友邻部队现正在攻取卧虎山，城周围的所有兄弟部队现在也同样在英勇作战。因此，我们必须乘胜扩大战果。只要控制了外围，就为登城创造了条件。要不然，敌人将随时袭击我们，妨碍我军登城。"

师团干部们体会着军长对外围作战意义的阐述，个个摩拳擦掌，争相请战："军长，下命令吧！"

"军长，把最艰巨的攻坚任务，交给我们！"

军长从容不迫地说："同志们，今天夜里，我们一定要拿下双塔寺！六团长，命令你们突进到敌人鼻子底下作战。夜间打下来，白天就钉在那里！任务明确了吗？"

"明确了，坚决完成任务！"

"动作一定要突然果断！"

"明白！"

入夜以后，阵地上零零星星地响着枪声。敌人在白天挨揍以后，似乎学乖了一些。他们隐蔽着，龟缩着，生怕再次挨揍。可是，愚蠢的敌人哪里料到，就在白天的炮战中，他们不仅损炮失阵，而且连整个外围阵地的情况，也全部被机智的解放军侦察员给摸清了。

夜是清冷宁静的。然而，敌人的灭顶之灾，正向他们逼近。

20点整，六团长一声令下："开始！"

顿时，疾风暴雨般的炮火，突然向双塔寺敌阵地倾泻过去。炮弹的爆炸和敌工事被轰塌的巨大声响交织在一起，浑如雷鸣，震撼天地。弹道的火光罗织成一道道白炽的闪电，划破墨染的夜空。几发炮弹直接命中了双塔之顶。随着一阵"哗啦啦"的砖石翻滚，敌人设在塔上的炮兵观察哨完蛋了。

敌炮兵失去了"眼睛"，虽然疯狂发射，但却因目标不清，其威力自减大半。军首长们在瞭望孔里注视着前方，只见六团健儿们在强大炮火掩护下，分成若干分队，如同出弦之箭，在手榴弹爆炸和短促的枪声中，直扑敌阵核心。

可是，只一会儿，枪声突然奇怪地稀疏了下来。军长着急地追问，参谋长抓起电话机，呼叫着六团。但是，对方一直没有回应，参谋长满头的汗水直往下淌。那汗水，连电话机也给淋湿了。

"电线炸断了，赶快去查！"军长命令着，又补充道，"立刻到前边查看清楚，回来报告。另外再架一条专线去！"

"是！"几乎是在军长下达命令的同时，通信参谋已经冲出了掩蔽部。

掩蔽部里紧张而忙碌，电话还是没有接通。军长焦急地在地上踱步，时而到瞭望孔去看看，手里的香烟抽完一支，又接上一支。双塔寺方向漆黑一片。没有火光，什么也看不清楚。军长清醒地判断：双塔寺附近尚有敌人的三层火力网，还有不少阴暗的射击孔。万一今天夜里不能攻克，天亮后的战斗将更加艰难。那么，前面究竟发生了什么情况呢？

"铃铃铃！"电话机突然清脆地响了起来。

"好样的！"军长高兴地一跃而起，一边夸奖通信参谋，一边大步上前，一把将电话机抓了起来，"喂，怎么样啦？"

"报告军长，我们已经扫清了外壕的敌人，正向纵深推进！"这显然是六团长的声音，军长坚定地鼓励他："好，你们打得很好！给我狠狠地打，我用炮火支援你！"

"请首长放心，六团保证完成任务！"

这时候，作战参谋气喘吁吁地奔进掩蔽部来，向军长报告："在双塔寺前的开阔地，二营长和十几个突击队员都牺牲了！"

"奶奶的，把这群钻在暗洞里的王八蛋统统给我干掉！"

军长被敌人的疯狂激怒了。他像一头强健的斗牛一般，挥着拳头喊道："命令迫击炮，把炮推进到离敌暗堡50米处，平射摧毁敌火力点！"

"是！"作战参谋箭一般飞出了掩蔽部。

不一会儿，在我军一阵迫击炮的轰响过后，敌人暗堡的机枪口都变成了敞着破口的黑洞，敌人的机枪再也不吭声了。随即，军长果断下达了冲锋命令。

顷刻间双塔寺周围突然爆发出一片山呼海啸般的呐喊：

"放下武器！"

"缴枪不杀！"几个团的人民解放军战士，从四面八方发起冲击，一齐扑向双塔寺的敌人核心阵地。敌守卫部队第43军中将军长刘效曾和他的四万七千多官兵，仅仅支撑了三十分钟，便全部做了俘虏。

红旗在双塔之巅高高飘扬。阵地上的残留物，除了炮火的遗迹，就是为阎锡山政权殉葬的575具阎军官兵的尸体。

● 仁至义尽

在人民解放军太原前线司令部的作战室里，以彭德怀副总司令为首的罗瑞卿、周士第、陈漫远、胡耀邦等前委和前司首长，都注视着悬挂在墙壁上的巨幅太原军事地图。除了徐向前司令员因肋下积水，病情严重，根据中央指示，已经转移到榆次县一个后方医院治疗，杨得志、杨成武等同志正在前线指挥作战外，太原前线的人民解放军高层指挥人员，都在这里。

作战室里烟雾弥漫，"哒哒哒"的电报机键声，"铃铃铃"的电话铃声，和话务兵不停的应答讲话声，交汇成一曲激越亢奋的战地重奏曲。前线的捷报不断传来，作战参谋们根据电话和电报的最新消息，连续地报告着喜讯：

"6时30分，河西区守敌瓦解！"

"7时整，卧虎山据点被我军占领！"

"7时30分，双塔寺据点被我军占领！"

彭德怀将军坐在地图前的一张靠椅上，面对着地图，专心致志地注视着一个作战参谋把上面的战报逐一地标在军事地图上。彭德怀看到，连同昨天攻占的北线新城据点，和东关据点等，到目前为止，整个阎军的外围防线，可以说已经全部控制在我人民解放军手中了。我军不仅占领了外围各要塞，而且有的部队已经逼近了离城墙只有几百米的近距离。

首长们都很振奋，大家把期待的目光投向彭副总司令。

就在徐向前司令员病重这段时间，彭德怀虽然作为中央的代表来到太原前线，但他实际上代理了战役后期总指挥的重任。彭德怀知道同志们的心情，也很了解我军广大将士目前的情绪。但是，作为中国人民解放军的最高首长之一，作为一个具有高度战争指挥艺术的高级军事战略家，他考虑的问题要更多，更深刻，更全面，更成熟。

彭德怀沉思着，稳健地走到地图前，拿起教鞭，十分庄重地对大家说：

"同志们，今天是 1949 年 4 月 22 日。现在正好是清晨 8 时。到目前为止，我军已经全部扫清了敌军外围。太原城内之敌，原来已成瓮中之鳖，现在更是笼中之兽了。当然，我们可以一鼓作气，连续发起进攻，一举夺取太原城垣。但是，我们是人民解放军。我军作战的目的，是为了解放城市，解放广大受苦受难的人民，也要解放那些愿意放下屠刀，立地成佛的敌人。昨天，毛主席和朱总司令在《向全国进军的命令》里要求我们：对于凡愿意停止战争，用和平方法解决问题者，仍然和他们签订地方性的和平协定。解放之后，太原回到人民手中，我们马上就要投入和平建设中了。所以，我们要尽量减少破坏，减少损失，减少人民的痛苦。因此，只要还有一线可能，我们就应该争取和平解决。北平的路子，我们还是应该努力争取的。当然，我军做到仁至义尽之后，敌人仍然负隅顽抗，死硬到底，人民解放军的铁拳，是绝对不留情的！同志们，大家说是这样吗？"

前委和前司的所有在场同志，都静听着彭总的教诲，人人心里受到正义和真理的熏陶。

"最新消息！"一位通信参谋喜气洋洋地挤到前面来，手里高举着一封电报，连蹦带跳地奔到首长们面前，兴奋地欢呼着。

陈漫远参谋长对他说："快把喜讯念给大家听！"

"是！"通信参谋当即念道：

今晨，我人民解放军百万雄师，继昨天强渡长江成功之后，渡江部队以江阴要塞为据点，在江阴东西两侧地带陆续登陆，并且迅速占领和扩大各处滩头阵地……国民党统治最后堡垒已处我军钳形夹击之中，摇摇欲坠，指日可下。蒋介石惊慌失措，再也不能在奉化溪口坐下去了。目前，蒋介石已惶惶然奔到杭州，正急召李宗仁、何应钦、汤恩伯等商讨如何苟延残喘……

"好，好！"

"真是大快人心！"

"这一下，太原城里这帮顽固蛋，也该清醒清醒了吧！"同志们议论着，谈笑着，人人脸上洋溢着难以抑制的振奋神采，人人分享着解放大军横渡长江天险的胜利喜悦。

"所以说，太原守敌如果识时务，就应该放下屠刀，立地成佛。当然，愿意带着花岗岩脑袋去进坟墓的，硬要与人民为敌到底的，也还是大有人在。不过，那就另当别论了。"彭德怀同样也很振奋。他把刚才讲过的观点，又强调了一遍。

一位作战参谋报告："赵承绶求见首长！"

"快请赵先生进来，我们有事正要和他商量呢！"彭副总司令立即站起身来，一边向作战室门口迎去，一边热情地说着。

其他首长也都跟在他的后边，到门口去迎接赵承绶的到来。

赵承绶这次来前线司令部，是主动要求亲自和太原绥靖公署头目接触，进行最后一次和平努力。这个要求完全与前委和前司意图吻合。

在得到彭德怀副总司令指示，在前委和前司的安排下，4月23日上午，在几位参谋的陪同下，赵承绶越过人民解放军前沿阵地，进入阎军前沿，被阎军领进了他们的一个前线指挥所。

这个阎军指挥所的头目，正好是赵承绶过去部下的一个团长。当赵承绶说明来意后，这个团长爽快地表示愿为效劳。没过多长时间，指挥所接通了太原绥靖公署的电话。阎锡山指定的五人小组及其喽啰，早已搬到了构筑在绥署院内的地下室办公。

话务兵把王靖国叫到话务室来接听电话。

"喂，你是哪一个呀？"王靖国懒洋洋地问道。

"哦，是治安吗？我是印甫呀！你好吗？"赵承绶以老友的口吻，热情地问候着对方。

"唔，原来是印甫！"

在阎锡山早期的所有高干中，若论个人关系，赵承绶和王靖国两人的私交，应当说是相当深厚的。但是，现在，两人却完全站在了根本对立的立场上。所以，王靖国一听是赵承绶，心里就像钻进蚂蚁一般不是滋味。他冷冰冰地挖苦赵承绶道："你在那边不是混得挺不错吗？还有脸面来见我！"

赵承绶却是十分平静地对他说："治安哪，我们有多年的老交情，客套话就不用多说啦！眼下，人民解放军兵临城下，太原城破在即。在这人生转折的关头，我不能不对你尽些老友的情谊呀！治安，天下大势已成定局，解放军已经打过了长江，太原和南京的失落，只是几天之内的事了。你是个有能力的人，与其这样逆潮流自取灭亡，赶快及早放下武器顺从正义吧。听从天命，才是上策！治安，听我的话吧，只要放下武器，解放军肯定会免去你和弟兄们的罪过的。别的不相信，难道你连我都信不过吗？治安，为了太原的父老乡亲，为了几万弟兄的身家性命和前程，你就听我一句话吧！"

赵承绶的劝说，推心置腹，苦口婆心，话语中充溢着老友的挚情和好意。听得出来，话到最后，他简直是在央告对方了。

王靖国起先还拿着话筒在听，到后来，却讨嫌地把话筒撂到了桌上。过了一会儿，或许是尚有些老友的旧情在作怪吧，他又把话筒拾起来，耐着性子听完了赵承绶的劝说。

赵承绶话音落后，王靖国好半天没有吭气。考虑了一阵子后，敷衍道："印甫，你的话我都听到了。关于和平解决的事，大权由南京政府掌握。得请求南京后才能决定。再说啦，老汉也去了南京，这么大的事，谁也拿不了主意。你就不用再多说啦！"

赵承绶简直是把一片赤心掏给了对方。面对王靖国的执迷不悟，他还是十分恳切地劝他："治安，如果有什么不方便的话，为了你们大家，也为了几万太原老百姓，我愿意亲自回太原城去。向上下左右当面陈述一切。"

对于赵承绶的一片真情，王靖国置若罔闻。他断然拒绝道："中央有命令，被俘人员不准进城。你不能回来。你从哪里进来，赶快再从哪里出去吧！否则，一切后果你自己负责！"

话到此处，王靖国蛮横地切断了电话。他在从电话机旁走开时，横眉竖眼地对话机旁边的人说："赵印甫想进太原谈判和平解决的事，任何人不准再张扬。谁敢惑乱军心，军法一定不饶！你们都听明白了吗？"

"明白了！"身边人胆怯地应答。

王靖国一只脚刚踏出门槛，忽又想起了什么，折回头来，咬牙切齿地说："我们能守一天，就能守三天；能守三天，就能守三月；能守三月，就能守三年。不要听赵印甫那套胡扯！第三次世界大战一打起来，共军很快就会垮掉。懂吗？要坚持到底！如果赵印甫再来纠缠，你们就告诉前线的弟兄们，哪怕跪下磕头，也要把赵印甫挡住，绝对不能放他进城！"

赵承绶一片真情劝说王靖国悬崖勒马，换来的却是横遭拒绝。在当时的情况下，可以说，赵承绶是出自朴素的"情义"二字，期望对方可以为情所动，幡然悔悟。但他确实不明白：为什么凭着故交的真诚，剖肝沥胆的规劝，居然也不能使王靖国走上回头是岸的正路。

因此，当他无可奈何地离开这个阎军前线指挥所，返回人民解放军的阵地时，是泪流满面地走过来的。他失神地走着，几乎被脚下的石头绊倒。他一边走，还一边惋惜地自语着："唉，这真是死不回头，咎由自取哇！"

赵承绶到前沿阵地去做最后和平努力的时候，人民解放军攻城部队仍在进行着紧张的战前准备。在前线司令部，前委首长们正在最后一次审议已经拟就的《中国人民解放军太原前线司令部布告》。周士第副司令员郑重地念着这份布告，前委首长们认真地听着，字斟句酌地推敲着：

《中国人民解放军太原前线司令部布告》

本军奉命歼灭国民党阎匪军，解放太原。兹特宣布约法八章，愿与我太原全体人民共同遵守：

一、保护太原全体人民生命财产。……二、保护民族工商业。……三、没收官僚资本。……四、保护学校、医院、文化教育机关、体育场所及一切公共建筑。任何人不得破坏。……五、除首要战争罪犯及罪大恶极的反革命分子外……本军一律不对俘虏逮捕。……六、确保城市治安，安定社会秩序。……七、保护外国侨民生命财产安全。……八、无论本军进城以前和进城以后，城内一切市民及各界人士，均须共同负责维持全城秩序，免遭破坏。

此布

司令员兼政治委员　徐向前

副司令员　周士第

副政治委员　罗瑞卿

一九四九年四月二十四日

前委首长们刚刚审议通过《布告》，就有一份前沿快报送达。那快报说：赵承绶先生和我军经过其他渠道所做的和平解决努力，被梁化之和王靖国等拒绝！

前委们的怒火骤然点燃起来。

彭德怀副总司令激愤地拍案而起，坚决地宣布："敌人不投降，就坚决消灭它！"

每一个前委首长都很振奋，大家精神抖擞地挺立在长桌的两边，如同一座座顶天立地的铁塔，倾听着彭副总司令的第一项命令：

"同志们，太原前线总指挥部命令：我太原前线25万将士，于今晚全部进入阵地。明天，也就是4月24日清晨9时，发起总攻太原主城的最后战斗！5时半，我军全部火炮开始全面轰击城垣！命令全军将士：奋勇前进，坚决、彻底、干净、全部地歼灭太原城内负隅顽抗的三万残敌！"

紧接着，彭副总司令下达第二项命令：

"太原前线总司令部政治命令，宣布捉拿下列战争罪犯：代理省政府主席特务头子梁化之。太原绥靖公署副主任兼第15兵团司令长官孙楚。第10兵团司令官兼太原守备司令王靖国。日本战犯、太原绥靖公署总顾问兼炮兵副总指挥岩田。向阎锡山告密、破坏蒋军第30军军长黄樵松起义的现任30军军长戴炳南。"

"同志们，听明白了吗？"彭德怀副总司令在宣布完他的命令后，威严地问大家。

"听明白了！"在场的同志们一齐坚定地回答。

"好，立即分头准备！"

即将发起总攻的消息不胫而走，很快传遍四面八方。人民解放军太原前线部队全军，顿时沸腾起来！

● **恶魔穷途**

早在二三十年代，阎锡山就在山西省政府大院内，修筑了由多个地下室串通组成的坚固地下工事。现在作为绥靖公署的二号楼下面的地下室，其长度和这座名为"中和斋"的二号楼等同，总约三四十米。地下室中，中间是一条阴暗的走廊。两侧全是单间房舍。其中两间较宽敞的，现在被用作绥靖公署的作战指挥部，和电报室。

自从解放军发起外围攻击战以来，梁化之等五人小组成员便带领绥署所有的军、政、特人员，转移到这里来做垂死挣扎。梁化之等一边从这里遥控着太原守城蒋阎军的抵抗，一边极尽淫奢，及时寻乐，发泄其本能的兽欲和兽性。

在这个阴暗、潮湿的魔窟里，每时每刻都在发生令人发指的肮脏勾当。在角落里，在楼层、暗道中，那些被从市区裹胁来的女学生、良家妇女不堪忍受这样的虐待，轻则横遭拳打脚踢，重则被打至死。到处是吃空了的美国罐头桶或饮料瓶，到处是粪尿和垃圾。在一个房间里，一群搅混在一堆的将校和士兵，正在为赌博而大打出手。

当兵的不服当官的以权压人，挥拳揍了一个穿校服的家伙。这个校官恼羞成怒，拔枪便结果了那个士兵的性命，嘴里还恶狠狠地骂道："妈的，通共的孬种，叫你知道铁军基干的王法！"

另一个房间里，正在进行一桩狗咬狗的讨价还价。什么金壳怀表、旧皮鞋、自来水笔、打火机、手电筒、水晶眼镜、狐皮领大氅，还有美国香烟，等等，等等，全都成了交易的抢手货。或是以物易物，来换取一支烟卷来抽……

总之，在这个见所未见，闻所未闻的罪恶魔窟中，什么人的尊严，人的同情和怜悯，什么上下、尊卑、官兵等关系，还有羞耻、丑恶、人道等等，统统化作乌有。人们所能看到的，听到的，感觉到的，尽是赤裸裸的肉欲的直观，灵魂的堕落，强盗的嘴脸，和罪恶的伎俩。这里所有的一切，只是奸诈，欺骗，狡赖，冷酷，和残忍。这里的空气，浑浊，恶臭，令人窒息。这里的视野，闭塞，阴森，令人目眩头晕。

弱肉强食，在这里成为公理；巧取豪夺，在这里成了常事。突然爆发的枪声，和不绝于耳的狂笑哀嚎，在这罪恶的深渊中，令人毛骨悚然地日夜萦回。

这一切，作为被阎锡山所委任的山西新权贵——梁化之、王靖国等，全都一清二楚。但是，他们故意听而不见，佯装不知。装聋作哑，听之任之。或为笼络人心，暗中驱使；或者"身先士卒"，垂范作恶。

这阵子，在这间作为指挥部的较宽敞的房间里，五人小组正在开会。

梁化之脸色蜡黄，眉毛下垂，两眼红得滴血。他手里拿着一份刚才收到的电报，用一种摩擦破砂锅似的声音，发着梦呓："这，是老汉从南京才拍来的。老汉说，只要我们再顶一个星期，他就有办法转危为安。陈纳德的飞虎队，正在组织一支强大的伞兵部队，帮助我们和共军作战。所以说，我们像希特勒当年那样突然袭击莫斯科，叫共军彻底完蛋，是完全有可能的！"

王靖国眼圈发黑，颧骨突出，眉棱好像剔了皮的枯骨。在梁化之歇斯底里喊叫时，他一直垂着脑袋。这时，突然把头抬起来喊叫："主任的命令，就是圣旨，必须照办！只是，这赵承绶来电话说和平解决的事——"

"什么，你又和赵承绶通电话啦？"未等王靖国把话说完，梁化之就怒气冲冲地质问。

王靖国肚里原本就窝了很大火气，这时被梁化之点了起来。他"呼"地一下站起来，冲着梁化之叫嚷："梁化之，你小子别这么不把人看在眼里！我王靖国扛枪杆那阵子，你他妈的还在你娘肚子里头走水呢！你以为我怕你？哼，别他妈的长歪了眼睛！老汉在时，看在老汉的面子上，我让着你。如今老汉到南京去了，兵权在我手里头，我怕你做甚？别说老子没和赵承绶怎么着，就是真的怎么着了，你又能把老子怎么着！哼！"

说话间，王靖国把衣扣"哗"地一声扯开，"铿"地从腰际拔出他的勃朗宁手枪，"咣"地一声摔在了桌面上。

吴绍之和孙楚，其实早就听说赵承绶给王靖国打过电话，原以为王靖国已向梁化之报告过。这时才知道梁化之对此事还没有听说过。他们本想趁机把事情说清楚，但见王靖国借题发挥，借故发泄，公开和梁化之摊牌，生怕僵持下去，把事情闹大，弄得不好收场。便一齐出来"和稀泥"。

吴绍之说："不要这样，不要这样。何必为了一件小事吵起来呢？我们一直精诚团结，和衷共济，还唯恐共军钻了空子呢！像这个样子，不是让人家正好有空子可钻吗？"

孙楚也说："一个是代主席，一个是总司令，你们这么顶牛，还怎完成阎先生的托付呢？再说，大家都是一条船上的人，有事好商量嘛！梁代主席，你看：是不是让王总司令把话说清楚呢？"

梁化之自觉有失尊严，脸面上总下不去。但又想到自己处在五人小组领头雁的地位，万一把事情闹崩了，也真的没甚好处。于是，便趁势下台阶道："那，就请王总司令先讲吧！"

王靖国却是余怒未息，赌气说："没咱说话的分儿。不讲啦！"

孙楚和吴绍之从旁极力劝解，王靖国才没好气地说："赵承绶来电话，又讲和平解决。我把他给顶了！就这！"

梁化之还是够灵活的，当下换了一种和缓的语气说："好，顶得好！今后，无论是谁，都要这样顶。如果哪个人再敢提和谈的事，我姓梁的绝不客气，绝不手软！"

说到这里，他专门转向下首坐着的特种警宪处副处长，特务头子徐端问道："那些赵承绶派进来的说客，怎么样啦？"

满脸横肉的徐端一听梁化之点名，马上站起来，敬礼回答："回梁代主席的话，那些人，还全押着！"

梁化之阴森森地说："要严加看守！跑了一个，就拿你问罪！凡是见到哪一个人胆敢扩散赵承绶出面和议的消息，立即处决！"

"是！"徐端十足奴性地立正回答，随即又说，"还有警宪处关押的那些嫌疑分子——"

"杀！"梁化之几乎没加任何思索，咬牙切齿地吐出了这个字眼。他似乎还觉不狠，又补充道，"狠狠地杀，不要手软！日本人占太原那阵子，还杀了三千人咧！我们如今关押着六千人，难道还能比日本人杀得少了？你说！"

"是，不能少杀！"

"对，我随后就亲自到你那里去一趟。一定要在这几天之内，狠狠地杀他一批。不能把这些祸根留给共产党！"

刽子手徐端凶狠地把胳膊肘儿一挣说："有梁代主席亲临指挥，我徐端少杀不了！"

"唔，对啦。还有赵宗复那小子，老汉吩咐把他留下，说是要给赵戴文先生留条根！哼，留他干什么？我看，也要杀了！他是共产党，留下总是害！"

"明白啦！"

随即，梁化之转向一直没有吭气的赵世铃："赵参谋长，我让你了解当年柏林城破时，希特勒将军死难的情况，你办得怎么样啦？"

"这——"赵世铃脸色惨白，嗫嚅了半句，不知所云。

"这什么？害怕啦！共产党杀人如麻，我们不及早准备这一手，一旦城破，难道要做共产党的俘虏吗？说，了解清楚没有？"

梁化之用阴冷的目光，逼视着赵世铃虚胖浮肿的面孔。

赵世铃不敢正视，低头胆怯地说："民国三十四年四月二十九日，苏军把三十万德军围在柏林城内。希特勒将军感到德军末日将临，但他拒绝撤退，拒绝离开柏林，到南部大山中去的建议，决定与柏林同归于尽。"

"讲具体的！"

"是。当时，希特勒把多年来一直痴情地等候着他的情妇埃娃·勃劳恩接到柏林的地下室，举行了一个婚礼，满足了钟情于他的勃劳恩的夙愿。然后，他口述遗嘱，号召他的臣民们为他的那个'国家社会主义'，战斗到最后一分钟。"

"他究竟说了些什么？"

"希特勒痛骂了犹太人。他把一切罪过都归在犹太人身上。他说，是犹太人挑起了这场世界大战，是他们毁了第三帝国的前程。最后，他追溯德军战败的原因，是因为陆军和他们的将领，对他的背叛和不忠。这些事办完以后，他开始向多年追随他的人们诀别。"

"讲得再详细些，越详细越好。"

梁化之伸长着双臂，扎煞着十指。那样子，真像要把希特勒的阴魂，从赵世铃的嘴里生剥出来一样。

"是，我尽量说详细些。"赵世铃努力搜索着他在最近搜集到的有关希特勒自杀的情况，"希特勒先把两个最亲近女秘书叫来，每人送给一瓶毒药。他对当时没有更好的礼物送给她们表示遗憾。他毒死了几条心爱的狗，以此来试验毒药的药力。他下令焚毁了一批文件，并叫他的司机搞来了二百公升汽油。"

"二百公升！要那么多？"由于太原库存汽油极其有限，听到要用二百公升汽油，梁化之不免有些咋舌。

"用汽油多些，了结得也就快呀！不过，搞到汽油以后，希特勒将军也没有立刻去死。他一直坐在地下室里，直等到苏军攻陷国会大厦时，才和他的新娘走进卧室，命令他的几个亲近随从和高级官员等在门外。一会儿，人们听见卧室里有一声枪响，但第二声却一直没有响。"

"这是为什么？"

"人们推开卧室门进去时，只见希特勒血淋淋地倒在沙发上，一颗子弹从他的右太阳穴穿过，已经气绝。显然，他是开枪自杀的。他的身边躺着他的新娘——埃娃·勃劳恩。她没有开枪，是服毒自杀的。亲随们用军毯裹着希特勒的尸体，放在地下室外面一个早已备好的水泥槽里。"

"唔，他那个新娘呢？"出于一种特殊的心理渴求，梁化之专门提出这个问题。

"新娘勃劳恩的尸体和他放在一起。不过，没有用军毯包裹。亲随们把那二百公升汽油全都浇在他们的尸体上，点着了火。他们就这样完结了。"

"全烧成灰烬了？"梁化之对每一个细节都在刨根问底。

"烧尽了。4月30日，苏军在那个水泥槽里发现了他们的残骸。"

地下室死一般沉寂，如同幽灵主宰着整个空间。在场的人，个个毛骨悚然，恐惧地瞪着发呆的眼睛。

王靖国颓丧地斜仰在椅背上，面如死灰。他的精神已经彻底崩溃，仿佛一具僵尸一般。梁化之对赵世铃的讲述听得最认真，问得最具体。此刻，他的眼眶里黏黏糊糊的，不知是泪，还是血，看了让人恶心。

大约这样沉默了好几分钟后，梁化之突然咬牙切齿地说："希特勒将军死得很刚强！是我们的样板。必要时，我们也这么做！我们决不做共产党的俘虏！"

他发疯般喊叫，干哑的嗓子连连咳嗽。随后，他又对五人小组的其他成员说："我们眼下的任务，一是督令城防，二是加紧杀人，三是加大享受，缩短阳寿！走，徐端，到你们45号去！"

"是！"

● 杀人魔窟

在特种警宪指挥处副处长徐端陪同下，梁化之从绥署地下室出来，直接来到精营西边街45号。

这是一座墙壁高厚，上面架着电网的阴暗院落。早在日军侵占太原初期，由日本宪兵司令部一手操持，建立了这座专门用来屠杀中国人民的魔窟。许多抗日爱国志士和共产党员，就在这里惨死在日军的屠刀之下。

日本投降后，阎锡山接收了这个魔窟，把日本宪兵司令部的牌子，换成了"特种警宪指挥处"。梁化之代理处长，徐端和兰风两人为副处长。特警处换汤不换药，仍然是以残杀革命志士和共产党员为"使命"。人们愤怒地称它是"阎王殿""十八层地狱"。

梁化之等进入45号院，铁门再度关闭。就在院子中间，露天放着几个粗木头制作的笼子。在这些六尺见方的笼子里，囚禁着十几个遍体鳞伤的人。梁化之来到木笼前，用手里提着的皮鞭，指着笼子里头的一个瘦骨嶙峋的青年，问徐端道："这小子犯的什么事？"

像屠夫一样满脸横肉的徐端，摇尾乞怜地回答："报告梁代主席，这小子公开喊饿。还胡说咱们的弟兄都饿成瞎子啦，连仗也不能打！"

"妈的，这不是惑乱军心吗？哼，肯定是个伪装分子。一定要严刑拷问！哦，这一个呢？"梁化之走到下一个笼子前，指着里面关着的那个奄奄一息的人问道。

徐端想了好一阵子，才说："这家伙，那天居然要自刎。真他娘的活得不耐烦啦！您瞅，他脖子上那个刀疤，就是自刎时留下的。"

梁化之居心险恶地说："哼，自刎，还有刀疤！这不是故意给他今后投奔共产党，留下请功的资本了吗？这家伙不能留下，杀！"

"是，杀了他！"

在木笼另一端的拐角处，一个被拷打得皮开肉绽的十五六岁青年学生，正用微弱的声音骂着："伤天害理的国民党，你们就要完蛋了！"

梁化之举起皮鞭没头没脑地向这个青年狠狠抽去。一边乱抽，一边发狂地喊叫着："这共产党崽子，还不给我立即枪毙！"

徐端乘势讨好道："是该马上杀掉！报告梁代主席，依我看，咱这次就多杀几个吧！多杀人，可以省粮食，省花钱。您说，这都什么时候了，留下这些祸根，肯定是后害。全杀了，反倒利索！"

梁化之凶神恶煞地扫了这木笼一眼，问徐端道："你这里一共关了多少人？"

"大概有五六十个吧。"

梁化之把嘴一咧，凶残地说："统统杀掉！我要亲眼看着他们如何上西天！"

难友们一齐怒吼："你们这群魔鬼，为什么无辜杀人？"

"放了我们，我们无罪！"

"梁化之、徐端。你们不得好死！"

"马上给我统统活埋！"徐端气急败坏地舞着皮鞭，疯狂咆哮着命令身边的特务。

这个院子早已挖好一个大坑，里面已经堆着一些尸体。木笼里的难友们被一群特务强行赶出来，一个个被用绳索捆绑着，嘴里塞着棉花。特务们用棍棒和枪托把难友们打入坑中，开始往里面填土。难友们奋力挣扎，呼喊，怒骂，有人勉强爬到土坑边沿，又被凶残的特务用铁锹砍伤，掉了下去……几十分钟后，几十个无辜的生命被活埋了。有的人身体在地下，头颅还露在外面，用那不能合上的怒目，瞪着这些惨绝人寰的魔鬼。

梁化之让特务搬来一把椅子，坐在坑边。一边品茶，一边狰狞地笑着对徐端说："老弟，你瞅这多么好看！人头，这是人头聚会哇！哈哈哈，这么多人头摆成长蛇阵，真好看极了！"

"哈哈哈！"特务全都狞笑着。

突然，梁化之收住笑声，神经质地转向徐端问："警宪处内部，你清理得怎么样啦？"

徐端涎着脸皮，一边给梁化之递烟点火，一边讨好地说："至于内部清理，请代主席放心：我已经搞过好几个回合的写血书、交关系、断归路、辟前途的'学习运动'了！内部是确实纯粹了不少啦。不过，也还有一些人，可能存在'地下活动'和留恋共党的思想。我都把他们列成了重点对象。还有，就是在内部人员中，我又发展了一批'政治细胞'，依靠他们去监视那些不稳分子。还有，就是那个'同生共死战友组织'，也建设起来啦！"

"扯你妈的蛋！"徐端满以为是个摆功邀好的最佳时机，加油增醋地自吹自擂了上面这一通，却不料梁化之醉翁之意不在酒，劈头盖脸地臭骂起来："你奶奶的，老子来听你摆龙门阵啦？老子问的是清理出来的内部嫌疑分子！"

"是是是。小的糊涂，乱扯他妈的鸡巴蛋！小子尽是乱说，给梁代主席，啊不，是梁副处长，不不不，还是梁代主席，给添乱！小子重说，重说！"

徐端被训得晕头转向，不停地用袖口擦拭满头满脸的热汗。他不停地赔不是，下贱地躬着腰捶胸顿足地忏悔。后来，他偷偷地看了看梁化之的脸色，见对方气色稍有缓和，这才结结巴巴地说："内部嫌疑分子清理出来的，有张明平，本处警察，他表兄原来在北平做我方特务，现北平起义，该张很可能受其表兄影响，已经在押。成华，本处警察，一向少言寡语，态度暧昧，可能对政局心存不满，已经在押。权秀生、李晋祥，都是本处警察，自共军炮击城垣以来，两次开会迟到，疑有异心，已经在押。……"

徐端一个一个地点着被他无端治罪的人的名字，说得口干舌焦，却也不敢稍停一下。梁化之洋洋自得地闭目听着，不停地晃动脑袋。听着听着，忽然莫名其妙地"嗯"了一声。

徐端赶紧把话头收住，把耳朵凑到他的面前，生怕丢掉了一个字的"训示"。梁化之果然有话要说。他问徐端道："按照我们铁军的纪律，这些人都该处死。我要求你：杀人要做到不叫喊，无痕迹，不流血！你打算怎么办呢？"

徐端不愧是个杀人魔王，当下回答："报告代主席，我徐端有您栽培，办好这点儿事，可以说比喝凉水还容易。当然，枪毙是最便宜的死法。可咱既要杀人，就不能叫他便宜死去。只有使他们死得越惨，咱心里才越痛快！您说，对吧？遵照您的训示，我最近发明了三种杀人妙法。这第一种妙法，是用绳子往死里勒，只要把人的两只手反背到脊梁上，高吊起来，再用一根小绳子套在他的脖颈上，另一头系在他的手上。等他手困得撑不住，往下一坠的时候，他自己就被那小绳子给勒死了。这个死法，别人不用下手，他自己半个钟头就没气了。第二种死法，是把毒药和在饼子里头，开饭时候端进去，他们吃上后，几分钟就办了事。还有第三种，就是气毙，也就是把手脚绑住，用蘸水麻纸一层一层盖在他们脸上，直到气绝为止。"

"嗯，可以。徐端，你有这么多心眼儿，是没枉费了我一番苦心！"

徐端受宠若惊，立正行了个鞠躬礼道："全凭梁代主席拉扯咧！我徐端在代主席您的面前，就是儿子，就是孙子。代主席在徐端眼里，就是我的父母，祖宗！就是再过上一百年，我徐端还是这个心！"

徐端的厚颜无耻和凶残恶毒，真是令人发指。那么，这个杀人不眨眼的刽子手，究竟是怎样一个人呢？

徐端原名徐慎，祖籍山东青岛市。时年四十四岁。第一次国内战争时期，徐端在上海大学读书时，曾加入过共产党，并在上海担任过少共市委的组织部长。蒋介石发动"4·12"反革命政变，进行大屠杀后，徐端被国民党特务机关扣捕，自首叛变后获释，开始为国民党效力。抗战开始后，经人介绍，时任第二战区政治部副主任的梁化之约徐端来到山西，给了他个第二战区政治部民运副科长的职衔。1939年"晋西事变"后，徐端溜到国民党的大后方，在四川、湖北、云南一带经商。1944年夏，梁化之到重庆参加国民党中央会议的时候，徐端二次投靠梁化之，随梁返晋。经梁化之介绍，受到阎锡山重用，被委任为第二战区司令长官部中将参事。从此，便委身于阎、梁，充当其反动帮凶。徐端多次为梁化之出谋划策，进行反共特务活动，很得梁化之赏识。第二年，即出任阎锡山流动工作队的中将副主任，不久升为主任。1946年，流动工作队扩编为第二战区司令长官部特种警宪指挥处，梁化之代理处长，徐端任中将副处长。实际上，梁化之的处长职权，均由徐端代行。由于徐端反共卖力，死心塌地，手段残忍，阎、徐很是器重。1948年2月，经梁化之的推荐，徐端被选定为阎系反动组织"同志会"的候补高干，兼战斗动员工作总团副总团长，同志会民运组长等多种反动要职，挤入了阎系反动集团的高层核心中。徐端的这些经历，说明他不仅是阎锡山反动营垒的骨干，而且是梁化之制定和实施特务活动办法，以及残酷屠杀革命志士和无辜群众的首恶分子之一。

当徐端下贱地捧了梁化之一通后，梁化之心里得意非常。突然，他又想到了什么，侧转身来问徐端："赵宗复那小子，现在怎么样啦？"

徐端答道："他写了个《我的自白》，水过地皮湿，不痛不痒，连半句骨头话也没写出来。我叫人在那后面又加写了20几页，全是骂共产党的话。梁代主席是不是过目一下呢？"

"加上也就对了。有你看了，我放心。要赶快见报，让大小报纸都登这个'自白'。我要叫赵宗复活着不能做共产党，死了也没人信他是个共产党。哼，要不是咱们老汉一再阻拦，我早就宰了他啦！徐端，走，带我去看看这小子！"

梁、徐二人来到绥靖公署内阎锡山公寓后面的一座房子里，赵宗复就被囚禁在这里。

对于赵宗复是共产党员，梁化之原来就很清楚。不仅如此，就连三抓两放赵宗复，每次也都是他一手策划的。梁化之反共成性，杀赵宗复是他久有的意图。但由于赵宗复的父亲赵戴文，是阎锡山辛亥起义时的老友，阎锡山多次叮嘱一定要保全赵宗复的性命，梁化之才一直未敢下手。

现在，当来到囚室时，梁化之居然挤出了几滴鳄鱼眼泪。他假惺惺对赵宗复说："宗复啊，我是一心一意想成全你。可这次会长临走留下话，对你的事情做过交待。今天我就把老汉的这些话，对你实说了吧！老汉说：如果我们能存在下去，看在你父亲赵戴文主席、赵老先生的面子上，叫你一辈子跟着我们，不能乱说乱窜，乱跑乱动。要是我们败给了共产党，那么，也是看在赵老先生的面子上，咱们就一起去见你父亲赵主席的在天之灵。你看看，老汉的意思是谁也违背不了的！对吧？唉，这一回，我是再也没法子替你说话了！唔唔，不过，你还年轻，觉悟还来得及。只要你回心转意，交待清楚，我还是可以向会长进言，请求尽量宽释你的！"

说到这里，徐端把一份他炮制的《平民日报》，递给赵宗复看。赵宗复接过报纸，只见上面赫然醒目地登着一条消息。报道的内容，是被警宪处逮捕和杀害的人员名单。这些名单中，有好几个，是赵宗复熟悉的同志和战友。徐端的本意，是借这个名单，对赵宗复施加心理压力。达到其诱惑赵宗复变节，和获得中共地下党情报的目的。

但是，他哪里料到，这个名单，反而使赵宗复无意中得到了许多在狱中无法了解的，党组织的情况。哪些同志已经牺牲，哪些同志仍在坚持战斗，赵宗复心里有了底，从而对今后的斗争，有了新的设想。并且，他从敌人把这个名单拿给他的举动，还作出了敌人对他的秘密关系，至今一无所知的判断。

于是，赵宗复故意摆出为难样子说："梁代主席，我的情况，已经在那份'自白'里全讲过了。以前承认我是共产党，那全是胡编的。你是明白人，我父亲赵戴文，多少年一直是阎主任的心腹军师，共产党难道会要我这个不清不白的人吗？代主席，你要为我做主，快把我放出去吧！"

赵宗复这番临时编造的"表白"，把梁、徐的计划全打破了。他们怎么也没想到，偷鸡不着蚀把米，不仅从赵宗复嘴里一无所获；而且，连原来的口供也给推翻了。自己打了自己嘴巴，梁化之恼羞成怒，跺着脚喊道："你，你明明是个共产党，早就承认了的，怎么又反口啦！"

赵宗复还是设法和敌人兜圈子。他坚持说："代主席息怒。我帮助教授送信件，不过是出于朋友的情谊。哪里能和共产党瓜葛上呢？我不是共产党，我太冤枉了！"

梁化之的阴谋完全落空，心中的恼火再也按捺不住。当下凶相毕露地嚎叫道："你小子耍赖。看我不敢宰了你！徐端，给我——"

诡计多端的徐端，明知道梁化之又要叫他立即杀人了。但他也知道，这个要杀的对象，不同寻常。于是，徐端忙上前扶住梁化之说："代主席不必生气，咱不愁处理他！回头再合计合计，看怎么办更好，也不误事。咱们走，咱们走！"

梁化之被他扶到门口，返回来叮咛卫兵说："你给我好好看着，一定不能叫他跑了！"

离开囚室一段路后，徐端对梁化之说："代主席，杀一个赵宗复，比杀一个鸡还容易。可老汉那里不好交待呀！再说，反正他在咱手里拿着，即使到了最后关头，还愁给他一枪？现在下手，在下觉得，为时还是有些太早咧！"

如果是杀别的什么人，那梁化之是根本不留情的。可这赵宗复，毕竟是阎锡山专门交待过要给以照顾的人。梁化之再凶残，可阎锡山的话，他还毕竟不敢不听。要知道，他这个主席，如今还有一个"代"字扣在前面。耍他的猴线，说到底，还是牵在南京的阎锡山手里！

所以，徐端的提醒，使他不得不重新权衡得失，最终还是回答徐端的建议道："也行。不过，这个小子总是来路不明。就是迟一天，也总得把他宰了！"

"徐端明白！"

● 战神怒吼

1949 年 4 月 24 日，黎明前的黑暗笼罩着太原古城。

这座古老的城池，就像一座死气沉沉的坟墓，黑黝黝地横卧在环护在它四周的光秃低矮丘陵之间。就在离城墙只有一二百米的城周围田野、山梁、沟壑和河谷里，二十多万解放军战士，从昨晚就秘密地进入了隐蔽的突击阵地。到现在，虽然十三四个小时过去了，指战员们全都一动未动地潜伏在各自的位置上。每一个人都宁神静气，严阵以待，等待着前司规定的总攻时间的到来。

根据人民解放军太原前线司令部的战役总部署：当总攻全面发起后，实施城北主攻任务的，是第 20 兵团；实施城南主攻任务的，是第 19 兵团；实施城东主攻任务的，是第 18 兵团。

各兵团都屹立在自己的出击阵地上，进行着战前的最后准备。这时候，在城东隐蔽阵地上，划分为左、右两个集团的第 18 兵团各部，和友邻各兄弟部队一样，正在紧张而隐蔽地厉兵秣马。

在由第 18 兵团第 61 军和第 62 军组成的左集团指挥部，分任第一司令员和第二司令员的第 62 军军长刘忠和第 61 军军长韦杰，以及分任第一政委和第二政委的第 61 军政委徐子荣和第 62 军政委的袁子钦等首长，正利用战前的短暂时间，进行战术方面的进一步探讨。

第一司令员刘忠用教鞭指点着挂在墙上的军事地图说："我军突破太

原城防任务的最大特点，是各路大军都以强大炮火打开城垣缺口，为步兵开辟登城道路。因此，炮兵能否打开突破口，这是步兵能否登城的前提和关键。兵团司令部对炮兵的作战要求是四个字，也就是严、高、快、准。所以，我左集团必须严格执行命令，做到弹弹命中，打得快，打得狠，保证提前完成开好突破口的任务！"

第二司令员韦杰强调说："曾记得，斯大林同志说过这样一句话：'炮兵是战争之神。'这次攻取太原，我军用炮兵打开城墙缺口，火炮之多，火力之强，这在我军战争史上，可以说是破天荒的第一次。这样的战例，我们参战部队的指战员都还没有经历过。所以说，炮战，对我们大家都是新的课题。不过，从我人民解放军的发展来看，我们是从无到有，从小到大，走过来的。在战争中学习战争，这就是我们成长的历史。今天攻打太原，又是一次大胆的尝试！"

第一政委徐子荣表示："我们一定要把前委、前司总攻太原的重大部署和决策，全面贯彻到所有师团指挥员中去。令人鼓舞的是，这次战役，彭总亲临战役前线，这对部队的激励是很大的。我们要坚决执行彭总、徐司令员、周副司令员和罗副政委等首长的决定，服从统一指挥；要坚决相信我们的炮兵是有能力、有本事，一定会用炮火炸开城墙缺口的！"

第二政委袁子钦看了看手表说："现在是 4 时 10 分，离发起总攻还有一段时间。我们是不是再到炮兵指挥所去检查一下准备情况呢？"

"好，立刻就去！"首长们不约而同地说着，立即起身。

在城东第 18 兵团左集团的炮阵上，共集中了火炮 205 门，其中 105 门将用于 61 军第一梯队 181 师在大东门的突破口；其余 100 门，将用于 62 军第一梯队 185 师的突破口。在各部队 500 米至 600 米攻击正面，平均每 6 米就有一门火炮。炮阵按纵深三线分布：外壕外沿的第一线设置的是曲射炮；山炮和部分野炮推进至距目标 300 米左右处，是第二线；榴弹炮和部分炸药包，布置在东山麓距目标 800 至 1000 米处，是第三线。

刘忠第一司令员等来到炮兵指挥所，左集团炮兵指挥第 61 军参谋长洁宇同志首先向首长们报告了左集团炮阵的上述部署情况。刘忠拍拍洁宇的肩头说："洁宇同志，辛苦了！我们两个军昨天的试射情况，怎么样啊？"

"都不错，合乎要求！"

刘忠指了指身边的观察镜，微笑着说："是吗？炮兵的眼睛，精确得很咧！"

洁宇信心百倍地回答："我们炮兵观察所，都设在距城墙只有一二百米的近处。所以，对着弹点是看得一清二楚的。"

"好！"刘忠肯定地点了点头，进一步关切地询问，"总攻发起后，能保证打准吗？"

"从试射情况来看，我认为完全有把握！"

"试射毕竟是局部的。总攻发起后，炮口多，威力又大，打起来的烟雾大，尘土多，还能看得清吗？"

面对一丝不苟的首长质询，洁宇蛮有把握地回答："总攻发起后，灰尘烟雾固然很大，但我们还设计了固定标杆位置，快慢结合，打打停停，看清楚再打等射击方法。所以，我们是有把握不放空炮的！"

洁宇的回答，刘忠十分信服。他点点头，把眼睛凑到一台瞭望镜上，仔细观察前方。少顷，他忽然转过身来，严肃地问："前司命令，我军从5时30分发起炮击，要到7时30分才发起总攻。这中间，要整整炮击两个小时呢！洁宇同志，炮弹够用吗？需要打多少炮弹呢？"

洁宇显然有充分准备，不假思索地回答："我们对敌城墙高度，缺口炸开宽度、厚度，和我军炮火数量、速度和威力，都进行过具体的计算。据测算，在一至一个半小时内，我们完全可能在城墙上打开高二十米，宽二十米的口子。至于炮弹，请司令员放心，打多少有多少，管够用啦！"

刘忠还是不太放心。作为高级指挥员，一位在几十年疆场厮杀中成长起来的将军，刘忠深深懂得：在每一个细小枝节问题上，些微疏忽，都不能允许。蝼蚁之穴，溃堤之祸。任何一点马虎，在严谨的军事计划中，都决不能存在。

刘忠又说："看得出来，你们的计算是有根据的。不过，还要看到，实战中的好多问题都是预先估计不到的。比方说，城墙砌石的坚硬程度，和其他不利情况；特别是提前打开缺口，而总攻还没有发起。这些问题，都应该预先考虑到！"

洁宇敬服地点点头。他对第一司令员严谨的作风，打心眼里叹服，诚恳表示："这些细节，我们一定进一步做好研究和计算！"

刘忠觉得有些热，索性摘下军帽扇着风凉，提起新的话题："还有一个战术问题要考虑。我们这些人，都是旱鸭子，老步兵。炮兵这玩意儿，过去用得很少。它的战术，懂的就更少。所以，打好打坏，炮战的战术运用，很重要哩！"

洁宇说："为了探讨炮战战术问题，我们开了好多次诸葛亮会啦。大家出谋划策，打算采取急袭、破坏、压制；第二次急袭、破坏、压制；最后，再次急袭的打法。其中，以打破坏的射击为主，先打十五分钟的急袭，扫清城墙上碉堡里头的敌人。接着，进行四十分钟直接瞄准的破坏射击，打开缺口。"

"具体怎么打呢？"

"我们打算，主要用直射火炮，一层一层地掀，打'十'字形。用曲射炮，从上面向下一个接一个地钻。这样，横掀、竖钻相结合，效力就会大得多。如果这个打法不行，那就在中间再打个梅花形状，来扩大一下。这样，缺口肯定可以打开。请司令员放心，我们有这样多的火炮，这样多的炮弹，我向您保证：一定要把阎锡山吹嘘的'钢铁城'，戳开它几个大窟窿！"

洁宇机敏实际的回答，炮兵同志们的智慧和决心，使刘忠和其他首长都很满意。刘忠开心地笑着说："好好好。洁宇呀洁宇，就用你这个高明的战术，去迎接太原解放第一天的红太阳吧！"

"哈哈哈！"炮兵阵地上，洋溢着人民解放军指战员们振奋的笑声。

对炮兵阵地全面视察后，左集团指挥部首长相携回到司令部。

这时，分别前往各梯队了解登城和作战准备情况的参谋、干事们，也陆续归来汇报。首长们认真听取着汇报，对各基层部队的准备情况，十分满意。

刘忠看了看桌上的马蹄表，已是 4 时 40 分了。他对韦杰和政委们说：

"现在，我们应当休息，我们需要养精蓄锐。从这阵子开始，我们几个指挥部的首长组织值班。怎么样？来，我先值第一班。你们先睡一会儿，5点钟我叫你们。尤其是两位政委同志，看看你们焦红的眼睛吧，真太疲劳了！好，现在就赶快抓紧时间休息！"

两位政委却是不动身。他们说："还是司令员先休息吧！"

第二司令员韦杰也说："请刘司令员先休息。我来值第一班！"就这样，几位首长你推我让，谁也没有去休息。

说句良心话，在这大决战开始的前夕，对于这些对自己献身的壮丽事业，具有纯真挚爱和信仰的共产党人来说，他们哪里能休息得了呢？他们那亲如手足的战友情谊，又有谁愿意让别人多一分钟工作，而自己多休息一分钟呢？因此，他们全都留在指挥部里，守在电话机旁，保持着和各基层部队的不断联系。

在电话机里，第二司令员韦杰了解到：181梯队师已经一切准备就绪。但在步兵中，尚有少数同志对炮兵的作战，存有顾虑。

韦杰通过电话鼓励这个步兵师的师长说："要把炮兵一定能打开缺口的道理，反复地讲给每个指战员。特别是你们第一梯队师的团、营干部，要对炮兵老大哥充满信心。要让大家相信炮兵，像相信自己一样。同志，从东北开进关内来的炮，和我们自己的炮是不一样的。他们带来的家伙，口径大，威力强，炮手全是有经验的老把式。炮兵同志们的决心，比我们步兵还要大呢！他们的口号，你听听有多来劲儿：'一定完成打开城墙缺口的任务，为步兵老大哥登城开路！'我的师长同志，你听，这决心有多大，多鼓舞人！"

181师师长深受鼓舞，当下振奋地回答："炮兵老大哥这样有决心，咱步兵决不落后。司令员，我请求：和他们来个解放太原的立功大竞赛！"

"好哇。这才像是第一梯队的虎气！"韦杰第二司令员满意地鼓励着，换了一种恳切的语气说，"当然，我们是坚信炮兵可以打开缺口的。不过，在思想上，还要准备另一手。对吧？万一炸不开呢？那怎么办？对啦，那就得用你们的'八二'抛射炸药炮，来轰炸啦！轰上它一阵子，一准行。你说呢？师长同志！"

181 师师长坚定地回答："明白。我们是万事俱备。只要炮兵打开一半，我们就是人搭梯子爬，也要爬上去！请司令员放心，一定打好！等明天拿下太原城以后，一定向您报喜！"

韦杰第二司令员更正说："不，是向前委和前司报喜！党中央和毛主席都在等着我们的胜利捷报呢！"

"保证完成任务！"181 师师长激动的呼吸声，韦杰在话筒里都感觉得到。

他进一步叮嘱这位步兵师长说："还有，就是要把我人民解放军二野和三野百万雄师过大江，南京城攻克在即的消息，深入广泛地传达给每一个战士。要号召大家学习二野和三野英勇作战的精神。把同志们的劲头鼓得足足的，气打得饱饱的。一举拿下太原城！"

"报告司令员，听明白啦！"

在前线司令部悬挂着的军事地图前，铁塔般伫立的彭德怀副总司令，一直在面对地图上不断变化的红蓝标志和箭头，紧张地思考着。在他的身边，装束齐整的周士第、罗瑞卿等首长，全都精神抖擞地站在那里，等待着一个神圣时刻的到来。在指挥部的各个部位上，同志们都在紧张而有秩序地工作着。

如果说忙的话，大家都很忙。但此刻，最最忙碌的，应该是话务兵和作战参谋们。

发起总攻的时间已经逼近。几部电话机正同时分别和各兵团司令部进行联系，正和守候在那里的同志们核对校正着时间。

"喂，是第 19 兵团吗？你的表几点几分？……好，完全正确！"

"喂，是第 20 兵团吗？怎么 5 时 21 分！不对，是 5 时 22 分。你慢了一分钟，赶快校正！"

"喂，第 18 兵团左集团，是刘司令员吗？您的表可真准，一秒也不差。对，一切照预定计划执行！"

彭德怀也看了看自己的手表，又看了看桌子上的马蹄表，和作战参谋们刚才报出的时间完全一致。于是，他放心地把挽起的袖口褪了下来。一刻钟前，他刚刚在同志们陪同下，从前线视察回来。他对各兵团的准备情况是满意的。昨天晚上，彭德怀几乎没有合一下眼皮，可他这会儿仍毫无睡意。

他是一个经历了几十年沙场风云的骁将，什么巨大的风浪都经历过，都闯荡过。远的不说，只从红军时代开始以来，他就打过数不清的胜利的攻坚战。

当年的武汉、长沙战役，最近西北野战军的宜川瓦子街战役，还有西府陇东战役等，没有一仗不是耗费巨大的精力和智勇，才获得胜利的。在这些战役战斗中，我们的彭大将军遵循党中央指示，精心运筹，骁勇善战，在群众支援和广大官兵奋勇作战中，导演了一幕幕波澜壮阔史诗般的军事壮剧。

回想起攻打武汉和长沙时，红军并没有多少武器，只有从敌人手里夺来的几门大炮。当时，尽管只有少量的炮，红军却没人会打炮。后来，彭德怀，这个前线总指挥，便亲自操作，干起了名副其实的第一炮手。武汉打下来后，长沙也打下来了。同志们敬慕地称他是"中国工农红军第一炮手！"

那时候，彭德怀作为全身心地投入伟大革命事业的红军指挥员，他为革命终于开始使用重炮来歼灭敌人，而无比振奋和自豪。

但是，曾几何时，随着革命的发展，和人民武装的壮大，在今天，就要由他亲自发布命令，来指挥拥有一千三百门重炮的强大炮兵集团，去轰毁山西敌军的最后、也是最顽固的堡垒了。彭德怀心里的感慨和激动，真是难以用语言来表述啊！

一千三百门大炮！呵呵，这是人民解放军空前拥有的重型武器阵容，这是一个多么不平凡的数字啊！

作为一个沙场老将，作为一个历尽兵戎的大将军，在这样的决战前夕，彭德怀的心理状态，虽然激动，但却极度平稳镇定。他没有任何紧张，更没有丝毫怯阵。除了冷静的思考，精确的策划，威严的等待，果断的指令外，在他心里装着的，只有战役的全局，和它的各个细部。当然，彭德怀不是什么神仙，也不是什么超人。他也是一个平平常常的极为普通的老战士。在这个意义上讲，又有谁能说，他的内心就丝毫没有冲动和激情呢？从他那鼻翼两侧几乎难以令人觉察的汗渍，就可以看到：他的注意力，在超强度地集中着。

各路消息汇总的结论是：我军各部位，各军兵种的准备工作，全都有条不紊进行，一切都遵循着预定的计划和方针。令人鼓舞的是，尽管有二十万人的步兵，已经在前线潜伏了十五个小时，但直到此时此刻，还没有任何一个部位、任何一个人，被敌军发现！这说明，隐蔽完全成功；进攻企图，丝毫没有暴露！这一切，为进攻的突发性，提供了可靠保证。这证明，我军战役计划的严谨和科学程度，我军纪律的严肃和严明程度，都已经达到了相当高的层次。

彭德怀对此十分满意，无比宽慰。他的眉梢分明洋溢着会心的笑意。他那过早地布满皱纹的额头，因此而显得很是舒展。

"彭总，发起总攻的时间快到了！"周士第副司令员看着手表，轻轻地提醒彭德怀。

彭德怀无言地看了看自己的手表，再看看桌子上的马蹄表：离发起炮击的时间，还差最后一分钟！

此刻，整个指挥部在十分之一秒钟内，突然像是完全凝固起来一般，一切都仿佛停滞运转，只有马蹄表"喀喀"转动的声音，在有节奏地刚劲有力地响着。这欢悦的声音，在此刻是这样清脆，这样响亮，这样甜美，这样悦耳，而又这样令人振奋！

作战参谋们都把电话机分别握在手里，贴在耳朵旁边。所有的电台，都已经和各兵团、各兵种指挥部沟通定格。秒针从容不迫地，却又是俏皮地，一格格地向前跃进。

5 时 29 分 40 秒；

5 时 29 分 50 秒；

5时29分55秒；

56秒，57秒……

彭德怀突然把头一扬，双眼猛地射出一股明快的光焰。只见他忽而坚定地给身边的周士第打了一个沉着的手势说："开始！"

"开始！"周士第果断地执行彭总指令，下达了进攻令！

在同一秒钟内，炮击的命令通过每一条电信线路，一直传达到了隐蔽在四面八方的炮兵阵地，和每一条战壕。

骤然间，成千上万条火龙从一千三百门大炮炮膛，争先恐后腾空而起。炮弹撕裂晨曦，映照天幕，发出尖利啸声。天崩地裂，山丘震撼。

蓦然间，城垣外围的轻微颤抖，转化成城垣总体的剧烈震颤。太原城头闪起一片耀眼的火光，白花花地刺激人的眼目。接着便是铺天盖地的尘烟冲向天空，冲向四方。成为一条无比粗大的烟柱，混合着，上升，上升……爆炸声中，太原城的城墙在一块块地剥落，砖石从城墙上一堆堆地翻飞，滚落。

人民解放军的炮兵群体神威初试，威力大显，弹弹着点，无一虚发。

炮兵是战争之神。战神在威风凛凛地怒吼，威慑，震撼。炮弹落下的地方，泥土、石块、断枪、残炮，以及被撕裂的人的肢体，一齐被掀上几十米的高空。而后，又像下冰雹似的，"劈里啪啦"地散落下来……

15分钟急袭过后，按照预定炮战计划，直接瞄准的破坏性射击开始。火炮时高时低，打打，停停，看看；快快，慢慢，连续打击。这时候，烟柱变成了狂风，卷地而起。于是，城墙一段段地坍塌，砖石塌落下来扬起的尘烟，像海潮一般涌向几十米外的四面空间。

令人费解的是，在遭到如此强大的闪电式突然轰击之际，守城的阎锡山军队，居然一炮未发，毫无反响，死死地挨揍。

费解吗？奇怪吗？也不尽然。答案并不难找。因为，阎军确实已被此前发生过的外围攻歼，和昨天的试射打击，给吓昏了，吓懵了。他们由于害怕反击会自我暴露目标，进而招致更加可怕的打击，因而宁可挨打，也不还击。

在人民解放军的步兵阵地上，等候冲击命令下达的官兵们耐不住冲动的激情，不少同志站到战壕的外楞上，欣赏着这比焰火诗意更浓，更加刺激人的心魄的战争奇观。

不少人欣喜若狂地欢呼："痛快，这仗打得真够来劲儿！"

"敌人可真老实，一枪都不打。真和死狗没甚两样！"

"炮兵老大哥真能耐，打得好，打得漂亮。应该给炮兵同志记特等大功！"

炮击已经持续30分钟了，城墙还没有完全垮下来。由于尘烟遮挡视线，五十米外，就连城墙的轮廓也难以看清。这一情况很快报告到了前线司令部。

彭德怀副总司令临战更加沉着，遇事分外稳健。他平静地说："莫急嘛，才半个小时呢！馒头要一口一口地啃下去，炮兵打得这么好，肯定没有问题！"

彭德怀亲自把他的看法通过电话，告诉给第18兵团指挥部。指挥部首长又把彭总的鼓励和关怀，传达给左、右两集团指挥部。

当左集团炮兵指挥部的指挥洁宇参谋长，和炮兵师师长听到彭总的指示后，真是打心底里佩服彭总的理解和支持。于是，他们的指挥更加大胆，更加沉着，更加果敢。他们那清醒的头脑，和章法不乱的指挥，使每一个炮手都深受鼓舞。

炮手们得意地互相传说着："瞧咱们当官的，那么老练。真是哑巴吃饺子，心里有数哇！"

洁宇用电话指挥着炮击。他的命令，简直就是向前线进行实战战术教练："喂，各团、营注意：所有干部都到前面去，到靠近城墙的前面去。要抵近弹着点去观察！对，抵近城墙，认真修正射击偏差。命令各炮位，必须按预先标定的固定位置，方位、角度、密位，以基准炮为准。听清了没有？对，每门炮都要看火光情况，进行快速连续轰击！"

"轰轰！"

"隆隆！"

东城墙在重炮准确连续轰击下，很快炸开了缺口。而后，这个缺口逐渐扩大，加宽，拓深。接近7时的时候，已经开出一道高约二十米，宽约三十米的大缺口了。这比预计的缺口尺寸，还要宽大。

消息不胫而走，很快传遍了阵地各个角落，前线指战员们争相向指挥部报告喜讯："城墙垮了！"

"看见缺口了！"

"这个大口子，进一个团都没有问题！"

可是，就在这个时候，传来消息说：城北的第20兵团，和城南的第19兵团，已经提前登上城头了！

这是怎么回事呢？原来，打仗这种事情，有很多矛盾和特别情况，是难以预料到的。指挥部确定作战计划时，考虑的是多用些时间，多打点炮弹，把城墙口子开得大些，拓得宽些。不仅可以减少部队伤亡，而且可使突进速度加快。但是，我们的战士可耐不住这个劲儿呀！他们眼瞅着炮兵老大哥威震晋阳城，个个杀敌心切，等待不急，就提前冲上去了。

"我们也不能落后。首长，下命令吧！"东线指战员耐不住了，纷纷向指挥部提出要求。

● 摧枯拉朽

现在是早上7时整，离预定的总攻发起时间——7时30分，还有半个小时。

兵团司令部还没有下达总攻命令，但兄弟兵团提前发起攻城，并已登城的消息，使东城兵团的指战员们，再也忍耐不住了。请求提前发起总攻的电话，连续不断打到了左兵团指挥部。

"怎么办？"第一司令员刘忠征询地看了第二司令员韦杰一眼。韦杰也用同样的目光，看着自己的战友。两位政委和指挥部的所有参谋、干事、战士，全都把焦灼的目光，投向两位司令员。与此同时，在整个东线前沿阵地上，几万双眼睛，一齐盯着炮火轰开的东城缺口，迫切地等待着总攻命令的下达。

"立即请示兵团司令部，请求提前发起总攻！"刘忠果断地命令着。

"是！"作战参谋迅速接通了兵团司令部的电话。

同志们静悄悄等了一两分钟，电话铃声再次响起：第18兵团指挥部的作战命令下达了！

"鉴于第19、第20兵团在7时许，业已由城南、城北方向先期登城。兵团首长决定：我兵团城东左集团和右集团，于7时20分统一开始，从四个突破口一齐登城。信号照旧：15发信号弹！"

接到上述命令，刘忠当即向本集团军下达命令："通知各部队，看到兵团发出红色信号弹15发，就开始攻城！"

作战参谋们急急地摇着电话机，把司令员的命令迅速传达到各基层部队："第一梯队、第二梯队注意，炮兵指挥部注意：兵团首长命令你们，7时20分发起总攻，信号照旧！"

"明白！"

"明白！"各基层单位明快地接受命令。

下达总攻令后，刘忠来到整装待发的突击队前。突击队员都是精干强壮的小伙子。刘忠第一司令员威严地站在队前，严肃地问："队长同志，你叫什么名字？"

"赵世梧！"

"你有什么条件扛红旗？"

"我有战斗经验。身体棒，跑得快！"

"还有呢？"

"还有不怕死！红旗插不上城头，就不回来见首长！"

"好样的！赵世梧同志，你是个老战斗英雄，一定要带领你的突击队，把红旗插到阎锡山的老巢去！"

"保证完成任务！"突击队长赵世梧大步上前，从司令员手中接过鲜红的战旗，骄傲地扛在肩上。

时钟一秒一秒地向前挺进。

突然，"呼、呼……呼！"15发红色信号弹窜向长空，划过蓝色天宇，把天地照得一片明亮。随后，顺着轻盈的弧形轨迹，缓缓地降落下来。

"冲啊！"

"杀啊！"在突然间爆发的一片排山倒海的呐喊声和枪炮声中，突击队一马当先，率先冲了出去。第一梯队的健儿如万箭齐发，直扑被炸开缺口的城墙。

敌人依托着城墙上的暗堡，疯狂地射击。一些同志在冲锋中倒下了。我军的炮火和轻重机枪，马上狠狠地压制，敌人的火力萎缩了下来。

突击队长赵世梧冲在万军之首，他肩扛红旗，在枪林弹雨中，却是如入无人之境，健步如飞，直奔一个缺口而去。在战斗英雄赵世梧的身后和左右，他所带领的营的战士们，紧随着自己的营长突进。同志们个个踊跃，争先恐后。突击队很快便接近了城墙根，勇士们踏着乱砖碎石，跌倒爬起来，轻伤不包扎，前仆后继地前进。

烟尘挡住了视线，硝烟的气味又苦又辣，灼热烫人，刺激得人喉干舌燥，鼻腔酸痛。但是，突击队员们将这一切置之度外，紧跟着营长赵世梧的红旗，奋勇进击，如翔龙腾空，似灵鱼跃波，其势锐不可当。在赵世梧的左右，他的老部下、老战友络腮胡子和杨小波，每人端着一支冲锋枪，交替射击，交替前进，一路冲杀，掩护着营长一往直前。

前进的道路上，铺满一尺多厚的浮土，每前进一步都很艰难。但是突击队的勇士们还是奋力挣扎着，连滚带爬，突破浮土的阻碍，扑向前方。一截一丈多高的断墙横在前进的路上，上面有支像柴棍似的东西在来回摇晃。

赵世梧定睛看时，原来是被打死的阎军，两条胳膊从墙头上耷拉了下来。于是，他急中生智，索性把红旗往腰带上一插，抓住那两只死人胳膊，纵身一跃，就翻上了断墙。

三个敌人包抄过来，杨小波迅速赶到，一梭子子弹扫射过去，全部报销。一个连的敌人反扑上来，几个突击队员中弹倒下。后面的突击队员紧接上来，一排排手榴弹摔向敌群。敌人退回去了，红旗依然前导进击。

不一会儿，第一梯队已经登上了城头。突击队员们不失时机地向左右两翼扩展，肃清残敌，为后续部队拓开道路。

第二梯队勇士们紧接着冲上来，呼喊着振奋人心的口号："南京解放了！"

"蒋介石逃跑了！"

"快往前传：南京解放了，蒋介石逃跑了！"

这是刚刚发生的震惊全中国和全世界的特大新闻，谁心里能不激动？这大快人心的喜讯，像急风，像闪电，像激光，激励着每一个解放军官兵的心。这喜讯，立刻化作威力无比的原子弹冲击波，使英勇的战士如虎添翼，益加勇猛矫健。

在突击队的前导下，紧接着冲上来的第二梯队迅速占领城头。此刻，战士们将个人安危置之度外，为了争分夺秒，不顾一切地从两三丈高的城墙上飞身跳下去，进到城墙内侧。有的同志摔伤了腿，有的同志扭坏了脚，但他们浑身是胆，不顾疼痛，挣扎着爬起来，拐着腿向前冲去。

突击队员们在率先进入城内后，遵照首长交付的特殊任务：不同敌人纠缠，不恋战，机动灵活，猛打猛冲，破院开路，直达目标！

突击队长赵世梧仍然扛着那面战旗，冲在队伍的最前面。这个出色的战斗英雄，在前进中，交替使用插入切断、迂回包抄、破墙直入、单兵爆破、小组突击等突击战术，率领他的营，直扑阎军的心脏和最后巢穴——太原绥靖公署！

南京被攻陷当日，阎锡山逃到了上海。他在上海的住宅，是南京路静安新村10号。这幢住宅，是一个商行以阎锡山四儿子的名义买下来的。阎锡山住在二楼。

由于南京国民党政权的迅速垮台，阎锡山心灰意冷，无所事事。他现在才尝到了树倒猢狲散、众叛亲离的苦滋味。往日那种前呼后拥、威风八面的土皇帝派头，早已荡然无存。就连他的左右，也是旁无侍从，门无警卫了。

24日清晨一起床，阎锡山就给太原发了一份电报。电报中，他继续用谎言给梁化之等加油打气说："太原保卫战，关系华北存亡和国际视听，你等能参加这场战争，实乃三生幸事。万望殊死决战，以建立奇勋。我因事被阻，不能和大家一起保卫太原，是一生最大遗憾。不过，有你等坚守省城，亦如我在。所有军政干部，务必以成功成仁之决心，誓与城垣共存亡！"

阎锡山在电报中，把南京失落的情况隐而不宣，本想以欺瞒手段，骗得梁化之等坚定为其继续卖命。但电报在清晨发出后，直到10点钟，也没有太原的回电。而在以往，最迟八九点钟，就收到回电了。

阎锡山开始不安起来，一种不祥的预感紧紧地抓住他的心，"难道，难道已经丢了？！"

阎锡山实在不愿意，也不敢去想这个可怕的字眼——丢！因此，他宁肯不催，不问，让自己在茫然的幻想中苦撑。又等了一个多小时，阎锡山实在忍耐不住了。他终于还是给太原又拍了一份电报。在这封电报中，他对其太原残余势力的结局做了最坏的估计，但也下了最为险恶的指令：

"万一不能支持，可降。唯化之、靖国两人生命难保，但对北门外所有工厂必须集中炮火轰毁。以不落入共军之手。"

这是阎锡山第一次向他的部下吐露"可降"二字，也是他在无奈中对守城部队发出的反动指令。但是，他哪里能料到，梁化之在接到这封电报时，人民解放军早已破墙入城，已经在进行扫清城内残敌的最后决战了。

就在这时，一个从太原带出来的亲信随从从外面惊慌失措地跌撞进来。一见阎锡山，就跪倒在地，结结巴巴地报告："会长，太原，太原……"

阎锡山一怔，浑身哆嗦，抖着牙根急问："太原！太原咋啦？啊，你快说！"

那亲信泪流满面，哭丧一般嚎啕着："会长，太原叫共产党，打进去了！唔唔……"

预料中的事，最可怕，也是最不愿意听到的事，终于还是发生了，听到了。然而，阎锡山固执地宁愿相信幻想，宁肯自己欺骗自己。他歇斯底里地呼喊着："胡扯！太原怎么会丢？太原绝不会丢！你，你一定是胡说。你，你从哪里听来的？"

　　面对阎锡山的色厉内荏，这个老随从也顾不得以往的唯命是从了，硬着头皮回答："报纸都登出来啦！会长，你还蒙在鼓里头呢！"

　　"快，快拿报纸来给我看！"

　　这个亲信随从连滚带爬地退出去，不一会儿就找来了一份报纸。阎锡山一把抓过那张报纸，只看了一眼，就狠狠地揉成了一团。

　　他无目的地揉着那团报纸，语无伦次地喃喃着："这不可能，这不可能！我的太原，我的血汗，我的钢铁城，我的百里火海防线，怎么就丢失了？不，我不！我要回去，我要反攻！啊，太原，怎么会丢了！化之，梁化之，你这个无能的熊包！王靖国，混账！"

　　阎锡山绝望地嚎叫着，歇斯底里地奔突着，神经质地抽搐着。他面如死灰，双目失神，浑身瘫软如稀泥，连连咳嗽，软绵绵地倒在了靠椅的背上。

　　那个亲信随从急忙扑上前去，替他捶背，按摩胸口。劝他道："先生，会长，落花流水春已去，痛悔也是没有用的。咱们来日方长，现在是该从长计议才对呀！先生，您要珍重呀！"

　　阎锡山沮丧地叹息着，喘着气，痛楚地连连摇头，捶胸顿足，如丧考妣。好半天，才放声嚎哭起来："完了，完了，全完了！前天打电话，叫他们把慧卿送出来，可那梁化之硬说是，走了慧卿，人心稳不住。现如今，这，这这这，城也丢了，人也丢了，我成了光杆一条！这叫我怎么办呢？哎哟哟！"

　　亲信随从趁机说："先生，在下有个想法，不知道该不该说出来？"

　　"哎呀，都什么时候啦，你还这个样子！说哇！"

　　"哦，先生，记得您从前常对我们说：东山的土地爷，到了西山就不灵了！山西毕竟是您建基立业的地方。山熟，水熟，地熟，人也熟。依我看，回去准比流落异乡做客要好。好出门不如歹在家，这是常理呀！事到如今，木已成舟，您不妨发个通电，表示一下和共军和谈的心意。我看，会有人原谅您的。再说啦，您和薄一波共事多年，当年抗战时，您和他也曾有过交往。您和他说一说，或许会顶事的！"

阎锡山听着这些话，心中似有所动：和共产党谈和，发表声明，他不是没有这么思谋过。但是，他觉得，自从抗日战争后期以来，特别是近两三年来，他疯狂反共，大开杀戒，许多共产党员和革命志士，被他无辜杀害。而且，他也曾一再拒绝了共产党的和平倡议……

阎锡山感到，他的手上沾满了共产党员的鲜血，他自己的罪恶实在是太深重了！因此，听罢亲信随从的劝告，阎锡山惶惑地自语："他们会宽恕我吗？不，不会的！我的罪恶，他们是不会宽恕的！"

他顽固地坚持自己的偏见，不肯听那位诚心的亲信的劝告。劝告他的这位亲信要出去了，阎锡山好像又要说些什么。但当那人停下脚步来的时候，他却挥手示意他出去，并言不及意地喃喃着："不，不能……唔，让我想想看……想想看！哦，慧卿。哦，化之！……"

● 末日将至

人民解放军一千三百门重炮的强大威力，把阎锡山数十年惨淡经营的"钢铁城"，砸得土崩瓦解。只在三四十分钟内，阎锡山吹嘘得神乎其神的"百里火海防线"神话，在威力空前的战神面前，彻底破灭。

在太原城垣被打得稀烂后，解放军的炮火立即调整战术，实施延伸射击，从四面八方向城内层递缩小着轰击圈。与此同时，远程炮火开始发挥威力。它们以太原绥靖公署大院为目标，对阎军的最后巢穴，实施着致命的打击。

强大的炮火把整个太原城震得发抖。对于那些被顽抗者盘踞着的楼房和建筑物，人民炮兵的炮弹，和突击队的炸药包，毫不留情地予以歼灭性的摧毁。

楼房起火了，建筑物倒塌了，敌人命丧黄泉。到处是砖石瓦砾，到处是熊熊大火。城内的街碉、暗堡，被一个接一个地夺取，炸毁。随处可见残余的溃散之敌。马路上，被炸断了的电线杆倒在地上。横七竖八的断电线，就像游蛇一般杂乱地弯曲延伸。被炸死或吓傻的阎军，丢在路边的迫击炮，如同弃儿一般躺在那里。昔日繁华空前的商业中心——柳巷，由于有高倬之部负隅顽抗，遭到了沉重的打击。不少建筑被炸毁，火光冲天，战斗仍在继续。

在一边燃烧，一边冒烟，一边正在倾倒的房柱下面；在倒塌下来的墙壁和瓦砾之间，硝药的气味，烧焦的木头和棉花的气味，还有死人的血腥和恶臭混合在一起，使人恶心，嗅之窒息。

战争是这样残酷。然而，这正义的战争对反动者倒行逆施的打击，却是为着永久地消灭不义的战争！

由日军残留人员构成的第10总队，是一支效忠阎锡山的雇佣武装。现在，这支已经没有多少兵力的外国反共武装，正龟缩在楼房里垂死挣扎。这些对中国人民欠下累累血债的日本战犯，在连日来的炮火轰击中，一直没有停止罪恶反抗。他们把大炮摆在街头，向城外射击。

4月24日凌晨以来，这幢楼房第四层已被炮火掀掉，整个楼体被炸得四分五裂，千疮百孔。楼内的日军头目永富浩喜探头向外张望。见楼外面街垒的阎军纷纷落荒而逃，愤愤不平。便对他身边的日本士兵叫道："八格牙鲁！阎锡山的兵全跑掉了，我们为什么还要进行无谓的交战？"

他的副手倒比他顽固，疯狂喊叫："我们留华的目的，是为自由世界而战，并不是要和阎锡山同归于尽。现在，阎锡山在太原没有了，太原也即将没有了。可我们的目的并没有实现。我们还要为我们的目的——自由世界去作战！"

"那么，你说该怎么办？"永富浩喜受到副手的顶撞，气愤地反问。

"怎么办？我们可以选出一些有战斗力的人，乘坐飞机逃出去，或者突围出去，到兰州去，到中国的大西北去。在那里重新整编，继续与共军作战。我们是为了自由世界的利益!"

"那么,余下的人呢?"

"余下的人——"那个副手话还没有出口,楼下突然响起一阵枪声。按照正常情况,楼下是不可能发出这样逼近的枪声的。那么,下面究竟发生了什么事情?永富浩喜急忙从楼梯口向下望去,只见他的部下正在互相对射。

永富浩喜明白了:他的部下,正在以自杀或互杀的方式,来结束他们的末日。

"你怎么办?"永富浩喜盯着他的副手逼问。

"听你的!"副手简单地答话,已经从自己的腰间把军刀"唰"地抽了出来。他用手套擦了擦闪亮的刀锋,做出剖腹的姿势。

"不!"永富浩喜制止住他的副手说,"我们不能这样轻生。我们要保存生命,战斗到最后一刻。为了我们的未来!"

副手服从了他,这些日本人又开始了他们罪恶的射击……

在通往太原绥靖公署的每一条街巷里,到处是鬼鬼祟祟的散兵游勇。他们自知末日将临,抱着各种卑鄙丑恶的目的,穿门入户,抢劫,强奸,敲诈,勒索。他们像一群饥饿的魔鬼,甚至连市民家里仅存的一小碗米粒,也要装入口袋带走。在偏僻的小巷里,昨天还在开张的街头赌场,和金钱首饰交易场,以及出售人肉包子的小贩,今天全都销声匿迹,不见了踪影。在那里,横躺竖卧着许多在外围、城头和巷战中受伤退下来的阎军士兵。没有人给他们包扎,也没有人管他们的痛苦。他们无可奈何地呻吟着,喘息着,看着鲜血不断从伤口流淌,眼睁睁地等待着死亡的降临。

此时,在绥靖公署的地下室里,肮脏的男女们像被捅烂了窝的马蜂一般,全乱套了。在二号楼下面这座鬼蜮群聚的暗窟里,梁化之把他和阎慧卿反锁在一个单间里,从早到晚发泄着兽欲。

这个黑窟的床头和地上,摆满了各种美国罐头、酒肉和高级香烟。他们就在这荒淫无度的醉生梦死中,进行"加大享受,缩短阳寿"。在梁化之占据的单间隔壁，是用作指挥部的较大房间。此刻，几个高干正在头碰头地议论着一件事。

人们怂恿大个子的干瘪高干说："眼见得大势已去，大难临头。你就快去求求靖国他们，赶紧答复了共军的和谈条件吧！"

干瘪的高干惊骇地向后退着说："不不不，还是你们铁军基干里头的人去说为好。我和靖国他们有过成见，弄不好，他们会枪崩了我的！行行好，让我多活一阵子哇！"

几个属于铁军基干第一层的人物，平时狐假虎威，不可一世。这时候，却是你推我靠，不约而同地向刚才从城墙上溃退下来的一个军长施加压力，逼他去找王靖国。那军长当下五体投地地趴在地上，哭着讨饶："诸位爷爷，饶了孙子吧！我挂花退下来，已经是罪大该死了！再一进去，就是送命去了。求求爷爷们，饶了我这条命吧！"

高干们没办法，又想到吴绍之。吴绍之正从门外进来，大家围住他，求他去进言。吴绍之是个一向被视作左右圆通的人物，经众人一阵怂恿，他终于还是壮着胆子，进了王靖国房间。

王靖国喝了太多的酒，躺在床上，怀里搂着一个逼迫来的晋剧女演员，正令人作呕地戏逗调弄。吴绍之进门来时，王靖国还在"享受"着，好像根本没人站在旁边。

吴绍之站在门口说："总司令，老汉才拍来电报——"

"说什么？是不是飞虎队快到了？"一听说阎锡山有信，王靖国忽地跳下地来，一边慌乱地系裤带，一边急切地盯着吴绍之问。

"飞虎队没影儿啦！老汉电报上说：五人小组，太原守城事，如果军事没有把握，可以采取政治方式解决。"

"什么？这是老汉说的！政治方式？和谈，投降？！"

猛一听到阎锡山的这个新指令，王靖国真的给吓昏了头，他像火盖上的芝麻一样，无目的地乱蹦了好几下。

阎锡山突然允许政治解决，这使他预感到大势真的不妙了。他手足无措，慌乱地喃喃着："这，这，共产党会接受吗？会宽恕我们吗？不，不，不，这不可能！唔，这个电报内容，你让别人知道了没有？"

"还没有。"

"对，不能再叫其他人知道。化之呢，给化之看过了没有？"

"他和阎慧卿把门反锁着，我没有进去。"

"那，那这件事，就再等一等，再探探敌情再说。对啦，等化之出来以后，再和他商量商量。"

吴绍之正要转身出门，王靖国突然喊住他道："要不，把电报给我吧。回头，我和他商量好啦。你出去以后，第一不准对其他人讲，第二要检查一下各人的毒药准备好了没有！"

"我这就去办！"

吴绍之从王靖国房间退出来，在外面焦急等待的高干们立刻围拢上来。吴绍之没等众人问询，便说："唉，还要和化之商量呢！叫你们各人把自己的毒药检点一下！"

人们一听这话，全像突然卸了气的皮球一般，垂下了脑袋。干瘪的高干嘟囔着："唉，完了，完了，机会是错过去了！"

矮个子的高干说："走投无路，只好自寻无常了！"

肥头大耳的高干说："打狼打头，自古如此。叫我看，即便是落到共产党手里头，治罪的也轮不到咱们这些人头上。再说啦，老汉他独自逃跑了，连实话也不给我们露上一句。可如今却要我们替他送死，我们何苦来着！"

干瘪的高干不安地说："这话有理。咱们小声些说，别叫他们听见了。听几个那边回来的弟兄说，人家共产党的政策是首恶必办，胁从不问，立功还受奖咧！即便是做了俘虏，死与不死，还在两可之间。既然生路有希望，这又何必呢！"

说话间，他把那装着氰化钾的小瓶晃了一晃，顺势扔到了角落里。

"有道理，有道理！"好几个高干也把毒药瓶扔掉了。

在地下室的另一个角落里，一些人正在议论着抵抗。这伙人中，为首的是绥靖公署参谋长赵世铃。他显然讲得很卖力，满嘴喷着唾沫星，蛊惑人心地煽动着："不要被共军的来势汹汹吓倒！我们的太原城固若金汤。

阎先生亲自试验过，我们的碉堡用重炮轰上去，连皮皮也伤不了。所以，共军的炮从城外头那么远打过来，炮弹早就没劲儿啦！我敢保证，这城是绝对丢不了的。诸位耐住性子，稳住心，不要慌张。等着吧，咱们老汉马上就派陈纳德的飞虎队来救援啦。再说，我们把太原的八个城门都死死关住，又用麻袋装了沙子堵上，他共军又没长翅膀，飞不过来的！还有，就是戴炳南将军的30军，那是全套的美式装备的中央军，就守在东城那个要害的要害上。所以，太原城是根本打不下来的。"

"哗啦，哗啦！"就在赵世铃疯人说梦般地胡扯的时候，地下室顶上突然响起一阵剧烈的震动声。这声音，显然是上面的建筑物已经被炮弹炸塌了。

"妈呀！"

"啊呀呀！"地下室的人们尖叫着，狂喊着，乱跑，乱挤，乱钻，乱撞。几个单间里都挤满了人，空气更加污浊，人们连呼吸都十分困难了。

这时候，一个伤兵从地下室外面扑进来，找见赵世铃，哭丧着脸报告："第30军戴军长，被炮弹……炮弹给炸……炸……炸死啦！"

"什么，戴军长他，他也死，死啦！"刚才还趾高气扬地夸夸其谈的赵世铃，一时间被吓飞了魂魄。他呆若木鸡地斜倚在坑道壁上，梦呓般地重复着："这，这……这不，这不可能！不可能！……不不，不……不可能！"

戴炳南的死讯，给本来就乱哄哄的地下室，又增加了无穷的恐惧。大多数躲藏在这里的人，无论是高干和将军，还是士兵和女人，他们的意志力，都骤然间彻底地崩塌下来了。

不过，有人却弹了一声弦外之音："噫，戴军长的掩蔽部，是所有工事中第一流坚固的。怎么一下子就给炸死了呢？"

这话，立刻又成为人们议论的新一个中心题目。这个说：

"这就奇怪啦，既然炸死，有人见到尸首没有？"

那个说："这么乱，尸首到哪里去找！"

又一个说："少见多怪，打仗死人，家常便饭。谁也保不住能免死！"

"说不定是受了伤，没死呢！"

"敢不是抵挡不住，私逃了吧？"

……人们争论来，争论去，谁也未见真情，谁也未到现场，到后来，乱吵了一阵子，也就不了了之了。

● 战旗不倒

就在赵世梧带领突击队，一路冲杀，奋勇挺进，直逼太原绥靖公署之际，第一梯队的王有财连，也把另一面红旗，插上了城墙的制高点。正迅速向左右两翼扩展。

鲜红的战旗在东城头猎猎翻卷。

军旗就是命令，军旗就是号召！后续部队望着这骄傲的战旗，群情激昂。几万个声音，在太原大地上发出了惊天动地的混响：

"冲啊！冲啊！快向缺口，冲啊！"

千军万马，狂飙天降，卷地生风，潮涌疾进。红旗飘扬的地方，正是大东门南面的城头。守卫在红旗下的，是外围攻歼战中攻打东山山头时，通过喊话政治攻势，策反了几十个阎军官兵的起义战士王有财。

革命战争的考验，历练了他对革命的忠诚。不久前，王有财已经火线入党，成了赫赫有名的战斗功臣，如今是第一梯队的尖刀连连长。这个身体魁梧高大，性格热情豪爽的战士，和他的连队战士庄严地护卫着红旗，警惕地观察着战场的每一个部位。

这时候，一个敌人偷偷摸摸从附近暗洞爬出来，向王有财迂回。王有财已经察觉。但他声色不露，装作若无其事，依然守护着战旗。

当这个敌人企图从背后偷扑上来时，王有财出其不意地快速反应，猛地飞起一脚，照着敌人的胯下就踢了过去。这个敌人"啊唷"尖叫了一声，顺着城坡滚了下去，正好滚在一堆燃烧着的木头上。战友们一齐开枪，这个敌人就回老家去了。

突然，右侧有三四个敌人从暗道里窜出来，端着一挺挺司登式冲锋枪，向红旗扑来。左侧一个暗火力点里，一排排火舌喷吐着，密集的子弹"嗖嗖"地直扫红旗。与此同时，在通往城内大东门的马路上，随着"隆隆"的马达声，一辆装甲车掩护着大约一个连的敌人，也朝着红旗反扑过来。

显然，红旗已经成为敌人拼命争夺和企图消灭的目标。但是，红旗是我军的命令，是我军胜利的象征。红旗就是号召，就是生命。决不能让红旗丢失，倒下！

王有财带领战士坚定地守卫在那里，沉着果断指挥着尖刀连作战："一排，打装甲车！"

"二排，打右侧敌人！"

"三排长，把那个暗火力点收拾掉！"

二排的一阵集束手榴弹飞出去，右侧冲上来的敌人被打乱了阵脚，但仍在反扑。

二排长大喝一声："缴枪不杀！"全排战士挺着刺刀，扑向敌群。残敌不堪一击，全部缴械投降了。

一排在连长王有财的亲自指挥下，正压制着城内马路上冲过来的敌人。这时候，装甲车里露出一个敌军官的半截身子。那家伙正挥舞着手枪，命令他的部下向城墙冲来。敌人的士兵猫腰缩脑，企图借着装甲车掩护，向红旗步步逼近。

王有财冷静沉着，等敌人靠近，大喝一声："打！"机枪和步枪集中向敌群射击。这一通居高临下的突然打击，把敌人打乱了。敌军官来不及把身体缩回乌龟壳，就被王有财一梭子打了个脑袋开花。

只经过几分钟战斗，同时逼攻红旗的三股敌人，全被打退了。同志们刚要松一口气，猛然间，从城内和城外同时飞来一阵炮火，狂轰乱炸，尖刀连所在位置顷刻间被封锁起来。

硝烟弥漫，砖石横飞，战士们彼此难以看清。尖刀连长王有财清点人数，有十几个同志在敌人的狂轰滥炸中牺牲了。

"狗娘养的，想来个后发制人！哼，没门儿！"从刚才的疯狂炮火，王有财清醒地意识到，目前的情况十分危急。他暗自琢磨：城头纵深狭窄，而且袒露，无法隐蔽。兵力和火力都难以展开。继续死守下去，不仅自己吃亏，而且会给后续部队造成新的障碍。最好的办法，就是迅速前进，扩大突破口，巩固既得阵地！

想到这里，他当机立断，马上命令全连："同志们，前进，向城里冲啊！"

可是，当同志们回身的时候才发现，脚下的城墙，离城内的地面足有两三丈高，而且几乎是笔直向下。这时候，全连挤在一起，前面的同志往下瞭，后面的同志向前拥，云梯队尚未赶到，而又一批后续部队也冲了上来。拥挤，慌张，不安，混乱，情况十分危急，十分不利。

"跳下去！"王有财挥舞着驳壳枪，自己率先果断地从城头飞身跳了下去。

连长的行动，给全连作出了表率。几乎在同一时间里，从几十米长的城墙顶上，飞兵天降，落地入城。可是，战士们刚刚跳落到地面，又遭遇了城脚暗道里潜伏敌人的火力扫射。一些同志来不及还击，便倒在了血泊里。

王有财两眼通红，怒火中烧，命令大家就地卧倒，果断地指挥一排对付前面，二排对付后面，与敌人展开面对面的枪战。一名突击队员带着一大包炸药向城脚下的暗道冲去，在几次引爆失败后，他用身体顶着炸药包，扑向敌人的射击孔，与敌人同归于尽。

就在这时，王有财接到上级命令，要求突击连迅速拿下城内制高点——鼓楼。突击连长王有财简短地下达命令："同志们，胜利就要来到了！我们一定要拿下鼓楼，活捉梁化之、王靖国！"

指导员鼓动大家："同志们，发扬英勇顽强的精神，发扬不怕苦，不怕难，不怕牺牲的光荣传统，每个同志都要争取战斗中立新功！"

"保证完成任务！"

"跟我来！"王有财把袖筒一挽，驳壳枪一挥，突击连战士直扑鼓楼。在东山山头战斗中起义过来的络腮胡子熟悉路径，主动带路，为从来还没有一个人进到过太原城内的突击连，选择近路突进，很快就从桥头街逼近了柳巷口。

柳巷南口守敌，是臭名昭著的"逃跑将军"高倬之指挥的第34军。就是这个被阎锡山吹嘘为"闪击兵团司令"的高倬之，曾经在晋南的侯马战役中，第一次被人民解放军俘虏后又逃脱。之后，在晋中战役中，他的部队又被打得全军覆没。焦头烂额的高倬之乔装改扮，才从污泥里爬出来，逃回太原城。高倬之可以算是阎锡山部下中最狡猾、最顽固的军官之一。

太原战役发起之初，就是他，曾经挺着胸脯充好汉，向阎锡山表示："一定血战到底，以报侯马、晋中之仇！"

昨天，阎锡山还专门给他电示，要他把入城的解放军消灭在"复巷区"；还要他不仅解除太原之围，而且要完成阎锡山的"以城复省，以省复国"幻想。

有了阎锡山的加油打气，高倬之更加自命不凡，仿佛他真有什么起死回生的超凡能耐一般。

说起来，高倬之也真的没有辜负阎锡山的一片苦心。你看他，指挥部下死守柳巷，就连他的军部，也扎在柳巷。他一直在吹嘘这柳巷，是什么"坚不可摧的"！

王有财率领尖刀连接近柳巷，遭到高倬之部激烈抵抗。街头一座暗碉堵住尖刀连前进道路，几个射击孔喷吐着火舌，把突击连压制在街道两侧，前进不得。在火力掩护下，从暗碉旁巷子里突然冲出的几十个敌军，端着上刺刀的大枪，朝正依托路旁隐蔽物射击的突击队反扑。

王有财将这一切看在眼里，他瞅准战机，指挥一排上好刺刀，大喝一声："冲啊！"率先挺着大枪冲了上去。一排的勇士们全都端着亮闪闪的刺刀，跟随在连长后边，冲向敌群。一时间，刺刀在空中"呼呼"风响，两军交手的刀枪碰撞声和喊杀声，混合在一起，震人心魄。

经过一阵血肉横飞的肉搏战，冲上来的敌人渐渐招架不住。他们丢下几具尸体，仓皇退了回去。这时候，从暗碉里传出一个阴阳怪气的声音，闷声闷气地呼喊："停止射击，我们投降！"

随着喊声，敌人停止射击，从枪眼里伸出一根长竹竿，顶端挑着一块白洋布。

"敌人投降啦，快往前冲啊！"还没等突击连长王有财下达命令，求胜心切的一排长就高兴地呼喊着，带着他的战士，抢先向敌人的暗碉冲了上去。

但是，就在这个时候，暗碉里突然喷来一股更加疯狂，更加密集的狂扫乱射。狡猾的敌人施展凶狠的诈降手腕，首先打倒了来不及防御的一排长，紧接着，跟随在一排长身后冲上来的战士，有十几个倒在了血泊中。

"王八蛋，给我狠狠地打！为一排长报仇！"

被敌人诈降诡计激怒的王有财，瞪着血红的眼睛，喝令重机枪手给以还击。同时指挥战士们甩出了一排子手榴弹。在机枪和手榴弹的掩护下，一排战士背着受伤和牺牲的战友退了回来。卫生员立即投入抢救。

一排长中弹，不能站立，双股均已粉碎性骨折。鲜血不停流淌，一排长失血过多，人事不省，必须立即输血。可这样的战地输血，过去还从来没有过先例。但是为了抢救战友的生命，为了胜利，卫生队决定不顾后果，大胆尝试。

血型是以前就试验过的，一名卫生员请求把自己的血输给战友。300毫升血输入体内，一排长渐渐苏醒过来了。直到这时，暗碉里的敌人还在顽抗。

战斗在相持状态下，毫无进展。然而，在惊人的毅力和意志支撑下，一排长却又奇迹般地站了起来。他奋力挣脱卫生员的拦阻，硬是拖着两条断腿，跃出阵地，爬到了突击连掩蔽物的后面。

王有财将这一切看在眼里，心痛地责备一排长："你给我下去！胡搞嘛，你不要命啦！"

王有财又对着追上来的卫生员喊道："乱弹琴！负了这么重的伤，还不赶快抬下去！难道要看着人死吗？"

卫生员委屈地争辩说："一排长不上担架，我们也没有办法。他说打不下太原，他死也不下火线。我们要抬他，他就用枪指着我们说：'谁敢抬我下去，我就把他当敌人看待！'连长，你看，这——"

王有财无可奈何地摇了摇头，朝卫生员肩头拍了一巴掌，算作是自歉。可就在他们对话的一瞬间，一排长已经爬到重机枪旁边了。

突击连长抢上前去，拦在一排长面前，疼爱地对他说："好兄弟，让人家把你抬下去吧！"

"谁敢抬我！"一排长牛脾气十足，根本不听劝阻。

"我是突击连长王有财，我命令你下去治疗！"

在自己一向敬重的连长面前，一排长态度缓和下来。但他一把抱住王有财的小腿，沉痛地哭泣着说："连长，同意我吧！让我留下来吧！我的父亲是个地下党员，全家都叫阎军给杀害了。连长，我要报仇哇！不能为打太原出力，我死也合不上眼睛呀！连长，求求你，让我留下吧！我的腿断了，不能冲锋，可我会打机枪，我还能掩护部队冲锋哇！"

在这样感天动地的执意请求下，在这样爱和恨泾渭分明而将生死置之度外的战友面前，连长还能说什么呢？

王有财也算得一个硬折不弯的刚强汉子。但在此时此刻，他也被战友对人民事业的忠诚和牺牲精神所深深地感动了。王有财热泪盈眶，声音哽咽，反而反过来替一排长向卫生员求情：

"同志，没有办法。让他一步吧！不过，一排长，咱可说定了，你只能待一小会儿。然后，你就乖乖地给我下去！听见了吗？"

"是！"因失血过多而异常虚弱的一排长，在连长、卫生员和几个战士的扶持下，爬到砂袋上，执起重机枪，调好瞄准具，紧紧地摁下了扳机。

重机枪愤怒地吼起来，复仇的子弹雨点般扑向敌人的暗碉。战斗已经持续好大一阵子了，暗碉还是没有拿下来。二排长抱着炸药包，机智地接近暗碉，敏捷地攀上了暗碉的顶盖。可是，他却好歹找不到暗碉的入口。枪眼太小，炸药包无法塞进去。

二排长只好在顶盖上引爆。但是，一声巨响过后，暗碉毫无损伤，敌人仍在射击。二排长从暗碉顶上滚落地下，头部受伤，鲜血直流。他喊叫着："卫生员，给我包扎！"

卫生员冲上来，二排长一把抢过绷带，自己把头部伤口包扎住，顺手抱起两包炸药，再次向暗碉冲去。就在这时，一颗罪恶的子弹击中二排长胸部，二排长壮烈牺牲了。

"二排长！"

"为二排长报仇！"突击队员们人人胸中燃烧着怒火，纷纷请战，要求干掉这个顽固的暗碉。有的战士甚至未等批准，就要跃出掩体外去。

"都给我站住！"王有财冷静地观察着，厉声喝令他的战士。

"连长，都这么长时间了，还被这家伙挡着道？像这样，我们怎能尽快拿下鼓楼？"做向导的络腮胡子激动地质问连长。

"我们一定要尽快拿下鼓楼！"王有财对络腮胡子说。

"可这里离鼓楼还远着呢！"络腮胡子急得直跺脚。

"和这些家伙拼了吧！"有战士愤怒地呼喊着。

"拼了？要把弟兄们拼光吗？"有战士反驳道。

"连长，"络腮胡子指着附近的街巷说，"这里是柳巷南口，鼓楼还在柳巷北口那边呢。为了减少伤亡，我看先把这个硬骨头搁在这里，不管它。咱们迂回过去，先拿下鼓楼，再返回来收拾它！"

络腮胡子这话，给王有财提了醒。当下说："有道理。看不出，你这家伙还真有点战术思想呢！"

"连长，俺只是——"络腮胡子不好意思地摸着后脑门说。

"好，别客气了！"王有财转向战士们下达命令，"一排原地掩护，二排、三排跟我来！"

"连长，这里有我一个顶着就行啦。你把一排也带上去吧！"双腿断肢的一排长守着重机枪，恳切地向连长请求。

王有财清点全连死伤甚重的官兵，觉得一排长说的在理，便说："卫生员留下照顾一排长，再给你留一个弹药手。等我们迂回过去以后，你就必须给我撤下去！"

"是！"

重机枪更加猛烈地射击起来。在一排长的掩护下，王有财带领突击连避过敌人的火力，接连钻过了几道小巷。在前进的道路上，为了取直线突进，加快前进速度，突击连的爆破手们用炸药包轰开几座院落的围墙。

前进中，王有财背部中了敌人的冷枪，鲜血把军衣也洇红了。指导员劝他下去，王有财坚持："鼓楼没拿下来，我决不下去！"

王有财指挥突击连迂回到柳巷北口的时候，留下的那个卫生员赶了上来，向王有财报告："一排长牺牲了！"

王有财沉痛地号召全连战士："同志们，拿下鼓楼，给一排长报仇！"

"给一排长报仇！"同志们齐声呐喊着。前面有一座宽大的铺面，被几幢楼房环拱着。王有财问络腮胡子："这就是鼓楼吗？"

"连长，这是杭州大饭店。鼓楼在它的西边。你看，那个就是！"

王有财顺势望去，看到在杭州大饭店的西面，有一座古建筑拔地而起。这个建筑托起在一个几丈高的砖砌底座上，上面是三层华楼。鼓楼上部飞檐翘角，雕梁画栋，精雕细刻的窗棂，玲珑剔透。鼓楼顶和二、三层出檐上的琉璃瓦金碧辉煌，在太阳光照射下，煞是雄伟壮观。

络腮胡是太原人，这当儿，他正好向连长介绍自己家乡的风物："连长，俺小时候听老人们说，这个鼓楼，是明朝时候建起来的。清朝的顺治和嘉庆年间，曾经重修过。记得有这么两句话，就是专说鼓楼雄伟的。说是：'楼启三层，飞宇峣巍；上矗云表，遥与城楼联络。'"

"咳，你这家伙，茶壶里头煮扁食，还真有满肚子的墨水儿哩！"王有财欣慰地夸奖着自己的战士。

"连长，俺哪能有什么墨水儿，只不过是个一知半解罢了！"络腮胡子不好意思地挠着后脑勺说。

"咄，还'不过'，还'罢了'。这不又吐出墨水儿啦！好哇，等打下太原来，就请求上级派你去管理古建和文物！"

"连长，俺们还要南下，解放江南去哩！"

"哎，太原一解放，后方也是要人来管理的嘛！"

就在官兵们欣赏鼓楼雄姿时，一股敌人从杭州大饭店窜了出来。突击连立即迎击。但奇怪的是，这股敌人没有向这边跑来，却转到饭店后面去了。敌人奔跑慌乱，队形混杂，显然是企图放弃饭店外逃。王有财决定不去理睬这些散兵游勇，他断定鼓楼守敌内部已经发生动摇分化。

于是，果断地命令："同志们，前方就是鼓楼。冲哇，为党为人民立功的时候到了！"

"冲啊！"尖刀连呼啸而上，迅速突破唱经楼守敌的火网，逼近了鼓楼的底座附近。令人不解的是，直到这时候，鼓楼上面居然一枪未发。

王有财再次清点队伍，只有四十几人。他看到，突击队员有的挂了花，有的伤口淌血，连绷带也没有包扎；有的军衣被炸成碎片，肉体裸露外面……但是，经过严酷战争洗礼的战士们，一个个虎虎地握着手中的武器，静候着连长下达新的命令。

王有财冷静地分析眼前的情况。他判断：鼓楼守敌不做抵抗，有两种可能，一是蛰伏偷袭，二是已被消灭。但无论如何，一定要以高度的警惕，准备战斗。

于是，他命令："上好刺刀，把手榴弹盖子打开！同志们，我们一定要完成任务，向鼓楼顶上冲哇！"

"冲呀！"

"杀呀！"四十几个勇士端着亮闪闪的刺刀，高举着拖着引线的手榴弹，分两路顺梯道冲上了鼓楼。战士们冲上第一层，没有敌人；冲上第二层，没有敌人；冲到最高的第三层，还是没有一个敌人。

"缴枪不杀！"战士们齐声呐喊，却是毫无反应。

"哈哈哈，全他娘的跑光啦！"原来，就在巷战展开的初期，这鼓楼上大部分的守敌，就已经弃楼逃跑，钻到暗洞里躲子弹去了。剩下几个残余，就是刚才从鼓楼后面逃跑的那一小股。

王有财当机立断，指挥一部分战士监视鼓楼周围，其余战士搭架起人梯，攀上楼顶，要把那面鲜红的战旗，插到这太原城内的制高点上。

"哒哒哒！"就在同志们攀上楼顶的这一刻，远处绥靖公署的敌人突然向这边射击。几个首先攀上楼顶的同志牺牲了。后面几个战士接过红旗，接着攀了上去，又在敌人弹雨中倒下了。机枪手狠狠地连续还击，把敌人的火力压了下去。红旗终于插上了鼓楼之顶。

"我们胜利了!"同志们欢呼起来。

"隆,隆!"在红旗引导下,我军炮火立即从城外炮阵延伸过来,炮弹落在了鼓楼周围。但是,由于距离过远,有几颗炮弹落在鼓楼顶上,几个突击队员被误伤了,红旗也被扯碎了。

突击队员们在楼顶上挥动被战火炸得千疮百孔的红旗,但无效果,炮弹还在不断地射来。

"妈的,红旗被扯成碎条,太小,太远,炮兵看不见!"

"连长,怎么办?"突击队员们焦急地追问王有财。

对于这样的突发情况,王有财也无法可想。但就在这个时候,守卫在鼓楼第三层的战士突然看到了敌人丢在床上的大红缎被面,立刻向连长王有财报告。

王有财急中生智,当下命令战士们:"快,把棉被子撕开,用红被面子当红旗用!"

战士们立即用刺刀把三张棉被挑起来,并排站在鼓楼顶上,不停地挥动。但是,炮弹还是朝着这边落。

"被面太小,炮兵看不见。快把三张被面缝在一些,做一面大红旗!"

王有财果断指挥着,大家正要动手,一个战士提醒:"连长,动用战利品,这是违反纪律的。"

王有财虽然打了一下迟等,但还是坚持说:"从本质上讲,为了战争胜利,这样做是可以的。懂吗?要是犯纪律,拿我问罪好了!干!"

同志们寻到一些铁丝,很快把三张棉被拼接在一起。就这样,当这面特制的前所未有的巨大"红旗",在鼓楼顶上醒目地展开,随风招展的时候,我军炮兵的射击点,立即便向更前方延伸过去了。

络腮胡子猛地发现,在鼓楼附近一个小巷,几个穿便服的人鬼鬼祟祟钻出来,朝前面没命地奔跑。他见其中一个人的形象似曾眼熟,立即向连长汇报。连长当即派两个战士和他一道去追。

络腮胡子迅速下楼,很快就把那几个人截住了。其中一个穿长袍戴礼帽的矮胖子，又是点头，又是哈腰，朝着络腮胡子哀求："大军长官，我们是做买卖的生意人。放过我们吧！"

"生意人？生意人你往哪里跑！"络腮胡子厉声喝问。

"买卖人胆小，害怕，想出城躲躲！"

"放你妈的屁！"怒不可遏的络腮胡子猛冲上去，一把将那人的礼帽摘下来，劈口喝道，"高倬之，你骗得了别人，还想骗得过我！"

那人还在狡辩："长官，你别，别认错了人。我真是个买卖人呀！"

"哼，你这个出了名的逃跑将军，还想遛吗？老实举起手来。不然，我崩了你！"

"你，你是——"做贼心虚的高倬之浑身哆嗦，语不成句。

"告诉你，我就是从前侍候过你的络腮胡子中士！抬起你的狗眼看清楚，老子如今是中国人民解放军战士！"

"啊呀，长官，兄弟，哦，不不不，老总！求求你，看在往日的情分上，你就饶兄弟一条命吧！"

"少废话，放下武器，老实投降！"

黔驴技穷的高倬之只好乖乖交出了随身带着的短枪。就这样，这个曾经被阎锡山吹嘘成"闪电兵团司令"的逃跑将军，阎军第43军中将军长高倬之，成了人民解放军的俘虏。

此刻，鼓楼附近已无战斗。

前方，突击营攻击绥靖公署的战斗，打得正酣。

王有财指定几个战士守卫鼓楼，随即带领其余战士，直奔绥署，去支援赵世梧带领的突击营。

● 敌巢覆灭

自从解放军的攻城战斗打响以来，太原城内的阎军特种警宪指挥处副处长徐端，就给他的喽啰们下了命令：凡是科、组长以上人员，一律在精营西边街 45 号集中食宿。未经徐端批准，任何人不准回家，也不准外出。为防有人开小差，这个魔窟实行全面封闭，所有的门户都布哨设岗，严加看守。有敢于违抗徐端命令的，即行处决。近日来，在这个阴暗的院落里，除了杀害革命者、折磨和活埋无辜群众外，特务们从早到晚的作为，就是滥施淫威，进行灭亡前的绝望奢华。

在特警处的地下室里，胡乱堆放着被褥、棉花、服装和汽油。到处弥漫着汽油、硝药和垃圾、粪便的怪味。

4 月 24 日凌晨 5 时半，当梁化之被"隆隆"的炮声惊醒的时候，慌忙打发人去找徐端和兰风等特务头子。当时，徐端屋里已聚集着兰风等，特务头子们都在等待徐端给他们拿主意。

徐端狼狈地说："你们说该怎么办？共军这么强大的炮火攻城，我看是凶多吉少了！到台湾去？没有我们的分子。去向共军投降？共产党不会饶恕我们。事到如今，路子只有一条，那就是活着干到底，死了拉倒！"说到这里，他转向兰风问，"那些在押的人，处理完了吗？"

"最近几天，干掉的就有三百四十个。差不多全干掉了！"

"嗯，干得不错！我们纵然死了，有他们陪葬，也不屈枉！弟兄们，最后的时刻到啦，大家都是'同生共死战友组织'的成员，都是宣了誓加入组织的。现在，你们都准备好了吗？"

徐端瞪着猩红的眼睛，逼问特务们。

多数特务没有吭气，有几个少气无力地回应："是！"

徐端火起，破口大骂："怎啦？你们百十号人，就这么一点点声音？全你妈的哑巴啦？怕死吗？孬种！"

这时，一个在外面值班的特务神色慌张地跑进来报告："共军已经突破城墙，打进城里头来啦！"

地下室顿时混乱起来。徐端故作镇定地命令特务们："快去，再增加一个班，狠狠地打接近大门和围墙的共军！"

特务们出去后，徐端问兰风："氰化钾都发到人们手里头了没有？"

兰风谄媚地从口袋里掏出他领到的那个装氰化钾的小药瓶，在徐端面前晃了晃说:"报告处座,全发到手啦!"

徐端板着脸说:"干得利落! 氰化钾毒性大,见效快,喝下去一两分钟就完结。到时候,我们先服毒自杀! 死不了的,可以开枪打死! 都听见了吗?"

"听见啦!"特务们七零八落地应答着。

徐端指着地上堆放的棉花和汽油桶,气急败坏地说:"这些东西,是给大家准备的。既要死,就要死得无影无踪,让共产党的法庭,连我们的一根毫毛也抓不到! 你们现在就动手,赶快把文件档案都烧掉,把该杀的人全杀掉! 这样,我们就全无牵挂了! 在我们死后,放一把火,这里以后就是一片废墟! 共产党,让他们来吧,他们在这里是什么也找不到的!"

这个可耻的叛徒,险恶的刽子手,绝望地、歇斯底里地狂呼乱叫着。他双目血红,眼球混浊,真同传说中的恶魔没啥两样。

"报告!"在外面抵挡的特务再次仓皇奔入,失神叫道:"不好了! 共军已经,已经打……打到营门口了!"特务话刚出口,兰风看徐端向他示意,开枪打死了这人。

枪声和喊杀声,一阵紧似一阵地向地下室传来。几间牢房已被解放军的炮弹炸塌,徐端等此刻所在的地下室上边的楼房,也已倒塌。地下室里的特务们看得清清楚楚:特警处的围墙已被炸倒,一队队解放军向院内冲来,抵抗的特务不是被打死,就是缴械投降,也有的落荒而逃了。

徐端凶神恶煞地站在地下室门口,其余的特务全都瞪着惊恐万状的眼睛,一动也不敢动。他自知无路可走,当下掏出手枪,打开保险,把枪口对准自己额部说:"来吧,开始吧! 我先开始!"

就在徐端摁下扳机的前一秒钟,一个特务急口提醒他:"处座,你听这枪声,共军大部队还在城外头呢! 忙什么,先看看再说。你不是说过,咱就是死,也还要赚他几个吗?"

徐端犹豫,手枪从头上放了下来。此刻,战斗正在特警处大门口激烈进行。特务们招架不住,节节后退。大约一个班的解放军直冲地下室入口而来。徐端将这一切看在眼里,再次举起了手枪。几个特务又劝他道:"处座，已经走到这地步了，再看看吧！"

徐端已经完全崩溃，他丧魂落魄地说："不行，我不能再坚持了！"

旁边，两个服下氰化钾的女人在地上痛苦地打滚。这是徐端的老婆和他的女佣。女人无奈地挣扎着，喊叫着："我喝下去了，我受不了啦，给我一枪吧！"徐端举枪，结果了她们的性命。

就在这当儿，刚才劝徐端"再等等"的那两个特务，趁机溜出地下室，没命地向外面奔逃。徐端火起，一边骂着："我叫你们跑！"一边射击，可那两个特务已经拐弯了。

此刻的地下室，已经乱得令人难以入目：服了氰化钾的人痛苦地翻滚、痉挛；假装服了毒药的人躺在地上，装死不动；一个特务扔掉枪企图外逃，被徐端一枪打死；另一个特务趁乱爬出了地下室，顺手把门从外面关死，侥幸逃生……地下室的门被反锁着，里面的特务们在黑暗中乱摸，乱撞，乱喊叫。徐端在开枪打死身边一个特务后，最终结束了他罪恶的一生。

一时间，失去控制的地下室枪声大作，特务们在黑暗中相互对射，盲目扫射，死者过半。枪弹击中了棉花，棉花起火，燃着了汽油。烈焰升腾，大火熊熊。几十分钟内，这群丧尽天良的恶魔们，全都葬身火海，变成了不齿于人类的地地道道的历史垃圾。

当王有财率领突击连赶到绥靖公署附近的时候，立即和赵世梧指挥的突击营会师一处。于是，两把尖刀齐锋并进，直指阎军的最后巢穴。

在绥靖公署大门口，一个团的阎军拼命抵抗。他们凭借砂袋工事和碉堡，以及围墙和石狮子等，以密集火力封锁突击队前进道路。

尖刀营几次冲锋，都被顶了回来。第一批爆破手倒下了，第二批接着冲上去，又有几个同志牺牲了……突击营长赵世梧和突击连长王有财合计，正要组织一次更大的冲锋行动，敌人却突然放弃抵抗，慌乱地、无秩序地向绥署院内退缩。

原来，这时候，我军炮火的射程，已经进一步延伸，集中火力对绥署进行打击。炮火的重轰，加之鼓楼制高点上的红旗所产生的巨大心理压力，守卫绥署的阎军已经在精神上彻底崩溃。他们军无斗志，纷纷逃命。

赵世梧不失时机地一个箭步跃到前面，英武地指挥战士们："同志们，冲啊！打进绥靖公署，活捉梁化之，活捉王靖国！"

"冲啊！"勇士们人人奋勇，个个争先，紧跟在营长后面，一路疾进，杀入了绥署大门。冲锋枪和机枪"嗒嗒嗒"地叫个不停，大军前进的道路两侧，几个零星顽敌均被打死。

赵世梧和王有财并肩冲锋，紧盯着一股残敌，逼近到绥署二号楼中和斋前。溃敌慌不择路，有的狼狈奔上楼顶；有的跪倒在地，缴械投降；有的窜到楼底，钻进了地下室内。

突击连长王有财端着冲锋枪，顺着楼梯冲上二楼。突击营长赵世梧直扑地下室，战士们紧跟在他们后面。

龟缩在地下室的阎军头目围着绥署秘书长吴绍之，求他再次去向梁化之进言和谈。

吴绍之无可奈何地说："唉，已经到了这种地步，还讲什么和谈？还是听天由命吧！"

一个高干说："宁叫碰了，不要误了。听说人家解放军一贯不咎既往。秘书长，你不妨写上一封降书，派人送出去。兴许，还抵事哩！"

吴绍之犹豫着，拿不定主意。几个高干一齐哀求他："秘书长，为了众人活命，你就快写吧！再迟就没希望啦！"

吴绍之在众人怂恿下，终于还是写了起来……

降书写好，却是谁也不愿去送。高个子的干瘪高干索性从腰包掏出一百块银元，递给一个士兵说："好兄弟，为了众人，就劳驾你走一趟吧！"

士兵迟疑一下，还是接过银元，从旁门出去了。可他自这一走，就再没回来。是死是活，去送与否，没有一个人知道。反正是一去不返，没有下文。

在另一个单间里，孙楚垂头丧气地瘫在一张沙发里，提着一瓶白兰地，不停地往肚里灌。

一个高干从外面进来，孙楚醉醺醺地问："化之他们哪里去了？"

"唉，又和五姑娘混哩。什么时候啦，还尽谋那事！"高干叹了口气说。

"王靖国呢？"

"也在他那间屋里钻着。"

孙楚沮丧地说："唉，完了，全都完了！老汉从上海拍来的电报，还压在化之手里头！炸工厂的事，还有老汉叫政治解决的事，连个头绪也没！"

一个高干借机劝孙楚说："孙先生，您就积点儿阴德，给太原老百姓多留几条活命吧！连会长都吐了口子，允许和谈，您不妨——"

孙楚把手一摊，无可奈何地苦笑道："我又何尝不是这个意思？可一切事都是他们两个做主，我，我，唉！"孙楚吞吞吐吐，半天也没说成一句话。临了，又提起瓶子来，"咕嘟咕嘟"往肚里灌酒。

王靖国待在他的单间里，也有几个高干和败退下来的军官围着他，你一言我一语地央求他快下命令，进行和谈。

王靖国像陀螺在地上打着转转，身体就像患了摆子病的人似的，摇来晃去。在众人的催促下，他显得六神无主，但还是语无伦次地说："我看，还是再顶一下为好。不，和谈？和谈可以再商量。不过。哦，还得看……看化之。哦，不，也许，化之……"

梁化之这间地下室，原来是专门给阎锡山设计的。墙壁全是钢筋混凝土浇注，有一米多厚。梁化之自从躲进这间地下室，就一直和阎慧卿厮混在里面。这阵子，众人都惶惶然不可自持，而他反而比平时还漠然沉静。他不时摸摸挂在皮带上的袖珍手枪，喃喃自语着："哼，我要让后人在我死后才知道，我梁化之是个什么人！我要叫他们知道！"

这时候，某位高干的老婆进来，坐到只擅着一张被窝，浑身一丝不挂的阎慧卿床边，试探着劝她说："五妹，咱们妇道人家，何必和他们男人一起去做屈死鬼呢！梁代主席，看在慧卿也和你好了一场的分上，你就抬抬手，放她一条生路吧！"

梁化之哪里听得进去，凶狠地掏出手枪，用枪口对准这位高干老婆的脑门心喊叫："你给我滚出去！快走，再不走，连你也打死在这里！哼，王靖国，孙楚，他们是不想死的。那是自讨苦吃。由他们去，我是死定了！"

阎慧卿哭得像个泪人儿，一把鼻涕一把泪地诉说："梁化之，你还是人吗？欺负了我不说，还骗我！你说飞机要来接我到美国去，到日本去。那飞机呢？唔唔……你把我骗了。我的妈呀，我可怎么办呀？狠心的你呀，忘恩负义的人呀！你忍心丢下了我，你个没良心的人呀！……"

这个愚蠢的女人，直到此时此刻，还依恋着她的姨兄，幻想着阎锡山会突然出现！

梁化之心里窝火，止不住阎慧卿的哭泣，就狠狠朝墙壁打了一排子手枪子弹。扯大嗓门骂："住口！你这破货，烂鞋！老子看得起你，才和你合葬。给我住口。你听见了吗？想多活一分钟，就给我闭嘴。不然，就马上打死你！"

阎慧卿被镇住了。再也不敢叫喊，不敢哭泣了。那个高干老婆逃出去后，阎慧卿便披散着头发，用被子捂着脸面，泥塑似的一直僵坐在床头。

梁化之突然想起了什么，朝门外吼喊："来人！"

一个卫兵奔进来。梁化之说："赵宗复还押在后头的牢房里。我命令你马上去把他打死！不能把这个共党分子留下！"

"是！"卫兵从后门疾步跑了出去。

这时候，突击营长赵世梧已经搜索到地下室的前门。他威严地朝里面喊话：

"里面的阎军官兵听着：你们已经战败了！太原城已经被人民解放军解放了，你们快投降吧，解放军优待俘虏！"

地下室发出一阵杂沓人声。一会儿，又恢复了平静。但却没人走出来。

赵世梧再喊话："快出来，不出来就扔手榴弹啦！"

地下室依然没有反应。"轰！轰！"两颗手榴弹扔进地下室，爆炸声"嗡嗡"地在里面震荡。

"我们投降，我们投降！"

"请不要打枪啦！"有人在地下室里胆怯地喊叫着。

赵世梧继续喊话："不准乱动！谁动就打死谁！听我命令：当官的先

出来！"

地下室里的人你推我，我推你，谁也不敢先出。王靖国指定这个，这个不动；指定那个，那个退后。他的权威早已荡然无存。没有一个人听他的指挥，他只好丧气地站到了旁边。

"里面的人听着，命令你们赶快出来，不然，我们又扔手榴弹了！"解放军战士又在外面呼喊。

干瘪的高干见别人不动，自己高举着双手，撑着一块白手巾，低头走出了地下室。当他走出地下室时，看到的是解放军战士明晃晃的刺刀封锁着出口周围。

干瘪的高干呼喊着："大军别开枪，我们投降！"

赵世梧威严地喝令："命令地下室所有人员：第一，所有轻重大小武器，一律留下，不准带出；第二，少将以下人员先出，出口时帽檐一律向后，全都拍双手。少将以上人员，最后出来！听清了没有？"

"听清了，听清了！照办，照办！"干瘪的高干返回地下室，把赵世梧的命令一传达，里面的阎锡山政权军政人员，大多乖乖拍着高举的空手，排成一行，走出了地下室。

这时候，楼上的残敌已向突击连长王有财等投降，也正列队从二楼上走下来。近二百名阎锡山政权的高干、将军和其他军政人员被俘。他们依照解放军战士的命令，全被集中到中和斋楼前，坐在地面上。

突出队员将俘虏围在中间。赵世梧发现，与突击队员相比，俘虏人数显然要多出许多。这样的力量悬殊，万一发生意外情况，势将难以驾驭。

就在赵世梧紧张思考的时候，络腮胡子凑上前来，对他耳语说："营长，把他们分散开来……"

赵世梧当机立断，朝着俘虏群大声呼叫："孙楚，出来！"

孙楚应声站出。

"王靖国，出来！"

王靖国应声站出。

赵世梧走到他们面前，严正地命令："你们两个点名，把师以上的军官全都叫出来！"

孙、王二人服服帖帖地执行突击营长的命令。他们点到名字的有：绥署参谋长赵世铃，第15兵团副司令温怀光，绥署副参谋长孟子哲，参事徐培峰，太原军管区副司令张凤翔，太原北区总指挥第33军军长韩步洲，第43军副军长兼迫击炮师师长贾毓芝，第61军军长娄福生，神勇师师长张永林，高干……

被点到名字的人，一个个出列，另坐在一边。这些昔日颐指气使，不可一世的人，现在都如丧家之犬，规规矩矩待在原地，等待着人民对他们的公正处理。

一会儿，赵世铃涎着脸皮走出队列，恭恭敬敬向赵世梧行鞠躬礼，要和赵世梧握手。

赵世梧不屑一顾地瞥他一眼。

赵世铃又掏出烟盒，请赵世梧抽。

赵世梧严正命令他："老老实实站在原地！"

赵世铃讨个没趣，干笑着边往回退，边搭讪着："嘿嘿，这个，哦，不，王靖国和孙楚他们两个，也在这里！"

本来瘦弱的孙楚，现在越发显得憔悴不堪。这时，他走上前，把一封信件交给赵世梧。赵世梧接信拆看，原来是他们写给徐向前和周士第、罗瑞卿三位司令员的求和信。内中大意说：我们已经停止战斗，希望中共速派代表前来和谈，以利太原居民……

赵世梧收起信函，命令他回到俘虏中去，但心里却说："哼，你们大势已去，才知道来装腔作势了！马后炮！"

接着，王靖国也站出来表演了一番，也是同样收场。

在上级首长带领后续部队赶到绥靖公署，和突击营会合一处，清点俘虏时，发现少了两个前司明令通缉的重要战犯。这两个人，就是梁化之和戴炳南！

赵世梧和王有财立即带领战士，分头到楼上和地下室搜寻。在那间一米厚墙壁的地下室单间里，两具已经烧焦的尸体紧紧搂抱在一起。经辨认，他们正是梁化之和阎慧卿。

原来，就在突击队员向地下室扔手榴弹的时候，梁化之把阎慧卿按倒在床上，他自己紧贴在阎慧卿的外侧，两人同时喝下了加水的氰化钾药液。随后，两人面对面抱在一起，合盖着一张被子。依照事先安排，一名卫士在他们的身上和地面上浇满汽油，卫士把桌上的蜡烛点燃后，退出室外，又用暖水瓶打倒了蜡烛。

大火熊熊燃起，火焰立即布满整个单间。这一对以希特勒和他的情妇为楷模的人类渣滓，就这样结束了他们罪恶、肮脏的一生。

可是，到处找不到戴炳南。他哪里去了？进入太原的解放军立即展开全面侦察、搜捕！

● 正义之师

太原绥靖公署前院正在清点俘虏，而赵宗复同志还被关押在后院。

前一阵子，梁化之在他临死前派去杀害赵宗复的那个卫士来到牢房，直截了当对赵宗复说："赵先生，本人奉梁代主席命令，请你现在就找你的父亲赵戴文先生去！是你自己走，还是由我来送？请先生自己决定！"说着，这卫士把手里的枪和氰化钾药瓶，分别让赵宗复过目。

在这生死关头，赵宗复非常镇定。他泰然自若地走到卫士面前，十分和蔼客气地对他说："兄弟，我知道你是不得已执行命令来办这件事的。不过，请兄弟三思：弄死我，对你究竟有什么好处？我是赵戴文先生的儿子，这你是知道的。我赵宗复一向不做坏事，为山西人民做了好多好事。共产党和解放军很快就要进城了，我站起来还要做很多好事。可是，你今天杀了我，我个人死而无憾，可兄弟你呢？你可就变成罪人啦！你应当考虑，将来会有人找你算账的！"

赵宗复会这样跟他讲话，是那卫士根本没有想到的。面对赵宗复真诚剖析利弊，这卫士不知该说什么为好。他不知所措地盯着赵宗复愣看。

赵宗复继续开导他说："兄弟，我是两次被抓起来的人啦。去年8月，他们第一次抓我，是因为山西大学的张教授给中共周恩来副主席写了一封信，托我转交。我让学生去送信，那个学生被他们抓起来，供出了我。他们把我和张教授抓起来，杀害了张教授。又给我捏造了一个'自白'声明，把我放了。"

"那第二次又是为甚把你关起来的？"

"那是在北平解放以后，我们七八个同志看到阎锡山末日将到，发动了一个连的士兵，计划武装突围，出城投奔解放军。可是，由于叛徒告密，我们的同志全被他们逮捕了。现在那几个同志生死不明，我一直被他们单独关在这里。"

卫士终于被赵宗复的真诚感动了，内疚地说："赵先生，看得出来，你是个好人！我是个受人指使的小兵子，心里对您很敬重。可是，我担心——"

赵宗复见他心地善良，进一步劝他说："兄弟，梁化之那帮人，眼看着已经完了！他们的下场，谁都看得一清二楚。你何必再跟着他们害人做恶呢？你听，前院的枪声，叫喊声，那不是解放军已经打进来了吗？"

"轰！轰！"几发炮弹在院内爆炸，前院的枪声和喊杀声更加紧迫。那卫士的手分明在颤抖。

赵宗复抓住机会，恳切地对他说："兄弟，只要你能保护我，解放军进来后，我保证保护你！"

"赵先生，你说话算数？"卫士坦露着他心中的最后堤防。

"我们共产党人做事，从来是光明磊落的！"

"那好，赵先生，我不走，也不离开这里，就守在这里保护你！"说话间，卫士把装氰化钾的药瓶扔掉了。

此刻，从前院又跑来一个阎军士兵，喝问那卫士："喂，你的事办好了没有？"

"这件事由我来办。你回去吧！"刚才进来的阎军士兵却是很不知趣，吹胡子瞪眼睛地朝着那卫士喊叫："梁代主席命令我来监督你执行，你敢违抗？"

"去你娘的！"还没等那个阎军士兵回过神来，那卫士便一枪结果了他的性命。就这样，在这位有正义感的阎军士兵的保护下，赵宗复同志虎口逃生，最终冲破囚笼，见到了阳光。

1949年4月24日上午10时，阳光灿烂，高天辽阔。古城太原挣脱了阎锡山自1912年以来，长达三十八年的黑暗统治，终于迎来了人民解放的明朗晴天。

太原攻坚战的胜利，太原城的攻克，冲垮了用两千余座钢筋水泥碉堡，和无数野战工事及防御物构成的纵横三十余华里的太原要塞防线，使人民解放战争中的最后一个华北重镇，回到了人民手中。

人民解放军的入城仪式，就在这时进行。

在两辆刚缴获来的美式卡车上，全副武装的解放军战士精神抖擞地挺立车厢两侧，护卫着耸立车头的巨幅画板。画板上，分别是毛泽东主席，和戴着人民解放军棉制帽的朱德总司令的画像，庄重慈祥，巍峨高大，高瞻远瞩，倍感亲切。几辆刚缴获来的吉普车上，乘坐着彭德怀、周士第、罗瑞卿等解放军太原前司和前委首长。

徐向前健康状况略有好转，也随大军参加了入城仪式。

在车队引导下，一队队荷枪实弹的人民战士，带着满身硝烟和凯旋者的激情，迈着骄健步伐，雄赳赳、气昂昂行进在刚刚获得解放的太原街头。已经很长时间没敢在街市上露脸的市民，纷纷涌上街头，开心地呼吸新鲜空气，喜气洋洋地站在马路边，惊喜地观看，愉快地谈说，激动地欢迎这威武之师，正义之旅。

商人们做了一些观察试探后，终于大胆地打开店铺门面，燃放爆竹，敲锣打鼓，欢迎大军入城，表达内心喜悦。地下党组织组织了工人、学生欢迎队伍，载歌载舞，口号声声。欢天喜地地庆祝人民新生的开端。

一辆卡车上，两个高高架起的大喇叭筒，正在播放太原前线司令部发言人《评解放太原的巨大胜利》。这篇文章气势磅礴，振奋人心，句句牵动着太原人民的心。人们聚精会神地倾听：

> 我们执行毛主席、朱总司令4月21日命令，以秋风扫落叶之势，肃清太原外围之敌，紧接着于24日拂晓发起总攻，只有5个钟头，就坚决、彻底、干净、全部地歼灭了太原守敌。这是对敢于反抗人民解放军，拒绝用和平方法解决国内问题的国民党反动派最有效的惩罚。……太原解放的另一个重要意义，就是它拔除了华北敌人残留的一个最大据点，将使华北成为更加巩固的后方，使人民在华北获得一个重要的工业基地，特别是重工业和军火工业。这将使人民迅速恢复自己的建设事业，有力地支援人民解放战争。……

人们在倾听着这庄严铿锵的声音，争先恐后阅读张贴在街头的《中国人民解放军太原前线司令部布告》；纷纷议论着那和阎锡山政权的腐败条令有着天壤之别的"约法八章"。

人人都发自内心地伸出大拇指赞叹："解放军，真正的人民军队，从未见过的正义之师啊！"

被战火烧毁的建筑物还在冒着青烟，到处弥漫着死人和硝烟的气味。然而，尽管如此，太原城内却是万人空巷。笑逐颜开的男女老少，前呼后拥，弹冠相庆，把宽阔的马路挤成了一条窄巷道。古老的城池，整个儿沸腾了。

一位50多岁的老太太捧着一盆热气腾腾的面条，拦住刚刚押送了俘虏入列的突击营长赵世梧，慈母般地亲切慰问："大军同志，你们辛苦啦！你们为老百姓除了大害，流血流汗，功高齐天呀！我老婆子没甚好东西，这点面条也算一份心意，你们就趁热吃了吧！"

赵世梧扶着大娘，激动地说："好大娘，谢谢您！我们不渴，也不饿！"

又一队俘虏被押解过来，老大娘愤怒地扑上去，抓住一个戴大檐帽的，就是一顿痛骂："你们这些杀人放火，抢粮抢东西的黑心贼！你们把老百姓害得好苦哇！"

赵世梧和几个战士忙把老人扶住，劝她说："大娘，阎锡山的军队已经完蛋了。这些人已经放下武器，缴械投降了。他们再也不能为害老百姓了。我们的仇恨，应当记在阎锡山那几个罪大恶极的战犯头上！"

络腮胡子见一个俘虏膀上背着一双布鞋，上前就拿了过来。那个俘虏看了一眼，没敢吱声。络腮胡子把鞋攦到赵世梧面前说："营长，你不用老光着脚了。把他穿上吧！"

赵世梧接过鞋子，却没有穿在自己脚上。他把那鞋原样还给了那个俘虏。络腮胡子困惑地眨着眼睛，埋怨赵世梧："营长，你是因为打仗，才把鞋给跑掉了。脚趾头都碰得直流血呢！看你一拐一拐地走路，俺们心里都难受。这小子这双鞋肯定来路不正，你穿上好行军呀！"

赵世梧严肃认真地对他说："同志，我们是人民解放军，和国民党军是完全不一样的！人民军队有严格的纪律。参加这个队伍的每一个人，不论官有多大，都得自觉遵守。记得吗？《三大纪律八项注意》的最后一条，就是不虐待俘虏。这是我军争取和瓦解敌军的一个重要武器。俘虏在战场上放下武器，就不允许打骂和搜腰包了。咱拿了这双鞋，就是犯了这一条纪律！胡子，一定要记住：我们就是光着脚走路，把脚趾头都磨掉了，也绝对不能随便拿俘虏的鞋来穿！"

络腮胡本来是个起义战士，过去没有受过很多的纪律教育，思想上一时出了偏差。经过营长现身说法，他心里豁然开朗。当下向营长敬了个军礼说：

"营长，我懂了。哦，这块红布，是我在前面绸布店门口拾到的。我看也交了公吧！"

营长没有正面回答，却反问他："你自己说该怎么办？"

"经一事，长一智。一切缴获要归公。咱从今以后，再也不做犯纪律的事了！"

"呵呵，你这个胡子！"突击营长为战士的成长欣慰地笑了。

入城仪式结束，太原军事管制委员会即行成立。根据上级指示，太原军事管制委员会以徐向前为主任，罗瑞卿、赖若愚、胡耀邦为副主任。委员会由徐向前等10位委员组成。

在军管会会议室里，战役情况汇总会议正在进行。周士第副司令员声音洪亮，宣布着初步汇总的战果："同志们，我现在向大家报告太原战役的初步战果……"

在这个报告里，周士第公布了下列令人振奋的数字：

太原战役全歼蒋阎军太原绥靖公署第10兵团司令部等，俘敌官兵77394名，击毙敌第61军军长赵恭、第30师师长高鹏祥等以下官兵7000余人。缴获各种口径炮3456门，高射机枪一挺，重机枪799挺，轻机枪3250挺，冲锋枪和自动步枪1385支，步马枪和短枪27203支。坦克车9辆，装甲汽车一辆，汽车500余辆，火车头47个，车皮750节，骡马810头，电话机29部，报话机7部，弹药和其他军用品的数量极多。

与会同志无不为这些振奋人心的战果万分激动。彭德怀副总司令从座位上站起来，亲切地对大家笑了笑说："同志们，党中央给我们发来了贺电。现在我来宣读中央的贺电"：

徐向前、周士第、罗瑞卿诸同志及太原前线人民解放军全体指挥员战斗员同志们，

山西及华北各省全体军民同胞们：

战犯阎锡山及其反动集团，盘踞山西，危害人民，业已38年，为国内军阀割据为时最长久者。抗日时期，阎匪与日本侵略军勾结妥协，与抗日人民为敌。近几年来，阎匪在蒋介石指挥下，参与反革命内战，节节溃败，最后退守太原一隅，犹作顽抗。此次我太原前线人民解放军奉命攻城，迅速解决。阎匪虽逃，群凶就缚，大同敌军亦即投诚。从此山西全境肃清，华北臻于巩固。当此伟大节日，特向你们致热烈的祝贺。

中国共产党中央委员会 1949年5月1日

贺电宣读完毕，全场立即爆发出雷鸣般的掌声和欢呼声。

彭副总司令振奋地站在主席台上，等大家的欢呼平静下来，沉痛地说：

"太原解放，标志着整个华北地区的新生。首先，我提议为在太原解放战役中光荣牺牲的人民战士和民工默哀！"

彭总提议，全场肃立，深深缅怀人民英雄，悼念英灵！

随后，彭德怀挺起胸膛，刚劲有力地说："为了解放太原，我人民解放军付出了 45500 人伤亡的巨大代价！支前参战民工也有 995 人伤亡。烈士们为了人民事业牺牲了，他们的精神永垂不朽！人民将永远纪念他们，纪念一切为今天解放作出贡献的功臣。但是，请同志们注意，我们的目标是解放全中国，消灭蒋介石。太原解放了，西北还有胡宗南，西南还有白崇禧……不错，我们的百万雄师跨过长江，南京也解放了。但是，蒋介石正在广州和台湾经营新的巢穴，妄图划江而治，分裂祖国。因此，我们不能松劲，不能卸甲。我军全体将士，要再鼓余勇，只争朝夕，一往无前，夺取全国的最后胜利！"

彭副总司令满怀激情的号召，激发了所有同志将革命进行到底的高度热情。大家疾风暴雨般长时间鼓掌。

彭副总司令接着说："同志们，太原解放了，我们在军事上胜利了。但是，斗争并没有完结。逃亡的阎军还在伺机反扑，潜伏的特务仍在暗中捣鬼，土匪恶棍尚未肃清。众所周知，阎锡山逃到上海，还在策划卷土重来。就是我们通缉的战犯，不是还有个戴炳南下落不明，生死未知吗？因此，在这里，我想引用毛主席最近写的一首诗词，献给大家。请同志们认真体会毛主席的远大谋略和宽广胸怀。"

彭德怀停顿了片刻，酝酿了一阵子情绪后，用地道的湖南乡音，颇富抑扬顿挫地朗诵了毛泽东的**《人民解放军占领南京》**：

> 钟山风雨起苍黄，百万雄师过大江；
>
> 虎踞龙盘今胜昔，天翻地覆慨而慷。
>
> 宜将剩勇追穷寇，不可沽名学霸王；
>
> 天若有情天亦老，人间正道是沧桑。

同志们被毛主席诗词的深远意境和宏大气魄所感染，被诗词的磅礴气势和巨大号召力所震撼，被铿锵有力的战斗节奏所鼓舞，被彭德怀深挚的激情感召推动。人人豪情满怀，心潮澎湃。每一个将士将革命进行到底的信念，更加坚定了。

会议对缉拿在逃的戴炳南问题，进行了具体缜密的研究部署。军事管制委员会责成新成立的太原市公安局，尽快破案。

● 乘胜前进

根据太原军事管制委员会指示，太原市公安局向所属七个公安分局下达通缉令：迅速缉拿戴炳南归案法办！

几天过去了，清查工作毫无进展。公安局查遍了所有的俘虏，查遍了城区居民住户，既没有找到活的戴炳南，也没有找到他的尸体。

戴炳南究竟哪里去了？难道他真的被炸死在碉堡里了？难道他会凭空蒸发？不，只要有丝毫疑点，就决不能轻易放过。决不能让这个对人民犯下滔天大罪的坏蛋逃过法律的严惩，决不能让他潜伏下来，危害国家！

可是，近10万人口的太原城区茫茫人海，街巷乱杂，到哪里去寻找这个血债累累的家伙呢？

奉命侦缉戴炳南的，是刚刚从部队转业到太原市公安局的副局长赵世梧。赵世梧还像他当年带兵打仗时，指挥突击营那样，机智勇敢，善于思考分析。经过多方调查，依靠群众，赵世梧终于在战后尚处混乱状态的太原市区，找到了戴炳南一个姓李的马弁。

李某是河南人，约莫20出头年纪，过去一直跟随在戴炳南身边。最初提审，他总是耷拉着脑袋，一声不吭。任凭公安人员怎样盘问，他总是那句话："他被炮弹炸死了！"

赵世梧副局长亲自审问他："戴炳南既然被炸死，那你说说，他是在什么地方被炸死的？"

"在城南。"

"怎么被炸死的？"

"他带领弟兄们往前冲，炮弹把汽车炸翻，把他也炸死了。"

"他被炸死的时候，是你跟着他吗？"

"是我跟着他，我亲眼看见他给炸死了。不信，你看我这胳膊上的伤，也是给炸的。"

"哈哈哈！编得好，我们听到的是一个比《西游记》还要离奇的故事！"

赵世梧开怀大笑，他从对方的交待中，已经听出端倪。于是，顺藤摸瓜，抓住对方交代的情节漏洞，劈口追问："好吧，我问你，既然你跟着戴炳南，那炮弹把汽车都炸翻了，而且把他给炸得死不留尸。那么，你为什么才只受了这点儿轻伤？"

"这个——"那马弁被赵副局长凌厉地逼问，弄得乱了方寸，支支吾吾对答不上来。

赵世梧紧追一步："戴炳南被炸死了，他的尸体呢？你能帮我们找到吗？既然他被炸得连尸体也找不到，你一直跟着他，为什么没把你也炸死？"

李某在赵副局长雄鹰般锐利的目光威慑下，紧张得浑身发怵。在这位干练的人民公安干部无缝可钻的逻辑推理面前，他的谎言漏洞百出。李某手足无措地站在审讯台前，豆大的汗珠直往下掉。

赵世梧抓住对方的矛盾心理，不给他丝毫喘息之机。郑重警告他："事情十分清楚：戴炳南根本没有死！他现在一定潜藏在某一个地方。至于他躲藏的这个地方，你完全清楚！是这样吗？"

"啊！不，我——"李某一惊，几乎打个趔趄摔倒在地。

赵世梧继续穷追："对，是在说你！你一定知道戴炳南的下落！你要放明白：太原已经解放了，阎锡山的反动统治和他的军事力量，已经彻底垮台了！我们的政策，是除了像戴炳南这样罪大恶极的战犯以外，一切愿意和我们合作的人，都给出路。你自己仅仅是一个小士兵，尽管你过去曾经跟随戴炳南，但我们通缉的是他，我们并不准备查究你的罪行。你要好好想一想！我们共产党领导的新政权，一向是既往不咎，鼓励立功赎罪的。立了大功，我们还要给予奖励。现在，我可以明白告诉你：只要你帮助我们逮捕了戴炳南，就是你立的一功！"

在赵世梧威严的政策攻心面前，李某开始改变态度。他想了一会儿说："这个事，可以问一问他的老婆。"

"好哇！"赵世梧不失时机地给他鼓励，"你能这样说，说明你真的是知道戴炳南下落的。既然自己知道，为什么还要我们去找他老婆？难道你不愿意立功赎罪？你不为你自己，和你的家人留条后路吗？"

"啊，不不不。长官，"李某慌乱地争辩着，"因为他藏在柜子里头，已经有好多天了。我是怕，他万一——"

"唔，这么说，你确实知道他躲藏的地方。你不说，是怕他万一不在了，死了，与你不利。对不对？"

"哎，是是是！"李某连连点头。

"这就好嘛。只要你讲清楚了，只要他还活着，我们根据你的线索，就一定可以捉住他！如果他跑了，或者真的死了，那是另外一回事。不过，只要你提供的情况是真实的，我们保证会对你宽大处理！"

"好，我讲！"

李某终于下定了彻底交代的决心。他接过赵世梧递来的水杯，喝了几口，原原本本讲出了事情的来龙去脉：

"自从阎锡山跑了以后，戴炳南就吃也不安心，睡也不安心。他这人就是鬼大，先是在东缉虎营、新民街，到处设公馆，包园子，摆迷魂阵。后来就打发老婆去求他的连襟，说好了要到连襟那里去住。解放军开始炮轰外围的那天，大概是二十大几号吧，戴炳南看见大势已去，就在半夜里，叫我到外面放出风声说：'戴军长在夜里从公馆到东北城上指挥作战，路经北肖墙时，被炮弹击中汽车，打死在街上了。'天亮以后，我又放出风声：他的灵柩停放在傅公祠里，还要进行公祭。后来怕人们真到那里去看，又说灵柩移到北门街的关帝庙里头去了！"

"狡猾的家伙，真是诡计多端！那么，你放出谣言以后，梁化之他们也没查问过？"

"查问过。21号夜里，梁化之还亲自打电话，问过好几个高干哩。可人们都说：不知道戴炳南的灵柩停放在哪里，死以前没见过他，死以后也没去过他家看过。我们这些马弁、勤杂，也都被查问过。别人不知道内情，说不上来。可我虽然知道，也不敢实说。梁化之对这事很是怀疑，几次说炸死了为什么连尸体也不见？可问来问去，到底也没问出个结果。第二天，贵军就开始攻城了。他们也就顾不上再查问这事了！"

"那么，他又是怎样潜藏下来的？"

"我前头就说过，他把他的一个姓高的连襟找来，说要到他家去躲藏。可那姓高的连襟怕担风险，起先不肯答应。后来看在他小姨子的面子上，也就答应了。22 号那天夜里，戴炳南只叫了我一个人，护送他到了阴阳巷2 号院的正房。那就是他那个姓高的连襟家。他跪在连襟的老母亲面前，拿出两个一两重的金锭，捧给那老太太说：'我认你老做干娘，谢谢你老的救命大恩！'随后，又给了他小姨子两个金锭。就这样，他就在那家窝藏下来了。不过，现如今还在不在那里，我就不清楚了。"

"很好，有了这个线索，我们一定可以逮住他！"

在李某的引领下，公安局副局长赵世梧带领十几个精干公安人员，秘密来到了钟楼街阴阳巷。

这个巷子，是条死胡同。巷内只有六个门牌。由于背僻，即使是老太原住户，也很少有人知道，这里还有这样一条小巷子。这巷子又短又狭窄，连小平车出入也难通过。戴炳南在偌大的太原城内，选中这个藏身之地，足见其事先是经过周密考虑的。

公安人员首先封锁巷口，包围2 号院，并在附近钟楼街一带实行戒严。赵世梧带领四五名公安战士，突然冲入姓高的居住的正房。全副武装公安人员的出现，把屋里的人全吓呆了。高母痴呆呆坐在炕上，高氏夫妇在地上抖作一团。公安人员对室内室外全面搜查，却没有戴炳南的踪迹。

"难道是李某说了假话？难道戴炳南已经逃跑了？"经验丰富的赵世梧冷静思考着，仔细观察室内一切异常情况。他敏锐地注意到高氏一家人的古怪表情，觉得其中一定有诈。于是，直逼高某，劈口喝问："戴炳南在哪里？"

"他，他没有来。"高某紧张得嘴唇都在打颤。

引领公安人员前来的李某就在旁边。李某对高某说："你们用不着害怕。躲是躲不住了，快把人交出来吧！"

高某一看是送戴炳南来的那个贴身马弁，自知无法遮掩。这才走到外间西墙根摆着的古式衣柜前，撩起布帘喊道："你快出来吧，人家知道啦！"

喊声过后，先是从衣柜下面发出一阵窸窸窣窣的声音。随着，在柜前的八仙桌下面伸出两条干瘦的人腿。继而，便有一个是人非人，似狗非狗的动物出现了。

只见此物外罩一件破旧黑色便服，打着赤脚，头上裹着一条旧毛巾，上衣连扣子也没系。一副令人恶心的狼狈相。这个浑身散发着霉臭气味的动物似的人，就是破坏第 30 军起义，致使我军联络官晋夫同志和黄樵松将军等不幸遇害的罪恶滔天的戴炳南。

戴炳南从地上爬起来，他身体干瘦，胡子拉碴，脸色惨白，泥土满身，活脱脱一个枯墓里掘出来的魔鬼。他四肢着地，磕头如同捣蒜般求饶："我有罪，我有罪！饶命吧，饶命吧！"

公安人员把八仙桌和衣柜挪开搜查，地上尽是算盘珠大小的粪蛋。原来，这家伙已经躲藏八九天了。为了减少大小便，他每天不敢喝水，只吃些鸡蛋和干粮，连大便也全在里面。

公安人员见他一直提着白色的裤腰带，立即上前搜查。原来，在他的裤腰带里，藏着一块 10 两重的金条，和一块外国手表。

这个出卖灵魂，给我军和起义人员造成重大破坏的罪犯，他因此得到了蒋、阎赏识，飞黄腾达，作恶多端；他与人民为敌到底，并不顾人民解放军十数次规劝、忠告、警告和通牒的恶魔，就在他还做着被蒋介石和胡宗南追认为上将的美梦，企图逃脱人民严惩的时候；就这样成了人民政权的阶下囚。

不久，戴炳南被送交太原军管会公审。法庭当庭判处其死刑，立即执行！在戴炳南被游街示众时，群众争相唾骂。

直到他的尸体横陈在大南门外的刑场上时，人们还在唾骂："要不是这个坏蛋破坏起义，太原早就解放了！这个坏蛋死有余辜，杀得太好了！"

太原攻坚战胜利结束了。

经中央批准,生病的徐向前同志即将前往青岛养病。在病榻上,徐向前同志思绪万千,激情荡漾。他提笔挥洒,为太原解放留下了珍贵的题词:

　　我们在毛主席和朱总司令英明领导指挥下,与广大人民的热烈支援及前方各机关密切合作之下,在我全体战斗员、指挥员、政工员、后勤员英勇作战,奋不顾身、自我牺牲的精神之下,终于打下了蒋匪帮进行内战反对和平的强固据点之一的太原城。但敌人尚未全部消灭,尚作困兽犹斗,幻想着卷土重来。因之我们每个指挥员与战斗员决不可稍有骄傲和松懈的心情,我们要本着打下太原的决心勇猛前进! 敌人逃到哪里我们就追到哪里。敌人敢于在哪里抵抗,我们就坚决把它消灭在哪里! 把人民胜利的旗帜插到全中国的领土上去!

● 尾　声

太原战役胜利结束后,彭德怀副总司令重返西北野战军,前去指挥消灭胡宗南的战役。太原前线各路大军,在党中央、毛主席的统一指挥下,挥师南下、西进,人不解甲,马不停蹄,又投入了夺取全国胜利的战略决战中。

为了纪念太原战役的胜利,为了纪念在人民解放战争中英勇献身的英烈,山西省第一届各界人民代表会议于 1950 年 3 月 25 日在太原海子边人民公园塑立了烈士纪念碑,并塑像。

纪念碑东侧,镌刻着共和国元帅徐向前的题词:

浩壮高恒吕　泽惠过汾漳

在解放太原的战役中,我人民解放军经过一个多月的浴血奋战,相继攻克了牛驼寨等东山四大要塞,以及阎锡山统治山西省的最后巢穴——太原绥靖公署,使太原回到了人民的怀抱,推翻了阎锡山长达三十八年之久的统治。

为了缅怀革命先烈，启迪后人，1988年，在1959年修建、经过四次扩建修葺的牛驼寨烈士陵园基础上，扩建成具有仿古特色和民族风格的太原解放纪念馆。

太原解放纪念馆和牛驼寨烈士陵园以东西走向横贯主线，分为纪念碑区、展览区、陵墓区三个部分。整体建筑雄伟壮观，跌宕起伏。错落有致，疏密相间，构成一幅宏伟绚丽的立体画图，给人以庄严肃穆的伟大直感。

馆藏的众多珍贵历史照片和实物，反映了太原战役的全过程；纪念馆结尾部分主要展现太原新貌。纪念堂内镌刻着五千多名为解放太原捐躯的烈士英名，周围陈列着各界人民敬献的花圈、挽联，寄托着对革命先烈的无限哀思、缅怀。

牛驼寨是当年阎锡山重兵把守的"四大要塞"之一，由于阎锡山集团拒不接受人民解放军的和平解决方案，于是在两军强强对决中，势必造成巨大的人员伤亡。

陵园建成后，纪念碑区由凯旋门、太原解放纪念碑主碑、副碑等建筑组成，徐向前元帅手书"太原解放纪念碑"鎏金大字装点丰碑。

向东穿过牌楼进入展览区，毛泽东同志题写的"死难烈士万岁"烈士纪念碑矗立于广场。南北展室浑然一体。1994年9月6日，徐向前元帅铜像在牛驼寨太原解放纪念馆落成。江泽民、刘华清题词，秦基伟、洪学智、陈锡联等部分领导同志专程到太原参加揭幕仪式。

纵观太原解放纪念馆的总体结构，造型新颖、寓意深刻，它是对后人进行革命传统教育和爱国主义教育的生动课堂。人民解放战争中决战晋阳的光辉战例，必将作为珍贵的红色精神财富，永远激励人民奋发前进，夺取新时代中国特色社会主义事业更大的辉煌。

（草于1987年4月，改于1996年2月，2020年3月初定；

2024年1月，经上海人民出版社编审后，

送呈有关专家审核后，根据各编审意见再作核定）

后　记

　　本书初创于 1987 年，其中部分内容，曾以中、短篇纪实小说发表过。如写徐向前元帅在指挥战役中，针对性地运用政治思想教育和士兵工作的《徐向前的文武之道》，曾发表于《五台山》杂志；写黄樵松将军起义始末的《龙城义举》，曾发表于《山西革命英烈》。之后，经多年搜集充实相关资料，扩展成现版之长篇纪实性小说《决战山西》。

　　本书兼具文学性和较强的纪实特色，作品选材源自国共两党、中外各方档案资料，全国、山西、太原、尉氏等文史资料，《毛泽东选集》《徐帅指挥的太原战役》《彭大将军》《山西王阎锡山》等专著，以及杨成武、杨得志、赵承绶等诸多相关将领和参战人员的回忆录等。上海人民出版社曹培雷、张晓玲、刘华鱼等诸高师对拙稿精心编审阅校，又获有关党史、军史、毛泽东军事思想研究专家严予斧正，遂使玉成。在此一并向相关资料书刊的著作先师及编审老师，致以诚挚的感谢！

　　值此世界华人无不期盼祖国统一、台湾早日回归之际，一小撮台独分子却执迷不悟，拒绝"九二共识"，甚至屡踩一个中国红线，与和平统一背道而驰。回顾历史，人民解放军决战山西，攻取蒋阎统治在大陆最后顽垒太原的光辉战例；充分说明：中国共产党领导下的强大中国人民解放军，有全国人民众志成城的大力支持，攻无不克，无坚不摧。任何冥顽不化，逆时代潮流而动的顽固分子，终将被历史的车轮碾得粉身碎骨，伟大中国的统一强盛，势不可挡。

作者王树森于 2024 年 1 月 22 日

图书在版编目(CIP)数据

决战山西 /王树森著. --上海 ：上海人民出版社，
2025. -- ISBN 978 - 7 - 208 - 19379 - 6

Ⅰ. I247.5

中国国家版本馆 CIP 数据核字第 2025QP0718 号

责任编辑　刘华鱼
封面设计　一本好书

决战山西

王树森　著

出　　版　上海人民出版社
　　　　　（201101　上海市闵行区号景路 159 弄 C 座）
发　　行　上海人民出版社发行中心
印　　刷　上海景条印刷有限公司
开　　本　720×1000　1/16
印　　张　23.75
插　　页　2
字　　数　334,000
版　　次　2025 年 4 月第 1 版
印　　次　2025 年 4 月第 1 次印刷
ISBN 978 - 7 - 208 - 19379 - 6/I·2198
定　　价　98.00 元